DER
UNFALL

WEITERE TITEL VON LISA REGAN

DETECTIVE-JOSIE-QUINN-SERIE

Die verlorenen Mädchen

Das Mädchen ohne Namen

Das Grab ihrer Mutter

Ihre letzte Beichte

Ihre begrabenen Geheimnisse

Ihre stumme Bitte

Die Namenlose

Du musst sie finden

Rette ihre Seele

Nur noch ein Atemzug

Schlaf still, mein Mädchen

Der Unfall

IN ENGLISCHER SPRACHE
DETECTIVE-JOSIE-QUINN-SERIE

Vanishing Girls

The Girl With No Name

Her Mother's Grave

Her Final Confession

The Bones She Buried

Her Silent Cry

Cold Heart Creek

Find Her Alive

Save Her Soul

Breathe Your Last

Hush Little Girl

Her Deadly Touch

The Drowning Girls

Watch Her Disappear

Local Girl Missing

The Innocent Wife

Close Her Eyes

LISA REGAN

DER UNFALL

Übersetzt von Judith Farny

bookouture

Die Originalausgabe erschien 2021 unter dem Titel „Her Deadly Touch"
bei Storyfire Ltd. trading as Bookouture.

Deutsche Erstausgabe herausgegeben von Bookouture, 2023
1. Auflage März 2023

Ein Imprint von Storyfire Ltd.
Carmelite House
50 Victoria Embankment
London EC4Y 0DZ

deutschland.bookouture.com

Copyright der Originalausgabe © Lisa Regan, 2021
Copyright der deutschsprachigen Ausgabe © Judith Farny, 2023

Lisa Regan hat ihr Recht geltend gemacht, als Autorin dieses Buches genannt
zu werden.

Alle Rechte vorbehalten. Diese Veröffentlichung darf ohne vorherige
schriftliche
Genehmigung der Herausgeber weder ganz noch auszugsweise in irgendeiner
Form oder mit irgendwelchen Mitteln (elektronisch, mechanisch, durch
Fotokopie oder Aufzeichnung oder auf andere Weise) reproduziert, in einem
Datenabrufsystem gespeichert oder weitergegeben werden.

ISBN: 978-1-83790-369-6
eBook ISBN: 978-1-83790-368-9

Dieses Buch ist ein belletristisches Werk. Namen, Charaktere, Unternehmen,
Organisationen, Orte und Ereignisse, die nicht eindeutig zum Gemeingut
gehören, sind entweder frei von der Autorin erfunden oder werden fiktiv
verwendet. Jede Ähnlichkeit mit tatsächlichen lebenden oder toten Personen
oder mit tatsächlichen Ereignissen oder Orten ist völlig zufällig.

In liebevoller Erinnerung an den außergewöhnlichsten Menschen, den ich je kannte, meinen Vater, Billy Regan. Dad, ich hätte anderen durchaus gestattet, mir darin zu widersprechen, aber sie haben es nicht getan.

EINS

Der Bus war voll, aber Wallace und seine kleine Schwester Frankie sowie die supernervige Bianca aus seiner Klasse saßen immer noch nebeneinander auf der Mauer vor der Schule. Der Bus stieß immer wieder stinkende Auspuffwolken aus, und Wallace wurde ganz flau im Magen. Frankie zerrte ihn am Handgelenk. »Wallace, jetzt komm schon! Wir müssen in den Bus steigen, oder die fahren ohne uns weg. Dann stecken wir hier fest. Ich hab wirklich keine Lust, hier in der Schule auch noch zu übernachten. Das wäre ... sowas wie mein schlimmster Albtraum.«

Bianca lachte. »Wir müssen hier schon nicht übernachten. Irgendwann würde sicher jemand kommen und uns abholen.«

»Deine Mom etwa?«, feixte Wallace. »Die arbeitet doch immer so viel, dass sie dich nicht mal wohin bringen kann, wenn du einen wichtigen Termin hast.«

»Sag nichts gegen meine Mutter!« Bianca griff über Frankie hinweg und knuffte Wallace in den Oberarm. Es tat ein bisschen weh, aber er ließ sich nichts anmerken.

»Warum eigentlich nicht?«, höhnte Wallace. »Was willst du dagegen tun?«

Frankie sprang auf und ihr brauner Pferdeschwanz wippte. Sie rückte die Riemen ihres pinkfarbenen Rucksacks über den Schultern zurecht. »Leute, jetzt kommt endlich! Und hört auf zu streiten.«

»Ich lass mir doch von einer Fünftklässlerin nix befehlen!«, versetzte Wallace.

Hinter ihnen vernahmen sie plötzlich eine strenge weibliche Stimme: »Aber von mir musst du dir sehr wohl was befehlen lassen, junger Mann.«

Die Direktorin. Wallace duckte sich und setzte beim Umdrehen ein gezwungenes Lächeln auf. Dabei fragte er sich, wie viel sie wohl mitgehört hatte. Aber sie schimpfte ihn nicht aus. Stattdessen machte sie mit ihren Händen eine scheuchende Bewegung. »Los, marsch! In den Bus mit euch, alle drei.«

Bianca stand auf. »Aber heute sollten wir doch ...«

Die Direktorin ließ sie nicht ausreden. »Ihr solltet im Bus sitzen. So hat man's mir gesagt. Jetzt beeilt euch, und keine Streitereien mehr.«

ZWEI

Dr. Paige Rosettis Praxisraum war so ausgestattet, dass er beruhigend wirkte. An den cremefarbenen Wänden hingen Bilder von fernen, unwirklich schönen Orten, und die Couch sowie die Sessel waren weich und hellgrau. Josie zählte mindestens vierzehn Zimmerpflanzen, obwohl das große Erkerfenster links von ihrem Platz Ausblick auf einen liebevoll gepflegten Garten bot. Es war August und die farbenfrohen Blüten unterschiedlicher Pflanzen zogen ihre Aufmerksamkeit auf sich. Dennoch wand sich Josie innerlich unter dem geduldigen Blick, mit dem Paige Rosetti sie fixierte, und schaffte es kaum, sich zu entspannen. Obwohl sie schon seit zwei Monaten in Therapie war, hatte sie sich während der Sitzungen noch nie richtig wohl gefühlt.

»Josie«, sagte Paige sanft.

Josies Fuß tippte mit dem Absatz einen stummen Rhythmus auf den Teppich und ihr Knie wippte nervös auf und ab.

»Josie«, sagte Paige erneut.

Langsam sah Josie auf. Ihr Blick traf sich mit dem von Paige und sie sah die feinen Fältchen in den Winkeln ihrer braunen

Augen. Paige war alt genug, um ihre Mutter zu sein. Und tatsächlich war Josie ja auch mit ihrer Tochter in die Highschool gegangen. Ihr langes und gewelltes blondes Jahr und ihr offenes Wesen ließen sie jugendlicher wirken, als sie ihrem Alter nach war.

Paige lächelte. »Das hier funktioniert nur, wenn Sie mit mir reden.«

Diesen Satz sagte sie in jeder Sitzung.

»Sie zahlen schließlich für meine Zeit«, fügte Paige hinzu. »Und ich möchte gern, dass Sie daraus so viel Nutzen ziehen wie möglich.«

Auch das sagte sie in jeder Sitzung.

»Tut mir leid«, entschuldigte sich Josie. Sie beugte sich vor, stützte sich mit den Ellbogen auf die Oberschenkel und versuchte, ihr nervöses Fußwippen zu unterdrücken. »Wo ... wo waren wir stehen geblieben?«

Paige lächelte wieder, aber diesmal bemerkte Josie, dass ihre Mundwinkel Anspannung verrieten. Die Therapeutin wurde allmählich ungeduldig. »Ich habe Sie gefragt, wie es Ihnen damit geht, dass Sie morgen wieder zur Arbeit zurückkehren. Schließlich waren Sie fast vier Monate lang beurlaubt.«

»Stimmt«, erwiderte Josie.

Josie war Detective bei der Polizei von Denton in Pennsylvania. Denton war eine kleine, aber lebendige Stadt in der Mitte dieses Bundesstaates und lag, eingebettet zwischen mehreren Bergen, am Ufer des Flusses Susquehanna. Ihre Bevölkerung, die während der Vorlesungszeiten an der Denton University stark anstieg, war groß genug, um die Polizeikräfte ständig auf Trab zu halten. Josies letzter Fall war ein Doppelmord gewesen, der sich am Tag ihrer Hochzeit und obendrein noch am selben Ort wie ihre Feier ereignet hatte. Sie und ihr Mann Noah Fraley, der im Rang eines Lieutenants ebenfalls für die Polizei in Denton arbeitete, waren in diesen Fall auch persönlich verwickelt worden, als ihnen bewusst wurde, dass

Josie die beiden Mordopfer kannte. Und im Zuge der Ermittlungen war dann auch noch Josies Großmutter Lisette Matson umgebracht worden. Daraufhin hatte sich Josie – während jeder dachte, dass sie zu Hause trauerte –, ohne ihre Waffe und ihr Polizeiabzeichen auf die Suche nach einer vermissten Person begeben, die mit dem Fall in Verbindung stand. Sie hatte niemandem aus ihrem Team, nicht einmal Noah, erzählt, wohin sie ging oder dass sie vermutete, den Aufenthaltsort jener Person zu kennen.

»Josie?«, fragte Paige nach.

Am nächsten Tag hatte der Polizeichef sie suspendiert, da sie ihr Team nicht über ihre Aktivitäten informiert hatte. In dem offiziellen Bericht hatte es geheißen, sie habe ihre Dienstpflichten verletzt, und er hatte sie viel länger freigestellt, als alle erwartet hatten. Josie vermutete, dass er ihr ausreichend Zeit geben wollte, um ihren großen Verlust zu betrauern.

»Darüber mache ich mir keine Gedanken«, murmelte Josie und blickte wieder hinaus in den Garten. Ein bunt gefiederter Kardinal flatterte zwischen ein paar tief hängenden Baumzweigen am Rand des Gartens umher.

»Sie machen sich keine Gedanken darüber, zur Arbeit zurückzukehren, nachdem Sie vier Monate lang freigestellt waren?«, wiederholte Paige. »So lange sind Sie aber doch noch nie suspendiert gewesen, oder?«

»Das stimmt«, erwiderte Josie.

Zur Wahrheit gehörte allerdings auch, dass ihr die viermonatige Pause nicht wirklich etwas ausgemacht hatte. Zum ersten Mal in ihrem Leben war ihr die Arbeit egal. Im Grunde genommen war ihr alles gleichgültig, außer ihrem Mann und ihrem Hund Trout. Die Welt ohne ihre Großmutter Lisette, die sie praktisch aufgezogen hatte, erschien ihr leer und freudlos – grau in grau. Josie fühlte sich innerlich und äußerlich erstarrt, wie gefangen in Unmengen von zähem Schlamm und zu erschöpft, um sich nach oben zu kämpfen und zu befreien.

Aus dem Augenwinkel heraus sah Josie, dass Paige auf ihre Armbanduhr blickte. Sie rechnete ihr hoch an, dass sie dabei keinen tiefen Seufzer ausstieß. Paige wechselte das Thema.

»Wie geht es Ihnen derzeit mit dem Schlafen?«

»Immer gleich«, erwiderte Josie.

»Also, dann schlafen Sie sehr schlecht?«

Josie zuckte mit den Schultern. »Ich habe immer wieder diesen Albtraum«, erklärte sie.

»Der, in dem auf Ihre Großmutter geschossen wird?«

Josie wandte ihr jetzt den Blick zu. »Ja. Ich denke, es ist wohl eher eine Erinnerung als ein Albtraum. Ich weiß ja, was als Nächstes geschieht. Ich versuche, mich vor sie zu werfen, die Kugel mit meinem Körper abzufangen, aber meine Füße sind wie auf dem Boden festgewachsen. Ich kann mich überhaupt nicht bewegen. Dann krachen die Schüsse und ich ...«

Sie verstummte. *Ich wache schreiend auf,* fuhr sie im Geiste fort. *Weinend und schweißgebadet.* Wenn das geschah, schlang Noah immer fest seine Arme um sie, und ihr süßer Boston Terrier winselte und versuchte, ihr das Gesicht abzulecken. »Sie hätte nicht dort draußen sein sollen«, rief Josie immer wieder schluchzend und Noah wiegte sie in seinen Armen wie ein kleines Kind. Einzig in diesen Momenten erlaubte sie sich, zu weinen, und das eigentlich auch nur, weil sie bereits tränenüberströmt aufwachte. Leider hatte sie weder ihre Träume noch die Reaktion ihres Körpers darauf unter Kontrolle.

Paige mahnte: »Josie, irgendwann müssen wir wirklich über all das reden. Tiefer gehen. Dieser Raum hier ist für Sie ein sicherer Ort. Sie können bei mir weinen und schreien und ihre Wut rauslassen und ausflippen, und ich werde Sie dafür nicht verurteilen. Ich werde auch keine Angst haben oder mich aufregen. Sie verletzen damit weder meine Gefühle noch werde ich jemals mit irgendeiner Menschenseele darüber sprechen.«

Josies Blick wanderte zum Fenster, und wieder vermied sie es, Paige dabei in die Augen zu sehen. Der Kardinal war davongeflogen, also betrachtete sie intensiv die Blumen. Bei einigen waren die Blütenblätter durch die sengende Augusthitze schon ganz welk geworden. »Ich weiß«, sagte sie.

Paiges Sessel knarrte. Josie wandte ihr den Kopf zu und sah, wie sie aufstand und hinüber zu ihrem Schreibtisch ging, wo sie ihr Notizbuch ablegte. Wie schon häufig zuvor hatte sie sich auch in dieser Sitzung nichts aufgeschrieben. »Ich denke, für heute ist unsere Zeit um, Josie.«

Josie stand auf. »Nächste Woche um dieselbe Zeit?«

Paige ließ das Kinn auf die Brust sinken, und schließlich entrang sich ihr jener Seufzer, von dem Josie wusste, dass sie ihn die gesamten fünfundvierzig Minuten, die Josie bei ihr gewesen war, zurückgehalten hatte. »Josie, ich bin froh, dass Sie hier sind. Das meine ich wirklich ernst, und ich will Ihnen helfen. Ich glaube, Sie könnten von einer Therapie eine Menge profitieren. Ich freue mich, wenn ich Sie weiterhin sehe, aber noch einmal, ich bin mir nicht sicher, dass Sie bisher irgendeinen Nutzen davon haben.«

»Dr. Rosetti«, erwiderte Josie und lächelte zum ersten Mal an diesem Morgen. »Wollen Sie mich loswerden?«

Paige sah sie an und lachte. »Nein, überhaupt nicht. Ich meine nur ...« Sie brach mitten im Satz ab und zeigte wieder dieses angespannte Lächeln, das Josie in jeder Sitzung bei ihr zu provozieren schien. Nach einigen Sekunden verlegenen Schweigens sagte Paige: »Wie wäre es damit? Ich möchte, dass Sie bis zur nächsten Woche für mich eine Liste schreiben.«

»Was für eine Liste?«

»Eine Liste von Dingen, die bei Ihnen ein bestimmtes Gefühl auslösen, ein Gefühl von ...«

»Traurigkeit?«

»Nein, das Gefühl, Dinge nicht unter Kontrolle zu haben.«

Josie spürte in ihrer Brust einen Anflug von Unbehagen. »Dinge nicht unter Kontrolle zu haben?«

»Genau«, bestätigte Paige. »Drei Stichpunkte. Mindestens.

Wenn Sie das nächste Mal kommen, werden wir darüber sprechen.«

Josie schluckte, ihre Kehle war trocken. »Klar«, sagte sie.

Sie ging, ohne der Therapeutin zu danken. Bisher hatte sie erfolgreich vermieden, was Dr. Rosetti in den Therapiestunden immer wieder mit den Worten »dort hinspüren, wo's wirklich wehtut« beschrieben hatte. Sie wusste, die Therapeutin wunderte sich allmählich, warum Josie weiter zu ihr kam, wenn sie sich nicht stärker auf die Sitzungen einlassen wollte. In Wahrheit ging Josie allerdings gar nicht für sich selbst dorthin. Sie ging hin wegen eines kleinen Mädchens, dem sie während ihrer letzten Ermittlung geholfen hatte. Dieses Kind hatte bei jenem Verbrechen mindestens ebenso viel, wenn nicht noch mehr verloren als Josie und hatte sich dennoch energisch und mit eiserner Willenskraft seinem Trauma gestellt. So, wie diese Kleine es Josie beschrieben hatte, »hielt sie die schlimmen Gefühle immer so lange aus, bis sie vorbei waren«. Das hatte sie selbst dann noch genauso durchgezogen, als Josie sie gegen Ende der Ermittlungen gebeten hatte, sich an einige besonders traumatische Momente zu erinnern. Das Kind war seither zu Verwandten fortgezogen, aber für Josie hätte es sich wie ein Betrug angefühlt, zuerst dieses mutige Mädchen zu bitten, sich seinen Dämonen zu stellen, nur damit sie den Fall lösen konnte, und sich dann selbst nicht überwinden zu können, mithilfe einer Therapie die Traumata ihres gesamten Lebens und, in jüngster Vergangenheit, Lisettes Ermordung zu verarbeiten.

Also war Josie zu den Sitzungen bei Paige gegangen, um sich selbst weiterhin in die Augen sehen zu können. *Ich versuche es ja,* sagte sie sich immer wieder. Wenn sie mit dem Mädchen sprach, was sie etwa einmal pro Woche über Zoom tat, dann konnte sie ihr bestätigen, dass sie immer noch zur Therapie ging. Dass sie immer noch versuchte, sich zu überwinden und ganz tief in all ihre schlimmen Gefühle einzutauchen. Dennoch hatte sie, selbst nach zwei Monaten, noch keine einzige Träne in Paige Rosettis beruhigend wirkender Praxis vergossen.

»Nächste Woche«, murmelte sie vor sich hin, als sie in ihr Auto stieg und den Motor anließ.

Sie drehte die Klimaanlage auf Höchststufe und schaltete dann das Radio ein, so laut es ging, in der Hoffnung, dass irgendeine Musik ihre Gedanken übertönen würde. Doch stattdessen verlas der Sprecher einer der lokalen UKW-Sender die stündlichen Nachrichten. »Die Polizei in Denton sucht noch immer nach Krystal Duncan, einer zweiunddreißigjährigen Rechtsanwaltssekretärin, die seit drei Tagen als verschwunden gilt. Duncan wurde von ihrem Chef vermisst gemeldet, als sie letzte Woche nicht zur Arbeit erschien und auch keine Anrufe beantwortete. Die Behörden bitten jeden, der sachdienliche Informationen geben kann, sich bei der Polizei in Denton zu melden. Ein Foto von Krystal Duncan finden Sie auf unserer Website.«

Josie drückte auf die Knöpfe zur Senderwahl am Radio, bis sie einen fand, der Musik aus den Achtzigern spielte. Noah hatte den Fall Krystal Duncan zu Hause zwar erwähnt, aber Josie hatte keine Fragen dazu gestellt, obwohl sie beide zusammen in den Lokalnachrichten den Bericht über Krystals Verschwinden gesehen hatten. Josie hatte das Foto der Frau auf dem Fernsehschirm genau betrachtet. Man hatte es von der Website der Anwaltskanzlei genommen, in der Krystal arbeitete. Es war ein gestelltes Foto, sie trug darauf ein sportlich-legeres Kostüm und stand neben einem großen Mahagonischreibtisch. Die langen braunen Haare fielen ihr in Wellen über die Schultern. Ihre engstehenden dunklen Augen hatten einen leicht stechenden Blick und ihre Nase wies einen kleinen Höcker auf, als wäre sie einmal gebrochen gewesen und nicht wieder gut zusammengewachsen. Ihr Lächeln war schmallippig und wirkte gezwungen. Das Gesicht der Frau war drei Tage lang in Josies Kopf herumgegeistert, und dennoch verkniff sie es sich, Noah Fragen über die Ermittlung zu stellen. Da war sie wieder, jene seltsame leise Vorahnung, die Josie seit dem Mord an Lisette immer wieder beschlich. Normalerweise hätte ihr das Verschwinden einer Frau aus Denton keine Ruhe gelassen. Vor Lisettes Ermordung hätte sie sich wie besessen damit befasst – selbst wenn das aufgrund ihrer Suspendierung bedeutet hätte, dass sie von zu Hause aus das Internet nach den neuesten Meldungen durchkämmen musste, während ihre Kolleginnen und Kollegen den Fall lösten.

Aber jetzt verdrängte sie alle Gedanken an Krystal Duncan ganz bewusst. Sie war überzeugt, dass das Ermittlerteam der Polizei in Denton auf Hochtouren an dem Fall arbeitete, und etwas Besseres gab es nicht. Wenn Josie selbst je vermisst würde, dann würde sie sich wünschen, dass genau dieses Team nach ihr suchte. Morgen Vormittag, wenn sie wieder ihren Dienst antrat, würde sie bald zur Genüge mit allen Details befasst sein. Jetzt im Moment jedoch wollte sie über gar nichts nachdenken. Sie wollte tiefer in jenen geistigen und emotionalen Sumpf hineingezogen werden, der sie vor der schmerzenden Leere des realen Lebens bewahrte.

Eine Schweißperle rann ihr über den Rücken. Sie fingerte wieder an den Einstellknöpfen der Klimaanlage herum, aber kälter ging es nicht. Seufzend fuhr sie aus der Einfahrt von Dr. Rosettis Haus, das ihr gleichzeitig als Praxis diente, und kurvte durch die Straßen von Denton. Noah war bei der Arbeit, und obwohl Josie wusste, dass ihr Boston Terrier Trout vor lauter Freude, sie zu sehen, ganz aus dem Häuschen sein würde, hatte sie keine Lust, direkt heimzufahren. Stattdessen wählte sie die Strecke zum Friedhof, wo sie ihren ersten Mann, Ray, begraben hatte. Josies Großmutter Lisette hatte darum gebeten, eingeäschert zu werden, und ihre Asche ruhte nun in einer glänzenden Urne auf einem Regalbrett in Josies und Noahs Wohnzimmer. Aber Josie war jetzt hier, um ans Grab von Ray zu gehen, wie so oft, wenn sie spürte, dass ihr das Leben entglitt.

»Vermutlich sollte ich das auf meine Liste schreiben«, murmelte sie vor sich hin, als sie den Wagen in der Nähe von Rays Grabstein parkte und ausstieg. Warum fühlte sie sich eigentlich gerade jetzt so, dass sie keine Kontrolle über die Dinge hatte? Doch sie wollte nicht genauer darüber nachdenken. Alles, was sie im Moment wirklich wollte, war ein in der Kehle brennender Schluck Wild Turkey. Aber sie hatte schon vor langer Zeit das Trinken aufgegeben, weil sie unter dem Einfluss von Alkohol ungute Entscheidungen getroffen hatte. Denn obwohl der Alkohol ihren emotionalen Schmerz eine gewisse Zeit lang zu betäuben vermochte, war dieser anschließend immer noch so schlimm wie zuvor.

Die Sonne stach auf sie herunter, während sie zwischen den anderen Grabsteinen hindurch zu Rays Grab ging. Eine leichte Brise kam auf, aber sie bot nur wenig Erfrischung von der drückenden Hitze und Schwüle. Als sie endlich vor Rays Grabstein stand, war ihr Hemd unter dem Kragen schweißnass. Sechs Jahre waren jetzt bereits seit Rays Ermordung vergangen, und sie hatten am Ende große Probleme gehabt. Schon vor seinem Tod hatte das Negative überhandgenommen, aber Josie hatte Ray seit ihrer Kindheit gekannt, und sie beide hatte eine Highschoolromanze verbunden. Die längste Zeit ihres Lebens war er ihr fester Anker gewesen, ihr Polarstern – ebenso wie Lisette. Josie empfand meist ein Gefühl des Friedens, wenn sie diesen Ort besuchte. Sie schloss die Augen und wiegte sich leicht im frischen Wind. Um sie herum zwitscherten Vögel, und das einzige andere Geräusch war das schwache Rauschen des Verkehrs auf der Straße zum Friedhof.

Bis sie das Schreien hörte.

DREI

Noch bevor Josies Gehirn die Situation deuten konnte, hatte ihr Körper schon blitzschnell reagiert und ihre Füße trugen sie vorwärts. Sie rannte tiefer in den Friedhof hinein und folgte der Richtung, aus der die Schreie einer Frau kamen. Auf ihrem Sprint zur Hügelkuppe musste sie den Grabsteinen ausweichen und die Schreie wurden währenddessen immer lauter. Sie klangen für Josie nicht nach dem verzweifelten Schmerz einer Trauernden, sondern waren ein durch Mark und Bein dringendes, abgehacktes Kreischen vor Schock und Horror. Als sie auf der anderen Seite des Hügels bergab lief, rutschte sie mit ihren Sneakers auf einem weichen, frisch umgegrabenen Stück Erdboden aus, wo jemand kürzlich begraben worden war. Sie fiel mit rudernden Armen nach hinten, konnte sich aber gerade noch an einem Grabstein festhalten. Als sie sich aufrichtete, sah sie die Urheberin der markerschütternden Schreie: Zwischen den Grabsteinen stand eine Frau in kakifarbenen Shorts und einem violetten T-Shirt. In zusammengekrümmter Haltung, als wollte sie sich vor irgendeiner Art von Angriff schützen, raufte sie sich mit beiden Händen das dunkle Haar. Ein bunter Blumenstrauß lag, achtlos fallengelassen, vor ihren Füßen auf der Erde.

Josie eilte zu ihr. Schweißtropfen rannen ihr von den Brauen in die Augen. Als Josie die Frau erreichte, drehte diese sich zu ihr. »Hilfe«, schrie sie. »Mit ihr stimmt was nicht! Sie braucht Hilfe!«

Josie blickte hinter sie, wo eine zweite Frau mit gebeugten Beinen neben einem Grabstein kniete. Sie hatte die Arme locker um ihren Körper gelegt, und zunächst verstand Josie nicht, was die erste Frau so sehr alarmiert hatte. Als sie aber einen Schritt nähertrat, konnte sie der knienden Frau ins Gesicht sehen. Ihr Kopf war zur Seite geneigt und einige Strähnen ihres langen braunen Haars bedeckten ihre linke Wange. Die übrigen Haare hingen ihr über die Schultern, an einigen Stellen waren sie zerzaust und verfilzt. Obgleich ihre Haut rosig aussah, blickten ihre Augen starr und leblos geradeaus. Ein kalter Schauer durchlief Josies Körper, während sie den Anblick zu verarbeiten versuchte. Die Frau sah wie lebendig aus, beinahe normal – abgesehen von den Augen – so, als sei sie in sitzender Haltung eingenickt und ihr Kopf sei dabei zur Seite gesunken, oder als meditiere sie. Außer dass sie Bürokleidung trug – eine kurzärmelige cremefarbene Bluse aus einem seidig glänzenden Stoff, einen hellgrauen Rock, Nylonstrümpfe mit Laufmaschen und schwarze Ballerinas. Der unverkennbare Höcker auf ihrer Nase fiel kaum auf, aber Josie hatte dieses Gesicht seit drei Tagen immer wieder in den Nachrichten gesehen.

Krystal Duncan.

Das hier war sie, so gekleidet, als sei sie gerade von der Arbeit gekommen. Doch Josie wusste, dass sie seit drei Tagen vermisst wurde. Hätte sie noch irgendeinen Zweifel gehegt, wurde dieser durch einen raschen Blick auf den Grabstein neben ihr beseitigt. *Bianca Duncan,* stand dort, *meine geliebte Tochter.*

Die Hände der lebenden Frau umfassten Josies Schulter und drängten sie nach vorn. »Helfen Sie ihr!«, schrie sie. »Irgendwas stimmt nicht mit ihr! Sehen Sie das nicht?«

Josie stolperte näher, obwohl sie bereits wusste, dass der knienden Frau vor ihnen nicht mehr zu helfen war. Sie hatte im Laufe ihrer Zeit als Polizistin genug Leichen gesehen, um zu erkennen, dass es zu spät war. Dennoch beugte sich Josie vor, um die hysterische Frau hinter sich zu beruhigen, und drückte der Toten zwei Finger an den Hals. Kein Puls, wie sie vermutet hatte. Sanft stupste Josie einen der leblosen Arme an. Er ließ sich nicht bewegen. Die Leichenstarre war also voll ausgeprägt, was darauf schließen ließ, dass die Frau seit mindestens zwei Stunden, wenn nicht schon länger tot war. Da war auch irgendetwas auf ihren Lippen. Speichelbläschen? Josie war sich nicht sicher. Sie beugte sich vor, um besser sehen zu können. Das war kein Speichel. Irgendetwas anderes.

Josies Herzschlag setzte einen Moment aus, dann begann ihr Puls wieder zu rasen.

»Sie ist tot, nicht wahr?«, hörte sie die Frau hinter sich. »Warum sieht sie so ... so aus?«

Josie stand auf und schob die Frau weiter weg von der Leiche. Dann zog sie ihr Handy aus der Tasche ihrer Shorts. Sie wählte eine 9 und eine 1 und hielt dann abrupt inne. Würde sie die 911 wählen oder auch nur eine Nachricht senden, dann würde ihre Meldung von der Police-Scanner-App abgefangen, die von der Lokalpresse routinemäßig mitgehört und mitgelesen wurde. Krystal Duncans Verschwinden hatte eine ausgiebige Berichterstattung ausgelöst – nicht nur wegen Dentons furchtbarer Vorgeschichte an Fällen mit vermissten Frauen, sondern auch, weil Krystal die Mutter eines kleinen Mädchens war, das vor zwei Jahren bei einem tragischen Schulbusunfall ums Leben gekommen war. Die Gerichtsverhandlung gegen den Busfahrer sollte in wenigen Wochen stattfinden. Josie löschte die Ziffern auf ihrem Handy und rief stattdessen Noah direkt an. »Ich brauche Verstärkung«, sagte sie, als er sich meldete. »Auf dem Vincent-Williams-Friedhof. Ich habe hier eine Leiche und bin mir ziemlich sicher, dass es sich dabei um Krystal Duncan handelt. Weiblich, Mitte dreißig. Verdächtige Umstände.« Sie ließ den Blick rundum schweifen und versuchte, ihren Standort festzustellen, damit sie Noah sagen konnte, wo er sie finden würde. Sobald sie ihm die Ortsangaben übermittelt hatte, sagte sie: »Wir brauchen das Spurensicherungsteam, einen Rettungswagen und Dr. Feist.«

Dr. Anya Feist war die zuständige Rechtsmedizinerin für das gesamte County. Noah sagte: »In zehn Minuten sind wir da.«

»Haltet die Sache aus dem Polizeifunk raus«, wies ihn Josie an. »Außer ihr seid scharf drauf, dass die Presse hier überall rumstiefelt.«

»Da hast du recht.«

Josie steckte ihr Handy zurück in die Tasche. »Miss«, sagte sie zu der anderen Frau. »Wir müssen von hier weg.«

Die Frau deutete auf die Leiche. »Was ist los mit ihr? Warum sitzt sie so da? Wie kann es sein ... wie kann sie tot sein? Was ist mit ihr passiert? Was ist das ... was ist das auf ihren Lippen?«

»Wie heißen Sie?«, fragte Josie, ohne auf ihre Fragen einzugehen.

Einen Moment lang sah die Frau sie wie benebelt an. Dann blinzelte sie zweimal und fokussierte ihren Blick auf Josie. »Dee«, sagte sie. »Dee Tenney.«

Josie fasste Dee am Ellbogen, führte sie ein Stück weit von der Leiche fort und verhinderte so, dass sie den schrecklichen Anblick noch länger ertragen musste. Auf Dees Oberlippe hatten sich Schweißperlen gebildet und ihr Gesicht nahm eine leicht grünliche Färbung an. Josie wünschte, sie hätte eine Wasserflasche dabei. Das Beste, was sie tun konnte, war, Dee in den Schatten einer großen Eiche in der Nähe zu bringen. »Dee, lassen Sie uns hier auf meine Kollegen warten.«

Dee lehnte sich mit dem Rücken gegen den Baumstamm und wischte sich mit dem Unterarm den Schweiß vom Gesicht. Sie sah Josie von oben bis unten an. »Kollegen?« Sie kniff die Augen zusammen. »Sie sind diese Ermittlerin, nicht wahr?«

In der Kleinstadt Denton hatte Josie einiges an Ruhm und Bekanntheit erlangt, da sie bei mehreren äußerst spektakulären Kriminalfällen, die es in die landesweiten Nachrichten geschafft hatten, maßgeblich zur Lösung beigetragen hatte. Das und auch ihre eigene schockierende Familiengeschichte, über die in der Sendung *Dateline* berichtet worden war, hatten zur Folge, dass sie oftmals von Fremden erkannt wurde.

Josie wollte gerade zu einer Erklärung ansetzen, aber Dee fuhr fort: »Nein, warten Sie, Sie sind die Reporterin. Sie müssen die Reporterin sein. Warum wären Sie sonst hier?«

Josie hob die Hand. »Ihre erste Vermutung war richtig. Ich bin Ermittlerin bei der Polizei in Denton. Meine Zwillingsschwester Trinity Payne ist Journalistin. Sie lebt und arbeitet in New York City. Dee, mein Team wird in ein paar Minuten hier sein. Warum erzählen Sie mir nicht einfach, was passiert ist?«

Dee blickte über Josies Schulter hinweg auf den Friedhof, doch einen Moment später kniff sie die Augen zusammen und die Worte sprudelten in einer hohen, gepressten Stimme aus ihr heraus. »Nichts ist passiert. Ich war hier und hab sie gesehen. Ich dachte, sie sitzt einfach am Grab, wissen Sie? Außer dass irgendwas daran komisch war – sie hat nicht zum Grabstein hingesehen. Ich hab sie gerufen, doch sie hat keine Antwort gegeben. Da bin ich zu ihr rübergegangen und hab sie an der Schulter berührt. Und dann hab ich ihr Gesicht gesehen. Sie sieht lebendig aus, aber gleichzeitig wie tot. Ich weiß nicht, wie ich es erklären soll.«

»Das müssen Sie auch gar nicht«, beruhigte Josie sie.

Dee hielt die Augen fest geschlossen, nickte aber. »Es war

ihre Gesichtsfarbe. Sie sieht aus wie lebendig«, fuhr sie fort. »Aber das kann doch nicht sein, oder? Sie haben ja ihren Puls gefühlt. Sie ist wirklich tot, nicht?«

»Ja«, erwiderte Josie. Sie streckte die Hand aus und berührte sachte Dees Unterarm. »Dee? Können Sie bitte Ihre Augen wieder aufmachen?«

Dee holte tief Luft und beim Ausatmen schlug sie die Lider auf.

Josie deutete auf ihr eigenes Gesicht. »Schauen Sie mich an, Dee. Halten Sie Ihren Blick fest auf mein Gesicht gerichtet, okay? Ja, das machen Sie hervorragend.«

Ein Zittern erfasste zuerst Dees Arme und dann rasch ihren ganzen Körper. Sie schlang die Arme um sich, hielt aber weiterhin Augenkontakt mit Josie.

»Gut«, sagte Josie. »Sie machen das sehr gut.« Josie holte nun übertrieben langsam und tief Luft – sie atmete dabei durch die Nase ein und durch ihren Mund wieder aus und ihr Brustkorb hob und senkte sich in einem gleichmäßigen Rhythmus. Nach ein paar Sekunden begann Dee, es ihr nachzumachen. Sobald Josie das Gefühl hatte, dass Dee ihre Fassung zumindest teilweise zurückgewonnen hatte, fragte sie: »Sie sind auch hergekommen, um ein Grab zu besuchen?«

Dee nickte. »Ich war auf dem Weg zum Grab meiner Tochter. Ich hatte Blumen mitgebracht. Diesmal hatte ich einen großen Strauß gelbe Dahlien dabei – die hat sie geliebt. Jedenfalls hab ich dann Krystal gesehen. Es war so komisch. Ich hab gewusst, dass alle nach ihr gesucht haben. Und ich war so wahnsinnig erleichtert, verstehen Sie? Ich hatte sie gefunden! Bis ich näherkam ... mein Gott!«

Tränen liefen über Dees Wangen, aber sie hielt den Blick weiter fest auf Josies Gesicht gerichtet.

Josie ließ kurz den Blick über die Umgebung schweifen und bemerkte einen grauen Honda Civic, der am Rand der nahegelegenen Friedhofsstraße geparkt war. »Ist das Ihr Wagen?«

Dee nickte. »Ich weiß, dass es am Eingang einen Parkplatz gibt, aber es ist einfach zu heiß, um den ganzen Weg von dort herzugehen. Ich dachte, es spielt keine Rolle, wenn ich ein Stück weit hineinfahre. Ich wollte ja nur ein paar Minuten bleiben, und eigentlich hatte ich nicht erwartet, jemanden zu treffen. Ganz sicher nicht Krystal.«

»Kennen Sie sie?«, fragte Josie. »Oder haben Sie sie von dem Bild in den Nachrichten erkannt?«

»Ich kenne sie – kannte sie. Mein Gott. Sie wohnt ein Stück weiter von mir die Straße hinunter. Unsere Kinder ... o mein Gott.«

Schließlich brach Dee den Augenkontakt ab und senkte den Blick auf ihre Füße. Langsam sank sie in sich zusammen, bis sie am Fuß des Baumes hockte. Josie sah zu, wie Schluchzer ihren Körper schüttelten. Sie durchsuchte die Taschen ihrer Shorts und zog ein gefaltetes Papiertaschentuch heraus, das sie Dee reichte, aber sie drängte sie nicht weiterzusprechen. Später, wenn das Team da war und mit der offiziellen Ermittlung begann, blieb immer noch genug Zeit für Fragen. Josie war ja, bis morgen, noch nicht einmal zurück im Dienst.

Während sie auf das Ermittlungsteam wartete, sah sie einmal mehr hinüber zu Krystal Duncan. Es drehte ihr fast den Magen um, als sie erneut versuchte, sich ihren Anblick irgendwie zu erklären – die befremdliche Unstimmigkeit, dass Krystal einerseits aufrecht dasaß und ihre Haut gesund aussah und andererseits diese toten Augen. Hinzu kam die rätselhafte Substanz, die auf ihren Lippen haftete und in erstarrten Tropfen an ihrem Kinn hing. Sie drehte sich wieder zu Dee um und hob den Kragen ihrer Bluse vom Hals ab. Jeder Zentimeter Stoff klebte schweißnass an ihrer Haut. Selbst hier im Schatten war die Hitze drückend. Josie stellte sich so hin, dass sie direkt in Dees Blickrichtung stand. Was konnte der Grund dafür sein, dass die Hautfarbe einer Person nach dem Tod noch so rosig und gesund aussah? Josie durchforstete ihre Erinnerung fieberhaft nach Erklärungen aus Fällen, die sie in der Vergangenheit bearbeitet hatte, aber sie konnte sich kaum konzentrieren. In dieser sengenden Hitze schritt die Verwesung normalerweise rasch voran. Dennoch sah Krystal so aus, als hätte sie einfach ihre Beine gebeugt und sich hingekniet, was bedeutete, dass sie noch nicht sehr lange tot war. Dennoch hatte sie drei Tage lang als vermisst gegolten. Wo war sie während dieser Zeit gewesen?

Motorengeräusche drangen an Josies Ohr, gleich darauf passierten Polizeiautos die Hügelkuppe auf der nahegelegenen Straße, die durch den Friedhof führte. Josie sah zu Dee hinunter, die jetzt ihren gesenkten Kopf in beiden Händen hielt.

»Dee? Können Sie ein paar Minuten hierbleiben?«

Hinter Dees Handflächen war ein gedämpftes »Ja« zu vernehmen.

»Ich bin gleich wieder zurück.«

Sie ging im Zickzack zwischen den Gräbern hindurch zur Straße und winkte dem Team anzuhalten. Ein Streifenwagen und ein Rettungsfahrzeug kamen als Erste ohne Lichtsignal angefahren. Dann folgte Noah mit ihrer Kollegin, Detective Gretchen Palmer, auf dem Beifahrersitz. Hinter ihnen fuhr der mit der Aufschrift Denton Police gekennzeichnete SUV, den das Spurensicherungsteam benutzte. Josie sah darin auf den vorderen Sitzen den Leiter der Spurensicherung, Officer Hummel, und seine Kollegin, Officer Chan. Das Schlusslicht des Konvois bildete ein alter, verbeulter weißer Pick-up, den Josie als den der Rechtsmedizinerin Dr. Anya Feist erkannte. Sie alle hielten in einer Reihe hinter Dee Tenneys Wagen. Nach dem Aussteigen versammelten sie sich in einem lockeren Kreis mitten auf der Straße. Josie trieb sie zur Eile an, danach übernahm es Gretchen, den uniformierten Streifenpolizisten Anweisungen zu geben, eine Absperrung einzurichten und vor dem Fundort der Leiche Wache zu halten, damit zufällig vorbeikommende Friedhofsbesucher nicht zu nahe kommen würden. Sie versorgte auch Hummel und Chan mit den nötigsten Informationen.

Während Hummel und Chan ihre Ausrüstung aus dem Kofferraum des SUV hievten, sagte Dr. Feist: »Ich gehe mit den beiden.« Sie schenkte Hummel ein resolutes Lächeln, das keinen Widerspruch duldete, und fuhr fort: »Aber keine Sorge, ich halte mich abseits, bis Sie so weit sind.«

Josie sah dem Trio nach, von dem jeder einen Koffer hinter sich herzog, auf dem »Denton Police« stand. Auf einmal spürte sie Noahs Blick auf sich ruhen. »Wolltest du zu Ray?«, fragte er.

Josie nickte. Ihrem neuen Ehemann mitzuteilen, dass sie am Tag, bevor sie wieder zur Arbeit zurückkehren sollte, das Grab ihres Ex-Mannes besuchte, machte sie verlegen. Sie beide wussten, dass dieser Tag morgen eine große Bedeutung für sie hatte. Andererseits war Noah, sogar noch bevor sie beide begonnen hatten, einander zu daten, die einzige Person gewesen, die von ihren Besuchen an Rays Grab wusste. Sie hatte das sonst keiner Menschenseele erzählt, da sie vermutete, dass niemand sie verstehen würde. Rays Leben hatte kein rühmliches Ende genommen – er war zuletzt korrupt, verlogen und feige gewesen –, aber er war dabei umgekommen, als er versucht hatte, sie vor jemandem noch viel Schlimmerem zu bewahren. Josie hatte seither nie aufhören können, um den Mann zu trauern, der er bei ihrer Heirat gewesen war, oder um den Jungen, den Freund ihrer Kindheit. Früher einmal, da war er einer von den Guten. Bis er es dann nicht mehr war.

Noah lächelte und seine haselnussbraunen Augen funkelten sie liebevoll an. Er streckte die Hand aus und strich ihr eine Haarsträhne aus dem Gesicht. Seine Berührung war so beruhigend, dass sie dahinschmolz wie der sonnendurchglühte Asphalt.

Gretchen blickte in die Richtung, aus der sie gekommen waren. »Ich habe einen Streifenwagen zur Friedhofsverwaltung geschickt, um sie darüber zu informieren, was hier passiert ist, und um herauszufinden, ob jemand etwas gesehen oder gehört hat oder ob es Überwachungskameras auf dem Gelände gibt.« Sie zog ihr Notizbuch und einen Stift heraus. »Bist du sicher, dass es sich um Krystal Duncan handelt?«

»Absolut sicher«, erwiderte Josie.

Gretchen kratzte sich mit ihrem Stift am Kinn. »Scheiße«, sagte sie mit einem Seufzen. »Na dann, fangen wir an.«

VIER

Gretchen sprach mehrere Minuten mit Dee Tenney und bat dann Noah, mit Dee aufs Polizeirevier zu fahren, um dort ihre Aussage zu protokollieren. Die Untersuchung des Leichenfundorts würde mehrere Stunden in Anspruch nehmen, und Josie wusste, dass Gretchen möglichst schnell dafür sorgen wollte, dass Dee der Hitze entkommen konnte. Die beiden sahen zu, wie sie Noah den Schlüssel zu ihrem Civic übergab und er mit ihr auf dem Beifahrersitz davonfuhr.

Josie sagte: »Es könnte sein, dass der Schock bei ihr erst noch richtig einsetzt.«

Gretchen ging zum Absperrband am Rande des Tatorts. »Noah passt schon gut auf sie auf. Er macht bestimmt die Klimaanlage an und sorgt dafür, dass sie etwas Ruhe bekommt. Und wenn sie das Polizeirevier verlässt, achtet er sicher darauf, dass es ihr so weit gut geht. Willst du lieber hierbleiben oder nach Hause gehen?«

Josie hielt Schritt mit Gretchen. »Ich weiß nicht«, sagte sie ehrlich.

Gretchen blieb stehen und schirmte sich mit ihrem Notizbuch die Augen gegen die Sonne ab. »Meinst du das ernst?«

Eine Schweißperle lief Josie die Wange hinunter, genau entlang der dünnen Narbe, die von ihrem Ohr bis zur Mitte des Kinns verlief. Sie wischte sie weg. »Ja, schon.«

Ein paar Sekunden vergingen, dann fragte Gretchen: »Gehst du immer noch zur Therapie?«

»Ja.«

Jetzt, wo sie aus dem Schatten der Bäume herausgetreten waren, fühlte sich die Hitze wieder erdrückend an. Josies schwarzes Haar war schweißnass und klebte ihr am Nacken. Sie spürte deutlich, dass sich an ihrem Shirt große Schwitzflecken unter den Achselhöhlen gebildet hatten. Sie zog den Stoff wieder ein Stückchen weg von ihrem Körper, und Gretchen sah sie weiterhin fragend an. Die Kollegin trug Jeans und ein Polohemd der Polizei von Denton. Abgesehen von einem leichten Schweißfilm an ihrem Haaransatz schien ihr die extreme Hitze nichts auszumachen.

»Was ist?«, meinte Josie schließlich, denn sie ertrug Gretchens forschenden Blick nicht länger.

»Morgen früh auf dem Revier kannst du dem ganzen Team einen Bericht geben, und ich werde dich dann auch über alles informieren, was wir heute hier herausfinden. Das erspart mir etwas Zeit, wenn es dir so recht ist. Aber du kannst gern hierbleiben. Schließlich bist du ja eine Zeugin.«

Mit diesen Worten wandte sich Gretchen ab und schlenderte auf einen der Streifenpolizisten zu, der am Absperrband Wache hielt und ein Klemmbrett in der Hand hielt. Neben ihm wartete Dr. Feist darauf, zu der Leiche vorgelassen zu werden. Über dem Arm trug sie einen Tyvek-Overall und Schuhüberzieher. Die OP-Haube hatte sie bereits über ihr silberblondes Haar gezogen. Sie nickte Josie und Gretchen zu. Der Polizist, der Wache stand, zückte seinen Stift, um Gretchens Namen zu notieren, aber Gretchen hob die Hand. »Noch nicht«, sagte sie. »Warten wir noch, bis die Spurensicherung uns das Okay gibt.«

Josie folgte ihr, während sie den Fundort entlang der

Absperrung umkreiste und dabei versuchte, einen besseren Blick auf Krystal Duncans Leiche zu erhalten. Von da, wo sie standen, sah Josie, wie einzelne Strähnen von Krystals braunem Haar von der leichten Brise bewegt wurden. Und einmal mehr jagte ihr der Anblick der toten Mutter, die am Grab ihrer Tochter kniete – und die dabei wie lebendig aussah – einen eisigen Schauer durch ihren hitzegeplagten Körper. Innerhalb des Absperrbands machten Hummel und Chan Skizzen und Fotografien und platzierten Beweismarkierungen an verschiedenen Stellen. Ein leuchtender Farbfleck zog Josies Blick auf sich – der Blumenstrauß, den Dee Tenney vor Schreck hatte fallen lassen, verwelkte nun in der Hitze. Sie hatte ihn zum Grab ihrer Tochter bringen wollen, hatte sie ihr gesagt. Dee hatte auf sie noch so jung gewirkt, sie war sicher kaum älter als sie selbst – Mitte dreißig. Wie alt war wohl ihre Tochter gewesen, als sie starb?

»Dee kannte Krystal«, sagte Josie zu Gretchen. »Sie wohnte ein Stück weiter die Straße hinunter. Ihre Töchter ...«

Gretchen blieb stehen, steckte ihr Notizbuch und den Stift in die Tasche und beugte sich, so weit es ging, über das Absperrband, um Krystal Duncans Leiche gut sehen zu können. »Ihre Töchter wurden beide bei dem Busunglück in West Denton vor zwei Jahren getötet.«

So wie jeder andere bei der Polizei von Denton konnte sich Josie sehr gut an diesen Schulbusunfall erinnern. Fünf Kinder der Mittelstufe waren auf ihrem Heimweg von der Schule in West Denton ums Leben gekommen. Der Polizeichef hatte damals Gretchen zum Unfallort abkommandiert, um die genaueren Umstände aufzunehmen. Gretchen war mit Ende vierzig erfahrener als ihre Kolleginnen und Kollegen, aber noch wichtiger war für ihn in diesem Moment gewesen, dass sie bereits fünfzehn Jahre Dienst im Morddezernat von Philadelphia absolviert hatte, bevor sie nach Denton gekommen war. Sie hatte mehr grausige Todesfälle gesehen als das gesamte Team der Polizei von Denton zusammengenommen. Todesfälle bei Kindern waren im Arbeitsalltag der Detectives das Schlimmste, was passieren konnte. Die emotionale Belastung konnte überwältigend sein, aber Gretchen mit dem ihr eigenen Stoizismus hatte den Busunfall mit Würde und der gebotenen Distanz bearbeitet.

Josie sagte: »Die Wahrscheinlichkeit, dass Dee hierherkommt und Krystals Leiche findet, ist ...

»Ziemlich hoch«, ergänzte Gretchen. »Die verunglückten Kinder liegen alle hier begraben. Trotzdem werde ich Dees Alibi für diesen Vormittag überprüfen, und auch das für die vergangenen paar Tage.«

Josie nickte. »Wer war die letzte Person, die Krystal Duncan lebend gesehen hat?«

Gretchen ließ den Blick weiter über das Friedhofsgelände schweifen. »Ihr Chef. Sie ist am Donnerstagnachmittag länger geblieben, um noch ein paar Schriftsätze zu einem ihrer Fälle fertigzustellen. Als sie gegangen war, hat er die Kanzlei zugesperrt. Sie sollte am nächsten Morgen wieder zur Arbeit kommen, erschien aber nicht. Er und eine ihrer Kolleginnen haben sie am Freitag mehrfach angerufen, aber sie meldete sich nicht. Ihr Chef hat daraufhin bei der Polizei angerufen und darum gebeten, dass eine Streife losgeschickt wird, um zu prüfen, ob bei ihr alles in Ordnung ist.«

»Schon nach weniger als vierundzwanzig Stunden?«, fragte Josie.

Gretchen nickte. »Krystal hat allein gelebt. Davor war sie alleinerziehende Mutter. Nie verheiratet. Hatte keine Beziehungen zu Männern. Sie hat keine engen Familienangehörigen. Hat ihren Dad nie gekannt, und die Mutter lebt mehrere Autostunden entfernt. Keine Geschwister. Nach den Aussagen ihrer Kolleginnen brachen nach dem Tod ihrer Tochter ihre Freundschaften eine nach der anderen weg. Aber offensichtlich hat sie regelmäßig eine Selbsthilfegruppe für die Eltern der Kinder besucht, die bei dem Unfall getötet wurden. Ich habe übers Wochenende mehrere von ihnen angerufen, um herauszufinden, wann sie Krystal das letzte Mal gesehen haben. Die anderen Eltern haben alle dasselbe gesagt: Sie haben sie bei ihrem letzten Gruppentreffen gesehen. Es fand am Montag statt, bevor sie verschwand. Die Eltern haben berichtet, sie sei innerlich aufgewühlt gewesen, aber das habe für sie alle gegolten, da der Prozess gegen den Busfahrer kurz bevorsteht. Krystals Kolleginnen meinten, sie sei in den vergangenen Monaten sehr niedergeschlagen gewesen. Ziemlich zerstreut. Nah am Wasser gebaut. Als sie am Freitag nicht zur Arbeit erschien, dachten alle, sie habe sich vielleicht etwas angetan.«

»Dann hat die Polizei also tatsächlich eine Streife losgeschickt, um zu sehen, ob alles in Ordnung ist?«, fragte Josie.

»Ja. Ihre Eingangstür war nicht abgeschlossen. Das Auto stand in der Garage. Handtasche, Handy und Hausschlüssel lagen auf dem Kaffeetisch im Haus. Nichts war unordentlich. Es sah ganz so aus, als wäre sie einfach durch die Haustür rausgegangen und nicht wieder zurückgekehrt.«

Aber heutzutage ging doch niemand mehr irgendwohin, ohne das Handy mitzunehmen.

»Haben die Nachbarn irgendwas gesehen?«, fragte Josie.

Gretchen schüttelte den Kopf. »Einige von ihnen haben berichtet, sie hätten sie am Donnerstagabend nach Hause kommen sehen – wie sie in ihre Garage fuhr, die Post aus dem Briefkasten holte, aber das war's dann auch schon. Ein paar der Nachbarn haben Überwachungskameras an ihrem Haus installiert, aber keine davon hat etwas aufgezeichnet. Außerdem sind die Kameras so positioniert, dass sie den Bereich ihres Hauses sowieso nicht mit abgedeckt hätten.«

»Hast du irgendwas auf ihrem Handy gefunden?«

»Fehlanzeige. Nichts Ungewöhnliches. Anrufe an die Kanzlei und von Arbeitskollegen an sie. Eine Reihe Telefonate zum Büro des Bezirksstaatsanwalts und Rückrufe von dort. Ich habe mit seinem Büro gesprochen. Krystal hat sich darauf vorbereitet, bei dem Prozess gegen den Busfahrer als Zeugin auszusagen, daher stand man mit ihr in Kontakt, um sicherzustellen, dass sie weiterhin dazu bereit war. Abgesehen davon haben wir nur Termine bei Ärzten und dergleichen finden können. Keinerlei Hinweise auf irgendwelche besonderen Ereignisse. Das einzig Ungewöhnliche war, dass ihr Chef gesagt hat, sie habe sich am vergangenen Samstagabend in die Datenbank der Kanzlei eingeloggt.«

»Dann war sie also dort?«

»Nein. Sie hat sich von außerhalb eingeloggt. Keiner in der Kanzlei kann sich erklären, warum sie das getan oder was sie gesucht hat. Die Kanzlei hat einen Fernzugang zum System, damit die Angestellten, wenn notwendig, auch von zu Hause arbeiten können. Sie können sich einloggen und haben dann Zugriff auf alle Akten, sie können Dateien hoch- und runterladen, all das. Das System zeigt an, wer sich wann ein- und ausloggt, und falls die betreffende Person irgendwelche Änderungen an einer Akte vornimmt, wird das dokumentiert.«

»Aber Krystal hat keine Änderungen an irgendwelchen Dateien vorgenommen«, vermutete Josie.

»Stimmt. Sie hat sich um einundzwanzig Uhr acht eingeloggt und um dreiundzwanzig Uhr vierzehn wieder ausgeloggt. Wir haben keine Ahnung, was sie sich angesehen hat oder warum sie im System war.«

»Kann man sagen, von wo aus sie sich eingeloggt hat?«

»Wir haben der Firma, die den Kanzlei-Server betreut, einen Gerichtsbeschluss zugestellt, um zu erfahren, ob sie dazu Informationen liefern können. Wenn wir tatsächlich eine IP-Adresse bekommen, dann sind wir vermutlich in der Lage, ziemlich genau zu bestimmen, wo sie sich während der Zeit aufgehalten hat, als sie sich in die Datenbank eingeloggt hat. Ansonsten haben wir in Bezug auf ihr Verschwinden noch keinerlei Spuren, und du weißt ja, wie ausführlich wir den Fall in der Presse bekannt gemacht haben.«

»Allerdings«, meinte Josie. »Man kann kaum den Fernseher oder das Radio anschalten, ohne etwas darüber zu hören. Habt ihr durch die Berichterstattung irgendwelche Hinweise erhalten?«

»Nichts Belastbares. Einige Leute dachten, sie hätten sie am Freitag gesehen, aber später stellte sich jeweils heraus, dass es sich dabei um andere Frauen mit langem braunem Haar und einer durchschnittlichen Statur gehandelt hat.«

Josie seufzte. »Sie wurde seit Donnerstagabend von niemandem mehr gesehen, aber bis vor ein paar Stunden war sie ganz offensichtlich noch am Leben.«

Gretchen erwiderte: »Jetzt, wo man sie tot aufgefunden hat, werde ich mich noch einmal mit ihrem Chef darüber unterhalten, an welchen Fällen sie derzeit gerade gearbeitet hat.«

Als sie Reifengeräusche auf dem Asphalt hörten, blickten sie zur Straße hin. Eine weitere Streifenwagenbesatzung fuhr heran und parkte hinter Dr. Feists Pick-up. Ein junger Polizist stieg aus und trabte zu ihnen herüber. Noch bevor Josie seinen Namen auf der Uniform lesen konnte, erkannte sie ihn. Brennan. »Detective Palmer«, grüßte er, als er sie beide erreichte. »Detective Quinn«, fügte er hinzu, an Josie gewandt.

»Haben Sie mit dem Friedhofsverwalter gesprochen?«, fragte Gretchen.

Er nickte. Dann zog er seine Uniformmütze ab, wischte sich mit dem Ärmel über die Stirn und setzte die Mütze wieder auf. »Er meinte, wir sollen uns so viel Zeit nehmen, wie wir brauchen. Er war heute morgen um sechs Uhr hier, als er das vordere Tor aufgeschlossen hat – um diese Zeit wird es jeden Tag für Besucher geöffnet. Geschlossen wird es um zweiundzwanzig Uhr. Um sechs Uhr dreißig kamen vier Angestellte und er hat sie angewiesen, ein Grab auszuheben. Allerdings haben sie auf der anderen Seite des Friedhofs gearbeitet und nichts Ungewöhnliches bemerkt – besser gesagt, sie haben überhaupt nichts bemerkt. Nicht einmal irgendwelche Fahrzeuge. Und es gibt auch keine Überwachungskameras hier auf dem Friedhof.«

»Nicht mal am Eingang?«, wollte Gretchen wissen.

Er schüttelte den Kopf.

Josie sagte: »Hier hat es noch nie Probleme gegeben. Noch nicht mal mit Vandalismus. Deswegen haben wir auch Ray hier begraben. Dieser Teil von West Denton ist der sicherste Teil der Stadt. Hier braucht man keine Überwachungskameras.«

Seufzend warf Gretchen einen Blick über die Schulter zurück, wo die Kollegen von der Tatortermittlung weiter ihrer Arbeit nachgingen. »Also gut«, sagte sie. »Brennan, bitte fahren Sie uns hinüber zum Büro der Friedhofsverwaltung. Wir brauchen offizielle Aussagen von ihnen und von den Angestellten darüber, wann sie hier eintrafen, wann sie weggingen und dass sie nichts Bemerkenswertes gesehen haben.«

Josie war dankbar, für die zehnminütige Fahrt zum Verwaltungsbüro in einen klimatisierten Wagen steigen zu können. Der Vincent-Williams-Friedhof war der größte in Denton. Als sie im Auto die sanften Hügel, gesprenkelt mit Grabsteinen, vorüberziehen sah, leuchtete ihr ein, dass das Arbeiterteam auf der anderen Seite des Friedhofs nichts gesehen haben konnte. Der Fundort von Krystals Leiche lag ziemlich nah am Haupteingang. Es war relativ einfach, hier heimlich hereinzukommen, die Leiche am Grab der Tochter zurückzulassen und wieder unbemerkt zu verschwinden, insbesondere frühmorgens, bevor irgendwelche Grabbesucher eintrafen. Im geräumigen Büro der Friedhofsverwaltung, das sich in einem einstöckigen Steingebäude befand, warteten vier Männer im Vorraum auf sie.

Einmal mehr war Josie dankbar für die Klimaanlage, während sie und Gretchen mit jedem einzelnen Arbeiter und dem Verwalter sprachen und ihre Aussagen protokollierten. Josie wusste, sobald sie wieder zurück auf dem Revier waren, würde Gretchen jeden ihrer Namen und weitere persönliche Informationen durch verschiedene Datenbanken laufen lassen, um herauszufinden, ob es irgendwelche verdächtigen Punkte in ihren Lebensläufen oder Verbindungen zu Krystal Duncan gab.

Gretchen befragte gerade als Letztes den Friedhofsverwalter, als Josie ihr Handy in ihrer Tasche vibrieren spürte. Sie zog es heraus, sah den Namen von Dr. Feist auf dem Display und wischte darüber, um den Anruf entgegenzunehmen.

»Ich hab versucht, Gretchen zu erreichen, aber sie geht nicht an ihr Handy«, sagte Dr. Feist.

»Sie führt Befragungen durch«, erwiderte Josie. »Was gibt es Neues?«

»Wir sind jetzt so weit, die Leiche in die Rechtsmedizin zu bringen, aber bevor wir sie abtransportieren, wollt ihr beide euch das hier sicher noch ansehen.«

FÜNF

Dr. Feist wartete unter dem Baum, unter den Josie auch Dee Tenney nach der Entdeckung von Krystal Duncans Leiche geführt hatte. Der Fundort war noch immer mit Absperrband gesichert, und die Streifenpolizisten hielten ebenfalls noch Wache. Auf der Fahrstraße packten Hummel und Chan gerade ihre Ausrüstung wieder ein, dazu ein paar Spurensicherungsbeutel. Dr. Feist hielt eine OP-Haube in der Hand und wedelte damit vor ihrem Gesicht herum, um wenigstens etwas Bewegung in die stehende Luft zu bringen. Als Josie und Gretchen auf sie zusteuerten, marschierte sie Richtung Leiche, und die beiden folgten ihr. Der Polizist mit dem Klemmbrett notierte ihre Namen und hob das Absperrband hoch, sodass sie darunter durchschlüpfen konnten.

Zwei Rettungssanitäter standen hinter Krystals kniender Gestalt und warteten mit einer Trage darauf, sie abtransportieren zu können. Josie war erleichtert, als sie sah, dass keiner von beiden Sawyer Hayes war. Sawyer arbeitete beim Emergency Services Department, dem Katastrophenschutz der Stadt, als Rettungssanitäter. Lisette war seine Großmutter gewesen, obwohl er mit Josie nicht blutsverwandt war. An dem

Abend, an dem Lisette angeschossen wurde, und während ihrer letzten Tage im Krankenhaus hatte er Josie die Schuld an Lisettes Tod gegeben und war deswegen unendlich wütend auf sie gewesen. Josie hatte ihn seit dem Tag der Trauerfeier nicht mehr gesehen, aber ein paarmal bei ihm angerufen, weil sie wissen wollte, wie es ihm ging. Er hatte kein einziges Mal zurückgerufen. Eine Woge der Erleichterung überkam sie, dass sie ihm nicht gerade jetzt gegenübertreten musste, hier auf dem Friedhof in dieser Mordshitze und in unmittelbarer Nähe einer knienden Toten.

Sie blieben vor Krystal Duncan stehen und Dr. Feist sagte: »Chan meint, die Substanz auf ihren Lippen sei Wachs. Sie hat ein wenig davon abgenommen, um es analysieren zu lassen, und ich werde bei der Obduktion den Rest als Beweismittel sichern.«

»Jemand hat ihr flüssiges Wachs in den Mund gegossen?«, fragte Gretchen ungläubig.

»Definitiv weiß ich das noch nicht«, antwortete Dr. Feist. »Ich muss sie erst auf dem Tisch haben, aber auf den ersten Blick sieht es so aus.«

»Warum hat sie denn so eine gesunde Farbe?«, wollte Josie wissen. »Es ist schon Stunden her, dass wir sie gefunden haben, und möglicherweise war sie ja auch schon ein paar Stunden zuvor hier.«

Dr. Feist runzelte die Stirn. »Wenn eine Leiche eine solche Farbe hat, dieses Hellrot der Haut, ohne dass sie länger einer kalten Umgebung ausgesetzt war, deutet das auf einen Tod durch Kohlenmonoxid- oder Zyanidvergiftung hin.«

Gretchen hob erstaunt die Brauen: »Jetzt mach ich diesen Job schon zwanzig Jahre, aber ein Tod durch Zyanidvergiftung ist mir noch nie untergekommen. Bei einer Kohlenmonoxidvergiftung haben wir es ja gewöhnlich mit einem Unfall oder Selbstmord zu tun.«

»Das hier ist ganz sicher kein Selbstmord«, schaltete Josie

sich ein. »Es ist absolut unmöglich, dass diese Frau sich selbst heißes Wachs in den Rachen gegossen und sich dann auf Knien neben das Grab ihrer Tochter drapiert hat.«

»Allerdings«, stimmte Dr. Feist zu. »Die Leichenstarre ist eingetreten, als sie schon in dieser Haltung war.«

»Willst du damit sagen, dass sie so gestorben ist?«, fragte Josie. »So auf den Knien?«

»Mit Gewissheit kann ich das noch nicht sagen und für ein offizielles Ergebnis muss ich sie natürlich erst obduzieren, aber es sieht zumindest recht wahrscheinlich aus. Wenn jemand sie tatsächlich erst nach ihrem Tod und vor Einsetzen der Leichenstarre so hingesetzt hätte, hätte sie diese Haltung höchstwahrscheinlich nicht beibehalten. Aber wenn sie so gestorben und erst dann in Leichenstarre verfallen ist, ohne dazwischen bewegt zu werden, würde das die Haltung erklären.«

»Wirst du bei der Obduktion feststellen können, ob es sich um eine Kohlenmonoxidvergiftung handelt?«, wollte Gretchen wissen.

Dr. Feist nickte. »Aller Wahrscheinlichkeit nach ja. Wenn sie an einer Kohlenmonoxidvergiftung gestorben ist, werden ihre tiefliegende Muskulatur, das Gewebe und das Blut kirschrot gefärbt sein, was für diese Vergiftungen typisch ist. Das Gewebe würde sogar nach der Entfernung und Konservierung diese Farbe behalten. Wahrscheinlich gibt es auch Läsionen in bestimmten Gehirnarealen, die bei dieser Todesursache ebenfalls häufig vorkommen.«

Josie versuchte, diese potenzielle neue Information geistig zu verarbeiten. Krystal Duncan war am Donnerstagabend zunächst noch zu Hause gewesen. Dann war sie plötzlich nicht mehr zu Hause gewesen. Niemand hatte beobachtet, dass sie das Haus verließ. Niemand hatte beobachtet, dass sie verschleppt wurde. Ihre ganzen persönlichen Dinge waren zu Hause geblieben. Und doch hatte sie am Samstagabend noch gelebt und wahrscheinlich sogar noch am Montagmorgen. Aber schon ein paar Stunden später war Dee Tenney quasi über sie gestolpert. Das konnte nur bedeuten, dass sie irgendwo festgehalten worden war. Hatte jemand sie absichtlich mit Kohlenmonoxid umgebracht oder war es ein Unfall gewesen?

Nach einem weiteren Blick auf Krystals wachsversiegelte Lippen verabschiedete Josie sich von der Theorie, dass Krystals Dahinscheiden ein Unfall gewesen war.

»Ich werde genauer über den Todeszeitpunkt Bescheid wissen, wenn ich ihre Körperkerntemperatur gemessen und ein paar Berechnungen anhand der Außentemperatur heute vorgenommen habe, aber ich kann euch jetzt schon sagen, dass ich bei dieser Hitze eigentlich mit einem höheren Verwesungsgrad zum jetzigen Zeitpunkt beziehungsweise schon zum Zeitpunkt ihres Auffindens gerechnet hätte«, meinte Dr. Feist.

»Du glaubst also, dass sie sich an einem kühlen Ort befunden hat, ehe sie hierhergebracht wurde«, schlussfolgerte Gretchen.

»Ja, würde ich annehmen.«

Während Gretchen etwas in ihr Notizbuch kritzelte, kniete Dr. Feist sich neben Krystal hin. Sie zog ein paar Latexhandschuhe aus ihrem Tyvek-Schutzanzug und streifte sie über. »Ich hätte auch bis nach der Obduktion damit warten können, euch das zu sagen, aber ich dachte mir, ihr wollt es vielleicht jetzt gleich sehen.«

Josie beobachtete, wie sie behutsam Krystals Arm von ihrer Taille wegzog. Es war wegen der Leichenstarre nicht ganz einfach, aber Dr. Feist konnte den Unterarm doch gerade so weit und so lange weghalten, dass Josie und Gretchen sehen konnten, warum sie sie hergebeten hatte. Krystals Unterarm war an der Innenseite schockierend weiß im Vergleich zur Rosigkeit ihrer übrigen Haut. Als könne sie Josies Gedanken lesen, erklärte Dr. Feist: »An den Aufliegeflächen ergeben sich diese blassen Aussparungen innerhalb der Totenflecken. Abhängig von der Lage einer toten Person setzt sich ihr Blut nämlich an den tiefsten Stellen des Körpers ab und erzeugt so die Totenflecke. Dann sieht man diese dunkelviolette Färbung der Haut. Wenn jemand auf dem Rücken gefunden wird, tritt sie gewöhnlich am Rücken und hinten an den Beinen auf. Wenn jemand auf dem Bauch liegend vorgefunden wird, wird sich das Blut in der Regel an der Körpervorderseite sammeln. Man kann auch hier bei Krystal die Totenflecke sehen, aber weil es sich, wie ich vermute, um eine Kohlenmonoxidvergiftung handelt, sind sie eher kirschrot als violett. Auf jeden Fall entstehen Aussparungen an den Stellen des Körpers, auf die starker Druck ausgeübt wird, sodass das Blut sich dort nicht sammeln kann. Und das sieht dann eben so weiß aus.«

Aber die weiße Hautstelle an Krystals Unterarm war gar nicht der eigentliche Grund, warum Dr. Feist sie zur Leiche gebeten hatte. Quer über die bleiche Fläche hatte jemand etwas geschrieben, mit einem schwarzen Stift, wahrscheinlich einem Magic Marker.

»Ist das ein Name?«, fragte Gretchen und legte Notizbuch und Stift auf die Wiese, um mit ihrem Handy ein paar Fotos zu schießen.

»Das weiß ich nicht«, entgegnete Dr. Feist und ließ den Arm in seine ursprüngliche Position zurückschnellen. »Meine Aufgabe ist, euch möglichst viel darüber zu erzählen, wie diese Frau gestorben ist. Dieses Rätsel hier überlass ich euch und eurem Team zur Entschlüsselung.«

Josie vertiefte sich in die Aufschrift, um wieder einmal etwas zu dechiffrieren, das überhaupt keinen Sinn zu ergeben schien. In handgeschriebenen Großbuchstaben stand da: *PRITCH.*

SECHS

Josie und Gretchen standen neben Bianca Duncans Grab und beobachteten, wie sich die Rettungssanitäter abmühten, die steife, kniende Leiche von Krystal Duncan hinten in den Krankenwagen einzuladen. Die Leichenstarre konnte durch ein Bewegen der Gelenke gebrochen werden, aber darum würde sich Dr. Feist kümmern, ehe sie mit der Obduktion begann. Vorläufig mussten die Sanitäter Krystals Leiche in ihrer gegenwärtigen Haltung transportieren. Als sie weggefahren waren, wandte Josie sich an Gretchen: »›Pritch‹? Sagt dir das irgendwas?«

Gretchen blätterte rasch einige Seiten in ihrem Notizbuch durch. »Nein, dazu kann ich nichts finden. Ich müsste vielleicht noch mal die Akte mit den vermissten Personen durchgehen, aber ich kann mich nicht an eine Person, einen Ort oder ein Ding namens Pritch erinnern.«

»Was ist mit dem Familiennamen Pritchard?«, überlegte Josie laut. »Vielleicht ist Pritch ja eine Abkürzung davon? Oder wer immer das geschrieben hat, ist nicht fertig geworden? Oder vielleicht hat Krystal es geschrieben und wollte uns damit etwas über die Person mitteilen, die ihr das angetan hat, hatte aber keine Gelegenheit mehr dazu? Wenn sie sich bereits in Leichenstarre befand, als der Mörder sie so mit den Armen um den Körper geschlungen bewegt hat, dann könnte es durchaus sein, dass er es nicht bemerkt hat.«

Gretchen nickte und ging los in Richtung Straße. »Das ist möglich, aber das wäre ganz schön nachlässig von dem Mörder gewesen. Könnte auch sein, dass der Mörder selbst es geschrieben hat, als sie sich bereits in Totenstarre befand, aber dass er das Wort dann nicht zu Ende schreiben konnte, weil es zu anstrengend war, ihren Arm vom Körper wegzuhalten.«

»Auch eine Möglichkeit«, meinte Josie.

»Ich werd noch mal mit ihrem Chef und ihren Kollegen sprechen«, sagte Gretchen. »Und mir vielleicht Zugang zu den Akten verschaffen, an denen sie gearbeitet hat. Vielleicht ist da ja irgendwas im Zusammenhang mit ›Pritch‹ zu finden. Ich kann auch schauen, ob ich von Krystals Chef ein paar Handschriftenproben bekomme, und die damit abgleichen. Dieses Detail sollte aber besser noch nicht an die Presse rausgegeben werden.«

Josie ging hinter Gretchen her und rümpfte die Nase über ihren eigenen Körpergeruch nach fast einem ganzen Tag in der Hitze des Friedhofs. »Gute Idee.«

Über die Schulter fragte Gretchen: »Kommst du mit aufs Revier?«

Josie blieb auf der Straße stehen und ließ ihren Blick von dem Wagen, in dem Gretchen gekommen war, zu ihrem eigenen Auto wandern. »Wenn es dir nichts ausmacht, würde ich lieber heimfahren und duschen.«

Gretchen stand neben Noahs Auto, das er für sie dagelassen hatte, und fächelte sich mit ihrem Notizbuch Luft zu. »Kommst du dann danach? Deinen Bericht schreiben?«

»Nein, ich ...« Josie verstummte. Was war los? Zu jeder anderen Zeit in ihrem Leben hätte sie Himmel und Hölle in Bewegung gesetzt, um endlich wieder arbeiten zu können.

Einen Tag früher wieder dabei zu sein wäre normalerweise ihr größter Wunschtraum gewesen. Was stimmte nicht mit ihr?

Gretchens verdutzter Gesichtsausdruck deutete darauf hin, dass sie sich dieselbe Frage stellte. Aber sie drängte Josie nicht, sondern sagte einfach nur: »Dann halt gleich morgen früh. Wenn der Chief einverstanden ist, kannst du mit mir an diesem Fall arbeiten. Sicher hat Dr. Feist morgen die Obduktionsergebnisse vorliegen. Und ich schau mal, was ich inzwischen in dieser ›Pritch‹-Angelegenheit rausbekommen kann.«

Josie lächelte ihr verhalten zu und machte sich auf den Weg zu ihrem Auto. »Danke. Bis morgen dann.«

Sie stieg ein und fuhr los, bevor Gretchen es sich anders überlegte und sie doch noch überredete, schon an diesem Abend mit aufs Revier zu kommen. Eigentlich wollte sie nach Hause fahren, aber zehn Minuten später fand sie sich vor dem Spirituosenladen wieder und starrte auf die Fensterfront. Die Klimaanlage blies ihr einen Strom kalter Luft ins Gesicht. Jetzt, da der Schweiß auf ihrem Körper getrocknet war, bekam sie auf einmal Gänsehaut. Die Vorstellung, wie der Wild Turkey brennend durch ihre Kehle und in ihren Magen lief, sie wärmte und ihre verworrenen Gedanken zur Ruhe brachte, rief nach ihr. Wie der Gesang einer Sirene. Seit Jahren hatte sie kein solches Verlangen mehr danach gespürt. *Nur ein einziger Shot*, lockte eine Stimme in ihrem Hinterkopf, *allerhöchstens zwei*. Es gab ja neuerdings auch diese Mini-Fläschchen. Die konnte sie kaufen, gleich trinken und dann vor dem Heimfahren direkt hier in der Einkaufsmeile in den Mülleimer werfen. Noah war noch auf dem Revier – Gretchen hatte ja seinen Wagen. Niemand würde es bemerken. Bis Noah heimkommen würde, hätte sie längst geduscht und sich die Zähne geputzt.

Josie stöhnte laut auf. In den Wochen, seit sie nun zu ihren Therapiesitzungen ging, hatte Dr. Rosetti wahrscheinlich mehr gesprochen als sie selbst. Josie hatte eine nüchterne und emotionslose Schilderung ihrer schrecklichen Kindheit abgeliefert.

Obwohl Paige die Frage »Und wie haben Sie sich dabei gefühlt?« schon in etlichen Variationen ausprobiert hatte, weigerte sich Josie noch immer, ihre Gefühle mit den Ereignissen, die sie erzählte, in Zusammenhang zu bringen. Und doch drängten sie jedes Mal an die Oberfläche, wenn sie über Lisettes Ermordung sprach, auch wenn sie sich noch so sehr bemühte, ihren Kummer und ihr Trauma zu verdrängen. Paige sagte in solchen Momenten wieder und wieder zu ihr: »Einfach zulassen. Lassen Sie das Gefühl einfach zu und durch ihren Körper hindurchgehen.«

Sich zwei Shots Whiskey runterzukippen ging ganz bestimmt nicht als Versuch durch, irgendwelche Gefühle zuzulassen. In Wirklichkeit wollte sie diese ausradieren, wegwischen, in den hintersten Winkel ihres Bewusstseins verbannen. Josie umklammerte das Lenkrad so fest, dass ihre Knöchel weiß hervortraten, und ließ die Gefühle, die in ihr rumorten, aus diesem Winkel ihres Bewusstseins, an den sie nie zu rühren wagte, frei. Ihr Unbehagen äußerte sich jetzt körperlich. Eine Last, die auf ihre Brust drückte. Ein Pochen in ihren Schläfen. Ein Kloß in ihrer Kehle. Würde sie das noch aufhalten können? Wenn sie die Gefühle erst einmal freigelassen hatte, würde sie sie dann wieder zurückdrängen können? Oder würde sie dafür Wild Turkey brauchen? Dr. Rosetti sagte immer, es seien nur Gefühle und sie gingen vorüber, aber die Enge in ihrer Brust und das Kribbeln in ihren Fingern sprachen eine andere Sprache.

Die Bilder, die ihre Albträume erfüllten, waren jetzt im Tageslicht ganz real und schoben sich vor ihre Augen. Der zuckende Körper ihrer Großmutter, als die erste Ladung Schrot sie traf. Lisette, wie sie fiel und sich wieder aufrichtete, um die zweite Schrotladung abzufangen, indem sie sich vor Josie warf, mit jener übermenschlichen Kraft, die nur die Liebe einer Mutter hervorbringen konnte.

Die Liebe einer Mutter.

Einzig Lisette hatte Josie in ihrer Kindheit mit solcher Hingabe geliebt. Und jetzt war sie tot. Josie fühlte, wie sich in ihrem Innern ein Abgrund auftat – er war dunkel und bodenlos. Sie glaubte Paige Rosetti nicht, wenn diese behauptete, Gefühle seien nur Gefühle und könnten ihr nicht schaden. Die Dämonen, die der Kluft in ihrer Seele entstiegen, würden sie verschlingen. Mit zitternden Händen machte sie den Motor aus und öffnete die Autotür. Was waren schon ein paar Shots Wild Turkey, verglichen mit diesem Schmerz?

Josies Füße in den Sneakern berührten den Parkplatzasphalt. Ihre zitternden Beine streckten sich, bis sie aufrecht dastand. Da hörte sie ein Geräusch. Ein Klacken, ganz schwach nur, aber so unvertraut, dass sie es sofort registrierte, trotz der Panik, die gerade in ihr aufstieg. Sie ließ ihren Blick über den Boden schweifen und entdeckte das kleine Kettchen aus Rosenkranzperlen, das der Chief ihr gegeben hatte, als Lisette im Krankenhaus im Sterben lag. Sie bückte sich, hob es auf und schloss ihre Hand darum. Die Perlen waren dunkelgrün und poliert – wirklich sehr hübsch. Ein kleines Medaillon daran zeigte eine Frau in fließenden Gewändern, deren Kopf die Worte *Maria Knotenlöserin* wie ein Heiligenschein umrahmten. Josie war nicht katholisch. Sie war nicht einmal besonders religiös. Nach ihrer schrecklichen Kindheit und bei all den Gräueltaten, die sie in ihrem Beruf sah, war es schwierig, an etwas anderes zu glauben als an die Schlechtigkeit der Menschen. Ihr Chef war auch kein Katholik. Er war nicht einmal besonders nett. Bob Chitwood war vier Jahre zuvor von der Bürgermeisterin eingestellt worden. Er war ruppig und jähzornig und es schien, als sei er auch nach all den Jahren, die er jetzt bei ihnen war, noch mit niemandem so richtig warm geworden. Aber auf seine Weise hatte er mit diesem Armband versucht, Josie zu helfen oder sie zu trösten. Was von beidem, war ihr nicht klar. Sie rief sich die Unterhaltung mit ihm zurück ins Gedächtnis, die sie vor dem Krankenhaus, in dem ihre Großmutter mit dem Tod rang, geführt hatten:

»*Ich verstehe nicht, Sir.*«

Er griff nach ihrer Hand und schloss ihre Finger über dem Armband.

»*Eines Tages werde ich Ihnen erzählen, wie ich zu diesem Ding gekommen bin. Im Moment müssen Sie nur Folgendes wissen: Selbst wenn Sie noch nie in Ihrem Leben gebetet haben – wenn jemand, den Sie lieben, im Sterben liegt, werden Sie das Beten verdammt schnell lernen. Jemand, der zutiefst an die Macht des Gebets glaubte, hat mir das gegeben, und damals war es ein großer Trost für mich. Vielleicht wird es Ihnen nichts bedeuten. Ich weiß es nicht. Wie dem auch sei, wenn Lisettes Zeit gekommen ist, wird sie hier nichts mehr halten, doch was ist mit Ihnen? Sie werden jede Hilfe brauchen, die Sie bekommen können. Behalten Sie das Kettchen, bis Sie bereit sind, es mir zurückzugeben, und, Quinn, ich will es auf jeden Fall zurück.*«

»*Wie weiß ich denn, dass ich bereit bin, es zurückzugeben?*«, *fragte Josie.*

Chitwood ging davon. Über die Schulter sagte er: »*Ach, das werden Sie dann schon merken.*«

Josie hatte noch immer keine Ahnung, was er damit erreichen wollte oder wie sie wissen würde, wann sie das Armband zurückgeben sollte. Das Ganze fühlte sich wie eine Prüfung an, und wie so oft, wenn es um Chief Chitwood ging, hatte sie Angst zu versagen.

Was sie wusste, war aber, dass die Zeit nicht reif dafür war, das Armband zurückzugeben. Noch nicht.

»Ich bin noch nicht bereit«, murmelte sie und drückte die warmen Perlen in ihrer Hand.

»Alles in Ordnung, Miss?«, sagte ein Passant zu ihr und blieb in einiger Entfernung stehen.

Josie erwachte aus ihrem Tagtraum und sah sich um. Sie stand neben ihrer offenen Autotür, die Kleidung verknittert und steif vom getrockneten Schweiß, ein Rosenkranzkettchen in ihrer Faust. Sie sah den Fremden an und rang sich ein Lächeln ab.

»Ja, danke«, antwortete sie. »Mir geht's gut. Ich ... ich muss heimfahren.«

Sie stieg wieder in ihr Auto und steckte das Kettchen zurück in die Tasche. Zu Hause angekommen erlaubte sie ihrem Boston Terrier Trout, ihr Gesicht mit feuchten Küssen zu bedecken. Sie streichelte ihn und schenkte ihm all die Aufmerksamkeit, die er einforderte. Nach dem Duschen bestellte sie sich eine Pizza. Als sie am Küchentisch saß und Krystal Duncan googelte, kam Noah heim. Er begrüßte Trout, kam in die Küche und gab Josie einen Kuss auf den Kopf, ehe er sich ein Stück Pizza schnappte.

»Du hattest ja einen interessanten Tag«, meinte er.

»Ja, hatte ich«, sagte Josie. »Irgendwas Neues im Krystal-Duncan-Fall?«

»Null«, entgegnete Noah. »Gretchen versucht rauszufinden, was ›Pritch‹ bedeutet. Sie trifft sich morgen früh um zehn mit Dr. Feist, um die Obduktionsergebnisse durchzugehen.«

»Ich werde auch hinfahren«, meinte Josie.

SIEBEN

Die Rechtsmedizin der Stadt befand sich im Untergeschoss des Denton Memorial Hospital. Es lag auf einem Hügel hoch über der restlichen Stadt. Die anderen Stockwerke boten eine herrliche Aussicht auf die kleine »Metropole« Denton und die Berge rundum, aber das Untergeschoss hatte keine Fenster und wirkte wie die Kulisse eines Horrorfilms, mit seinen schmuddelig gelben Bodenfliesen und den tristen weiß gekachelten Wänden, die mit dem Alter grau vor Schmutz geworden waren. Es war der mit Abstand ruhigste Ort im ganzen Krankenhaus. Die Schritte von Josie und Gretchen hallten in dem langen Flur zur Rechtsmedizin, die aus einem sehr großen Sezierraum, einem begehbaren Kühlraum für Leichen und Dr. Feists Büro bestand.

Sie trafen Dr. Feist im Sezierraum an, wo sie sich gerade über einen Laptop auf der Ablagefläche aus rostfreiem Stahl beugte, die an der hinteren Wand entlanglief. Sie trug ihren üblichen dunkelblauen OP-Kittel. Ihr silberblondes Haar war zu einem Pferdeschwanz zurückgebunden. »Detectives!«, begrüßte sie die beiden mit einem Lächeln. »Kommt rein.«

Der Geruch, der im Raum herrschte, und zwar sogar, wenn

hier einmal keine Leichen lagen, brachte Josies Mageninhalt stets in Aufruhr. Selbst die Chemikalien, die Dr. Feist und ihr Assistent routinemäßig zum Desinfizieren verwendeten, konnten den allgegenwärtigen Verwesungsgestank nicht überdecken. Trotzdem lächelte Josie die Ärztin tapfer an. »Schön, dass du wieder da bist«, meinte Dr. Feist.

Josie nickte und ließ den Blick über die Seziertische wandern. Einer war leer, aber auf dem anderen lag, flach ausgestreckt und mit einem Leintuch bedeckt, eine Leiche.

»Das ist sie«, sagte Dr. Feist. »Es ist mir gelungen, die Totenstarre zu brechen. Und ich konnte sie anhand des Ausweises identifizieren, den mir euer Team zur Verfügung gestellt hat und den ihr offensichtlich bei ihr zu Hause gefunden habt.«

»Ja«, bestätigte Gretchen.

»Todesursache ist, wie ich bereits vermutet hatte, eine Kohlenmonoxidvergiftung. Die Befunde sind sehr charakteristisch. Ihre ganzen inneren Organe und die Muskeln zeigen die kirschrote Färbung, die man typischerweise bei solchen Todesfällen sieht. Daneben hat sie das charakteristische Lungenödem und die Blutstauung der inneren Organe. Eine Messung ihres Carboxyhämoglobinspiegels kann uns sagen, wie viel Kohlenmonoxid sie im Blut hatte, aber wir sind für solche Tests nicht ausgerüstet. Ich habe deswegen einige Blutproben ins Polizeilabor geschickt, aber die Ergebnisse können einige Zeit dauern. Mein Bericht ist erst abgeschlossen, wenn ich diese und die üblichen toxikologischen Ergebnisse erhalten habe, aber ich kann euch mit Sicherheit sagen, dass diese Frau an einer Kohlenmonoxidvergiftung gestorben ist. Es handelt sich hier ganz klar um ein Tötungsdelikt. Officer Chan hatte recht: Die Substanz in ihrem Mund war Wachs. Wie ich euch schon gestern gesagt habe, hat euer Team einen Teil davon zur Analyse geschickt, aber wir können schon jetzt davon ausgehen, dass es sich um Kerzenwachs handelt. Wer auch immer ihr das alles angetan hat, hat ihr das Wachs in den Mund gegossen.«

Josie zuckte zusammen. »Konntest du feststellen, ob das passiert ist, als sie noch am Leben war?«

Dr. Feist schüttelte den Kopf. »Das ist sehr schwer zu beurteilen. Es gibt einige Brandwunden weiter hinten in ihrer Kehle. Ich habe sehr lange gebraucht, um das Wachs zu entfernen, und konnte auch nicht alles herausbekommen. Die ganzen Strukturen hinten in ihrem Mund – das Gaumenzäpfchen, der Kehldeckel und der Rachen – sind verbrannt, das Zahnfleisch, die Wangeninnenseite und auch die Lippen dagegen kaum.«

Gretchen hatte bereits ihr Notizbuch gezückt und schrieb mit, was Dr. Feist sagte, hielt aber jetzt mit dem Stift in der Luft inne und fragte: »Wie ist das möglich? Hat sie nicht gekämpft? Wild um sich geschlagen? Ich würde mir niemals heißes Wachs in die Kehle gießen lassen, ohne mich zu wehren.«

»Außer jemand hält deinen Kopf, und eine andere Person gießt dir das Wachs rein«, schlug Josie vor.

Dr. Feist nickte. »Ja, das könnte sein. Aber vor dem Hintergrund der partiellen Verbrennungen ist es wahrscheinlicher, dass das Wachs zum Einsatz kam, während sie starb.«

»Du meinst, genau zum Zeitpunkt ihres Todes?«, hakte Gretchen nach.

»Ja. Ihr müsst berücksichtigen, dass sie wahrscheinlich völlig desorientiert war. Kohlenmonoxidvergiftungen verursachen Kopfschmerzen, Übelkeit, Schwindel, Schwäche, Erschöpfung. Wenn ihr das Wachs, gerade als sie starb, in die Kehle gegossen wurde, hat sie zu diesem Zeitpunkt wahrscheinlich gar nicht mehr mitbekommen, was da passiert. Das würde erklären, wie es möglich war, es so vorsichtig hineinzugießen, dass die Strukturen tiefer im Rachen und hinten im Mund verbrannt wurden, aber nicht so sehr die Wangeninnenseite oder ihre Lippen.«

»Kann man irgendwie rausbekommen, wie lange sie dem Kohlenmonoxid ausgesetzt war?«, wollte Josie wissen.

Dr. Feist schüttelte den Kopf. »Das hängt von der Größe der Räumlichkeit ab, in der die Person sich befindet, und von der Konzentration des Kohlenmonoxids. Je nachdem kann das weniger als eine Stunde oder mehrere Stunden dauern. Es gibt keine Möglichkeit, das mit Bestimmtheit festzustellen. Bei allen Fällen, die ich in meiner Berufslaufbahn bisher zu Gesicht bekommen habe, hat es sich entweder um Selbstmord oder um einen Unfall gehandelt, und die Personen wurden auch an dem Ort aufgefunden, wo es zur Vergiftung und zum Tod kam, über den ich bei Krystal Duncan nichts weiß.«

Gretchen seufzte. »Was ist mit dem Todeszeitpunkt?«

Dr. Feist runzelte die Stirn. »Das ist ein bisschen verzwickt. Ich kann ihn nicht so weit eingrenzen, wie ich es gern täte, aber ich kann euch so viel sagen: Beim Auffinden war die Leichenstarre voll ausgeprägt, was gewöhnlich in einem Zeitraum von einer bis sechs Stunden nach dem Tod der Fall ist.«

»Das ist ein riesiges Zeitfenster!«, unterbrach Josie sie.

Dr. Feist hob beschwichtigend die Hand. »Aber im Schnitt sind es zwei bis vier Stunden. Livor mortis, die Totenflecke, und Rigor mortis, die Leichenstarre, treten gewöhnlich zeitgleich auf. Wie ihr wisst, erscheinen die Totenflecke, wenn das Blut sich in den am tiefsten gelegenen Körperregionen sammelt und so die Verfärbung verursacht. Das passiert zwischen einer halben Stunde und vier Stunden nach dem Tod, und nach acht bis zwölf Stunden können sich die Flecke nicht mehr verlagern. Dann bleiben die verfärbten Bereiche, wie sie sind, selbst wenn die Leiche bewegt wird.«

»Aber wenn man die Leiche vorher bewegt, ändern sich die verfärbten Bereiche noch?«, fragte Gretchen.

»Genau«, meinte Dr. Feist.

»Was ist dann passiert, als Krystal Duncans Leiche vom Friedhof hierhergebracht wurde?«, wollte Josie wissen.

»Das Blut hat sich woanders abgesetzt«, sagte Dr. Feist. »Hier.« Sie schlug die rechte Seite des Lakens zurück, um Krystals Arm aufzudecken, der nun mit der Handfläche nach unten seitlich an ihrem Körper lag. Dr. Feist hob den Arm an und sie konnten wieder das Wort »Pritch« sehen, das auf die Innenseite des Unterarms geschrieben war. Die Haut, die auf dem Friedhof noch ganz bleich gewesen war, war jetzt grellrot. »Die Totenflecke waren noch verlagerbar, als Josie Krystal gestern Vormittag gefunden hat. Sie befand sich allerdings schon in Leichenstarre. Sie muss wohl nach ihrem Tod einige Zeit absichtlich so gelagert worden sein, damit die Leichenstarre in dieser Position eintrat. Wahrscheinlich hat die Person, die sie zum Friedhof gebracht hat, ähnliche Probleme gehabt wie die Sanitäter gestern.«

»Du meinst also, dass sie sich in dieser knienden Position befand, als der Mörder sie transportiert hat?«, fragte Josie.

»Ja, das glaube ich. Die Haltung, in der du sie auf dem Friedhof gefunden hast, ist auch die, in der sie starb. Der Mörder hat ihr Wachs in die Kehle gegossen, während sie starb, hat sie dann schätzungsweise eine bis vier Stunden so gelassen, bis die Leichenstarre einsetzte, und dann hat er sie abtransportiert.«

»Dann hat der Mörder sie also so lange einer ausreichenden Menge Kohlenmonoxid ausgesetzt, bis sie starb, hat dann der Knienden die Luftröhre und die Lippen mit Wachs verschlossen und sie ein paar Stunden so gelassen.«

»Ja«, sagte Dr. Feist, »genau so stelle ich es mir vor.«

»Sie wurde also bewegt, nachdem die Leichenstarre eingesetzt hatte, aber bevor die Totenflecke endgültig wurden. Das heißt, als Josie sie gestern um zehn Uhr auf dem Friedhof entdeckt hat, war sie noch keine acht Stunden tot«, rechnete Gretchen zurück. »Dieses Zeitfenster ist aber nicht gerade eng, Doc.«

»Es tut mir leid, dass ich es nicht weiter eingrenzen kann.

Selbst ihre Körpertemperatur verrät mir nicht genug, um euch einen präziseren Zeitrahmen geben zu können. Gewöhnlich fällt die Körpertemperatur nach dem Tod pro Stunde um etwa null Komma acht Grad Celsius, aber sie fällt schneller, wenn die Leiche sich in einer kühlen Umgebung befindet. Angenommen, sie wurde von einem kühleren Ort zum Friedhof gebracht, dann wäre die Temperatur wieder umso mehr gestiegen, je länger sie in der Hitze draußen war. Die Körpertemperatur ist in diesem Fall also kein zuverlässiger Indikator, um den Todeszeitpunkt festzulegen.«

»Gibt es Anzeichen für ein Sexualverbrechen?«, fragte Josie.

»Nein. Nichts.«

»Hast du irgendwas anderes gefunden? Haut unter ihren Fingernägeln? Irgendwas?«

»Nein, tut mir leid«, entgegnete Dr. Feist. »Nichts, was euch helfen könnte, den Mörder zu identifizieren. Aber eine Sache ist noch bemerkenswert.« Sie griff nach Krystals Hand, spreizte den Mittelfinger von den anderen Fingern weg und hielt ihn so, dass sie seine Seite auf Höhe des obersten Fingergelenks betrachten konnten. »Ich denke, dass Krystal Rechtshänderin war. Man sieht hier etwas Hornhaut, und das ist genau die Stelle, an der ein Kugelschreiber oder Bleistift beim Schreiben aufliegt.«

»Ich schreib auch mit der Rechten, hab da aber keine Hornhaut«, meinte Gretchen skeptisch.

»Ist auch nicht bei jedem so. Möglicherweise hat sie ihre Stifte zu verkrampft gehalten oder sie musste bei ihrer Arbeit einfach eine Menge schreiben. Außerdem hat sie eine Narbe an der Handfläche, die auf eine Karpaltunnel-OP hinweist.«

Dr. Feist drehte behutsam Krystals Hand um, sodass Josie und Gretchen die Handfläche sehen konnten. Sie war kirschrot, weil sie in der Rechtsmedizin mit der Handfläche nach unten gelegen hatte, als die Totenflecke sich nicht mehr verlagerten, aber Josie konnte die dünne silbrige Narbe in der Mitte der Handfläche am Übergang zum Handgelenk erkennen. »Ein Karpaltunnelsyndrom entwickelt sich meistens in der Schreibhand.«

»Wenn sie Rechtshänderin war, dann ist es unmöglich, dass sie sich selbst etwas auf ihren rechten Arm geschrieben hat«, stellte Josie fest.

»Exakt«, sagte Dr. Feist. Sie ließ ihre Hand einen Augenblick auf Krystals Körper ruhen und schüttelte fast unmerklich den Kopf. »Traurig«, murmelte sie, fast wie zu sich selbst. Dann setzte sie ein Lächeln auf und wandte sich den beiden zu. »Tut mir leid, aber das ist alles, was ich zu bieten habe, Detectives.«

»Wir werden das Beste draus machen«, versprach Gretchen.

ACHT

Sie blieben noch etwas auf dem Parkplatz in Gretchens Wagen sitzen, damit Gretchen sich ein paar Notizen machen konnte. Die Klimaanlage lief auf Hochtouren. Es sollte wieder ein brüllend heißer Tag werden, und die Hitze und die hohe Luftfeuchtigkeit waren schon jetzt kaum zu ertragen, obwohl es noch nicht einmal Mittag war.

»Dieser Mörder will uns etwas mitteilen«, grübelte Josie.

»Da geb ich dir recht«, sagte Gretchen, ohne von ihren Notizen aufzublicken. »Das Wachs verschließt ihr die Lippen. Man gießt einer Person, die bereits ihre letzten Atemzüge tut, nicht einfach so Wachs in die Kehle.«

»Auch das mit der Kohlenmonoxidvergiftung ist eigenartig, findest du nicht?«, fragte Josie. »Ich hab sowas noch nie gesehen – nicht bei einem Mordfall. Wie du schon gesagt hast, handelt es sich sonst immer um Unfälle oder Selbstmorde. Wer auch immer das getan hat, hat dazu einen geschlossenen Raum gebraucht, in den er das Kohlenmonoxid einleiten konnte.«

»Ja. Das Einfachste wäre eine Garage, denke ich. Du musst nur ein Auto reinfahren und den Motor laufen lassen«, antwortete Gretchen. Sie blickte von ihren Notizen auf und klopfte mit ihrem Stift auf das Buch. »Was haben wir hier, psychologisch gesehen? Hat der Mörder Kohlenmonoxid verwendet, weil es nicht so brutal und unappetitlich ist, wie jemanden zu erschießen oder zu erstechen?«

»Und weniger intim, als jemanden zu erwürgen oder zu ersticken?«, fügte Josie hinzu. »Aber vielleicht hat er es auch so gemacht, weil er sie leiden und langsam vor sich hinsterben sehen wollte.«

»Auch möglich. Wenn man das Wachs bedenkt, die Botschaft auf ihrem Arm und die Tatsache, dass er sie am Grab ihrer eigenen Tochter deponiert hat, glaube ich eher nicht, dass dieser Mörder vor blanker Gewalt zurückschreckt.«

»Damit sind wir wieder bei der Botschaft angekommen, die er übermitteln will«, meinte Josie. »Wollte er sie mit dem Wachs mundtot machen?«

Gretchen legte Stift und Notizbuch auf die Mittelkonsole, ließ das Auto an und fuhr langsam aus der Parklücke heraus. »Das würde Sinn ergeben, aber warum hinterlässt er dann eine Nachricht auf Krystals Arm? Und warum hinterlässt er sie an einem öffentlichen Ort wie dem Friedhof?«

»Weil er möchte, dass wir erfahren, was auch immer Krystal wusste«, sagte Josie. »Vielleicht wollte er sie gar nicht mundtot machen, sondern wollte, dass wir erfahren, dass sie etwas zu verheimlichen hatte. Waren ihre Lippen also versiegelt, weil sie ein Geheimnis für sich behalten hat?«

Gretchen fuhr die lange Straße entlang, die vom Krankenhaus hinunter in die Stadt führte. »Aber warum hat er dann einen so mysteriösen Hinweis hinterlassen? Pritch. Was soll das bedeuten? Ist das ein Name? Ein Ort? Sowas wie ein Privatcode?«

»Hast du gestern Abend noch mal mit Krystals Kollegen gesprochen?«, erkundigte sich Josie.

»Ich hab mit ihrem Chef gesprochen«, sagte Gretchen. »Alle anderen waren schon heimgegangen. Er wusste nicht, was ›Pritch‹ bedeuten könnte, hat aber versprochen, Kopien von allen Fallakten machen zu lassen, an denen Krystal gearbeitet hat, bevor sie verschwand.« Sie warf einen Blick auf die Uhr am Armaturenbrett. »Wir könnten eigentlich jetzt gleich vorbeifahren, noch mit ein paar weiteren Leuten sprechen und diese Akten mitnehmen.«

»Als Krystal vermisst gemeldet wurde, bist du mit ihren Kollegen doch sicher die üblichen Fragen durchgegangen, oder?«, fragte Josie.

»Klar«, antwortete Gretchen. »Ich bin die Fragen mit allen durchgegangen, die sie kannten: Kollegen, Nachbarn, die Eltern aus der Selbsthilfegruppe. Ist sie schon öfters für längere Zeit verschwunden? Nein. Kennen sie jemanden, der ihr Ärger gemacht hat? Nein. Lag sie mit jemandem im Streit, gab es irgendwie böses Blut? Freundinnen, Ex-Partner, Nachbarn, Mandanten, irgendwer? Nein. Hat sie Sorgen geäußert, weil sie in letzter Zeit von jemandem verfolgt oder gestalkt wurde? Nein. Kennen sie irgendjemanden, der ihr vielleicht wehtun wollte? Nein. Wir hatten keine einzige brauchbare Spur, bis Dee Tenney am Friedhof über sie gestolpert ist.«

»Du hast ja gesagt, dass sie eine alleinerziehende Mutter war, aber hatte sie irgendwie Kontakt zu Biancas Vater? Hat sie Kindesunterhalt bekommen? Irgendwas? Gibt es vielleicht Lebenspartner oder Ex-Freunde, die ihr Ärger gemacht haben?«

»Nichts«, meinte Gretchen. »Eine ihrer Kolleginnen – eine gewisse Carly, die offensichtlich am meisten Kontakt mit ihr hatte – hat uns erzählt, dass Bianca das Ergebnis eines One-Night-Stands in einem Urlaub in Florida war. Krystal hat den Vater nie kontaktiert, um ihm von der Schwangerschaft zu erzählen, sodass uns auch das nicht im Geringsten weitergebracht hat. Dieselbe Kollegin hat uns auch erzählt, dass Krystal ein paar Liebschaften hatte, solange Bianca ein Kleinkind war, aber als sie dann ins Schulalter kam, hat Krystal niemanden mehr gedatet. Nicht genug Zeit oder einfach keinen Nerv dafür. Sie hat sich voll und ganz auf ihre Tochter konzentriert. Sonst hat Carly nur noch gesagt, dass sie seit Biancas Tod nicht mehr dieselbe war und dass sich alle Sorgen gemacht haben, dass sie sich etwas antun könnte. Wir konnten sowohl ihren E-Mail-Account aus der Kanzlei als auch ihren persönlichen einsehen und außerdem ihre Social-Media-Accounts, aber wir haben nichts gefunden, was uns weiterhilft. Du kannst dir auch ihre Facebook-Seite anschauen. Wir haben Zugriff auf ihren kompletten Account bekommen, aber da war nicht viel mehr als das, was sie selbst auch öffentlich gepostet hat.«

Josie nahm ihr Handy heraus, ging auf Facebook und suchte nach Krystal Duncan. Auf ihrem Profilbild war sie mit einem Mädchen zu sehen, von dem Josie annahm, dass es Bianca war. Die Tochter war ihrer Mutter wirklich wie aus dem Gesicht geschnitten, bis auf die Nase, die etwas breiter und flacher war. Auf dem Foto trug Bianca Jeans und ein schwarzes T-Shirt, auf das in auffälligen Goldbuchstaben »*Love*« gedruckt war. Eine Hand stemmte sie in ihre schmale Hüfte. Auf ihrer anderen Seite stand Krystal in kakifarbenen Caprihosen und einer schulterfreien rosa Bluse und schmiegte sich so eng an sie, dass die Wangen der beiden sich berührten. Beide strahlten über das ganze Gesicht. Josie überkam eine beklemmende Traurigkeit. Auch sie hatte bereits viele Menschen in ihrem Leben verloren, und obwohl sie keine Kinder hatte, konnte sie sich nichts Schlimmeres vorstellen, als sein Kind zu verlieren. Jetzt waren beide tot, Tochter und Mutter.

Warum nur?

Sie scrollte durch Krystals Seite, aber ihre Privatsphäre-Einstellungen waren ziemlich streng, und alles, was Josie sehen konnte, waren ein paar weitere Fotos von Krystal und Bianca. »Das sind alles alte Posts«, meinte Josie. »Und in allen geht es um Bianca.«

»Genau«, antwortete Gretchen. »Bianca war ihr Leben,

und als sie starb, war es für Krystal so, als wäre die Zeit stehen geblieben. Wir sind übrigens da.«

Josie steckte ihr Handy wieder ein und sah auf. Die Anwaltskanzlei, für die Krystal gearbeitet hatte, lag in einem vierstöckigen grauen Ziegelbau in einem Büroviertel an der Grenze zwischen West und South Denton. Josie folgte Gretchen ins Gebäudeinnere. Sie nahmen den Lift in den zweiten Stock, wo sich die Räume der Anwaltskanzlei Abt and Defeo befanden. Direkt hinter dem Eingang öffnete sich ein nobler Wartebereich mit breiten Sofas aus glänzendem Leder, die um einen Couchtisch aus Teakholz gruppiert waren. An einer Wand stand ein kleiner Kaffeetresen mit Stapeln sauberer Kaffeebecher mit dem Kanzleinamen darauf und einer großzügigen Auswahl an verschiedenen Kaffee- und Teesorten. Vom Rest der Kanzleiräume war der Wartebereich durch eine Glaswand abgetrennt, hinter der eine junge Frau mit kurzen blonden Haaren saß. Als die beiden näherkamen, öffnete sie das Schiebefenster, aber sobald Gretchen kurz die Hand zum Gruß erhob, wurde ihre Miene ernst.

»Sie sind wieder wegen Krystal hier, oder?«, fragte sie.

»Ja. Tut mir leid«, antwortete Gretchen.

Josie reichte der Frau ihren Dienstausweis. Sie blickte nur kurz darauf, gab ihn zurück und sagte zu Josie: »Ich bin Carly Howe. Wir hatten heute Morgen schon ein Teammeeting wegen Krystal. Mr Defeo wollte, dass wir Bescheid wissen, ehe die Presseleute es herausbekommen.«

»Ich bin froh, dass er es Ihnen schon erzählt hat«, meinte Gretchen. »Die Presse hat tatsächlich heute schon ganz früh Wind davon bekommen. Sie rufen seit sechs Uhr morgens bei unserer Pressesprecherin an. Es kommt wahrscheinlich in den WYEP-Mittagsnachrichten.«

Carly schüttelte langsam den Kopf. »Es ist einfach schrecklich. Ich kann mir nicht vorstellen ... Mr Defeo hat uns mitgeteilt, dass die Polizei von einem Verbrechen ausgeht. Ich kann nicht verstehen, wieso jemand Krystal etwas antun wollte. Sie hat doch schon so viel durchgemacht.«

»Genau das wollen wir herausbekommen«, erwiderte Josie. »Sagen Sie, sind alle Kollegen, die mit Krystal zusammengearbeitet haben, heute hier?«

Carly nickte. »Ja, heute sind alle in der Kanzlei. Mr Defeo hat schon angekündigt, dass Sie wegen einiger Akten vorbeikommen würden und vielleicht mit uns sprechen wollen. Warum kommen Sie nicht einfach nach hinten?«

Sie beugte sich nach rechts. Josie und Gretchen hörten ein Summen und dann schnappte ein Schloss auf. Gretchen fasste nach der Klinke der Tür neben dem Fenster und öffnete sie. Auf Carlys Schreibtisch im Raum dahinter türmten sich Aktenkartons. Carly deutete darauf. »Das sind die ganzen Akten. Wenn Sie hier fertig sind, helfe ich Ihnen gerne, sie zu Ihrem Auto zu tragen.«

»Das wäre großartig«, erwiderte Gretchen.

Josie zeigte auf die Tür, durch die sie gerade gekommen waren. »Ziemlich umfangreiche Sicherheitsvorkehrungen für eine Kanzlei für Personenschäden. Gab es da in der Vergangenheit Probleme?«

Carly lachte. »Nichts wirklich Ernstes. Wir haben einfach nur eine Reihe Mandanten, die hier gerne mal ohne Termin auftauchen und stundenlang plaudern wollen. Es ist einfacher, ihnen zu sagen, dass der betreffende Anwalt nicht da ist, wenn sie den Wartebereich gar nicht erst verlassen können.«

Josie blickte an ihr vorbei in einen offenen Bereich mit mehreren Schreibtischen. Nur zwei davon waren besetzt – einer von einer Frau in den Sechzigern und ein anderer von einer Frau in den Vierzigern, soweit Josie es beurteilen konnte. Beide telefonierten gerade, äugten aber nebenbei neugierig zu den beiden Detectives herüber. Hinter den Schreibtischen befanden sich mehrere Räume, an deren Türen jeweils die Namen der beiden Partner, Gil Defeo und Richard Abt, sowie der Verwendungszweck standen: ein Konferenzraum, ein Aktenarchiv und ein Pausenraum.

»Sie können sicher im Konferenzraum arbeiten, wenn Ihnen das recht ist«, schlug Carly vor.

»Ja«, antwortete Gretchen. »Das wäre gut.«

Josie wandte sich an Carly: »Detective Palmer hat mir gesagt, dass Sie von allen Kollegen Krystal am nächsten standen?«

Zum ersten Mal sah Josie, wie Carlys fröhliche Rezeptionistinnenfassade bröckelte. In ihren braunen Augen glitzerten auf einmal Tränen. »Ja. Ich war es auch, die Gil gebeten hat, die Polizei zu benachrichtigen, als Krystal nicht zur Arbeit gekommen ist. Es war einfach untypisch für sie, keine Anrufe anzunehmen. Immerhin war die Arbeit das Einzige, was ihr nach Biancas Tod noch geblieben ist. Ich hätte mir nie vorstellen können, dass jemand ihr etwas antun will. Ich meine, dass sie sich selbst etwas antut, vielleicht, aber doch niemals ... Ich weiß wirklich nicht, wer so etwas tun sollte.«

»Ihr Chef hat Detective Palmer erzählt, dass nach dem Busunfall viele von Krystals Freundschaften mehr oder weniger eingeschlafen sind.«

Carly nickte und lehnte sich mit dem Rücken an einen der Kartonstapel. »Ja, das ist wirklich schrecklich, aber ich glaube, viele Leute wussten einfach nicht, was sie zu ihr sagen sollten. Wie sie mit ihr reden sollten. Ist ja auch echt schwierig. Was sagt man jemandem, der sein Kind verloren hat?«

»Was haben *Sie* ihr denn gesagt?«, fragte Gretchen nach.

Carly blinzelte erstaunt. Mit so einer Frage hatte sie offensichtlich nicht gerechnet. »Ich hab nichts gesagt. Ich hab ihr einfach zugehört.«

»Sie hatte wirklich Glück, eine Freundin wie Sie zu haben«, meinte Josie.

Carly hob die Arme in die Luft und ließ sie wieder fallen.

»Das hat ihr ja verdammt viel genützt. Als sie mich am meisten gebraucht hätte, war ich nicht da.«

»Sie sind nicht schuld an dem, was Krystal passiert ist«, versicherte ihr Gretchen.

Carly kaute auf dem Nagel ihres Zeigefingers herum. »Ja, das kann schon sein.«

»Wenn Krystal irgendjemanden neu kennengelernt oder Ärger mit jemandem in ihrem Leben gehabt hätte, meinen Sie, sie hätte Ihnen das erzählt?«, wollte Josie wissen.

»Wenn Sie mich das letzte Woche gefragt hätten, hätte ich wohl Ja gesagt, aber jetzt? Ich bin mir nicht mehr so sicher«, gestand Carly. »Ich meine, ich dachte, sie würde mir alles erzählen. Es schien ihr zu helfen, wenn sie sich mit mir unterhalten hat. Krystal war wirklich total angespannt, müssen Sie wissen. Schon bevor Bianca gestorben ist, war sie immer sehr empfindlich. Alles und jedes hat sie gestresst. Ich dachte eigentlich, wir wären sehr eng befreundet, aber wer weiß das schon? Sie hatte – vor Biancas Tod – natürlich auch andere Freundschaften, aber die waren eher oberflächlich. Darum hat sie ja so viel gek...«

Carly verstummte und hielt sich schnell den Mund zu.

»Alles in Ordnung, Carly«, beruhigte Josie sie.

Carly nahm ihre Hand wieder vom Mund und schüttelte den Kopf. »Tut mir echt leid, aber das ist wirklich privat. Ich hätte nicht ... Krystal hätte nicht gewollt, dass ich das ausplaudere.«

Gretchen setzte eine ernste Miene auf. »Carly, Krystal ist nicht mehr unter uns, und eine wirklich gefährliche Person hat sie umgebracht. Zum jetzigen Zeitpunkt wissen wir nicht, was für die Suche nach ihrem Mörder von Bedeutung ist und was nicht. Insofern müssen wir alles erfahren, auch die privaten Dinge. Ich versichere Ihnen, dass Sie nichts Falsches tun, wenn Sie uns das erzählen.«

Carly sah hinüber zu ihren Kolleginnen, die aber noch

immer telefonierten. Sie ließ die Schultern hängen und schlang die Arme um sich. Mit gedämpfter Stimme sagte sie: »Ich hab nur die Befürchtung, dass sie wieder in der Presse über sie herfallen werden. Zuerst der Prozess gegen den Busfahrer und jetzt ihre Ermordung – das ist doch ein gefundenes Fressen für die Medien. Ich möchte nicht, dass ihr Ruf leidet. Ich weiß, dass klingt dumm, aber sie war nun mal meine Freundin.«

»Wir werden uns wirklich bemühen, nichts von dem, was Sie uns sagen, zur Presse durchdringen zu lassen«, versicherte Josie ihr.

»Die werden es so darstellen, als ob sie eine schlechte Mutter gewesen wäre, und das war sie nicht. Nicht im Geringsten. An diesem Busunfall hat niemand Schuld außer dem Fahrer. Er war betrunken. Aber das wird die Presse kaum interessieren. Sie werden es so hindrehen, als ob es Krystals Schuld gewesen wäre, dass Bianca gestorben ist oder dass sie überhaupt im Bus war – schauen Sie, es ist ja kein Verbrechen, sein Kind mit dem Schulbus fahren zu lassen, egal, was man in seiner Freizeit tut.«

»Carly«, erwiderte Gretchen. »Wir werden tun, was wir können, um Krystals Ruf zu schützen. Das verspreche ich Ihnen.«

Carly seufzte und ließ einen Moment verstreichen. Dann sagte sie: »Sie hat gekifft, okay? Ziemlich viel. Quasi jeden Tag. Aber nie, wenn sie arbeiten musste oder sich um Bianca gekümmert hat. Nur abends, wenn Bianca schon im Bett war. Sie sagte, es sei das Einzige, was ihr helfen würde.«

»Medizinisches Marihuana?«, hakte Josie nach. »Mit einem Rezept vom Arzt?«

»Nein«, antwortete Carly leise.

Josie warf einen Blick zu Gretchen, die fast unmerklich den Kopf schüttelte. Diese Art der wortlosen Kommunikation praktizierten sie während der Arbeit häufig: Josie hatte Gretchen gefragt, ob in Krystals Haus Marihuana gefunden worden war, und Gretchen hatte das verneint. Zu Carly sagte Josie jetzt: »Hat sie auch noch was anderes genommen?«

»Nein, nie. Sie hat manchmal Wein getrunken, aber das war's dann auch schon. Aber die Presse würde das wohl anders sehen. Wenn die rausfinden, dass sie eine Kifferin war, werden sie daraus ein Riesending machen, und es wird gar nicht mehr um den Tod dieser Kinder oder den Mord an Krystal gehen, sondern nur noch darum, dass Krystal sozusagen drogenabhängig war und eine fürchterliche Mutter, was einfach nicht stimmt.«

»Haben Sie irgendeine Ahnung, wo sie das Zeug herbekommen hat?«

Carly schlang die Arme noch fester um sich. »Ich weiß es nicht. Von irgend so einem Typen an der East Bridge. Mehr hat sie mir nicht erzählt.«

»Vielen Dank, Carly«, sagte Josie. »Diese Information ist sehr hilfreich.«

Carly schien davon nicht überzeugt zu sein. Plötzlich riss sie jedoch die Augen weit auf. »Glauben Sie, es war ihr Dealer, der ihr das angetan hat?«

»Das können wir zum jetzigen Zeitpunkt nicht sagen«, erwiderte Gretchen, »aber wir werden die Person, die sie mit Marihuana versorgt hat, unter die Lupe nehmen und von da weiterermitteln.«

»Gibt es denn noch andere Personen, mit denen sie regelmäßig gesprochen hat und denen sie sich anvertraut haben könnte?«, fragte Josie.

»Nicht, dass ich wüsste. Ich meine, außer dieser Selbsthilfegruppe, in der sie war – die für die Eltern der Kinder, die mit Bianca bei dem Unfall ums Leben gekommen sind.«

»Sie haben das schon bei unserer letzten Unterhaltung erwähnt«, sagte Gretchen. »Ich hab inzwischen mit den anderen Eltern gesprochen, aber seit dem letzten Treffen hatte sie niemand mehr gesehen, und es hatte auch niemand eine

Idee, wo sie sein könnte. Es wäre wahrscheinlich sinnvoll, mit der Person zu sprechen, die die Gruppe leitet, um zu sehen, ob sie irgendwelche Informationen hat. Sie wissen nicht zufällig, wer das ist? Oder wo sich die Gruppe trifft?«

»Nein, das weiß ich leider nicht. Aber ich bin mir sicher, Sie können das über die anderen Eltern in Erfahrung bringen.«

»Danke«, antwortete Josie. »Noch eine letzte Frage, bevor wir mit ihren Kollegen sprechen: Sagt Ihnen das Wort ›Pritch‹ irgendetwas?«

Carly runzelte die Stirn. »Pritch?«, fragte sie. »Was soll das bedeuten? Ist das ein Name?«

»Das wissen wir nicht«, antwortete Josie. »Wir haben uns nur gefragt, ob Sie vielleicht etwas damit verbinden. Hat Krystal Ihnen gegenüber jemals über eine Person oder einen Ort namens ›Pritch‹ oder so ähnlich gesprochen?«

»Nein, tut mir leid«, erwiderte Carly. »Aber wie kommen Sie überhaupt darauf?«

»Das dürfen wir leider nicht sagen«, meinte Gretchen.

NEUN

Sie blieben über zwei Stunden in der Kanzlei Abt and Defeo und befragten die restlichen Angestellten sowie die beiden Anwälte. Keiner von ihnen wusste jedoch mehr als das, was Carly ihnen bereits erzählt hatte, oder hatte eine Vorstellung, was mit dem Wort »Pritch« gemeint sein könnte – ob es der Name eines Ortes oder einer Person war oder auch nur ein Teil davon. Josie und Gretchen luden mindestens ein Dutzend Archivboxen in den Kofferraum von Gretchens Wagen und fuhren dann zum Mittagessen zu Josies Lieblingsrestaurant.

»Dein erster Tag zurück im Büro!«, sagte Gretchen, als sie vor dem Restaurant anhielten. »Komm, ich lad dich ein.«

Josie lächelte ihr zu, als sie hineingingen und sich an einem Tisch in der Ecke niederließen, wo man ungestört und ohne die anderen Gäste zu irritieren über die Details eines Mordfalles sprechen konnte.

»Bist du dem Chief schon begegnet?«, wollte Gretchen von Josie wissen, nachdem die Bedienung die Bestellung aufgenommen hatte.

»Nein. Ich war heute zwar schon ziemlich früh auf dem Revier, aber er ist nicht aus seinem Büro rausgekommen.«

»Er ist immer noch stocksauer«, erklärte Gretchen ihr.

Josie griff in ihre Tasche und berührte mit den Fingerspitzen die Perlen des Rosenkranzes. Sie fühlten sich warm an. »Das wär ja mal ganz was Neues ...«

»Da hast du recht«, entgegnete Gretchen amüsiert. Sie legte ihr Notizbuch auf den Tisch, schlug es aber noch nicht auf. Stattdessen fixierte sie Josie mit einem eindringlichen Blick. »Und, wie geht's dir so?«

Josie zuckte mit den Achseln und spürte, wie ihr Mund trocken wurde. Sie musste an den gestrigen Abend denken, wie sie auf dem Parkplatz vor dem Spirituosengeschäft gestanden hatte und beinahe einen großen Fehler gemacht hätte. *Aber reingegangen bin ich nicht*, machte sie sich bewusst.

»Josie«, sagte Gretchen, und Josie wusste, dass es gleich um etwas Ernstes gehen würde, weil ihre Kollegin sie sonst so gut wie nie mit dem Vornamen ansprach, sondern immer mit »Boss«. Bevor man Chitwood eingestellt hatte, war Josie Interimspolizeichefin gewesen, und alle auf dem Revier hatten sie »Boss« genannt.

Josie schluckte und bemühte sich, dass ihre Stimme sich beim Sprechen nicht überschlug: »Es geht mir ... Es geht mir ...«

»Sag jetzt nicht ›gut‹. Damit kommst du bei mir nicht durch.«

»Warum will eigentlich jeder die ganze Zeit mit mir über irgendwelches Zeug reden?«, fragte Josie gereizt. Die Worte waren ausgesprochen, noch bevor sie ihren Ton mäßigen konnte.

Gretchen brach in herzhaftes Gelächter aus.

»Ich mein's ernst«, fügte Josie hinzu. Gretchen lachte immer noch.

»Ich weiß«, sagte sie schließlich mit einem Seufzer. »Ich weiß, dass du's ernst meinst. Und deine Frage lässt sich ganz einfach beantworten: Weil wir uns Sorgen um dich machen. Ich hab dich gefragt, wie's dir geht, weil man ja, wenn man mit so einem ›Zeug‹ – irgendeiner großen, schwierigen Angelegenheit – beschäftigt ist, oft erst dann merkt, wie man sich gerade fühlt, wenn man darüber spricht. Also manchmal jedenfalls. Klar, stimmt schon: Dich zu fragen, wie's dir geht, nachdem du gerade Lisette verloren hast, ist eigentlich ziemlich blöd. Dann sag ich es halt anders: Wie schlecht geht es dir gerade, auf einer Skala von eins bis zehn?«

Diesmal war es Josie, die lachen musste. In den vier Monaten seit dem Mord an Lisette war das die beste Frage, die man ihr gestellt hatte. »Auf einer Skala von eins bis zehn? Wo die Zehn heißt, dass ich nicht mal mehr in der Lage bin zu funktionieren und am liebsten sterben würde? Und die Eins ein leichtes Unbehagen ist? Dann auf einer Sechs. Obwohl ich das Gefühl habe, dass sich das von Stunde zu Stunde ändert.«

Die Bedienung brachte ihnen die Getränke und die beiden verstummten. Sobald sie sich wieder entfernt hatte, sagte Gretchen: »Das ist doch schon mal nicht schlecht. Aber wenn du jemals auf einer Acht oder Neun bist, rufst du mich an, verstanden? Ich weiß schon, du hast Noah, aber ich bin auch für dich da.«

»Und was soll ich dann sagen?«, fragte Josie, allerdings nur halb im Scherz – es war ihr noch nie leicht gefallen, über ihre Gefühle zu sprechen. »›Hi, Gretchen, ich bin auf 'ner Acht‹? Oder soll ich irgendein Codewort oder sowas verwenden?«

Die Bedienung kam zurück und servierte ihnen die Vorspeisen. Auch diesmal wartete Gretchen, bis sie wieder fort war, bevor sie weitersprach. »Klar, warum nicht?« Sie schaute auf den Teller, der vor ihr stand, und meinte dann: »Wenn du mal auf einer Acht bist, dann brauchst du nur ›Ravioli‹ zu sagen, und ich seh zu, dass du da wieder rauskommst – egal, was wir gerade machen oder wo wir sind. Oder ich hol dich. Je nachdem, was halt gerade los ist.«

»Ravioli«, wiederholte Josie und musste unwillkürlich lächeln.

»Ganz genau«, sagte Gretchen und machte sich über ihren Teller Nudeln her.

Josie sah ihr ein paar Sekunden lang beim Essen zu. Dann nahm sie einen Bissen von ihrem Burger und wechselte das Thema. »Die Selbsthilfegruppe, von der Carly gesprochen hat – du weißt schon: die für die Eltern der Kinder, die bei dem Busunfall ums Leben gekommen sind –, wie lange ist Krystal eigentlich da hingegangen?«

Gretchen tupfte sich das Kinn mit der Serviette ab. »Ungefähr anderthalb Jahre. Vielleicht ein bisschen länger. Der Unfall ist schon mehr als zwei Jahre her. Ich denke, wenn sie sich fast zwei Jahre lang jede Woche mit diesen Leuten getroffen hat, sollten doch zumindest ein oder zwei von ihnen mehr über ihr Privatleben wissen, als sie bisher vorgegeben haben. Jetzt, wo wir es mit einem Mord zu tun haben, würde ich ganz gerne noch mal mit ihnen sprechen – und diesmal auch persönlich.«

»Wir könnten mit Dee Tenney anfangen«, schlug Josie vor. »Als Noah sie gestern aufs Revier gebracht hat, um ihre Aussage aufzunehmen, wusste er ja noch nichts von dieser Sache mit dem ›Pritch‹ und konnte sie deshalb auch nicht danach fragen.«

»Dann lass uns doch nach dem Mittagessen hingehen. Aber davor würde ich gerne noch zur East Bridge schauen und den Leuten dort das Foto von Krystal zeigen. Vielleicht gibt ja irgendwer zu, dass er ihr Drogen verkauft oder sie dort unten zumindest mal gesehen hat.«

In Denton gab es zwei Brücken, die sich über einen Seitenarm des Susquehanna spannten: eine kleinere, wenig frequentierte in South Denton und die wesentlich größere East Bridge, die von etlichen Autofahrern genutzt wurde. Aufgrund ihrer zentralen Lage hatte sich unter dieser Brücke auch ein Großteil der Obdachlosen von Denton niedergelassen, ebenso wie die Drogendealer und Abhängigen. Ganz egal, wie viel Zeit und Mühe die Polizei von Denton auch darauf verwendete, um gegen die Drogengeschäfte, die unter der East Bridge stattfanden, vorzugehen: Es war ihr immer noch nicht gelungen, das Problem ganz in den Griff zu bekommen. Die Sonne stand hoch am Himmel, als Josie und Gretchen den Wagen in der Nähe der Brücke abstellten und die Böschung hinunterstiegen. Der Weg zum Flussufer war übersät mit Felsbrocken, Unkraut, Verpackungsmüll und leeren Bierflaschen. Josie entdeckte auch einige benutzte Nadeln und winzige Plastiktütchen, die vermutlich einmal alle möglichen Drogen enthalten hatten.

Unten am Ufer war die Luft ein wenig frischer, worüber Josie sehr froh war. Ein leichter Wind blies ihr die Haare aus dem Nacken. Am Wasser standen mehrere Personen. Als sie Josie und Gretchen bemerkten, zogen sie sich hastig unter die Brücke zurück und verschwanden zwischen einigen Zelten und Verschlägen aus Pappkartons und Decken, die dicht nebeneinander in der finsteren Nische standen wie krumme, faule Zähne. Josie bemerkte, dass sich hinter manchen Decken und Planen etwas rührte – einige der Bewohner spähten offenbar heraus, um nachzusehen, wer da gekommen war. Hinter den Zeltunterkünften zerstreute sich ein weiteres Grüppchen. Mehrere Personen rannten den Hang hinauf, fort von der Brücke. Das war immer so, wenn die Polizei hier vorbeischaute.

In der folgenden Stunde zeigten Josie und Gretchen das Foto von Krystal allen, die unter der East Bridge hausten. Sie sahen es sich nur widerwillig an – keiner von ihnen sprach gerne mit der Polizei. Allerdings gab es inzwischen, nach einigen Jahren und mehreren Ermittlungen, immerhin eine Handvoll Leute, die Josie ein gewisses, wenn auch zurückhaltendes Vertrauen entgegenbrachten. Eine davon, eine Frau, erzählte Josie, sie habe Krystal über mehrere Jahre hinweg einmal pro Woche bei der East Bridge gesehen, wo diese immer mit einem Mann namens Skinny D. gesprochen habe. Josie schickte Noah eine Nachricht und bat ihn, in der Datenbank nachzusehen, ob es in Denton jemanden mit diesem Spitznamen gab, der innerhalb der letzten Jahre vernommen, verhaftet oder eingesperrt worden war. Wenn er tatsächlich längere Zeit unter der East Bridge Drogen verkauft hatte, bestand eine relativ große Wahrscheinlichkeit, dass er irgendwann auch mit den Kollegen von ihrem Polizeirevier zu tun gehabt hatte.

Josie und Gretchen ließen sich von der Frau eine Beschreibung von Skinny D. geben, und nachdem sie eine Weile nach ihm gesucht hatten, entdeckten sie ihn oben auf der Brücke. Er war einer derjenigen gewesen, die die Flucht ergriffen hatten, als die beiden Ermittlerinnen aufgetaucht waren. Anders als sein Name es vermuten ließ, war er kein bisschen mager, aber das hatte Josies Informantin bereits angedeutet. Josie schätzte ihn auf etwa 1,80 Meter und mindestens hundertdreißig Kilo. Über seinen massigen Körper spannte sich ein weißes Muskelshirt, seine kakifarbene Hose war verknittert und mit unzähligen alten Flecken übersät. Das fettige, schwarze Haar trug er zu einem unordentlichen Knoten zurückgebunden. Auf seiner schmalen Nase saß eine dicke Brille mit schwarzem Gestell. Josie hätte nicht sagen können, ob er Mitte zwanzig oder eher Mitte vierzig war. Er hatte kaum Falten im Gesicht, wirkte aber dennoch wie jemand, der in seinem Leben schon Vieles gesehen hatte. Die Drogengeschäfte an der East Bridge stellten vermutlich seine Haupteinnahmequelle dar. Er lehnte an einer der Betonleitplanken an der Brückenauffahrt, eine Zigarette zwischen die schmalen Lippen geklemmt. Mit seinen dunklen Augen verfolgte er argwöhnisch, wie Josie und Gretchen näherkamen.

»Skinny D., korrekt?«, sprach Gretchen ihn an, als sie sich ihm bis auf ein paar Meter genähert hatten.

»Kommt drauf an«, gab er zurück.

»Wie heißen Sie dann?«, fragte Josie ihn.

Sein Blick ruhte einen Moment zu lange auf ihr. »Sie sind doch von den Bullen, oder? Die, die ständig im Fernsehen ist.«

Josie zeigte ihm ihren Dienstausweis. »Keine Sorge, wir sind nicht hier, um Ihnen was anzuhängen, Skinny D.«

Er lachte. »Klingt irgendwie nicht so beruhigend, wenn ein Cop das sagt«, erwiderte er mit rauer Stimme.

»Dann nennen Sie mir Ihren richtigen Namen«, forderte Josie ihn auf. »Früher oder später finde ich ihn eh raus.«

»Sind Sie hier, um mich wegen irgendwas festzunehmen?«

»Wir sind hier wegen Krystal Duncan«, sagte Gretchen.

Seine Augen verengten sich zu Schlitzen. »Wegen wem?«

Josie holte ihr Handy aus der Jackentasche, suchte das Foto von Krystal heraus, das seit ihrem Verschwinden in allen Medien kursierte, und hielt es ihm unter die Nase. Er beugte sich vor, die Hände um die Augen gelegt, um das Display im grellen Sonnenlicht besser sehen zu können. »Oh, verdammt«, sagte er. »Lady K.«

Josie hörte, wie ihr Handy eine Nachricht meldete, und nahm es wieder an sich. Sie wischte über das Display und sah, dass sie von Noah stammte. Er hatte ihr das Polizeifoto eines gewissen Dorian Kuntz geschickt, das vor drei Jahren aufgenommen worden war. Skinny D. sah darauf noch wesentlich schlanker aus. Er war damals wegen Besitz von in Anhang zwei des Betäubungsmittelgesetzes aufgeführten Drogen und der Absicht, damit zu handeln, festgenommen worden. Josie scrollte weiter nach unten und las, dass die Anklage fallen gelassen worden war. Kuntz war achtunddreißig Jahre alt und schon fast zwei Dutzend Mal wegen Drogenmissbrauchs verhaftet worden. Nur zweimal war er strafrechtlich verfolgt worden, doch beide Male hatte es eine Verständigung im Strafverfahren gegeben, und er war mit einer Bewährungsstrafe davongekommen.

»War das der Name, unter dem Sie sie kannten?«, wollte Gretchen wissen.

»Ja, sie kam regelmäßig. Hab sie ziemlich oft hier gesehen.«

Josie schob das Handy wieder in die Tasche und schnaufte tief durch. Hier oben unter freiem Himmel brannte die Sonne gnadenlos auf sie herab. Auf der Stirn und im Nacken stand ihr der Schweiß. »Wir wissen bereits, dass sie Marihuana bei Ihnen gekauft hat, Dorian.«

Seine Augen weiteten sich, als Josie ihn mit seinem richtigen Namen ansprach. »Hey, nicht so laut, okay?« Sein Blick schoss nervös hin und her, doch hier oben an der Straße waren sie unter sich.

Josie warf einen Blick zu Gretchen hinüber, deren Mundwinkel zuckten. Dorian hatte es ebenfalls bemerkt. »Das ist nicht witzig«, erklärte er.

Gretchens Mund wurde wieder zu einer geraden Linie. Sie schien kein bisschen zu schwitzen. »Hat ja auch niemand behauptet. Aber Sie haben schon recht: Skinny D. ist hier auf der Straße wahrscheinlich ein passenderer Name als Dorian.«

Er rollte mit den Augen und spuckte seine Zigarette auf den Boden. »Bitches! Was wollt ihr von mir?«

»Wann haben Sie Krystal Duncan zum letzten Mal gesehen?«, fragte Josie.

Er verschränkte die Arme. Dort, wo sein Shirt von den Falten seines hervorstehenden Bauches verschluckt wurde, sah Josie Schweißflecke.

»Letzte Woche.«

»An welchem Tag?«, hakte Josie nach.

»Dienstag. Sie kam immer am … Ich hab sie immer am Dienstag hier gesehen. Außer … Letzte Woche war sie am Dienstag und am Mittwoch hier.«

»Und seit wann kam sie dienstags immer hierher?«, fragte Gretchen.

Er zuckte mit den Achseln. »Schon lange. Seit Jahren.«

»Mehr als fünf?«, fragte Josie und wischte sich mit dem Unterarm den Schweiß von der Stirn.

»Ja, glaub schon.«

»Sie haben gesagt, dass sie letzte Woche auch am Mittwoch hier war. Haben Sie da mit ihr gesprochen?«

Dorian schwieg.

»Hören Sie zu, Skinny D. Krystal ist letzten Dienstag von zu Hause verschwunden, und gestern ist sie wieder aufgetaucht – allerdings tot. Wir versuchen gerade rauszufinden, wer sie ermordet hat.«

Seine Augen weiteten sich. »Lady K. ist tot?«

»Sie schauen wohl keine Nachrichten?«, fragte Josie ihn ganz direkt. »Und sind auch nicht auf Social Media unterwegs? Ihr Gesicht war in den letzten Tagen doch überall zu sehen.«

Er deutete unter die Brücke. »Sieht es so aus, als hätten wir dort unten einen Fernseher? Dann heißt das also, sie ist wirklich tot? Jemand hat sie umgelegt?«

»Ja«, antwortete Gretchen. »Das heißt es. Und mir geht es nicht darum, Sie zu verhaften, weil Sie einer Toten ein bisschen Marihuana verkauft haben. Ich möchte von Ihnen nur hören, was Sie über Krystal wissen. Ich möchte von Ihnen hören, was Sie seit Donnerstagabend gemacht haben. Und dann möchte ich mit jedem sprechen, der mir das bestätigen kann.«

Er hob die Hand und fuhr sich über das Kinn. »Das ist ja echt krass«, murmelte er, fast wie zu sich selbst. »Hören Sie, ich hab nichts damit zu tun, was mit Lady K. passiert ist. Ich war das ganze Wochenende hier, so wie immer. Es gibt da unten mehrere Leute, die Ihnen dasselbe sagen werden.«

»Gut«, sagte Josie. »Dann werden wir ein paar Aussagen aufnehmen, wenn wir drei uns fertig unterhalten haben. Was wissen Sie über Krystal?«

Er ließ den Kopf hängen. Die Nachricht von ihrem Tod schien ihn tatsächlich getroffen zu haben, doch Josie konnte nicht sagen, ob eine gewisse Zuneigung der Grund dafür war oder die Tatsache, dass er mit ihr eine Stammkundin verloren hatte. »Sie war ein netter Mensch, das kann ich auf alle Fälle sagen. Und sie hat mich immer wie … wie einen Menschen behandelt, wissen Sie? Nicht so, als wäre ich irgend so ein Typ, den sie hier an der Brücke trifft, mit dem sie aber nicht redet, weil sie sich zu fein dafür ist.«

Josie war sich bewusst, wie vage er sich ausdrückte – offenbar war er immer noch nicht bereit, vor zwei Ermittlerinnen offen zuzugeben, dass er Krystal Drogen verkauft hatte. Sie bezweifelte jedoch, dass ihn das gleich zu einem Mörder machte. Es war zwar durchaus vorstellbar, dass er sie mehrere Tage irgendwo unter der Brücke gefangen gehalten hatte, ohne dass es jemand mitbekam, doch es gab hier in der Nähe keinen Ort, wo er sie mit Kohlenmonoxid hätte vergiften können.

»Haben Sie ein Auto?«, wollte Josie von ihm wissen. Sie hoffte, ihn mit der unvermuteten Frage aus der Deckung locken zu können. Ein dicker Tropfen Schweiß rann ihr vom Nacken aus den Rücken hinunter. Am liebsten hätte sie an dem Polohemd gezupft, das ihr am Körper klebte.

»Nee. Wenn ich irgendwo hinmuss, frage ich jemanden. Es gibt da auch so einen Typen von irgendeiner Kirche in der Stadt, der regelmäßig hierherkommt. Der bringt uns was zu essen, fährt mit uns zum Arzt und so.«

»Sie haben gesagt, dass Krystal sonst immer dienstags kam, aber letzte Woche auch am Mittwoch hier war«, hakte Gretchen nach. »Aus welchem Grund? Hat sie mit Ihnen über irgendwas gesprochen? Können Sie sich an irgendwas erinnern?«

Wieder zuckte er mit den Schultern. »Lady K. wollte ständig Gras haben, okay?«

Er versuchte immer noch, Krystal die Verantwortung zuzuschieben. Sie wollte Gras haben, hatte er gesagt, aber keine Silbe davon, dass er es ihr verkauft hatte.

»Na gut«, sagte Josie. »Sie kam also am Dienstag hierher, um Marihuana zu kaufen. War irgendjemand bei ihr?«

»Nee, sie war allein unterwegs. Immer.«

»Und am Mittwoch? Was wollte sie da?«, fragte Josie.

»Was Stärkeres, sagte sie.«

»Wie zum Beispiel?«, fragte Gretchen nach.

»Wie zum Beispiel Schmerzmittel. Oxy oder Ketamin oder so.«

»Und, hat sie's bekommen?«, wollte Josie wissen.

»Nee, es gab grad nichts.«

Was er eigentlich damit sagen wollte, war, dass er nichts gehabt hatte, was er ihr hätte verkaufen können, sie aber auch zu keinem anderen Dealer hatte schicken wollen, um sie nicht als seine Kundin zu verlieren.

»Außerdem wollte ich nicht, dass sie mit dem Zeug anfängt«, fügte er hinzu. »Das hab ich ihr auch so gesagt. Sie war eine nette Frau. Hatte einen anständigen Job, ein gutes Leben ... Gras ist die eine Sache, aber wenn man mal anfängt, regelmäßig Oxy oder Ketamin zu nehmen, ist das nicht so gut, verstehen Sie?«

Jetzt macht er doch glatt einen auf Held, dachte Josie. Offenbar kannte er Krystal doch nicht so gut, wenn er der Meinung war, sie hätte ein gutes Leben gehabt. Der Tod ihrer Tochter hatte ihr Leben zerstört, und zwar dermaßen, dass ihre Kolleginnen sich Sorgen machten, dass sie sich womöglich etwas antun würde.

»Klar«, antwortete Josie mit einem Anflug von Ironie. »Hatte sie davor schon mal nach Schmerzmitteln gefragt?«

»Nein«, sagte Dorian.

»Hat sie Ihnen gesagt, warum sie plötzlich Schmerzmittel wollte?«, schaltete Gretchen sich wieder ein.

Er holte eine zerknautschte Packung Zigaretten aus der hinteren Tasche seiner Shorts, fischte sich eine davon heraus und schob sie sich zwischen die Lippen. Während er in den vorderen Taschen nach einem Feuerzeug suchte, sagte er: »Weiß ich nicht mehr genau. Ich meine, sie hat an dem Abend echt einen Haufen Scheiß geredet.«

»Wirkte sie irgendwie aufgewühlt?«, fragte Josie. »Oder hat sie immer so viel erzählt, wenn sie hierher kam?«

Seine Hand kam wieder zum Vorschein, mit dem Feuerzeug. Er zündete sich die Zigarette an und nahm einen tiefen Zug. Während er den Rauch ausstieß, sagte er: »Ja, sie war an dem Abend aufgewühlt. Deshalb wollte sie auch ... Deshalb hat sie sich auch nach den Schmerzmitteln erkundigt. Ich hab ihr gesagt: ›Nee, fang lieber nicht mit dem Zeug an‹, aber sie hat gesagt, sie wäre total durch den Wind und würde mehr brauchen als nur Gras, sonst würde sie durchdrehen oder irgend so einen Scheiß.«

»Hat sie irgendetwas darüber gesagt, warum sie so aufgewühlt war?«

Dorian packte die Zigarette mit Daumen und Mittelfinger und nahm sie kurz aus dem Mund. Der Rauch schlug ihm ins Gesicht und er musste ein paarmal blinzeln. »Keine Ahnung. Sie hat gesagt, sie hätte irgendwas rausgefunden oder so.«

»Was hatte sie rausgefunden?«, bohrte Josie nach.

Er nahm noch einen Zug, hielt den Rauch eine Sekunde lang zurück und atmete dann aus. Der Rauch war so heiß, dass Josie sich fühlte, als befände sie sich in einem Backofen innerhalb eines anderen, größeren Backofens. Sie wedelte sich den Rauch aus dem Gesicht. »Keine Ahnung«, meinte Dorian. »Hat sie nicht gesagt. Und ich hab auch nicht nachgefragt. Sie sagte nur, sie hätte was rausgefunden, und dass sie damit nicht klarkommen würde. Dass sie was braucht, um alles zu vergessen, wenigstens für ein paar Stunden. Ich hab ihr gesagt, dass sie hier keine Schmerzmittel kriegen würde. Das war alles.«

Gretchen und Josie tauschten einen Blick, und Josie wusste, dass sie dasselbe dachten: Dorian Kuntz kam als Mörder von

Krystal Duncan wohl eher nicht in Betracht. Trotzdem mussten sie ihren Job mit der nötigen Gründlichkeit erledigen.

»Dorian«, fragte Gretchen, »können Sie etwas mit dem Wort ›Pritch‹ anfangen?«

Er warf den Zigarettenstummel auf den Boden, direkt neben den von vorher. Für einen kurzen Augenblick spitzte er die Lippen. Zwischen seinen Augenbrauen bildete sich eine Falte. »Was?«

»Pritch«, wiederholte Gretchen. »Sagt Ihnen das irgendwas? Kennen Sie jemanden mit diesem Namen? Jemanden von hier?«

»Noch nie gehört.«

ZEHN

Skinny D. fand unter der Brücke drei Personen, die bereit waren, sein Alibi zu bestätigen. Während Gretchen ihre Personalien erfasste, rief Josie Noah an, um so viele Informationen über Dorian Kuntz zu bekommen wie möglich. Wie sich herausstellte, war er obdachlos, womit noch unwahrscheinlicher war, dass er Krystal Duncan entführt und von Donnerstagabend bis Montagmorgen gefangen gehalten hatte. Auch seine Behauptung, er besitze kein Auto, entsprach der Wahrheit. Als die beiden Ermittlerinnen wieder in ihren Wagen stiegen und davonfuhren, sagte Josie: »Ich glaube nicht, dass er etwas mit der Sache zu tun hat.«

Gretchen ließ die Fensterscheiben herunter und stellte die Klimaanlage auf Höchststufe. Durch die Lüftungsschlitze drang heiße Luft herein, und der Ventilator kam schwerfällig in Gang. »Ich auch nicht. Ich denke, im Moment ist wohl eher die Frage, was sie dazu brachte, unter der East Bridge nach etwas zu suchen, das ihre Erinnerung löscht. Was hatte sie herausgefunden?«

»Carly zufolge gab es in ihrem Leben ohne Bianca nur drei Dinge: Arbeit, Marihuana und diese Selbsthilfegruppe.«

»Und deshalb reden wir jetzt erst mal mit Dee Tenney«, meinte Gretchen. »Ich habe Mettner schon geschrieben und ihn gebeten, mir ihre Adresse zu schicken.«

Wegen des Verkehrs dauerte die Fahrt nach West Denton länger als erwartet. Es war Feierabend und es schien, als hätten sich alle Menschen in der Stadt gleichzeitig auf den Heimweg gemacht. Für eine Strecke, die sonst in einer Viertelstunde zu bewältigen war, brauchten Josie und Gretchen fast eine Dreiviertelstunde. Josie versuchte, mit ihren Gedanken bei dem Mordfall zu bleiben, doch immer wieder stiegen in ihr Erinnerungen an Lisette auf und an jenen Abend, als sie umgebracht wurde. Sie zwang sich, diese Bilder beiseitezuschieben und eine Erinnerung an ihre Großmutter heraufzubeschwören, wie diese zu Lebzeiten gewesen war: temperamentvoll, mit einem verschmitzten Lächeln im Gesicht und einem Funkeln in den Augen; mit grauen Locken, die auf ihren Schultern wippten, wenn sie wieder mal mit ihrem Rollator unterwegs war und jeden umzumähen drohte, der sich ihr in den Weg stellte. Ohne es zu merken, war Josies Hand in ihre Tasche geschlüpft und hatte sich fest um das Rosenkranzkettchen geschlossen. Der metallene Anhänger grub sich in ihre Handfläche, als der Wagen vor einem großen zweistöckigen Haus mit hellbrauner Putzfassade, Doppelgarage und einem Basketballkorb in der Einfahrt anhielt.

Dieser Teil von West Denton war der ruhigste und sicherste der Stadt. In ihrer gesamten Dienstzeit als Polizistin war Josie nur zweimal hierhergerufen worden: einmal wegen eines Autounfalls und ein anderes Mal wegen eines Fahrraddiebstahls. Die Häuser in der Straße, in der Dee Tenney wohnte, waren hübsch und gepflegt und wirkten wie aus einem Hochglanzmagazin. Die Familien in dieser Gegend gehörten alle zur wohlhabenderen Mittelschicht.

Josie folgte Gretchen den Weg zum Haus entlang und ließ sie an der Tür klingeln. Einen Augenblick später öffnete Dee

Tenney. Das angespannte Lächeln verschwand aus ihrem Gesicht, als sie merkte, dass ihr die beiden Ermittlerinnen gegenüberstanden.

»Kann ich Ihnen helfen?«, fragte sie.

»Mrs Tenney, wir würden gerne mit Ihnen über Krystal Duncan reden.«

Dee warf einen kurzen Blick hinter sich und wandte sich dann wieder Josie und Gretchen zu. Sie kniff die Augen zusammen. »Ich habe gerade Besuch«, sagte sie. »Aber ich denke ... Egal, kommen Sie rein.«

Die beiden folgten ihr durch einen spärlich beleuchteten Flur in eine große Wohnküche mit einem blank polierten Parkettboden und Arbeitsflächen aus Granit. In der Mitte befand sich eine Kücheninsel, wo Dee – der großen Schüssel Salat und den verschiedenen Häufchen mit teils schon kleingeschnittenem Gemüse nach zu schließen – offenbar gerade das Abendessen zubereitete. Ein Stück weiter rechts stand ein großer Holztisch mit vier Stühlen ringsherum. Auf einem davon saß ein Mädchen im Teenageralter, vor sich einen Laptop, in den Ohren die Stöpsel ihrer Kopfhörer. Ihr langes, blondes Haar war zu einem Pferdeschwanz zusammengebunden. Sie sah Josie und Gretchen mit großen, neugierigen Augen an, als diese die Küche betraten.

Dee stand unbeholfen zwischen dem Tisch und der Kücheninsel, die Hände in die Taille gestützt. »Ja, also ...« Sie zeigte auf die Arbeitsfläche. »Ich mache gerade Abendessen.«

»Wird nicht lange dauern«, versprach Josie ihr.

Dee deutete zu dem Mädchen hinüber. »Das ist Heidi. Sie ist ... Ich ... ich kümmere mich um sie, wenn Corey noch bei der Arbeit ist. Das ist mein Nachbar. Er ist alleinerziehend. Wird oft ziemlich spät bei ihm. Sie jobbt gerade als Gruppenleiterin in einem Sommercamp und kommt danach immer zum Abendessen hierher.«

Heidi nahm die Kopfhörer ab und sagte Hallo.

»Schön, dich zu sehen, Heidi«, sagte Gretchen.

Josie durchforstete ihr Gedächtnis, woher die beiden sich kannten, aber es wollte ihr nicht einfallen. Dann kam ihr Dee zur Hilfe: »Heidi ist die einzige Überlebende des Busunfalls«, erklärte sie Josie.

Als wollte sie verhindern, dass irgendwer sich die Geschichte ohne ihr Zutun zurechtbastelte, sagte Heidi: »Mein Dad lebt allein – schon immer. Und ich werde von einer Nachbarin zur nächsten geschoben. Jetzt allerdings nicht mehr. Seit dem Unfall will mich nur noch Mrs Tenney bei sich haben.«

Dee sah Heidi bekümmert an. »Das ist nicht wahr, Heidi.«

Heidi lachte. »Doch, Mrs Tenney. Aber das ist schon in Ordnung. Ich versteh das schon.«

Dee sah nicht so aus, als könnten Heidis Worte sie beruhigen. Sie starrte das Mädchen immer noch an, mit einer Mischung aus Entsetzen und Traurigkeit. Heidi schüttelte den Kopf, stöpselte sich die Kopfhörer wieder in die Ohren und tippte weiter auf ihrem Laptop herum. Dee wandte sich wieder Josie und Gretchen zu, bat sie jedoch nicht, Platz zu nehmen, und bot ihnen auch nichts an. Doch das spielte auch keine Rolle. Die herrliche Kühle der Klimaanlage genügte ihr schon.

Josie kam gleich zur Sache. »Wir sind hier, um mit Ihnen über die Selbsthilfegruppe zu sprechen, zu der Krystal und Sie immer gegangen sind. Ich weiß, dass Sie sich schon am Wochenende mit meiner Kollegin darüber unterhalten haben, aber ich hoffe trotzdem, von Ihnen noch mehr darüber zu erfahren.«

»Oh«, sagte Dee nur und wirkte gleich etwas weniger verkrampft. Sie ging zu der Kücheninsel hinüber und begann die Tomaten zu schneiden. »Wir sind nicht viele. Nicht alle gehen dorthin. Seit den Beerdigungen haben wir uns einmal in der Woche getroffen, manchmal auch häufiger. Ich bin mir ehrlich gesagt nicht sicher, ob es wirklich etwas bringt oder nicht eher schmerzt, aber wenn man sowas ...« Sie wedelte mit dem Messer in der Luft herum. Josie sah, wie sich ihre Augen mit Tränen füllten. »Sowas mitzumachen – das eigene Kind zu verlieren -, das können andere Menschen nicht nachvollziehen, da wissen sie nicht, wie sie reagieren sollen. Man kann sich sehr einsam fühlen in der Zeit danach, und wir haben festgestellt, dass wir nur untereinander wirklich offen sprechen konnten. Faye Palazzo, eine der anderen Mütter, ist zu so einer Psychologin gegangen und hat die Gruppe zusammen mit dieser Therapeutin dann ins Leben gerufen.«

»Und wer ist diese Therapeutin?«, wollte Josie wissen.

»Paige Rosetti.«

Josie durchfuhr es wie ein Blitz. Sie ging nun schon seit mehreren Monaten zu Paige in die Therapie und hatte dort weder jemanden von den Eltern der verunglückten Kinder getroffen noch hatte Paige je mit ihr darüber gesprochen. Andererseits würde Paige so etwas ihr gegenüber niemals erwähnen – Diskretion war in ihrem Beruf das oberste Gebot. Außerdem war Josie ja auch immer nur eine Dreiviertelstunde pro Woche bei ihr. Jemand anderen als den Patienten vor ihr bekam sie nie zu Gesicht. »Treffen Sie sich in Ihrer Praxis?«, fragte Josie.

»Ja«, antwortete Dee.

Gretchen zog ihr Notizbuch hervor. »Bitte sagen Sie mir doch noch mal, wer bei diesen Treffen mit dabei ist. Sie meinten vorhin, dass nicht alle Eltern hingehen.«

Mit gesenktem Blick widmete Dee sich wieder den Tomaten. »Na ja, Corey geht natürlich nicht hin.«

Corey hat ja auch kein Kind verloren, dachte sich Josie und schaute zu Heidi hinüber. *Er hat Glück gehabt.*

»Dann gibt es da noch Nathan und Gloria Cammack. Inzwischen leben sie getrennt. Am Anfang war Gloria noch mit dabei, aber als sie dann nicht mehr zusammen waren, ging sie nicht länger hin. Und dann noch Sebastian und Faye Palazzo und Krystal.«

»Und was ist mit Ihrem Mann?«, wollte Gretchen wissen.

»Miles kommt nur selten zu den Treffen.« Dee gab die kleingeschnittenen Tomaten in die große Salatschüssel und hielt das Schneidebrett unter den Wasserhahn. »Wir haben uns getrennt«, fügte sie, über die Schulter gewandt, hinzu.

Josie überraschte das nicht; sie wusste, dass viele Ehen den Verlust eines Kindes nicht überstanden. »Wann treffen Sie sich immer?«, fragte sie weiter.

Dee kam mit dem Schneidebrett wieder zur Arbeitsfläche und fing an, Gurken zu schneiden. »Am Montagabend. Immer am Montagabend.«

»Haben Sie sich gestern auch getroffen?«, wollte Gretchen wissen.

Dee erstarrte für einen Moment, dann nickte sie steif.

»Es ist schon in Ordnung, Mrs Tenney, wenn Sie den anderen in der Gruppe erzählt haben, was passiert ist«, beruhigte Josie sie.

Dee hob den Kopf und schaute Josie an. Tränen strömten ihr über das Gesicht. »Es tut mir leid. Dieser andere Polizist, der gutaussehende, der mich aufs Revier mitgenommen hat, hat mir gesagt, dass ich mit niemandem von der Presse reden soll. Aber von Freunden oder der Familie hat er nichts gesagt. Das war für mich ein furchtbarer Schock, Krystal so zu finden, verstehen Sie? Wir haben doch alle schon so viel durchgemacht. Es ist so schwierig. Jeder Tag ist ein einziger Kampf.« Sie wischte sich mit dem Rücken ihrer freien Hand die Tränen von den Wangen. Mit einem Schniefer senkte sie die Stimme zu einem Flüstern – vielleicht, weil sie nicht wollte, dass Heidi sie hörte – und fügte hinzu: »Es ist unerträglich.«

Wieder spürte Josie in ihrer Tasche die Rosenkranzperlen. »Ich verstehe das«, versicherte sie Dee. Natürlich würde sie diese Frau niemals verstehen können. Sie hatte in ihrem Leben zwar selbst auch schon viele Menschen verloren, doch keiner davon war ihr Kind gewesen. Was sie jedoch nur allzu gut verstand, war, wie der Schmerz einen lähmen konnte, einen Dinge tun ließ, die man sonst nie tat, einem manchmal körperlich dermaßen zusetzte, dass man kaum noch atmen konnte.

Dee schluckte, richtete sich auf und schnitt weiter die Gurke in Scheiben. »Ich musste es ihnen erzählen. Ich hätte doch nicht einfach so tun können, als wüsste ich von nichts – vor allem nicht nach dem, wie unser letztes Treffen zu Ende gegangen war.«

»Wie ging denn Ihr letztes Treffen zu Ende?«, hakte Gretchen nach. »Ich habe am Wochenende mit Faye Palazzo gesprochen und sie sagte nur, dass Krystal ganz aufgewühlt gewesen sei, aber dass es Ihnen letztendlich allen so gehe.«

Dee schob einen Berg Gurkenscheiben in die große Schüssel und spülte das Brett wieder im Waschbecken ab. Als sie es mit einem Geschirrtuch abtrocknete, sagte sie: »Ja, das stimmt. Krystal war aufgewühlt.« Sie lachte trocken. »Das klingt so idiotisch. Wir sind alle aufgewühlt, die ganze Zeit über, aber in der Gruppe kann sich das schon mal besonders hochschaukeln.«

»Und bei Krystal war das so, im Vergleich zu sonst? Wollen Sie das damit sagen?«

Dee nickte. Sie stellte das Schneidebrett zurück auf die Arbeitsfläche, machte aber keine Anstalten, mit ihren Vorbereitungen fortzufahren. »Ich will nicht allzu viel über die Gruppe sagen. Da geht es immerhin um sehr persönliche Dinge. Ich bin mir nicht sicher, ob die anderen damit einverstanden wären, wenn ich Ihnen erzähle, worüber wir da sprechen.«

»Das ist durchaus verständlich«, gab Gretchen ihr recht. »Aber Krystal ist ermordet worden, und wir müssen die Person finden, die ihr das angetan hat. Alles, was Sie uns von dem weitergeben können, was sie gesagt hat, würde uns sehr weiterhelfen.«

Dee stieß einen tiefen Seufzer aus und stützte sich dann mit den Händen auf die Arbeitsfläche. »Um es kurz zu machen: Wir haben darüber gesprochen, dass der Bezirksstaatsanwalt uns alle gebeten hatte, uns darauf einzustellen, dass wir im Prozess gegen Virgil – den Busfahrer – als Zeugen aussagen müssten. Der Termin ist in ein paar Wochen. Ist Ihnen das bekannt?«

Gretchen zog eine Grimasse. »Es ist wohl kaum möglich, nichts davon mitzubekommen – das kommt ja ständig in den Nachrichten. Außerdem habe ich die Ermittlungen in dem Fall geleitet und muss deshalb bei dem Termin den Inhalt meiner Berichte bestätigen.«

»Stimmt. Natürlich. Jedenfalls ging es an dem Abend vor allem darum, dass wir in der Verhandlung als Zeugen auftreten würden. Wir haben so lange darauf gewartet, dass Virgil endlich bestraft wird, aber wir wissen auch, dass wir jenen Tag dann noch einmal werden durchleben müssen. Und das ist nicht so einfach, verstehen Sie?«

Josie und Gretchen nickten gleichzeitig.

Dee fuhr fort. »Alle redeten nur darüber, wie es ihnen damit ging, so wie immer, nur Krystal schwieg. Das war ungewöhnlich. Sie ist ein ziemlich nervöser Mensch, und wenn irgendwas sie beunruhigt, redet sie normalerweise eher mehr als weniger. Aber bei dem Treffen davor war herausgekommen, dass sie Virgil im Gefängnis besucht hatte. Das dürfte also ungefähr zwei Wochen vor ihrem Verschwinden gewesen sein. Wir anderen waren deswegen ziemlich wütend auf sie und sind erst mal ganz schön auf sie losgegangen.«

»Was mich wundert, ist, dass man sie überhaupt zu ihm gelassen hat«, meinte Josie.

Dee zuckte mit den Schultern. »Sein Anwalt war anscheinend damit einverstanden. Sie haben das Treffen auf Tonband aufgezeichnet, damit für jeden nachvollziehbar ist, worüber gesprochen wurde. Ich glaube, dass Virgils Anwalt hoffte, sie würde ihm eine Art von Vergebung in Aussicht stellen, irgendetwas, das er in der Verhandlung dann zu seinen Gunsten anführen konnte.«

»Aber wie ist denn überhaupt herausgekommen, dass sie ihn besucht hat?«, fragte Gretchen.

»Sie hat es uns erzählt«, sagte Dee. »Sie hat befürchtet, dass wir es auf anderem Wege herausfinden würden, und wollte es uns deshalb lieber selbst sagen. So richtig überrascht hat uns das mit dem Besuch eigentlich nicht. Immerhin war Virgil vor dem Unfall ein guter Nachbar und Freund von uns allen. Deshalb war es ja auch so schwierig, als wir erfuhren, was er getan hatte. Jedenfalls meinte Krystal, der Besuch sei ein Fehler gewesen, weil sie das, was sie von ihm wissen wollte, nicht erfahren habe, und wir sollten die Sache deshalb einfach auf sich beruhen lassen.«

»Aber warum ist sie denn zu ihm gegangen?«, grübelte Josie.

»Ich weiß es nicht«, sagte Dee. »Sie hat es uns nie erzählt. Sie hatte auch keine Gelegenheit dazu. Wir waren so wütend auf sie, dass wir sie das ganze Treffen über nur beschimpften, bis sie dann, früher als sonst, nach Hause ging. In der Woche darauf kam sie wieder. Es war ihr letztes Mal, und wie ich vorhin schon gesagt habe, saß sie an dem Abend erst mal nur schweigend da. Dann, ungefähr nach der Hälfte der Zeit, stand sie auf und begann herumzuschreien. Sie schrie uns einfach nur an.«

»Was hat sie gesagt?«, fragte Josie.

Dees Fingerknöchel hoben sich weiß von der Arbeitsplatte ab. »Sie hat gesagt ... Oh, entschuldigen Sie bitte die Ausdrucksweise, aber ... Sie sagte sowas wie: ›Ihr könnt mich mal! Alle miteinander! Bianca hätte an dem Tag eigentlich gar nicht dort sein sollen. Sie hätte gar nicht im Bus sein sollen.‹ Lauter solche Sachen. Dr. Rosetti hat versucht, sie zu beruhigen, aber sie war völlig außer sich. Ich hatte sie noch nie zuvor so gesehen. Sie hat gesagt, wir könnten sie alle mal – wobei das nicht ganz die

Worte waren, die sie verwendet hat. Dann ist sie hinausgestürmt und wir haben nichts mehr von ihr gehört. Und dann war plötzlich ihr Foto in allen Nachrichten, und sie war verschwunden. Tut mir leid, wenn ich das nicht von mir aus erzählt habe, als Sie mich am Wochenende angerufen haben, aber wir sprechen in der Gruppentherapie wie gesagt über sehr persönliche Dinge. Vielleicht hätte ich Ihnen auch jetzt gar nicht alles erzählen sollen. Aber immerhin ist Krystal ermordet worden, und ich ...«

Gretchen kritzelte etwas in ihr Notizbuch. »Sie machen das schon richtig«, versicherte sie Dee.

»Wer von der Gruppe – außer Krystal – war denn an dem Abend anwesend, Mrs Tenney? Wissen Sie das noch genau?«, wollte Josie wissen.

»Ich, Faye, Sebastian, Nathan ... und Miles war sogar auch da. Er geht mir lieber aus dem Weg, aber ich weiß, dass er sich ziemliche Sorgen wegen der bevorstehenden Gerichtsverhandlung macht.«

»Können Sie sich vorstellen, was der Grund für Krystals plötzlichen Gefühlsausbruch gewesen sein könnte?«, fragte Gretchen.

Dee schüttelte den Kopf. »Ich habe keine Ahnung. Ich wünschte, ich wüsste es. Ich wünschte, ich hätte es getan: Ich hätte ihr nachgehen sollen, versuchen sollen, mit ihr zu reden. Aber wir werden alle von der immensen Last dieser ganzen Sache erdrückt. Es ist schwer, füreinander da zu sein, wenn jeder Einzelne von uns ...« – wieder warf sie einen Blick zu Heidi hinüber und ihre folgenden Worte waren nur noch ein Flüstern – »... es gerade mal schafft, irgendwie durchzuhalten.«

»Können Sie sich vorstellen, weshalb Krystal gesagt hat, dass Bianca an jenem Tag eigentlich nicht in dem Bus hätte sein sollen?«, fragte Josie.

»Nein. Bianca ist jeden Tag mit dem Bus gefahren. Krystal konnte zwar so von der Arbeit losgehen, dass sie zu Hause war, wenn der Bus die Kinder an der Ecke abgesetzt hat, aber sie ist nie früh genug aus der Kanzlei gekommen, um Bianca von der Schule abzuholen. An dem Tag war das genauso wie sonst auch.«

»Gab es in der Selbsthilfegruppe irgendjemanden, mit dem Krystal enger befreundet war als mit den anderen?«, wollte Gretchen wissen.

»Nicht, dass ich wüsste. Sie hat immer so viel gearbeitet, dass sie kaum Zeit hatte, mit anderen etwas zu unternehmen – das war auch schon vor dem Unfall so. Danach hat sie sich noch mehr zurückgezogen. Ich war froh, dass sie sich der Gruppe angeschlossen hat. Ich dachte mir, es tut ihr sicher gut, wenn sie neben der ganzen Arbeit noch ein bisschen unter Menschen kommt.«

Sie schüttelte den Kopf und sagte dann, fast wie zu sich selbst: »Wer weiß, ob das überhaupt was bringt? Wir machen einfach immer weiter. Was sollen wir denn sonst auch tun?«

Dee hatte mit gesenkter Stimme gesprochen, doch Josie hatte aus dem Augenwinkel wahrgenommen, dass Heidi nicht mehr auf ihren Laptop schaute, sondern zu Dee hinüber. Hörte sie sich über ihre Kopfhörer überhaupt irgendetwas an oder hatte sie das Gespräch die ganze Zeit über belauscht?

»Eine letzte Frage, Mrs Tenney, und dann werden wir Sie für heute in Ruhe lassen«, sagte Gretchen. »Sagt Ihnen das Wort ›Pritch‹ etwas?«

»Pritch?«, fragte Dee mit einem verwunderten Gesichtsausdruck.

»Ja«, sagte Josie und buchstabierte ihr das Wort.

»Nein, ich hab keine Ahnung, was das bedeuten soll. Das hab ich noch nie gehört«, gab Dee zurück.

Vom Tisch her war Heidis Stimme zu vernehmen: »Ich weiß, was das heißt.«

ELF

Alle drei drehten sich zu Heidi um. Sie klappte ihren Laptop zu, nahm sich die Ohrstöpsel heraus und legte sie auf den Tisch. Dee ging zum Tisch hinüber und stellte sich vor sie hin.

»Heidi? Was redest du da?«

Heidi schaute an Dee vorbei zu Josie und Gretchen. »Pritch war unser Spitzname für Wallace Cammack.«

»Das war eines der Kinder, die bei dem Busunglück ums Leben gekommen sind«, sagte Gretchen leise, um Josie ins Bild zu setzen.

»Das hat Gail mir nie erzählt.« Dees Stimme zitterte.

Heidi lächelte sie gequält an. »Tut mir leid, Mrs Tenney, aber sowas würden wir unseren Eltern nie erzählen. Außerdem ist es eine Kombination aus zwei Wörtern, die Ihnen bestimmt nicht gefallen würden.«

»Nämlich?«, fragte Gretchen.

Heidis Wangen röteten sich ein wenig. »*Prick* und *bitch*.«

Dee hob ihre Hand vor den Mund. »Oh«, sagte sie.

Josie ging zum Tisch hinüber und schaute Dee an. Sie griff nach der Lehne eines Stuhles. »Dürfen wir Platz nehmen, Mrs Tenney?«

Ohne die Augen von Heidi abzuwenden, zog Dee den Stuhl heraus, der ihr am nächsten stand. Josie und Gretchen verstanden das als Zustimmung und setzten sich. »Heidi, wie alt bist du eigentlich?«, fragte Gretchen.

»Ich bin vierzehn. Sie brauchen wahrscheinlich das Einverständnis meines Vaters, dass Sie mit mir sprechen dürfen, oder?«

»Da wir dich weder als Verdächtige noch als Zeugin eines Verbrechens befragen, brauchen wir seine Einwilligung streng genommen nicht«, erklärte Josie ihr. »Aber es ist uns immer lieber, wenn die Eltern wissen, dass wir uns mit ihrem Kind unterhalten.«

»Ich habe keine Mom«, sagte Heidi unverblümt. »Sie müssten also meinen Dad fragen, ob er einverstanden ist.«

»In Ordnung«, erwiderte Gretchen.

»Heidi!«, ermahnte Dee das Mädchen.

Heidi rollte mit den Augen. »Wieso? Stimmt doch. Ich habe keine Mom.« Sie schaute Josie und Gretchen mit ernster Miene an. »Die Erwachsenen sagen immer ...« Sie sprach mit gespielt ernsthafter Stimme weiter. »›Heidis Mom ist *nicht mehr auf der Bildfläche*‹, aber in Wirklichkeit war sie ein One-Night-Stand und gerade erst neunzehn geworden, als sie mich bekommen hat, und deshalb hat sie beschlossen, dass dieser ganze Babykram nichts für sie ist, und mich bei meinem Dad gelassen. Ich weiß nicht mal, ob sie noch lebt oder nicht. Genau, und deshalb gibt es jetzt nur mich und meinen Dad.«

Dee presste sich eine Hand gegen die Stirn und schloss für einen Moment die Augen. Als sie sie wieder öffnete, setzte sie ein gezwungenes Lächeln auf. »Heidi, ich weiß nicht, ob das jetzt der richtige Moment ist, um sich über dieses Thema auszulassen. Warum fragst du nicht einfach deinen Dad um Erlaubnis, mit den beiden Ermittlerinnen sprechen zu dürfen?«

»Okay«, antwortete Heidi. »Ich schreib ihm eine Nachricht.«

Sie holte ein Handy aus dem Rucksack neben ihrem Stuhl. Ihre Finger flogen über die Tastatur. Man hörte es ein paarmal piepsen, dann schob Heidi das Handy über den Tisch zu Josie hinüber, sodass diese den Chatverlauf lesen konnte.

Dad, die Polizei ist gerade bei Mrs T., um sich über Krystal zu unterhalten. Ist es okay, wenn ich mit ihnen über die Kinder rede, mit denen ich auf der Schule war?

Die Antwort bestand aus einem einzigen Buchstaben:

K.

Gretchen beugte sich vor und notierte sich die Nummer, an die Heidi ihre Nachricht geschickt hatte. Josie wusste, dass sie sie überprüfen würde, um sicher zu sein, dass es auch tatsächlich die von Heidis Vater war.

»Und?«, sagte Heidi.

»Erzähl uns was über Wallace Cammack«, forderte Gretchen sie auf.

»Er ging auf dieselbe Schule wie ich. Er war in meiner Klasse.«

»Und du bist jeden Tag mit ihm im Bus gefahren?«, ermunterte Gretchen sie zum Weitererzählen.

»Mhm«, sagte Heidi. »Sechs von uns sind immer bis zur letzten Haltestelle gefahren. Ich, Gail – also Mrs Tenneys Tochter –, Wallace und seine kleine Schwester Frankie, Bianca und Nevin. Als der Unfall passiert ist, waren Gail und Nevin in der sechsten Klasse, Frankie in der fünften und ich, Wallace und Bianca in der siebten. Aber wir sind, wie gesagt, jeden Tag zusammen mit dem Schulbus gefahren. Jedenfalls war Wallace ein echter Fiesling, und irgendwann hatten wir genug und haben ihm diesen Spitznamen verpasst.«

»Pritch«, sagte Josie.

»Ja. Weil er echt ein mieses Arschloch war, ein Prick halt ...« Sie unterbrach sich und schaute zu Dee hinüber, doch diese schien mit ihren Gedanken gerade ganz woanders zu sein. Ihre Augen wirkten leer und sie stand reglos da. Heidi fuhr fort: »Aber immer, wenn sich einer von uns gegen ihn zur Wehr gesetzt hat, hat er angefangen zu heulen wie eine Bitch. Deshalb war er für uns dann der ›Pritch‹.«

»Du hast gesagt, dass er ein Fiesling war«, hakte Gretchen nach. »Was hat er denn so gemacht?«

Heidi zuckte leicht mit den Schultern. »Keine Ahnung. Was so miese Typen eben machen. Uns beleidigt, gemeine Sachen zu uns gesagt, uns Sachen aus der Hand geschlagen ... Einmal hatten wir eine Vertretungslehrerin und die hat ihn als Schüler des Monats vorgeschlagen, was echt ein Witz war, weil Wallace ständig nur Probleme gemacht hat. Aber unsere eigentliche Lehrerin hat nie was dagegen unternommen. Manchmal hat er uns Mädchen auch an den Haaren gezogen.«

Dee blinzelte und räusperte sich. »Einmal hat er auch Gail an den Haaren gezogen – und zwar wirklich fest. Es kam zu einem richtigen Streit. Das war unmittelbar vor dem Unfall. Anscheinend hatte er sie in der Aula der Schule an den Haaren gezogen. Es war nicht das erste Mal. Mein Mann hatte ihr gesagt, dass sie sich von Wallace Cammack nichts mehr gefallen lassen soll, also hat sie zurückgeschlagen. Nicht fest, es war nur eine Ohrfeige, aber er wurde richtig wütend und hat sie ziemlich unsanft gegen einen Wasserspender geschubst. Sie ist mit dem Kopf dagegengefallen. Ich musste mit ihr in die Notaufnahme. Sie hatte eine üble Beule. Eigentlich war dann alles wieder in Ordnung, aber noch bevor wir die Sache richtig klären konnten, kam es zu dem Unfall, und dann ...«

Ihre Gedanken schienen abzudriften, denn ihr Blick wurde wieder glasig und leer.

»Ich weiß, er ist tot«, sagte Heidi, »aber er war nun mal ein Idiot. Ich meine, es tut mir schon leid, dass er tot ist. Er war manchmal wirklich fies, aber sowas wie diesen Unfall hat er echt nicht verdient. Keiner von ihnen. Aber trotzdem hat er vor dem Unfall eine Menge Kinder tyrannisiert. Ein paar von ihnen hatten angefangen, ihn ›Pritch‹ zu nennen. Er hat es wirklich gehasst.«

»Kannte irgendwer von den Erwachsenen seinen Spitznamen?«, wollte Josie wissen.

»Keine Ahnung«, antwortete Heidi.

»Und wie viele Kinder kannten ihn?«, fragte Josie weiter. »Wie viele nannten ihn ›Pritch‹?«

»Na ja, die Kinder im Bus halt. Und so gut wie jeder in meiner Klasse.«

»Wer hatte sich den Namen ausgedacht?«

»Das weiß ich nicht mehr so genau. Irgendwie sind wir da zufällig drauf gekommen. Ein paar Jungs aus der Klasse haben angefangen, ihn ›Prick‹ zu nennen, weil er sich ständig mit allen angelegt hat. Und dann, eines Tages, hat er im Bus dauernd von hinten gegen die Lehne von dem Platz getreten, auf dem Nevin saß – also Nevin Palazzo –, und irgendwann ist der total ausgeflippt. Er ist aufgestanden und hat geschrien: ›Du bist so ein Prick!‹ Nevin war klein und eigentlich eher ein ruhiger Typ und es war irgendwie witzig, ihn so wütend zu sehen. Jedenfalls fingen alle im Bus an zu lachen – aber nicht über Nevin, sondern über Wallace. Sie haben so Sachen gesagt wie: ›Verdammt! Nevin wird dir gleich in den Arsch treten!‹ und so, und Wallace hat sich total aufgeregt und gesagt, das würde er sich nicht trauen. Als dann ein paar andere Jungs angefangen haben, im Chor immer wieder ›Prick!‹ zu rufen, sah es so aus, als ob Wallace gleich anfangen würde zu heulen. Da hat Gail gesagt: ›Schaut ihn euch an, der ist ja 'ne kleine Bitch!‹ und irgendwer hinten im Bus – ich weiß nicht, wer das war – hat plötzlich gerufen: ›Er ist ein Pritch!‹ Da haben sich alle im Bus schlappgelacht, und Wallace hat Nevin von da an nie wieder geärgert. Aber der Spitzname ist ihm geblieben.«

»Und was hat der Busfahrer gemacht, während das alles passiert ist?«, fragte Josie.

Heidi zuckte die Achseln. »Er ist gefahren. Mr Lesko hat sich nie wirklich darum gekümmert, was im Bus passiert ist, solange wir alle sitzen geblieben sind.«

»Gab es im Bus öfters mal Probleme?«, wollte Gretchen wissen.

»Nein, eigentlich nicht. Dass jemand im Bus schikaniert wurde, kam wirklich nicht so oft vor. Vielleicht in der Schule, aber im Bus war es nicht so schlimm.«

»Und wie lange vor dem Unfall hat Wallace den Spitznamen ›Pritch‹ bekommen?«, fragte Josie.

»Das weiß ich nicht mehr so genau. Ein paar Monate davor vielleicht.«

Gretchen nahm wieder ihr Notizbuch zur Hand und schrieb etwas auf. Josie schob Heidi über den Tisch eine Visitenkarte zu. »Da steht meine Handynummer drauf«, sagte sie. »Falls du irgendwas brauchst oder dir noch etwas einfällt, was mit Wallace und seinem Spitznamen zusammenhängt, dann rufst du mich an, okay?«

Heidi griff nach der Karte und starrte darauf. »Klar«, sagte sie, und dann: »Aber ... Woher kennen Sie eigentlich diesen Namen?«

Zum ersten Mal seit mehreren Minuten wirkte Dees Blick wieder etwas wacher. Sie drehte den Kopf in Josies und Gretchens Richtung und wartete auf deren Antwort.

Gretchen sagte jedoch nur: »Dazu können wir leider keine Angaben machen.«

ZWÖLF

Das Polizeirevier von Denton befand sich in einem großen, dreistöckigen grauen Steingebäude. Es war denkmalgeschützt und vor über fünfundsechzig Jahren vom Rathaus zur Polizeidienststelle umgewandelt worden. Es war sowohl schön anzusehen als auch imposant mit seinen kunstvoll verzierten, doppelflügeligen Segmentbogenfenstern und dem Glockenturm an einer Ecke. Gretchen fuhr um das Gebäude herum und parkte hinten auf dem städtischen Parkplatz. Normalerweise bot der Anblick des Gebäudes Josie Trost. Es war ihr zweites Zuhause, der einzige Ort für sie, wo ihr das Leben sinnvoll erschien. Hier gab es Regeln und ein klar definiertes Ziel. Hier war sie ständig damit beschäftigt, Fälle zu lösen – Fälle, die ihre Gedanken vollauf beanspruchten, sodass sie keine Chance hatte, bei den Dämonen ihrer Vergangenheit zu verweilen.

Während sie aus Gretchens Fahrzeug stieg und auf den Eingang zuging, spürte sie einen Anflug von Panik in sich aufsteigen. Gretchen ging vor ihr her und war fast schon bei der Tür, als Josie stehen blieb. Die Sonne stand schon tief am Horizont und es war nach der üblichen Abendessenszeit. Die drückende Hitze hatte nachgelassen, und zu dieser Zeit lag der

Parkplatz großenteils bereits im Schatten. Dennoch spürte Josie einen Schweißfilm auf ihrem Körper. Sie wollte nicht hineingehen. Aber warum? Sie war doch heute morgen schon auf dem Revier gewesen. Es würde sicher alles gutgehen.

Gretchen drehte sich zu ihr um. »Boss?«

Josie schluckte. Sie bemühte sich, ihre Füße zu bewegen, aber sie wollten einfach nicht. Es war, als wären die Sohlen ihrer Schuhe mit dem Asphalt verschmolzen. Ihr fiel wieder ein, was Dee Tenney ihnen von dem letzten Treffen der Selbsthilfegruppe berichtet hatte – wie Krystal vor den andern die Fassung verloren hatte. *Bianca hätte an dem Tag gar nicht im Bus sein sollen.* Josie schloss die Augen, denn sie wurde so stark von ihren Emotionen überwältigt, dass ihr die Knie zitterten. Es war immer dasselbe Mantra, das ihr seit Monaten wie in Endlosschleife durch den Kopf ging. Seit jener Nacht, in der Lisette gestorben war. *Sie hätte gar nicht da draußen sein sollen.* Josie wiederholte vor Noah diese Worte fast jede Nacht, wenn sie aus ihren Albträumen erwachte. Wäre Lisette damals nicht mit draußen am Waldrand gewesen, dann würde sie noch leben, und Josie müsste nicht nach langem Pausieren wieder zu ihrer Arbeit zurückkehren und ihr Leben weiterführen, als wäre alles ganz normal, obwohl das doch gar nicht stimmte.

»Josie«, sagte Gretchen und trat jetzt zu ihr.

Josie schlug die Augen auf und sah ihre Freundin an. Ihre Haut fühlte sich am ganzen Körper heiß an und ihre Glieder begannen zu zittern. »Ich bin noch nicht bereit dafür«, flüsterte sie Gretchen zu.

Gretchen nickte, stellte sich neben Josie und griff mit der Hand nach ihrem Ellbogen. Josie musste nichts erklären, Gretchen verstand sie auch so. Josie war noch nicht bereit, jetzt weiterzuarbeiten, vollständig in ihr altes, bekanntes Leben zurückzukehren – und all das ohne Lisette. Dennoch blieb ihr keine andere Wahl. Doch sich jetzt auf den Duncan-Fall zu stürzen, mit ganzem Herzen an ihre Arbeit zurückzukehren, fühlte sich gerade so an, als akzeptiere sie Lisettes Ermordung. Aber die würde sie niemals akzeptieren.

Gretchen sagte ihr ins Ohr: »Das hier ist jetzt keine Entweder-Oder-Situation, Josie. Du bist immer noch da. Du musst dich bewegen, nach vorne schauen. Das bedeutet nichts anderes, als dass du noch am Leben bist. Lisette hat ihre beiden Kinder verloren und hat dennoch weiter all die Dinge getan, die das menschliche Leben ausmachen.«

Josie nickte. Sie schloss die Augen und holte mehrmals tief Luft. Dr. Rosetti hatte jedes Mal, wenn Josie zur Therapie kam, eine Atemübung mit ihr gemacht. Josie hatte das immer für Blödsinn gehalten, aber jetzt schien die Übung ihr zu helfen. Ein angenehmes Gefühl der Erleichterung erfüllte sie, als eine wahre Flutwelle an Gefühlen durch ihr Bewusstsein schwappte und dann wieder durch Betäubtheit ersetzt wurde. Der Schlamm. Josie wusste, dass Gretchen recht hatte. Sie hatte ihren ersten Ehemann an die Gewalt verloren. Obgleich sie zu jener Zeit schon getrennt gewesen waren, hatte sein Tod sie enorm mitgenommen. Doch sie hatte einfach weitergemacht. Warum fühlte es sich jetzt auf einmal so anders an?

Gretchen drückte ihr den Arm. »Abgesehen davon sind wir hier, um den Toten zu helfen. Wir müssen unbedingt Krystal Duncans Mörder schnappen. Bist du da bei mir?«

Josie bewegte die Zehen in ihren Schuhen und spürte auch ihre Beine wieder. Sie holte noch ein paarmal tief Luft und richtete sich innerlich auf. Dann griff sie in ihre Tasche und berührte mit den Fingern die Perlen des Rosenkranzes. »Ich bin ganz bei dir«, sagte sie.

Gretchen ließ ihren Arm los und ging wieder auf die Eingangstür zu. »Gut. Dann schauen wir mal, ob wir ein paar starke Kerle finden, die uns beim Reintragen dieser Aktenkartons aus Krystals Kanzlei helfen können.«

Eine halbe Stunde später waren alle Kartons in den ersten Stock hochgetragen – ins Großraumbüro, einen geräumigen offenen Bereich, in dem die Ermittler und die anderen Officers Telefongespräche führen und Papierkram erledigen konnten. Josie, Gretchen, Noah und Detective Finn Mettner hatten dort ihre eigenen Schreibtische, die in der Mitte des Raumes zusammengeschoben worden waren. Am Rand an einer Seite stand der einzige andere fest zugeteilte Schreibtisch, der von ihrer Pressesprecherin Amber Watts. Nur drei uniformierte Officers blieben noch da, nachdem sie Josie und Gretchen dabei geholfen hatten, die Kartons hochzutragen. Noah war schon nach Hause gegangen, und Mettner hatte einen Tag frei. Watts hatte wohl ebenfalls schon Feierabend gemacht. Josie blickte hinüber zur Bürotür des Chiefs, aber sie blieb geschlossen.

Gretchen stellte einen der Aktenkartons auf Josies Schreibtisch und einen anderen auf ihren. Gemeinsam begannen sie, die Dokumente durchzusehen, die ihnen Krystals Chef übergeben hatte.

»Sind das alles die Fälle, an denen Krystal in letzter Zeit gearbeitet hat?«, fragte Josie.

»Ja. Aber ich bin mir nicht ganz sicher, wonach wir eigentlich genau suchen.«

»Stimmt«, bestätigte Josie. »Ich hab mir das so vorgestellt, dass wir es erkennen, wenn wir etwas finden.«

Gretchen lachte. Sie brauchten eine Stunde, um die Dokumente in einem ersten Durchgang zu sichten. Keine von ihnen fand etwas, das ungewöhnlich erschien oder das Krystal Duncan so aus der Fassung hätte bringen können, dass sie zur East Bridge gehen und sich etwas Wirksameres zur Betäubung als Marihuana besorgen musste. Es waren Fälle mit Personenschäden dabei: Verkehrsunfälle, Stürze durch Ausrutschen, medizinische Kunstfehler und Fälle von Produkthaftung. Weder Josie noch Gretchen sagten die Namen der Mandanten oder Zeugen irgendetwas. Es war einfach nichts Ungewöhnliches dabei.

»Vielleicht hatte das, was sie herausgefunden hat, gar nichts mit ihrer Arbeit zu tun«, meinte Josie.

»Aber warum hat sie sich dann am Samstag in die Datenbank der Kanzlei eingeloggt? Wonach hat sie gesucht?«, wunderte sich Gretchen.

»Vielleicht hat sie nach gar nichts gesucht? Vielleicht hat sie versucht, jemandem ein Zeichen zu senden, dass sie noch am Leben ist?«, spekulierte Josie.

»Warum hat sie dann nicht irgendeine Art von Nachricht hinterlassen?«, wandte Gretchen ein. »Ihr Chef hat gesagt, sie hat nicht mal irgendwelche Dateien geöffnet. Wenn sie eine Nachricht hinterlassen wollte, dann hätte sie einen Ordner öffnen, etwas hineintippen und ihn danach wieder speichern können.«

Josie meinte: »Dann hat sie einfach nach etwas gesucht. Konnte man die Dateien denn ansehen, ohne sie zu öffnen? Gibt es sowas wie die Dokumentenvorschau-Funktion?«

»Ja«, erwiderte Gretchen, »Carly hat mir gezeigt, wie man die Dokumente ansehen kann, ohne sie zu öffnen. Sehr gut möglich, dass Krystal sich in den Akten umgesehen und gefunden hat, was sie suchte, ohne irgendeine Datei zu öffnen. Aber diese Fälle sind ... nicht gerade spektakulär. Mann bricht sich das Handgelenk, weil er im Supermarkt gestürzt ist. Einer Frau fährt ein anderes Auto hintendrauf, weil der Fahrer hinter ihr eine Nachricht in sein Handy getippt hat. Wonach könnte sie möglicherweise gesucht haben?«

»Vielleicht hat sie selbst überhaupt nach nichts gesucht. Vielleicht wollte der Mörder, dass sie für ihn nach etwas sucht.«

»In diesem Fall würde ich eher die Kanzlei selbst genauer unter die Lupe nehmen, weil Krystal vielleicht da auf irgendwas Problematisches gestoßen ist. Aber warum sollte dann der Mörder den Spitznamen von Gloria und Nathan Cammacks Sohn auf ihren Arm schreiben?«

»Stimmt«, räumte Josie ein. »Wir sollten Carly bitten, alle Mandanten und Zeugen der Kanzlei darauf zu überprüfen, ob der Name der Cammacks irgendwo auftaucht.«

Gretchen kritzelte etwas in ihr Notizbuch. »Morgen früh rufe ich als Erstes dort an. Anschließend rede ich mit Wallace Cammacks Eltern. Bis dahin sichte ich noch mal diese Akten hier, um sicherzugehen, dass wir nichts übersehen haben.«

»Glaubst du, es ist von Bedeutung, dass sie vor etwas mehr als zwei Wochen den Busfahrer im Gefängnis besucht hat, bevor sie verschwunden ist?«, fragte Josie.

»Es wäre mir nicht weiter komisch vorgekommen, aber der Mörder hat sie eindeutig am Grab ihrer Tochter platziert, und jetzt haben wir auch noch die Verbindung zu den Cammacks, deren Kinder ebenfalls bei dem Unglück ums Leben kamen. Ich hinterlasse eine Nachricht für Virgil Leskos Anwalt und frage an, ob er einverstanden ist, dass wir mit Virgil reden oder uns das Video von dem Treffen mit Krystal ansehen.«

Josies Magen knurrte laut, und sie grinste verlegen. »Sollen wir was beim Take-away bestellen?«

Gretchen sah sie eine Weile forschend an, dann meinte sie: »Warum machst du nicht einfach Schluss für heute? Ich kann diese Akten allein durchsehen. Und ich bin mir sicher, Noah und Trout würden dich am Ende deines ersten Arbeitstages gern wieder zu Hause sehen.«

»Mir geht's gut«, protestierte Josie, aber es klang selbst in ihren eigenen Ohren nicht gerade überzeugend. Eine Weile blieb sie noch verlegen sitzen, dann aber schnappte sie sich ihr Handy und die Schlüssel und ging nach Hause.

An der Haustür begrüßte Trout sie schwanzwedelnd. Er jaulte und winselte begeistert, als sie sich hinkniete und ihn ausgiebig knuddelte. Danach sprang er immer wieder an ihr hoch – so schnell, dass sein Körper mit dem schwarz-weißen

Fell vor ihren Augen verschwamm. Dabei versuchte er wie wild, ihr das Gesicht abzulecken und jaulte dazwischen aufgeregt. Noah erschien in der Küchentür. »Hey«, grüßte er Josie über das ganze Getöse hinweg. »Tut mir leid, dass er so außer Rand und Band ist. Ich glaube, er hatte einen harten Tag.«

Josie stand auf und Trout sprang weiter an ihr hoch, stellte seine beiden Vorderbeine auf ihren Oberschenkel und knetete ihn mit seinen Pfoten. Noah trat zu Josie und deutete nach links. Sie warf einen Blick ins Wohnzimmer und sah das Chaos. Während der vier Monate ihrer Freistellung hatte sie eine Reihe von Dingen angefangen, um sich zu beschäftigen: häkeln, puzzeln, malen, Kerzen ziehen und das Haus mit Zimmerpflanzen ausstatten. Jetzt lagen die Überreste all dieser Hobbys demoliert über den ganzen Wohnzimmerboden verstreut da.

Noah sagte: »Ich bring alles wieder in Ordnung, das versprech ich dir. Ich wollte nur, dass du es dir selber ansehen kannst.«

Josie blickte zu Trout hinunter. Als spüre er die Veränderung in ihrer Stimmung, setzte er sich auf den Boden, legte die Ohren flach an den Kopf und setzte seinen süßesten Robbenbabyblick auf. Seine Knopfaugen blickten sorgenvoll und flehend zu ihr hoch.

»Du warst jetzt vier Monate lang bei ihm zu Hause«, fügte Noah hinzu. »Und dann warst du heute den ganzen Tag fort. Er muss sich erst wieder an deine früheren Arbeitsstunden gewöhnen. Also musste er heute einfach seine Gefühle rauslassen. Wenigstens hat er nicht die Möbel kaputt gemacht. Vielleicht sollten wir ihn wieder in seine Hundebox stecken, wenn wir aus dem Haus gehen, zumindest vorübergehend.«

Josie blickte hinunter in Trouts reuevolle braune Augen und fühlte eine so spürbare Erleichterung, dass sie buchstäblich das Gefühl hatte, als würde ihr eine schwere Last von den Schultern genommen. Dieses kleine Geschöpf verstand sie. Trout schien oft ihre eigenen Gefühle widerzuspiegeln, und auch heute war das wieder der Fall. Sie hockte sich im Schneidersitz auf den Boden und ließ zu, dass Trout ihr auf den Schoß kletterte. Dann beugte sie sich vor und legte ihre Arme um seinen warmen kleinen Körper. »Du hattest auch einen schlimmen Tag, Kumpel?«, flüsterte sie. »Ist schon okay. Es wird alles gut.«

Noah setzte sich ebenfalls im Schneidersitz ihr gegenüber. »Du hattest also einen schlimmen ersten Tag bei deiner Rückkehr zur Arbeit?«, fragte er.

Josie streichelte Trouts Rücken und blickte zu ihrem Mann auf. »Nein. Oder besser gesagt, ich weiß nicht. Es war ... irgendwie hart.« Sie wollte jetzt nicht reden, aber eigentlich wollte sie nie reden. Deshalb war sie ja in der Therapie gelandet. Trotzdem zwang sie sich zum Sprechen. »Ich vermisse sie, Noah. Ich vermisse sie so sehr, und ich fühle mich ...« Sie spürte einen Kloß im Hals, aber sie redete weiter. »Ich fühle mich immer noch so verdammt schuldig. Warum soll ich einfach so mit meinem normalen Leben weitermachen, als wäre nichts gewesen, jetzt, wo sie tot ist? Und dass sie tot ist, war meine Schuld.«

Trout, der auf ihrem Schoß saß, winselte. Josie spürte seine warme Zunge auf ihrem Unterarm.

Sie wartete darauf, dass Noah all die Dinge sagen würde, von denen sie wusste, dass man sie in solchen Situationen sagt ... die Dinge, die er in jenen ersten Wochen zu ihr gesagt hatte, als sie noch völlig orientierungslos gewesen war und kaum den ganz normalen Alltag zu Hause auf die Reihe bekam. Die Dinge, die sowohl Gretchen, ihre Schwester, ihr Bruder, ihre leiblichen Eltern als auch Dr. Rosetti in den vergangenen Monaten zu ihr gesagt hatten:

»Es war nicht deine Schuld.«

»Du hast nichts falsch gemacht.«

»Es gibt nichts, weswegen du dich schuldig fühlen solltest.«

»Der Mörder trägt die ganze Verantwortung.«

Aber Noah sagte nichts dergleichen. Stattdessen berührte er ihre Wange. Seine haselnussbraunen Augen blickten sie traurig und nachdenklich an. »Ich weiß«, sagte er.

In diesem Augenblick glaubte ihm Josie. Sie wusste, dass er ebenso wie sie vertraut war mit dieser einzigartigen Mischung aus Schmerz und Schuldgefühl – wie es sich anfühlte, wenn man einen geliebten Menschen durch eine Gewalttat verloren hatte. Seine Mutter war ermordet worden, und Josie wusste, dass Noah sich auch Jahre später noch immer mit der Frage quälte, ob sie wohl noch leben könnte, wenn er nur zehn Minuten früher in ihrem Haus eingetroffen wäre. Und auch wenn Josie zu Lisette gesagt hätte, sie solle doch zurück ins Hotel gehen, statt sie in Richtung Wald gehen zu lassen, dann wäre Lisette ebenfalls noch am Leben.

Als könne er ihre Gedanken lesen, sagte Noah: »Es ist wie eine Wunde, Josie. Sie verheilt nie. Sie bekommt nur von Zeit zu Zeit einen schützenden Schorf. Aber ich verspreche dir, dass du dich daran gewöhnen wirst.«

»Ich will nicht, dass dieses schreckliche Gefühl zur Normalität wird«, stieß sie hervor.

Trout winselte wieder und sie kraulte ihn zwischen den Ohren.

»Ich weiß«, sagte Noah.

Er beugte sich vor und ihre Stirnen berührten sich, was so aussah, als bildeten sie mit ihren Körpern eine Kirchturmspitze über Trout. So saßen sie lange da und atmeten im gleichen Rhythmus, bis Josie die Beine einschliefen. Ob es wohl das war, was Dr. Rosetti gemeint hatte, als sie sagte, sie solle ihre Gefühle zulassen? Allerdings erlebte sie gerade auch kein so schreckliches Gefühl, bei dem sie fürchten musste, es könnte sie körperlich zerstören. Das Gefühl, das sie jetzt gerade empfand, war einfach Traurigkeit über eine schmerzliche Erinnerung. So war es eben, Lisette zu vermissen. So war das Wissen darum, dass jeder Tag, der nun vor Josie lag, für den Rest ihres Lebens wie eine gähnende Leere sein würde – ohne ihre Großmutter. Es war das Gefühl, das mit einem unermesslich großen Verlust einherging. Es war ein stilles, lange währendes Leid, das quälende tägliche Hereintropfen der neuen Realität. Eine solche Dosis an Gefühlen, damit konnte sie umgehen, vor allem weil Noah nicht versuchte, sie zu vertreiben. Er versuchte nicht, ihren Schmerz zu beschönigen, ihn zu vertreiben oder sie davon abzulenken. Er wusste, dass ein solcher Versuch zum Scheitern verurteilt war. Aber hier bei ihr zu sitzen und mit ihr diese Gefühle auszuhalten, das konnte er.

Er streckte den Nacken und hielt seinen Kopf so, dass er sie auf die Lippen küssen konnte. »Hast du Lust auf Abendessen?«

»Gerne«, erwiderte Josie. »Aber zuerst möchte ich nach oben gehen.«

DREIZEHN

Am nächsten Morgen traf sich Josie mit Gretchen auf dem städtischen Parkplatz hinter dem Polizeirevier, und Gretchen fuhr sie beide wieder nach West Denton. Sie wählte eine etwas andere Strecke, da das Haus der Cammacks eine Querstraße weiter lag als das Haus von Dee Tenney. Als sie in eine Straße einbogen, die im rechten Winkel sowohl zu jener mit dem Haus der Cammacks als auch zu der mit dem Haus von Dee Tenney verlief, fiel Josie ein Mahnmal auf, das man für die fünf Kinder errichtet hatte, die bei dem Schulbusunglück in West Denton umgekommen waren.

»Da ist die Bushaltestelle«, sagte Gretchen. »Vor dem Unfall gab es dort noch eine große Platane im Vorgarten.«

Josie betrachtete das terrassierte Ziegelhaus im Ranch-Stil an der Ecke, das etwa zehn Meter zurückgesetzt vom Gehweg stand. Mittlerweile war die Platane verschwunden. Stattdessen hatte man auf dem Rasen mehrere Steinplatten eingelassen, die einen Kreis bildeten, und rundherum standen fünf Bronzeskulpturen, die als Sitzplätze dienten. Sie wirkten fast wie Wurzelstöcke, die in gewundener Form aus den Steinplatten heraus- und emporwuchsen. Auf jedem war Platz zum Sitzen, doch statt einer Lehne war auf jedem dieser kunstvollen Hocker eine Bronzevase montiert. Die Namen der Kinder waren in diese Vasen eingraviert worden. Gretchen hielt am Stoppschild an der Ecke und Josie las die Namen: Bianca, Gail, Wallace, Frankie, Nevin. Alle Vasen waren mit Blumen gefüllt und auf Biancas Platz saß auch ein Teddybär.

»Dem Bewohner des Hauses ging es damals so nahe, dass der Unfall in seinem Vorgarten passiert ist«, erklärte Gretchen, »dass er die Überreste des Baums beseitigen ließ und den freigewordenen Platz für das Mahnmal gestiftet hat. Die Gemeinde hat Spenden dafür gesammelt und ein Künstler aus Denton hat sich mit einer Gartenbaufirma zusammengetan und es errichtet.«

»Es sieht schön aus«, murmelte Josie. Dennoch fragte sie sich, ob es den Eltern nun leichter oder nicht vielleicht schwerer fiel, jeden einzelnen Tag daran vorbeizufahren, wahrscheinlich sogar mehrmals am Tag. Jeder Mensch trauerte anders und die Art und Weise änderte sich auch im Laufe der Zeit. Das Mahnmal, das sicherlich gut gemeint und auch würdevoll gestaltet war, konnte dafür sorgen, dass die Erinnerung an die Kinder lebendig blieb, aber es konnte einem auch auf brutale Weise immer wieder vergegenwärtigen, was man verloren hatte. Josie fragte sich, ob damals alle Eltern um ihre Zustimmung gebeten worden waren. Hatten sie in ihrer Selbsthilfegruppe miteinander darüber diskutiert?

Gretchen fuhr weiter und bog zwei Straßen danach rechts ab zum Haus der Cammacks. Hier glichen die Anwesen denen in der Straße von Dee Tenney, die nur einen Block entfernt lag – es waren mittelgroße bis sehr großzügige zweistöckige Eigenheime mit Garagen für zwei bis drei Autos und ausgedehnten Vorgärten. Alle Häuser waren sehr gepflegt. Das der Cammacks hatte eine freundlich wirkende cremefarbene Außenverkleidung und weiße Fensterläden. Der Zugang zum Haus war von verschiedenfarbigen Callalilien gesäumt. Zwei große steinerne Pflanzkübel standen rechts und links der Eingangstür, aber beide waren leer. Josie klingelte und sie warteten.

»Ich dachte, Dee Tenney hätte gesagt, Gloria und Nathan Cammack seien geschieden.«

Gretchen zog ihren Dienstausweis aus der Tasche. »Das stimmt. Gloria hat das Haus zugesprochen bekommen. Nathan wohnt in einem Apartment im Stadtzentrum. Mit ihm reden wir später auch noch.«

»Weiß sie, dass wir kommen?«, fragte Josie und drückte noch mal auf den Klingelknopf.

»Ich hab heute morgen mit ihr telefoniert«, erwiderte Gretchen.

Ein paar Minuten vergingen und Josie wollte gerade noch einmal klingeln, da wurde die Tür aufgerissen. Gloria Cammack stand in einem schicken schwarzen Hosenanzug und einem pinkfarbenen Trägertop vor ihnen. Ihre glänzenden schwarzen High Heels waren mindestens fünfzehn Zentimeter hoch. Das blonde Haar war straff aus ihrem Gesicht zurückgebunden und sie hatte einen Bluetooth-Kopfhörer im Ohr. In einer Hand hielt sie ihr Telefon, mit der anderen winkte sie Gretchen und Josie herein. Sie sprach hastig und in scharfem Ton, was zunächst befremdlich auf Josie wirkte, bis sie bemerkte, dass Gloria nicht mit ihnen, sondern mit jemand anderem über Bluetooth redete.

»Und bringen Sie die Bestellungen heute noch auf den Weg. Das meine ich ernst. Ich will diesen Kunden nicht verlieren. Das ist ein riesiges Geschäft. Haben Sie mich verstanden? Riesig. Und ich weiß, dass Sie das schaffen, okay? Sie müssen sich nur eine Minute richtig Zeit nehmen, sich konzentrieren und bei der Sache bleiben. Und vergessen Sie nicht, wir denken in dieser Sache richtig groß. Wir wollen vorankommen und Erfolg haben. Haben Sie verstanden? Okay, gut. Nein, ich kann nicht. Ich hab hier zu Hause ein Meeting. Aber in einer Stunde bin ich da.«

Sie folgten Gloria weiter ins Haus. An den Wänden, vom Eingangsbereich bis zu dem Raum, der wie die Küche aussah, hingen Dutzende gerahmte Fotografien. Josie verlangsamte ihre Schritte und sah sich ein paar von ihnen genauer an. Alle zeigten Glorias und Nathans Kinder. Wallace – groß gewachsen, blondes Haar und blaue Augen – ähnelte seiner Mutter. Er trug einen modischen Haarschnitt, am Hinterkopf kurz geschoren, aber vorn mit einem Schopf blonder Locken, der ihm in die Augen fiel. Ein erster Eindruck von den Aufnahmen offenbarte, dass er irgendwann zwischen dem Kleinkindalter und der Pubertät aufgehört hatte zu lächeln – zumindest, wenn fotografiert wurde. Auf den vermutlich letzten Bildern, auf denen er am ältesten aussah, wirkte sein Gesichtsausdruck irgendwie herausfordernd, als wolle er keinem raten, ihm blöd zu kommen. War das die typische Macho-Attitüde eines jungen Teenagers oder steckte mehr dahinter, fragte sich Josie.

Seine Schwester wirkte auf sie wie das völlige Gegenteil. Mit ihrem braunen Haar und einem breiten, ansteckenden Lächeln strahlte Frankie Cammack auf jedem Foto, auf dem sie zu sehen war, in die Kamera. Je mürrischer ihr Bruder auf den Bildern wirkte, umso ausgelassener schien Frankie zu grinsen. Auf manchen streckte sie die Zunge heraus oder nahm eine freche Pose ein. Es gab ein Foto, das vor dem Haus aufgenommen worden war und auf dem Frankie einen Handstand machte, während Wallace ihr die Beine hielt. Frankies Gesicht war fröhlich und sie lächelte, Wallace hingegen schien gerade die Augen zu verdrehen. Jedes Foto, an dem Josie vorbeiging, stimmte sie noch trauriger.

Gloria Cammacks Küche wirkte überraschend gemütlich mit den honigfarbenen Eichenschränken und den blau karierten Küchentüchern, die zu dem Vorhang am Fenster über der Spüle passten. Gloria zog ihren Bluetooth-Kopfhörer aus dem Ohr und legte ihn zusammen mit dem Handy auf den Küchentisch, dabei ließ sie sich zu einer Mischung aus ärgerlichem Aufseufzen und unterdrücktem Frustschrei hinreißen. Sie wandte ihnen den Rücken zu, ging zur Arbeitsfläche und schenkte sich eine Tasse Kaffee ein. »Diese Leute wollen einen Job, bei dem man denkt, man würde ihnen zu wenig bezahlen. Dann kriegen sie die Stelle und man muss sie bei jeder kleinen Aufgabe an die Hand nehmen.«

Sie knallte die Kaffeekanne mit großer Wucht auf ihren Platz zurück und Josie war überrascht, dass das Glas nicht zersprang. Sie sah zu, wie Gloria tief Luft holte und den Schrank vor sich anstarrte, als wären sie beide gar nicht da. Es schien fast so, als blickte sie in einen Spiegel. Josie beobachtete, wie sie sich krampfhaft um ein Lächeln bemühte, bevor sie sich zu ihnen umdrehte.

»Detective Palmer«, sagte sie zu Gretchen. »Ich wünschte, ich könnte sagen, wie schön es ist, Sie wiederzusehen, aber sicher wissen Sie genau, dass das nicht der Fall ist. Nichts für ungut.«

Sie nippte an ihrem – schwarzen – Kaffee.

Gretchen lächelte. »Das verstehe ich gut. Mrs Cammack, das ist meine Kollegin, Detective Josie Quinn.«

Gloria trat ein paar Schritte auf Josie zu und streckte ihr die Hand hin. »Gloria Cammack«, stellte sie sich vor. »Ich bin Besitzerin und Geschäftsführerin von All Natural For Family and Child.«

Nachdem sie einander die Hände geschüttelt hatten, strich Gloria ihr Haar nach hinten glatt, obwohl sich keine einzige Strähne gelöst hatte. »Tut mir wirklich leid. Meine Manieren! Möchten Sie einen Kaffee?«

Gretchen und Josie lehnten dankend ab, und Gloria bedeutete ihnen, sich an den Tisch zu setzen. Sie selbst blieb stehen und lehnte sich, ihren Kaffeebecher in der Hand, an die Arbeitsfläche. »Es geht sicher um Krystal, schätze ich mal. Ich weiß nicht, warum Sie sonst hier sein sollten, es sei denn, Sie wollen mir mitteilen, dass Virgil Lesko im Gefängnis umgebracht wurde, während er auf seinen Prozess gewartet hat.«

Gretchen bestätigte ihr: »Wir sind wegen Krystal hier.«

Gloria legte den Kopf zurück und stieß ein freudloses Lachen aus. »So viel Glück wird uns wohl nicht beschieden sein, was? Dass dieser Dreckskerl im Gefängnis stirbt und uns diesen ganzen Zirkus eines Prozesses erspart. Und jetzt, wo auch noch Krystal ermordet wurde ...«

Sie richtete ihren Blick wieder auf die beiden. »Ich weiß schon, dass sie ermordet wurde. Dee hat es in der Gruppe erzählt und Nathan hat mich danach angerufen, weil er dachte, ich würde das sicher erfahren wollen. Ich selbst gehe nicht mehr zu der Gruppe. Einmal bin ich dort gewesen, aber es hat mir nichts gebracht. Ich bin mir also nicht sicher, wie ich Ihnen weiterhelfen kann. Oder sind Sie hier, weil Dee Ihnen erzählt hat, dass zwischen Krystal und mir böses Blut herrschte?«

Gretchen und Josie tauschten einen verstohlenen Blick aus. Das war eine neue Information. »Warum sollte Dee das sagen?«, fragte Josie.

Gloria verdrehte die Augen. »Ach, kommen Sie.«

Als ihr weder Josie noch Gretchen antwortete, blitzte Wut in ihren blauen Augen auf. Sie knallte ihren Kaffeebecher auf die Arbeitsfläche, sodass die Flüssigkeit über den Rand schwappte. Ein paar Tropfen spritzten auf ihr Handgelenk, aber sie schien es nicht zu bemerken. »Im Ernst jetzt?«, fragte sie. »Ich weiß, dass Dee Krystals Leiche gefunden hat. Nathan hat es mir erzählt. Das bedeutet, Sie haben mit Dee gesprochen. Sie müssen ja mit der Person sprechen, die einen Leichenfund meldet, oder?«

»Ja«, bestätigte Gretchen. »Wir haben mit Dee gesprochen.«

»Und Sie erwarten jetzt, dass ich glaube, sie hätte Ihnen nichts erzählt? Sie und Krystal waren praktisch beste Freundinnen, zumindest nachdem die Kinder ...« Sie verstummte und drehte den Kopf zur Seite. Einmal mehr schien sie irgendein inneres Ritual durchzuführen, um sich zu fassen. Als sie wieder sprach, klang ihre Stimme ruhiger. »Nachdem die Kinder tot waren.«

Josie widersprach: »Dee Tenney hat ihre Beziehung zu Krystal nicht so beschrieben.«

Gloria machte eine abschätzige Handbewegung. »Wie auch immer.« Sie stakste hinüber zum Kühlschrank, öffnete ihn, starrte einen Moment lang hinein und schloss die Tür wieder. Dann nahm sie ihren Kaffeebecher, nippte daran und sagte: »Vielleicht hat Dee ja niemandem davon erzählt. Sie ist noch nie eine Klatschtante gewesen. Oder vielleicht hat Krystal es ihr gar nicht gesagt. Wenn ich so etwas getan hätte, dann würde ich es auch nicht überall rumerzählen.«

Josie fragte nach: »›So etwas‹, was meinen Sie damit, Mrs Cammack?«

»Krystal hatte eine Affäre mit meinem Mann.«

Gretchen zog ihr Notizbuch heraus und schlug eine neue Seite auf. »Woher wissen Sie das?«

»Weil sie es mir gesagt hat.«

»Wann war das?«

»Ich weiß nicht. Vor ein paar Wochen. Vielleicht auch schon vor ein paar Monaten. Irgendwie verschwimmen die Tage gerade alle ineinander.« Sie deutete auf eine Pinnwand aus Kork, die an der Seite des Kühlschranks befestigt war. Daran hing ein Kalender, und Josie sah, dass er immer noch den Mai vor zwei Jahren anzeigte. Der Monat, in dem ihre Kinder umgekommen waren. Fast jedes Tageskästchen war mit Glorias – wie Josie vermutete – schöner, gleichmäßiger und schwungvoller Handschrift ausgefüllt. Fußball, Geburtstagspartys, Schlagzeugunterricht, Softball, Zahnarzttermine, Zeichenstunden. Gloria fuhr fort: »Meine Tage haben sich um sie und ihre Tagespläne gedreht. Jetzt gibt es da nur noch ... die Arbeit.«

Sie sagte das Wort »Arbeit«, als wäre es ein Gefängnisurteil, dachte Josie.

»Wie hat sich das Gespräch mit Krystal über die Affäre ergeben?«, fragte Gretchen.

Gloria ging hinüber zum Hinterausgang. Die Fenster waren mit Jalousien verhängt, daher riss sie die Tür auf. Josie und Gretchen standen auf und gingen zu ihr hinüber. Draußen befand sich eine hölzerne Veranda mit schmiedeeisernen Gartenmöbeln und weiteren leeren Blumenkübeln. Dahinter sah man ein nahezu rechteckiges Rasenstück, begrenzt von einem Maschendrahtzaun.

»Ich habe unsere Schaukel abbauen und wegbringen lassen. Konnte den Anblick nicht mehr ertragen. Auch das Fußballtor, das hier hinten für Wallace zum Trainieren gestanden hat, hab ich verschenkt. Ich konnte einfach nicht ...« Sie sprach den Satz nicht zu Ende.

Josie blickte zu ihr hinüber und sah, dass ihre Augen fest zusammengepresst und die Lippen geschürzt waren. Ihre Brust hob und senkte sich heftig und ihre Hände waren neben ihrem Körper zu Fäusten geballt. Einen Augenblick lang sah es so aus, als würde sie gleich völlig zusammenbrechen, aber sie bezwang sich und öffnete wieder die Augen, obwohl ihre Hände geballt blieben. Mit dem Kinn machte sie eine Bewegung hin zu dem Garten, der direkt hinter ihrem lag, auf der anderen Seite des Maschendrahtzauns. Er sah fast gleich aus, einfach ein winziges Stück Rasenfläche, nur dass ein großer hölzerner Spielturm darauf stand. Auf einer Seite hatte er eine steile Kletterwand mit hellgelben Griffen für Hände und Füße. Oben befand sich eine kleine terrassenartige Plattform, von der eine Rutsche hinunterging, außerdem war darauf eine Art Baumhaus errichtet, zu dem man auch mit einer Strickleiter Zugang hatte. Von der Plattform ragte ein dicker Balken mit einer Stützkonstruktion am anderen Ende quer über die Rasenfläche; daran waren zwei Schaukeln angebracht. Sofort dachte Josie an den Sohn ihrer Freundin, Harris. Er war fast fünf Jahre alt und er würde so etwas lieben.

»Das ist Krystals Garten«, erklärte Gloria.

Josie hob fragend die Brauen.

»Ganz richtig. Unsere Gärten grenzen aneinander. ›Die fünf tragischen Opfer‹, Sie erinnern sich doch? Die fünf Kinder des berüchtigten Schulbusunglücks in West Denton. Vier Familien waren insgesamt betroffen, da ich meine beiden Kinder verlor.« Ihre Stimme war voller Bitterkeit. »Wir wohnen alle ziemlich nah beieinander. In unserer Straße, etwa sieben oder acht Häuser weiter, ist das Haus der Tenneys. Eine Straße weiter drüben steht das der Palazzos. Und wissen Sie was? Das Haus dieses Hurensohns Virgil Lesko befindet sich nur vier Straßen weiter in dieser Richtung. Es wurde nie verkauft. Haben Sie das gewusst? Sein Sohn lebt jetzt dort. Sein Sohn! Klar, er ist ein erwachsener Mann, aber trotzdem. Können Sie sich vorstellen, in derselben Gegend wohnen zu bleiben, nachdem Ihr Vater fünf Kinder umgebracht hat?«

Josie versuchte, Gloria wieder zu ihrem eigentlichen Gesprächsthema zurückzuführen, und fragte daher: »Haben Sie oft mit Krystal gesprochen? Immerhin grenzen Ihre Gärten ja direkt aneinander.«

Glorias und Josies Blicke trafen sich für einen Moment, bevor Gloria wieder zu dem Spielturm hinübersah. »Nein. Ich rede nicht mit ihr. Wir waren nicht befreundet, als die Kinder noch gelebt haben, und danach auch nicht. Aber ich würde gern in meinen Garten hinaustreten und auf meiner Veranda sitzen und – vielleicht einmal am Tag für fünf Minuten oder auch nur einmal pro Woche – nicht daran denken müssen, zu was für einer Scheißshow mein Leben geworden ist. Aber ausgerechnet da steht dann dieser verfluchte Spielturm. In der ersten Zeit habe ich nichts gesagt. Fast zwei Jahre lang habe ich nichts gesagt. Aber dann konnte ich ihn nicht länger ertragen. Warum hat sie ihn stehen lassen?«

»Haben Sie sie gefragt?«, wollte Gretchen wissen.

»Ich konnte den Anblick nicht mehr ertragen – also ja, ich hab sie gefragt. Vor ein paar Monaten. Ich hab sie gebeten, das Ding wegräumen zu lassen. Ich hab ihr sogar angeboten, die Kosten dafür zu übernehmen. Ich weiß, dass sie finanziell nicht so gut dasteht wie manche der anderen Familien, die hier wohnen.«

»Aber sie hat ihn nicht abbauen lassen«, vermutete Josie.

Gloria schüttelte den Kopf. Von ihrem Hals bis hinauf zu den Wangen bildeten sich rote Flecken auf ihrer Haut. »Nein. Sie hat gesagt, Bianca hätte das Ding geliebt. Ich entgegnete ihr, dass Bianca verdammt noch mal fast dreizehn war. Sie hatte dieses Ding jahrelang nicht genutzt. Das hab ich ihr genau so gesagt, aber auch um Verständnis gebeten: ›Krystal, wir machen beide dasselbe durch. Und wenn etwas bei mir im Garten etwas gäbe, das du dir jeden Tag ansehen müsstest und was dich so sehr stören würde, dann würde ich es von jetzt auf gleich loswerden, wenn das deinen Schmerz erträglicher macht.‹ Und wissen Sie, was sie mir darauf geantwortet hat?«

Die Antwort erübrigte sich eigentlich. Gloria war jetzt richtig in Fahrt, als hätte es ihr auf den Nägeln gebrannt, jemand anderem von ihrer Situation zu erzählen. »Sie hat mir geantwortet, ich solle mich verpissen. Genau das hat sie zu mir gesagt. Sie hat gesagt, dass sie jahrelang auf etwas schauen musste, das sie gestört habe, nämlich, dass mein Mann mit mir und unseren Kindern hier heile Welt spielte, während er eine Affäre mit ihr hatte. Jede Nacht ist er über den Zaun dort geklettert, um mit ihr zusammenzusein.«

»Haben Sie von der Affäre gewusst?«

Glorias Wut verflog, ihr Körper entspannte sich sichtlich und auch ihre Fäuste lockerten sich. »Nein«, räumte sie in resigniertem Ton ein. »Natürlich nicht. Das hätte ich niemals geduldet. Aber ich war so beschäftigt mit meiner Firma und den Kindern.« Sie wandte sich ganz zu ihnen um. »Und wissen

Sie, so sehr hat mich ihre Affäre dann auch wieder nicht gestört.«

»Wirklich nicht?«, wunderte sich Gretchen.

»Wenn ich eher davon gewusst hätte, dann wäre ich, nun ja, wie eine wütende Furie auf sie losgegangen. Ich wäre am Boden zerstört gewesen. Doch als Krystal es mir erzählte, waren Nathan und ich schon ein Jahr lang geschieden. Was mich allerdings gekränkt hat, war, dass sie mir anscheinend nur davon erzählt hat, um mich zu quälen. Ich meine, meine Ehe ist vorüber. Sie ist jetzt schon lange Zeit Geschichte. Warum hat sie es mir dann überhaupt noch erzählt? Es könnte höchstens sein, dass sie wütend darüber war, dass Nathan dann doch nicht bei ihr gelandet ist, als unsere Beziehung zerbrach. Keine Ahnung. Das müssen Sie ihn fragen.« Sie warf die Hände in die Luft und scheuchte Josie und Gretchen zurück zum Küchentisch. Nachdem sie die Tür zum Garten geschlossen und verriegelt hatte, wandte sie sich zu ihnen um und seufzte tief auf. »Es tut mir leid. Ich habe Sie ja gar nicht zu Wort kommen lassen, nicht? Sind Sie deswegen hergekommen? Um zu hören, dass meine Ehe gar keine richtige war, und ich es nicht einmal wusste?« Sie lachte bitter auf.

Josie sagte: »Mrs Cammack, bitte setzen Sie sich.«

Gloria protestierte nicht. Stattdessen nahm sie ihnen gegenüber Platz. Einmal mehr strich sie sich die Haare glatt, obwohl ihre Frisur immer noch perfekt aussah. »Sie halten mich für verrückt, stimmt's? Ich weiß, ich bin total durch den Wind, aber ich versuche trotzdem, meine Firma weiter am Laufen zu halten, und jetzt findet auch noch dieser Prozess statt. Aber ob Sie es glauben oder nicht, der Mord an Krystal macht mir schwer zu schaffen. Nein, ich mochte sie nicht, und ich bin nicht glücklich darüber, dass sie und Nathan miteinander ... Sie wissen schon, aber ich habe meine beiden Kinder verloren. Ich habe den Tod satt ... so satt!«

Mit diesen Worten sank sie auf ihrem Stuhl zusammen.

»Sie sind nicht verrückt, Mrs Cammack«, sagte Gretchen. »Das behauptet niemand. Wir verstehen, dass Sie immer noch trauern. Glauben Sie mir, es tut uns leid, dass wir Sie überhaupt belästigen müssen. Aber dennoch müssen wir Ihnen dringend ein paar Fragen stellen.«

»Über was denn noch?«

»Über Ihren Sohn«, sagte Josie.

VIERZEHN

Glorias Mundwinkel zuckten. Ihr Blick wanderte von Josie zu Gretchen und wieder zurück. »Das ist nicht Ihr Ernst, oder? Soll ich jetzt etwa lachen?«

»Ich fürchte nein, Mrs Cammack«, erwiderte Gretchen.

Gloria nahm eine aufrechte Haltung ein und stützte sich mit den Ellbogen auf dem Tisch ab. »Sie wissen schon, dass mein Sohn tot ist, oder? Sie sagten vorhin, Sie seien wegen des Mordes an Krystal hier. Was hat mein Sohn mit ihrer Ermordung zu tun?«

Josie fragte: »Hat das Wort ›Pritch‹ irgendeine Bedeutung für Sie?«

Einen Augenblick sah Gloria sie verwirrt an. »Wie bitte? Was soll das sein?«

Josie buchstabierte das Wort für sie. »Offensichtlich war es ein Spitzname, den Ihr Sohn von den anderen Kindern in seiner Schule verpasst bekam. Wussten Sie davon?«

Eine skeptische Falte erschien auf Glorias Stirn. »Sie wollen mit mir über einen gemeinen Spitznamen sprechen, die Schulkameraden meinem toten Sohn gegeben haben? Meinen Sie das wirklich ernst?«

Gretchen hob beschwichtigend eine Hand. »Bitte, Mrs Cammack, ich weiß, dass das belastend für Sie ist. Wir wollen genauso wenig hier sein, wie Sie uns hier haben wollen. Das Wort ›Pritch‹ hat man am Fundort der Leiche von Krystal Duncan entdeckt. Wir haben in Ms Duncans Haus, bei ihrer Familie und an ihrem Arbeitsplatz umfangreiche Nachforschungen angestellt und können keine Verbindung zwischen ihr und dem Wort ›Pritch‹ finden, außer dass es ein Spitzname Ihres Sohnes war. Haben Sie irgendeine Idee, wie der Spitzname Ihres Sohnes mit Krystal Duncan in Verbindung stehen könnte?«

Gloria starrte sie an, als wartete sie auf irgendeine Art von Pointe. Als sie nicht kam, fing sie an zu lachen. »Sie nehmen mich auf den Arm, was? Ich meine, Sie verarschen mich doch. Wo stand denn dieses Wort? Irgendwie auf einem Zettel an ihre Stirn geheftet oder wie? Ich glaube, so etwas hätte Dee in der Gruppe erwähnt. Was meinen Sie damit, dass es mit Krystal ›in Verbindung stehen‹ könnte? Was soll das heißen? Ich weiß nicht, was Sie von mir erwarten, das ich dazu sagen soll.«

»Wir geben nicht immer alle Details eines Falles der Öffentlichkeit preis. Dee wusste nichts davon, dass dieses Wort am Fundort aufgetaucht ist, weil es sich an einer Stelle befand, die sie nicht sehen konnte. Aber ich kann Ihnen versichern, dass es dort gefunden wurde, und es war unübersehbar. Es *sollte* dort gefunden werden.«

»Gefunden? Was soll das heißen? Gefunden? Hat es jemand hingeschrieben? War es Teil einer Notiz? Vielleicht hat Krystal ja selbst eine Notiz hinterlassen. Sind Sie überhaupt sicher, dass sie ermordet wurde? Jeder Einzelne von uns Eltern hat seit dem Unglück mal dran gedacht, sich das Leben zu nehmen – viele Male! –, warum dann nicht auch Krystal? Die war ja noch einsamer als wir anderen.«

Gretchen behielt ihre stoische Miene bei. »Wir wissen, dass

sie ermordet wurde, Mrs Cammack. Und wir versuchen, herauszukriegen, wer es getan hat und warum. Können Sie sich irgendeinen Grund vorstellen, warum jemand ein Interesse daran haben könnte, mit dem Mord an Krystal die Aufmerksamkeit auf Ihren Sohn zu lenken?«

Gloria schüttelte langsam den Kopf, die Augen vor Schreck weit aufgerissen. »Ich habe wirklich keine Ahnung. Vielleicht versucht jemand, mir wehzutun? Mich zu quälen? Vielleicht Nathan zu schaden? Haben Sie mit ihm schon geredet?«

»Nein«, erwiderte Josie.

Gretchen fügte hinzu: »Wir treffen uns später noch mit ihm.«

»Da draußen laufen eine Menge Gestörter herum«, sagte Gloria. »Wissen Sie, dass wir nach dem Tod unserer Kinder tatsächlich Hassmails bekamen? Hassmails! Können Sie sich das vorstellen? Das war wegen der Berichterstattung in der Presse, da bin ich mir sicher. Es gab Leute, die gemeint haben, wir sollten in der Hölle schmoren, weil wir auf einer Anklage gegen Virgil Lesko bestanden. Als ob er dafür nicht zur Verantwortung gezogen werden sollte, dass er betrunken einen Schulbus voller Kinder fuhr. Dann gab es auch Leute, die uns Briefe geschrieben haben – wildfremde Leute – und die mir vorwarfen, wenn ich mich nicht so sehr auf meine Firma konzentriert hätte, würden meine Kinder noch leben. Können Sie sich sowas vorstellen? Als hätte der Erfolg meiner Firma irgendeinen direkten Einfluss auf Virgil Leskos Trinkgewohnheiten gehabt.«

»Haben Sie von diesen Briefen noch welche aufbewahrt?«, fragte Josie.

»Nein«, erwiderte Gloria. »Ich hab sie weggeschmissen. Sie waren schrecklich. Nathan wollte sie zur Polizei bringen, aber es standen keine konkreten Drohungen darin. Nur Hass. Reiner Hass.«

»Haben Sie in letzter Zeit noch mal sowas bekommen?«, fragte Gretchen.

Gloria schüttelte den Kopf.

»Mrs Cammack«, begann Josie und änderte jetzt ihre Taktik. »Wir haben gehört, dass Wallace oft Ärger mit Mädchen und Jungen aus seiner Schule und im Schulbus hatte. Gab es je irgendwelche Probleme zwischen ihm und Bianca?«

»Darauf wollen Sie also jetzt raus? Sie glauben, weil mein Sohn, der seit zwei Jahren tot ist, Ärger mit irgendwelchen anderen Kids aus der Schule hatte, gibt es einen Zusammenhang mit Krystals Ermordung?«

»Das behaupten wir keineswegs«, widersprach Gretchen. »Wir versuchen nur herauszufinden, was sein Spitzname dort zu suchen hatte. Die logischste Verbindung ist, dass Ihre Kinder zusammen in die Schule gingen. Gab es jemals irgendwelche Probleme zwischen Wallace und Bianca Duncan?«

Gloria schüttelte seufzend den Kopf. »Nein. Sie waren nicht gerade Freunde, aber es gab nie irgendwelche Probleme zwischen ihnen. Sehen Sie, Wallace war intelligent, außerordentlich sogar, und ihm wurde schnell langweilig. Sein Gehirn arbeitete immer doppelt so schnell wie das aller anderen, sogar das der Lehrer in der Schule. Ich wollte ihn auf eine Privatschule schicken, wo er auch mal intellektuell gefordert worden wäre, aber Nathan war dagegen. Er fand die Kosten zu hoch und war der Meinung, Wallace' Probleme mit Lehrern und anderen Kindern in der Schule hätten mit seiner Persönlichkeit zu tun und nicht mit seiner Intelligenz.«

»Wir haben gehört«, sagte Josie, »dass es kurz vor dem Unfall einen Vorfall mit Gail Tenney gab.«

Gloria machte eine wegwerfende Handbewegung. »Das war nichts Ernstes. Ein Unfall. Ein Missgeschick. Dee und ich haben darüber gesprochen. Beide Kinder waren unverletzt. Danach war alles wieder gut.«

»Haben Sie auch mit Wallace darüber gesprochen?«, fragte Josie.

»Natürlich. Ich musste doch wissen, ob er sich verletzt hat.«

»Hat sich die Schule um den Vorfall gekümmert?«, fragte Gretchen.

»Nun ja, an dem Tag, an dem es passierte, kam ein Anruf von dort. Aber ich war einverstanden, nicht darauf zu bestehen, dass die Direktorin Gail bestraft, und Dee sagte, sie würde dasselbe für Wallace tun. Es war wirklich keine große Sache.«

Weder Josie noch Gretchen erwähnten, dass Dees Bericht über den Vorfall nicht ganz mit Glorias Geschichte übereinstimmte. Dee hatte gesagt, dass sie und ihr Mann nie die Gelegenheit bekommen hätten, sich mit der Sache angemessen auseinanderzusetzen. Das konnte bedeuten, dass sie durchaus beabsichtigt hatten, in der Schule darauf zu drängen, die Sache ernster zu nehmen.

»Mrs Cammack«, sagte Gretchen. »Wann haben Sie Krystal Duncan zum letzten Mal gesehen?«

»Ich weiß nicht. Vor einer Woche? Vor zwei Wochen? Ihr Garten grenzt ja direkt an meinen. Ich versuche, mich nicht rauszusetzen, wenn sie auch draußen ist, aber ab und zu sehe ich sie durchs Fenster. Sie mäht ihren Rasen selber.«

»Können Sie uns eine Aufstellung machen, was Sie von Donnerstag bis Montagvormittag getan haben und wo Sie gewesen sind?«, bat Josie.

Gloria lächelte die beiden erneut fragend an, als versuchten sie, ihr einen bösen Streich zu spielen. Als aber klar wurde, dass sie auf eine Antwort warteten, schüttelte sie den Kopf und lachte. Sie stützte die Hände auf der Tischplatte ab und sagte beim Aufstehen: »Kann ich gern machen. Warten Sie einen Augenblick, ich hole meinen Kalender. Sie können meinen ganzen Terminplan haben.«

Sie ging aus dem Raum und kehrte mit einer großen schwarzen Handtasche zurück. Aus deren Tiefen zog sie ein schwarzes, in Leder gebundenes Buch und knallte es vor ihnen auf den Tisch. Sie blätterte die Seiten um, bis sie zum Donnerstag der letzten Woche kam. »Ich habe hier im Haus keinen Kopierer, aber Sie können ja Handyfotos machen oder mir rüber in die Firma nachfahren, dann mache ich dort Kopien für Sie. Ich kann mir vorstellen, dass Sie auch mit ein paar Leuten in der Firma sprechen wollen, wenn jemand bezeugen soll, dass ich tatsächlich zu der Zeit da war.«

Gretchen machte bereits Handyfotos von den Seiten.

Josie stellte fest: »Am Donnerstag und Freitag waren Sie tagsüber bei der Arbeit.«

»Ja, bis weit in den Abend hinein. Wir hatten in letzter Zeit einige große Bestellungen, die erledigt werden mussten, und wie Sie vielleicht aus dem Telefonat vorhin herausgehört haben, braucht meine Belegschaft eine Menge Aufsicht.«

»Ihre Angestellten werden uns bestätigen können, wie lange Sie an jedem Abend im Geschäft waren?«, fragte Josie.

»Natürlich. Kommen Sie vorbei, nachdem Sie mit Nathan geredet haben. Ich bin den ganzen Tag dort.«

»Und am Samstag waren Sie von acht bis sechzehn Uhr bei einem Yogaworkshop?«, fragte Gretchen.

»Ja, das stimmt«, erwiderte Gloria. Sie ratterte den Namen und die Adresse des Yogastudios herunter und Gretchen schrieb mit. »Die Wochenenden sind besonders schwer für mich«, fügte Gloria hinzu. »Früher hab ich immer die Kinder überall hinchauffiert. Heute sitze ich nur hier herum. Ich versuche ständig, eine Beschäftigung zu finden, um die Zeit auszufüllen.«

Josie fragte nach: »Aber am Sonntag waren Sie hier, richtig?«

»Am Sonntag bin ich auf den Friedhof gegangen. Dann hab ich eine Zeitlang im Büro Dinge erledigt – da war ich allerdings allein dort –, und ja, danach war ich zu Hause.«

»Kann jemand bestätigen, wo Sie am Sonntag gewesen sind?«, fragte Gretchen.

Gloria sah sie überrascht an. »Hm, nein, ich glaube nicht.«

»Und was ist mit Montagvormittag? Sind Sie da in die Firma gegangen?«

»Ja, ich war ab neun Uhr dort. Normalerweise wäre ich schon früher hingefahren, aber Sonntagnacht hatte ich nicht gut geschlafen. Jetzt, wo bald dieser Prozess beginnt – da kommen einfach die ganzen Erinnerungen wieder hoch. Die Albträume ...«

»Ich verstehe«, sagte Josie.

Gretchen stand auf. »Danke für Ihre Zeit, Mrs Cammack. Wir lassen Sie jetzt zur Arbeit fahren und kommen später dort vorbei, wenn wir mit Mr Cammack gesprochen haben.«

FÜNFZEHN

Frankie stieg die Stufen hoch in den Bus und beobachtete dabei, wie Bianca und Wallace vor ihr sich gegenseitig schubsten, obwohl die Direktorin sie ermahnt hatte, nicht mehr zu streiten. Aber Wallace hörte nie zu – er hörte auf niemanden. Frankie blieb auf der obersten Stufe stehen und lächelte den Busfahrer an.

»Hi, Mr Lesko«, sagte sie und winkte ihm zu.

Er grinste sie an und sie wartete auf seine übliche Begrüßung. Er erwiderte sonst ihren Gruß immer mit »Hi, Frankie« und fügte dann den Nachnamen irgendeines berühmten Frankie oder Frank hinzu. Gestern hatte er sie mit »Hi, Frankie Valli!« begrüßt und sie hatte Frankie Valli gegoogelt, als sie nach Hause kam. Es war wieder mal ein Sänger. Anscheinend gab es eine Menge Sänger, die Frank oder Frankie hießen. Ihr absoluter Favorit, den Mr Lesko sich je ausgedacht hatte, war Franklin D. Roosevelt gewesen, der Präsident.

»Setz dich auf deinen Platz, Engelchen«, sagte Mr Lesko.

Frankie starrte ihn überrascht an. »Alles in Ordnung bei Ihnen, Mr Lesko?«

Sie trat einen Schritt näher und bemerkte, dass seine Augen komisch aussahen. Sie erinnerten Frankie an glasierte Donuts. Obendrein hatte er heute einen seltsamen Geruch an sich — zwar schwach, aber sie konnte ihn definitiv wahrnehmen. Sie zog die Nase kraus und ihr kam sofort Gails Dad in den Sinn. Dieser Geruch umwehte auch ihn immer, wenn sie ihn auf Partys oder Barbecues traf.

»Mir geh's plima«, erwiderte Mr Lesko, streckte den Arm aus und betätigte den Knopf, um die Tür zu schließen. Frankie drehte sich um und blickte hinaus auf den Gehweg vor der Schule, aber die Direktorin war schon fort.

»Meinen Sie prima?«, fragte sie Mr Lesko.

»Frankie!«, brüllte Wallace von der Mitte des Busses aus. »Halt den Mund und setz dich endlich. Lass ihn einfach losfahren!«

Frankie blickte noch einmal zu Mr Lesko hin, aber der schaute schon durch die Windschutzscheibe, dabei kniff er die Augen zusammen, als könne er nicht richtig sehen. Der Bus fuhr mit einem Ruck an und sie fiel nach vorn auf die Knie. Einen Moment später war Wallace bei ihr, fasste ihr unter die Achseln und zog sie auf die Füße. Dann langte er nach unten und wischte ihre Knie sauber. »Jetzt komm schon«, sagte er. »Du kannst bei mir sitzen.«

SECHZEHN

»Dann sprechen wir als Nächstes mit Nathan Cammack?«, fragte Josie im Auto.

Gretchen legte den Sicherheitsgurt an und drehte die Klimaanlage hoch, während sie vom Haus der Cammacks wegfuhr. Es war noch vor zehn Uhr morgens, aber draußen bereits drückend heiß.

»Ich möchte vorher noch woanders vorbeifahren. Der Anwalt von Virgil Lesko ignoriert mich nämlich.«

Josie blickte seitlich aus dem Fenster, wo die Straßen von West Denton vorbeizogen. Wieder kamen sie am Mahnmal für die Kinder vorbei. Josie richtete ihren Blick starr nach vorn.

»Wie, er ignoriert dich? Du hast ihm doch gerade erst gestern Abend eine Nachricht hinterlassen.«

»Ja«, bestätigte Gretchen, »aber ich hab heute Morgen noch mal angerufen und seine Sekretärin meinte, ich solle nicht zu fest mit einem Rückruf rechnen. Ich glaub ja eigentlich nicht, dass das Treffen von Krystal Duncan mit Virgil Lesko irgendwie im Zusammenhang mit ihrer Ermordung steht, aber jetzt, wo ich ein Nein bekommen habe, interessiert es mich auf einmal brennend.«

»Der Polizei Nein zu sagen, ist wahrscheinlich eine der obersten Regeln im Handbuch des Verteidigers.«

Gretchen musste lachen. »Da hast du sicher recht. Aber Krystal Duncan hatte nach dem Tod ihrer Tochter nicht mehr Kontakt zu vielen Menschen. Da gab es die Arbeitskollegen und die Selbsthilfegruppe, und das war's dann auch schon. Wir haben also nicht gerade viele Richtungen, in die wir ermitteln können. Wenn auch nur die geringste Chance besteht, dass sie bei dem Treffen irgendwas zu Virgil Lesko gesagt hat, das uns zu ihrem Mörder führen könnte, dann muss ich wissen, was bei diesem Treffen passiert ist. Ich glaub zwar nicht wirklich, dass ...«

»Aber du möchtest es einfach abhaken«, beendete Josie ihren Satz. »Schon verstanden. Glaubst du, Krystal kannte ihren Mörder?«

»Glaubst du das etwa nicht?«

Josie überlegte laut: »Keine Anzeichen für einen Kampf. Alle persönlichen Dinge noch da. Keine Anzeichen für ein gewaltsames Eindringen. Ja, ich glaub auch, dass sie ihn gekannt hat.«

»Wenn die Chance, dass sie irgendwas zu Virgil Lesko gesagt hat, das uns weiterhelfen könnte, auch nur ein Prozent beträgt, müssen wir das wissen. Wenn sie sich mit ihm vor drei Monaten oder einem halben Jahr getroffen hätte, würde mich das wenig interessieren, aber gut zwei Wochen vorher ist einfach zeitlich zu nah an ihrer Ermordung.«

»Na gut. Apropos: Wer ist denn eigentlich der Strafverteidiger?«

Gretchen bremste vor einer roten Ampel ab und drehte langsam das Gesicht zu Josie. Sie schnitt eine Grimasse. »Andrew Bowen.«

Josies Magen krampfte sich zusammen.

»Tut mir leid«, meinte Gretchen.

»Passt schon.«

»Du musst nicht mit mir reinkommen.«

»Und eine Gelegenheit verpassen, diesem Arsch die Hölle heiß zu machen? Ganz sicher nicht!« Sie seufzte. »Bowen ... Das erklärt natürlich einiges.«

Die Ampel sprang auf Grün und Gretchen fuhr über die Kreuzung in Richtung Innenstadt. Andrew Bowens Kanzlei war nur ein paar Straßen vom Rathaus entfernt. »Was meinst du damit?«, fragte sie Josie.

»Virgil Lesko hat doch zugegeben, dass er am Tag des Busunfalls getrunken hat, oder?«

»Ja, aber er hat, noch bevor er aus dem Krankenhaus entlassen wurde, Bowen als Anwalt engagiert.«

»Das ist schlau«, merkte Josie an. Bowen war der beste Strafverteidiger im ganzen County. Und er hasste Josie und überhaupt die Polizei von Denton mit glühender Leidenschaft, nachdem sie seine Mutter für einen Jahrzehnte zurückliegenden Mord ins Gefängnis gebracht hatten.

»Es muss Bowens Idee gewesen sein, auf nicht schuldig zu plädieren und eine Verhandlung zu erzwingen.«

»Ja, da bin ich mir sicher«, pflichtete Gretchen ihr bei.

Der Busunfall hatte eine ausführliche Berichterstattung und große Entrüstung in der Stadt nach sich gezogen. Niemand wollte, dass Lesko mit einer geringen Strafe davonkam. Schließlich war er für den Tod von fünf unschuldigen Kindern verantwortlich.

Josie war klar, dass es hier um juristische Winkelzüge ging, und die beherrschte Bowen perfekt. Sie wusste nicht, welche Verteidigungsstrategie er verfolgte, aber er würde auf jeden Fall versuchen, die Anzahl an Jahren, die Virgil hinter Gittern verbringen musste, zu reduzieren, unter Umständen sogar auf null. Und es bestand natürlich auch die Möglichkeit, dass Bowen in den Wochen vor dem Prozess mit der Staatsanwaltschaft einen Deal aushandeln konnte. Kein Wunder also, dass er, nachdem der Prozess bereits in ein paar Wochen stattfinden sollte, einem Treffen zwischen Krystal Duncan und Virgil zugestimmt hatte. Es war genau so, wie Dee Tenney vermutete: Bowen hatte gehofft, einen der Elternteile auf Virgils Seite ziehen zu können. Das hätte zwar wohl nicht die Staatsanwaltschaft, aber vielleicht doch eine Jury umstimmen können.

Gretchen parkte vor Andrew Bowens Kanzlei, die das Erdgeschoss eines vierstöckigen alten Backsteingebäudes einnahm. Neben der imposanten roten Eingangstür hing ein kleines Schild, auf dem »Rechtsanwalt Andrew Bowen« stand. Mehr nicht. Nicht einmal eine Telefonnummer. Ein Anwalt, der so erfolgreich wie Bowen war, hatte es nicht nötig, für sich zu werben. Sie stiegen aus und Gretchen warf ein paar Vierteldollarmünzen in den Parkautomaten auf dem Gehsteig.

»Bist du sicher, dass er da ist?«, fragte Josie.

»Ja. Ich hab den zuständigen Justizangestellten angerufen und ihn gebeten, Bowens Terminplan zu checken. Er hat um elf eine Anhörung, also in einer Stunde. Demnach müsste er jetzt eigentlich hier sein, um sich darauf vorzubereiten.«

Josie folgte Gretchen in die Kanzlei. Zu ihrer Rechten befand sich ein kleiner Sitzbereich – ein Tisch und zwei Stühle. Keine Zeitschriften. Bowen wollte wohl nicht, dass sich seine kriminellen Klienten hier länger als nötig herumdrückten. Links stand ein großer Holzschreibtisch mit über einen halben Meter hohen säuberlichen Aktenstapeln auf beiden Seiten und einem Laptop dazwischen. Hinter dem Schreibtisch saß eine Frau in ihren Fünfzigern, das mit Grau durchzogene braune Haar in einem Knoten zusammengefasst. Über ihre Lesebrille hinweg musterte sie die beiden Polizistinnen. »Sie haben keinen Termin«, konstatierte sie. »Wollen Sie einen vereinbaren oder wieder gehen?«

»Reizend ...«, murmelte Josie leise.

Sie blickte Gretchen an und sah, dass diese ein Schmunzeln unterdrückte. Sie näherten sich dem Schreibtisch und zeigten der Sekretärin ihre Dienstausweise. Sie sah darauf und hob ihren Blick dann wieder zu Josie und Gretchen – einen Ausdruck von Desinteresse auf ihrem nicht mehr ganz jungen Gesicht.

»Also?«, fragte sie. »Wollen Sie jetzt einen Termin machen?«

Gretchen steckte ihren Dienstausweis wieder weg und zeigte auf die große hölzerne Doppeltür gegenüber dem Eingang. »Wir wollen Mr Bowen sprechen.«

»Das können Sie aber nicht. Mir ist schon klar, dass Sie es waren, die vorhin angerufen hat. Er bereitet gerade eine Anhörung vor und darf auf keinen Fall gestört werden.«

Josie glaubte, hinter der Tür gedämpfte Stimmen zu hören. Männliche Stimmen. Sie neigte ihren Kopf zur Seite und versuchte, ein paar Worte aufzuschnappen. »... ist mir egal ...«, sagte eine Stimme. Josie konnte nicht erkennen, ob es Bowens Stimme war oder die eines anderen. Sie wandte sich wieder der Sekretärin zu und sagte: »Aber er hat doch ganz offensichtlich gerade eine Besprechung.«

Der Frau klappte für einen Moment der Unterkiefer herunter, dann schloss sie ihren Mund wieder. Ehe sie Zeit hatte, sich wieder zu fassen, war Josie schon an ihr vorbei und klopfte mit den Fingerknöcheln energisch an eine der Türen. Die gedämpften Stimmen auf der anderen Seite verstummten.

»Moment!«, rief die Sekretärin, die nun aufgestanden war und um ihren Schreibtisch herumschoss. »Sie können hier nicht einfach reinkommen und ...«

Die Tür wurde nach innen geöffnet und vor Josie stand ein Mann. Es war nicht Andrew Bowen. Dieser Mann war jünger und trug so etwas wie die Uniform eines Lieferdiensts. Eines Essenslieferdiensts, dem Geruch von Knoblauch und Zwiebeln nach zu urteilen, der von ihm ausging. Sein Gesicht war gebräunt, das Kinn mit Bartstoppeln bedeckt. Als er einen Schritt auf Josie zutrat, füllte seine Gestalt den ganzen Türrahmen aus. Er war locker über eins achtzig und hatte den

Oberkörper eines Gewichthebers und den schlanken Unterkörper eines Läufers. Sein weißes T-Shirt lag um die Brust eng an. Er richtete den Blick aus seinen braunen Augen nach unten und registrierte Josies Pistole und die Dienstmarke an ihrem Gürtel. Als er sich wieder zu Bowens heiligen Hallen umdrehte, sah Josie, dass sich unter seiner schwarzen Baseballcap dichte braune Locken hervorkringelten. »Die Polizei ist hier«, sagte er.

Hinter ihm ertönten Schritte. Dann tauchte neben seiner Schulter Andrew Bowens Gesicht auf. Sein anfänglich erstaunter Gesichtsausdruck wurde sofort missmutig. »Sie? Die haben Sie hergeschickt?«

»Ja«, entgegnete Josie. »Ich bin Detective bei der Polizei von Denton. Gewöhnlich wird mir also Polizeiarbeit übertragen. So funktioniert das nun mal.«

Bowens Gesichts verfärbte sich rot – bis zu den blassblonden Haarwurzeln. Er fuhr sich mit der Hand durchs Haar. Sein Mund öffnete sich, aber es kam nichts heraus.

Gretchen ging einen Schritt nach vorn, sodass sie seitlich vor Josie stand. »Mr Bowen«, sagte sie. »Ich muss mit Ihnen über ein Treffen sprechen, das Ihr Mandant Virgil Lesko vor etwas über zwei Wochen mit Krystal Duncan hatte.«

Der Mann neben Bowen sagte: »Oh Mann, Scheiße.« Er wandte sich Josie zu, lächelte und streckte ihr die Hand entgegen. »Ich heiße Ted. Ted Lesko. Virgil ist mein Vater.«

Josie schüttelte ihm die Hand und bemerkte dabei ein Tattoo am Übergang von seinem Handgelenk zum Daumen. Fünf Punkte. Vier bildeten die Eckpunkte eines Quadrats, einer war in der Mitte. »Detective Josie Quinn«, stellte sie sich vor.

»Krystal Duncan ist doch die Frau, um die es ständig in den Nachrichten geht, oder? Sie war eine der Mütter vom ... vom Unfall meines Vaters.«

»Sie wurde ermordet«, entgegnete Josie.

Teds Gesicht erschlaffte. »Oh, Scheiße. Sind Sie ... sind Sie sicher?«

»Über ihre Ermordung wurde bereits in der Zeitung berichtet«, meinte Josie.

»Entschuldigen Sie«, entgegnete Ted. »Ich hab die letzten Tage gearbeitet wie verrückt. Das Letzte, was ich gesehen hab, war, dass sie vermisst wurde. Was ist denn passiert?«

»Zu einer laufenden Ermittlung können wir uns leider nicht äußern«, mischte Gretchen sich ein.

Ted schüttelte den Kopf. »Das ist echt schrecklich. Tut mir leid, das zu hören.«

»Haben Sie Krystal Duncan gekannt?«, fragte Josie.

»Nein. Nicht persönlich. Ich wusste natürlich, wer sie ist. Meinem Dad wird schließlich demnächst der Prozess dafür gemacht, ihr Kind umgebracht zu haben. Hab sie nie getroffen. Aber da wir schon bei meinem Vater sind: Sie wissen schon, dass er seit zwei Jahren im Gefängnis sitzt, oder? Falls Sie also glauben, er hätte irgendwas mit dem Mord zu tun – das ist schlichtweg unmöglich.«

»Das ist uns bewusst, Mr Lesko«, entgegnete Gretchen. »Wir wollen auch weder Ihren Vater noch Sie zusätzlich unter Druck setzen. Wir sind lediglich gekommen, um den Inhalt des Gesprächs zwischen Ihrem Vater und Ms Duncan zu erörtern, für den Fall, dass sich daraus irgendeine Erkenntnis für die Mordermittlung ergeben könnte.«

Ted blickte zu Bowen. Der Anwalt zuckte mit den Achseln. »Wir sind nicht im Geringsten dazu verpflichtet, Sie über den Inhalt dieses Treffens zu informieren. Außer diese Detectives bringen eine richterliche Anordnung bei, aber sie wissen wahrscheinlich genauso gut wie ich, dass kein Richter ihnen diese ausstellen wird. Wie Sie ja schon gesagt haben, befindet sich Ihr Vater seit zwei Jahren im Gefängnis. Es ist somit völlig unmöglich, dass er irgendeine Verbindung zum Tod von Krystal Duncan hat.«

»Wenn das der Fall ist, können Sie uns das Band ja einfach zeigen«, forderte Gretchen.

Bowen blieb stumm.

Josie sagte: »Wollen Sie wirklich so ein Mensch sein, Andrew? Jemand hat diese arme Frau nur ein paar Wochen vor Virgils Prozess getötet. Die Mutter eines der beim Busunglück in West Denton getöteten Kinder. Sie war dabei, sich auf ihre Aussage vor Gericht vorzubereiten. Die Polizei will einfach nur mit allen Personen sprechen, die in den Wochen vor ihrer Ermordung Kontakt zu ihr hatten, um herauszubekommen, in welcher Verfassung sie war und ob sie irgendjemanden erwähnt hat, der ihr Probleme gemacht hat. Ihr Mandant ist eine dieser Personen, die Kontakt zu ihr hatten. Wie Sie und Ted bereits gesagt haben, sitzt er derzeit im Gefängnis, sodass wir ihn für diesen Mord natürlich nicht in Betracht ziehen. Wir wollen einfach nur mit ihm reden. Aber sein Anwalt sagt Nein. Sein Anwalt weigert sich, bei der Ermittlung im Mordfall einer der Mütter der minderjährigen Opfer seines Mandanten behilflich zu sein. Wollen Sie wirklich als so ein Mensch dastehen, Andrew? In allen Medien?«

Während Ted auf Josie herabblickte, zog er eine Braue hoch, sodass sie einen Knick bekam. Seine Mundwinkel wanderten leicht nach oben, und Josie wurde klar, dass er es offensichtlich genoss, dabei zuzusehen, wie sehr ihre Fragen Bowen unter die Haut gingen. »Tja, Andrew«, sagte Ted und zog Bowens Vornamen dabei in die Länge. »Wollen Sie wirklich so ein Mensch sein? Und würde mein Dad das wollen?«

Bowens Wangen wurden noch röter. Er antwortete mit zusammengebissenen Zähnen: »Sie bezahlen mich nicht dafür, dass ich mit der Polizei in einer Mordermittlung ohne jeden Zusammenhang mit diesem Mandat kooperiere. Ich versuche gerade, das Urteil für Ihren Vater auf so wenige Jahre wie möglich zu reduzieren.«

Ted schüttelte den Kopf. »Na, dann viel Glück. Sogar mit

einer reduzierten Strafe wird er bis zu seinem Tod im Gefängnis sitzen.«

»Nicht, wenn es nach mir geht«, raunzte Bowen.

»Was weiß ich«, gab Ted zurück. »Hören Sie, ich möchte nicht, dass mein Dad zusätzlich zu allem anderen noch wie ein Vollidiot dasteht. Es hassen ihn sowieso schon alle. Machen Sie's nicht noch schlimmer. Zeigen Sie ihnen doch einfach das Band von dem Treffen.«

Andrew schüttelte den Kopf. »Das muss ich zuerst mit Virgil besprechen.«

Ted legte sich seine große Hand auf die Brust. »Hat mein Vater Ihnen gerade zweitausend gegeben, oder war ich das?«

»Ihr Vater ist mein Mandant«, sagte Andrew. Das leuchtende Rot seiner Wangen ließ nun auch seine Ohren erglühen. »Und ganz nebenbei sind Sie zwei Monate im Rückstand mit der Bezahlung. Wissen Sie was? Es behagt mir überhaupt nicht, das alles vor der Polizei zu diskutieren.«

Er drehte sich um und zog sich wieder in sein Büro zurück. Ted folgte ihm auf den Fersen und sagte von oben herab zu seinem Rücken: »Zeigen Sie ihnen das verdammte Band!«

Kurz vor seinem Schreibtisch drehte Bowen sich plötzlich um und stieß fast gegen Teds breite Brust. Er bohrte seinen Zeigefinger in Teds Schlüsselbein. »Nein.«

Josie und Gretchen traten durch die Tür in das Büro. »Mr Bowen, wenn Sie uns das Band zeigen, haben Sie uns noch vor Ihrer Elf-Uhr-Anhörung wieder vom Hals.«

Und Ted fügte hinzu: »Warum machen Sie überhaupt so ein großes Ding draus, obwohl das gar nicht sein müsste? Liegt es daran, dass Sie die da nicht ausstehen können?« Er zeigte auf Josie.

»N-nein«, stotterte Bowen. »Ich bin ein Profi. Ich ...«

»Dann zeigen Sie ihnen doch das Band«, sagte Ted, jetzt ganz ruhig und vernünftig.

»Sie wissen nicht, was drauf ist«, entgegnete Bowen.

Ted schüttelte den Kopf. Er griff nach seiner Cap, nahm sie ab und wühlte mit der Hand in seinen dichten braunen Haaren herum, ehe er sie wieder aufsetzte. Auf einmal sah sein Gesicht mitgenommen und müde aus. Als er sprach, klang seine Stimme resigniert. »Ich muss es mir nicht ansehen. In seinem ganzen Leben hat mein Dad nur ein einziges Verbrechen begangen, und er wird dafür bezahlen. Ganz egal, wie sehr Sie versuchen, das zu verhindern, ganz egal, wie viel Geld Sie uns abknöpfen, er wird weggesperrt werden. So, wie es auch sein sollte. Wenn du Kinder umbringst, wanderst du dafür ins Gefängnis. Punkt. Er hat sich damit abgefunden. Ich hab mich damit abgefunden. Sie sollten es besser auch tun.«

Bowen massierte seinen Nasenrücken mit Daumen und Zeigefinger. »Ted, Ihr Vater hat mich beauftragt, damit ich ihm helfe. Meine ganze Verteidigungsstrategie gründet darauf, dass es nicht in Ordnung ist, wenn er bis zu seinem Tod im Gefängnis sitzt. Und wenn ich mich recht erinnere, haben Sie sich ja auch selbst vor einigen Jahren, als Sie in Schwierigkeiten waren, eines Strafverteidigers bedient.«

Ted schürzte die Lippen. Er drehte seinen Kopf zu Josie und Gretchen und lächelte sie verlegen an. Josie musste an das Tattoo auf seiner Hand denken. Es war ein verbreitetes Gefängnismotiv. Die vier Punkte standen für die vier Wände einer Zelle. Der fünfte Punkt war der Häftling. »Offensichtlich war Ihr Strafverteidiger nicht allzu gut. Sie haben ja gesessen«, merkte sie an.

Ted nickte. »Ja, ich hab gesessen. Nein, mein Verteidiger war nicht besonders gut. Aber ich war nicht mit einer Mordanklage konfrontiert. Ich hatte eine Freundin und wir haben uns getrennt. Ich bin nicht damit zurechtgekommen und hab ein paar idiotische Dinge getan. Und ein paar Jahre dafür im Gefängnis verbracht. Mein Dad hat mir danach den Kopf zurechtgerückt. Jetzt arbeite ich in drei verschiedenen Jobs, damit ich sein Haus halten und seine Anwaltsrechnungen zahlen kann, und er hat noch immer vor, für diesen Unfall lebenslänglich ins Gefängnis zu gehen.« Er drehte sich wieder zu Bowen um. »Tun Sie für meinen Dad, was Sie für richtig halten, aber lassen Sie die Polizei dieses blöde Band ansehen, okay? Sie haben gehört, was die beiden gesagt haben. Jemand von diesen Eltern ist ermordet worden, Bowen. Mein Vater würde wollen, dass Sie bei den Ermittlungen kooperieren. Das wissen Sie genauso gut wie ich. Und ganz nebenbei kann auf diesem Band gar nichts drauf sein, das schlimmer ist als das, was ihm eh schon bevorsteht.«

Mit einem tiefen Seufzer schob Bowen sich an Ted vorbei. »Ist ja gut«, sagte er. »Kommen Sie mit.«

Alle drei folgten ihm durch eine Doppeltür rechts von seinem Schreibtisch und dann durch einen Flur an zwei weiteren Türen vorbei. Hinter einer davon war eine Toilette, hinter der anderen ein abgedunkelter Konferenzraum mit Kartonstapeln auf dem Tisch und entlang der Wände. Die letzte Tür führte zu einem kleinen Raum mit einem Tisch und zwei Stühlen. Auf dem Tisch stand ein Laptop. Bowen verbrachte ein paar Minuten damit, ihn hochzufahren und darauf herumzutippen. Dann ging er zu der Wand, an der ein Fernsehbildschirm hing. Er griff nach oben, zog eine Fernbedienung dahinter hervor und drückte auf die Starttaste. Der Fernseher ging an und zeigte ein genaues Abbild des Laptopbildschirms. Bowen drückte noch einmal auf den Knopf für die Lautstärke, ging dann zum Laptop zurück und klickte darauf herum, bis ein Video zu laufen begann.

Josie sah einen privaten Besuchsraum vor sich, wie ihn die meisten Strafvollzugsanstalten für Gespräche der Insassen mit ihren Anwälten nutzten. Alles war eintönig grau – die Wände, die Bodenfliesen, sogar der Tisch und die Stühle. Auf einer Seite des Tisches saß Virgil Lesko, mit Bowen neben sich, ihnen gegenüber Krystal Duncan mit dem unverkennbaren Höcker auf ihrer Nase. Sie trug Bürokleidung: einen schwarzen Rock und eine violette Seidenbluse. Ihr braunes Haar hing glatt über ihren Rücken herab. Die Kamera war so positioniert, dass Krystal, Lesko und Bowen nur im Profil zu sehen waren. Trotzdem las Josie aus Krystals Körpersprache, wie nervös sie gewesen sein musste. Sie hatte ein Bein über das andere geschlagen, ihre Arme waren vor der Brust verschränkt und die Finger ihrer rechten Hand trommelten hektisch auf ihren linken Oberarm.

Bowen sprach zuerst und verkündete, wer sich im Raum befand und wo sie waren, gab Uhrzeit und Datum an und dass das Treffen aufgezeichnet wurde. Dann sagte er: »Ms Duncan, Sie haben um dieses Treffen gebeten.«

»Einen Moment«, unterbrach ihn Virgil.

Josie hatte Fotos von ihm in den Medienberichten über den Unfall und, erst vor Kurzem, in den Nachrichten über den bevorstehenden Prozess gesehen. Er war immer auf eine altmodische Weise attraktiv gewesen, auf so eine verwegene, hollywoodmäßige Art, mit seiner großen, breit gebauten Gestalt, dem kantigen Gesicht und seinem üppigen schwarzen Haar. Er war erst Anfang fünfzig, aber in diesem Video sah er um einiges älter aus, fand Josie. Er hatte abgenommen und seine Haare waren jetzt eher grau als schwarz. Er streckte seine Hände über den Tisch zu Krystal aus, aber sie zuckte zurück und rutschte abrupt mit dem Stuhl weiter nach hinten. Virgil zog seine Hände zurück. »Es tut mir leid«, sagte er. »Ich hätte nicht ..., ich wollte nicht ... Krystal, ich möchte nur, dass du weißt, wie schrecklich leid es mir tut.«

»Virgil«, fuhr Bowen scharf dazwischen. »Wie wir schon besprochen haben, rate ich Ihnen dringend, keinerlei Entschuldigungen bezüglich dessen, was am Tag des Unfalls geschehen ist, zu äußern.«

Virgil ließ den Kopf sinken. Als er ihn wieder hob, wirkte es so, als kostete es ihn große Mühe. »Krystal, ich möchte, dass du weißt, dass ich niemals absichtlich jemanden verletzen würde. Ich habe einen Fehler ...«

»Virgil!«, unterbrach Bowen ihn erneut.

Krystal zitterte jetzt heftig am ganzen Körper.

Virgil schüttelte den Kopf. »Ich habe einen Sohn. Ich weiß, dass es nichts gibt, was ich zu dir sagen könnte, was das, was ich getan habe, wiedergut...«

Diesmal brachte Bowen seinen Klienten zum Schweigen, indem er ihm die Hand auf den Arm legte. »Ms Duncan«, sagte er. »Ich muss Sie bitten, jetzt wirklich zum Punkt zu kommen.«

Krystals Stimme war anfangs kaum zu hören. Sie hielt inne und musste zweimal neu ansetzen, ehe überhaupt Worte aus ihrem Mund drangen. »Ich dachte, ich könnte allein mit Virgil sprechen.«

»Tut mir leid, aber das ist nicht möglich«, antwortete Bowen. »Alles, was Sie ihm zu sagen haben, können Sie ihm in meinem Beisein sagen.«

Sie starrte Bowen an. »Es geht nicht darum, dass ich ihm etwas *sagen* will.«

Virgil blickte gespannt zu ihr hin.

»Wenn Sie nichts zu sagen haben«, entgegnete Bowen, »was soll das dann hier?«

»Ich muss ihn etwas fragen.«

»Dann fragen Sie«, sagte Bowen.

Krystal blickte Virgil einen langen Moment direkt in die Augen. Josie beobachtete, dass sie die Arme noch fester um sich schlang. Dann sagte sie: »Der Unfalltag, bevor du ..., bevor du ...«

»Stopp!«, rief Bowen energisch. »Es tut mir leid, aber Sie können keine Fragen zum Unfall oder zum Tag des Unfalls oder zu irgendetwas im Vorfeld stellen.«

Krystal drückte jetzt ihren Arm so fest, dass ihre Knöchel vor dem Violett ihrer Bluse weiß hervortraten. »Sie haben gesagt, ich kann mit ihm sprechen. Sie haben gesagt, ich kann ihm Fragen stellen. Er hat meine Tochter umgebracht. Was zum Teufel haben Sie denn geglaubt, wonach ich ihn fragen will? Nach Auflaufrezepten oder was?«

Bowen stand auf und sah mit seinen kalten Augen jetzt durch sie hindurch. »Tut mir leid, aber dieses Treffen ist beendet.«

Virgil ließ den Kopf in die Hände sinken. Krystal sprang auf und fing an, Andrew Bowen zu beschimpfen. Ihre Nervosität war wie weggeblasen. Jetzt war da nur noch die unbändige Wut einer Mutter, der Antworten zum Tod ihrer Tochter versagt wurden. Einen Moment lang sah es sogar so aus, als würde sie Bowen schlagen wollen, aber dann kam ein Vollzugsbeamter und führte sie aus dem Raum hinaus. Sie schrie noch ein paarmal »Ihr Dreckskerle!«, und die Rufe hallten in dem kleinen Raum wider. Dann brach das Video ab.

»Das ist alles?«, sagte Ted lachend. Er klatschte Bowen auf die Schulter. »Deswegen haben Sie ein solches Theater gemacht? Dabei haben ja Sie die ganze Zeit geredet. Was für eine Zeitverschwendung. Ich muss zurück zur Arbeit. Nächste Woche hab ich dann mehr Geld für Sie. Detectives?« Er nahm sich die Zeit, nacheinander Gretchen und Josie in die Augen zu sehen. »Ich hätte fast gesagt, es war nett, Sie kennenzulernen, aber ich bin nicht wirklich ein Fan der Polizei. Trotzdem hoffe ich natürlich, Sie finden den, der Krystal Duncan umgebracht hat.«

Er verließ den Raum. Gretchen bedankte sich bei Andrew Bowen für seine Zeit, und sie und Josie gingen hinter Ted Lesko durch die Tür hinaus, nicht ohne dabei von seiner Sekretärin unfreundliche Blicke zu ernten. Josie beobachtete, wie Ted die Straße entlang zu einem leuchtend roten Prius ging. Ein magnetisch angebrachtes Schild auf der Beifahrerseite verkündete: *Food Frenzy*. Josie kannte das Unternehmen. Es war ein Essenslieferdienst wie DoorDash oder Grubhub. Man bestellte einfach von irgendwoher über eine App, und der Fahrer fuhr zum Restaurant, holte das Essen ab und brachte es einem nach Hause.

»Steigst du jetzt ein oder was?«, fragte Gretchen.

Josie wandte den Blick wieder von Ted ab, der sich gerade in den Prius zwängte, und sah Gretchen an. »Ja«, meinte sie. »Aber dreh die Klimaanlage hoch.«

Als sie im Auto saßen, stellte Gretchen die Klimaanlage auf die Höchststufe und Josie fuhr das mobile Datenterminal hoch. Zuerst kam nur heiße Luft aus den Lüftungsschlitzen, die aber zu Josies Erleichterung schnell kühler wurde. Als sie gerade Ted Leskos Namen über das Terminal in eine Datenbank eingab, kam Bowen aus dem Gebäude, im Anzug und mit einer Aktentasche in der Hand. Er blieb stehen und starrte einen Moment lang finster zu ihnen hinüber. Josie grinste und winkte ihm zu, woraufhin er auf dem Absatz kehrtmachte und davonmarschierte.

»Was denkst du?«, wollte Gretchen wissen.

»Ich denke, dass er endlich über seinen Schatten springen muss. Seine Mutter ist eine Mörderin und ich hab sie hinter Gitter gebracht. Früher oder später muss er das wohl akzeptieren.«

»Das hab ich nicht gemeint«, entgegnete Gretchen, während sie auf ihr Handy sah. »Ich meinte über die Aufnahme.«

»Ganz offensichtlich wollte Krystal irgendetwas wissen, was am Tag des Unfalls passiert ist. Was das gewesen sein könnte, darüber können wir nur spekulieren. Ich denke, diese ganze Sache hinterlässt mehr Fragen als Antworten, und ich bin mir nicht mal sicher, ob diese Fragen überhaupt etwas mit dem Mord an ihr zu tun haben. Ah, jetzt hab ich es gefunden!«

Gretchen lehnte sich zu Josie hinüber und setzte ihre Lesebrille auf. »Was hältst du von dem Sohn?«

»Er ist seinem Vater offensichtlich sehr zugetan«, meinte Josie. »Und er hat über seine Zeit im Gefängnis die Wahrheit gesagt. Er hat fast drei Jahre wegen Stalking gesessen. Das Verfahren wurde vor acht Jahren im County Philadelphia eröffnet. Damals muss er vierundzwanzig gewesen sein.« Josie scrollte weiter. »Seither nicht eine einzige Strafe, nicht mal wegen Falschparken.«

Gretchen seufzte. »Und keinerlei Verbindung zu Krystal Duncan, außer dass sein Vater ihre Tochter umgebracht hat. Nichts als Sackgassen. Lass uns zu Nathan Cammack fahren. Mal sehen, ob er uns was über den Spitznamen ›Pritch‹ erzählen kann.«

SIEBZEHN

Nathan Cammack wohnte in einem Zweizimmerapartment über einem Comicladen im Zentrum von Denton, nicht weit vom Polizeirevier entfernt. Für die meisten Leute war das hier das Geschäftsviertel der Innenstadt. Die Straßen waren rasterförmig angelegt und größtenteils von mächtigen, über hundert Jahre alten Backsteinbauten gesäumt. Viele der Gebäude – darunter auch das Polizeirevier – standen unter Denkmalschutz. Gretchen und Josie fanden ein paar Meter von der Ladenfront entfernt einen zahlungspflichtigen Parkplatz und gingen dann um das Gebäude herum zur Rückseite. Eine Holztreppe führte hinauf in den ersten Stock zu einem engen Treppenabsatz mit der Eingangstür. Als sie sich der Tür näherten, fiel Josie ein Blecheimer am Boden auf, der voller Zigarettenkippen war. Auf einem zerfledderten Zettel, der aussah, als wäre er schon etliche Male wieder neu an die Tür geklebt worden, stand krakelig von Hand geschrieben:

Tür klemmt. Bitte wieder ganz zuziehen.

»Sieht so aus, als wäre er bei der Scheidung nicht so gut weggekommen«, murmelte Josie.

»Ja, das stimmt«, entgegnete Gretchen. »Zur Zeit des Unfalls war er ein Topmarketingmanager. Da würde man eher erwarten, dass er sich eine Eigentumswohnung oder ein Stadthaus leistet.«

Sie drückten die Tür auf und achteten darauf, sie nach dem Durchgehen wieder ganz zu schließen. »Wir müssen zu Apartment zwei – das ist die Tür auf der rechten Seite, hat Nathan mir am Telefon gesagt.«

Am Ende des Gangs gab es eine Tür mit einer metallenen Zwei direkt über dem Spion. Weil Josie keine Klingel fand, klopfte sie. Ein paar Sekunden später wurde die Tür geöffnet und Nathan Cammack stand vor ihnen, barfuß und in kakifarbenen Shorts und einem kurzärmligen gelben Hemd mit Button-Down-Kragen. Er hatte sich wohl bemüht, vorzeigbar auszusehen, aber seine Kleider waren verknittert, sein sandfarbenes Haar lang und strähnig und in seinem zotteligen Bart hingen Krümel. Josie wusste, dass er Mitte dreißig war, aber er wirkte etwa zehn Jahre älter. Seine blauen Augen waren etwas dunkler als die seiner Ex-Frau und saßen in tiefen Augenhöhlen, als hätte er einiges an Gewicht verloren, sodass die Wangenknochen jetzt stark hervortraten.

»Hallo, Detective Palmer«, sagte er und ließ die beiden herein.

Sie setzten sich auf ein Futonsofa in seinem Wohnzimmer und Gretchen stellte ihm Josie vor. Das Apartment hatte hohe Decken, die Wände waren aus verblassten Backsteinen. Eine halbhohe Ziegelwand mit weißen Holzsäulen darauf trennte das Wohnzimmer von der Küche. Obwohl beide Räume großzügig ausfielen, standen kaum Möbel darin. Es sah wie in der Wohnung eines Collegestudenten aus, wären da nicht die Fotos von Wallace und Frankie an einer Wohnzimmerwand gewesen.

Es waren bei Weitem nicht so viele, wie Josie in Glorias Haus gesehen hatte, aber der Effekt war noch herzzerreißender. Fotos der beiden Kinder in Schuluniform rahmten einen Schnappschuss von Nathan und den beiden am Strand, auf dem alle drei fröhlich grinsten, sogar Wallace. Darunter hing eine gerahmte Kinderzeichnung. Handabdrücke in Rosa und Lila bildeten den Umriss eines Herzens. Darüber stand »Alles Gute zum Vatertag« und darunter »Wir lieben dich. Wallace und Frankie«.

Frankie hatte statt des i-Punkts in ihrem Namen ein kleines Herz gemalt.

Josie schluckte einen Kloß in ihrer Kehle hinunter. Obwohl Nathan ganz offensichtlich die Klimaanlage hochgedreht hatte, spürte sie, dass sich auf ihrer Haut ein Schweißfilm bildete. Sie presste die Hände in ihrem Schoß aneinander, damit niemand sah, wie sie zitterten.

Nathan stand vor ihnen und fuhr sich mit der Hand durchs Haar. »Ich kann Ihnen Wasser anbieten und, äh ... Wasser. Tut mir leid. Ich hab nur Wasser da. Ich war nicht einkaufen. Ich geh kaum noch einkaufen, weil ich ja jetzt allein bin und fast nichts brauche ...«

»Mr Cammack«, unterbrach ihn Gretchen mit einem warmen Lächeln. »Wir brauchen nichts zu trinken, danke. Wir wollen Ihnen nur ein paar Fragen stellen.«

Nathan ging in die Küche, um einen der Stühle vom Tisch dort zu holen. Josie fiel auf, dass er nur zwei Stühle hatte, und die passten nicht zusammen. Sein Laptop stand geöffnet auf dem Esstisch neben vier Kaffeebechern, zwei Wasserflaschen und einer offenen Tüte Doritos-Tortillachips. Nathan stellte den Stuhl mit der Lehne nach vorn vor Josie und Gretchen, setzte sich rittlings darauf und verschränkte seine Arme über der Lehne. »Sie sind wegen Krystal hier, oder? Dee hat mir erzählt, was passiert ist. Also, dass sie Krystal auf dem Friedhof gefunden hat und sie tot war. Stimmt das, dass jemand sie ermordet hat?«

»Ja«, bestätigte Gretchen.

»Wie kann ich Ihnen helfen?«

»Wann haben Sie Krystal Duncan denn zum letzten Mal gesehen?«, fragte Gretchen.

»Beim letzten Treffen unserer Selbsthilfegruppe. Um genau zu sein, nicht beim letzten jetzt vor Kurzem, sondern bei dem davor. Das hat Dee Ihnen doch wahrscheinlich erzählt, oder? Wir treffen uns immer montags.«

»Ja, das hat sie«, meinte Josie. »Haben Sie während dieses Treffens mit Krystal gesprochen?«

»Nein, nicht mit ihr allein. Wir sind ja eine Gruppe. Dr. Rosetti moderiert die Treffen sozusagen.«

»Also hatten Sie mit Krystal an diesem Abend kein privates Gespräch?«, hakte Gretchen nach. »Auch nicht vor oder nach dem Gruppentreffen?«

Er schüttelte den Kopf. »Nein, tut mir leid. Hatte ich nicht. Was geht hier eigentlich vor? Glauben Sie etwa, ich hätte was mit ihrer ... ihrer Ermordung zu tun?«

»Mr Cammack«, sagte Josie, »wir sprechen derzeit mit allen Personen, die Krystal nahestanden.«

Nathan legte sich eine Hand flach auf die Brust und richtete sich im Rücken auf. »Oh, ich stand Krystal aber gar nicht so nahe.«

»Ihre Frau hat uns von der Affäre erzählt«, berichtete Gretchen.

Sein Kopf fuhr zurück, als hätte sie ihm eine Ohrfeige verpasst. »Affäre?«, fragte er. »Welche Affäre?«

»Ihre Affäre mit Krystal Duncan«, meinte Josie.

Nathan legte den Kopf in den Nacken, sah zur Decke und bettete seine Stirn dann auf seine Arme. »Jesus!« Seine Stimme war nur gedämpft zu hören. Dann hob er den Kopf wieder. »Wer hat Ihnen erzählt, dass Krystal und ich eine Affäre hatten?«, wollte er wissen. »Gloria? Von wem zum Teufel sollte sie das haben?«

»Krystal hat es ihr erzählt«, beantwortete Gretchen seine Frage.

Er sprang auf und lief hektisch im Zimmer hin und her. »Was? Wann denn? Soll das ein Witz sein?«

»Beruhigen Sie sich, Mr Cammack«, redete Josie ihm gut zu.

Er blieb stehen und zeigte mit dem Finger auf Josie. »Sie wollen also sagen, dass Krystal meiner Frau erzählt hat, wir hätten eine Affäre? Wann soll das, verdammt noch mal, gewesen sein?«

»Gloria war sich da nicht ganz sicher. Irgendwann in den letzten Monaten.«

Er verzog das Gesicht und fing wieder an, herumzuwandern. »Was? Sie wollen mich wohl auf den Arm nehmen? Was? Warum sollte sie ... Das glaub ich einfach nicht ... Sind Sie da sicher? Krystal hat meiner Ex-Frau erzählt, dass wir eine Affäre hatten?«

»Ja«, erwiderte Gretchen. »Mr Cammack, jetzt setzen Sie sich doch bitte wieder hin. Gloria hat gesagt, es würde ihr nichts ausmachen, da Ihre Ehe sowieso schon seit einiger Zeit am Ende war.«

Nathan hob seine Arme in die Luft und ließ sie dann fallen, sodass sie geräuschvoll an die Seiten seiner Oberschenkel klatschten. »Warum sollte Krystal das sagen? Warum? Hören Sie: Krystal und ich hatten keine Affäre. Jesus! Das hat sie meiner Frau erzählt, und jetzt ist sie tot? Da müssen Sie ja jetzt denken, wenn etwas zwischen uns war, dann hab ich ... hab ich ihr was angetan?«

Josie stand auf und stellte sich vor ihn, sodass er stehen bleiben musste. »Nathan«, sagte sie bestimmt, »keiner beschuldigt Sie wegen irgendwas.«

»Meine Ex-Frau beschuldigt mich, eine Affäre gehabt zu haben!«, rief er aufgeregt.

Josie streckte sich nach dem Stuhl, zog ihn zu sich heran

und stellte ihn direkt hinter Nathan. »Hinsetzen!«, sagte sie. »Ihre Frau hat Sie wegen gar nichts beschuldigt. Aber warum sollte Krystal ihr erzählt haben, dass Sie beide eine Affäre hatten?«

Nathan ließ sich mit einem tiefen Seufzer auf den Stuhl plumpsen. Er wühlte mit beiden Händen in seinem Bart herum, sodass ein paar Krümel herausfielen. »Gott, ich weiß es nicht. Ich hab nicht die geringste Ahnung, warum Krystal so etwas hätte sagen sollen, vor allem nach all der Zeit. Und dann auch noch zu Gloria. Jesus! Ich dachte, zwischen uns wäre alles entspannt. Es ist ja zwei Jahre her. Die Kinder ...«

Josie ging in die Küche und öffnete den Kühlschrank. Nathan hatte keine Witze gemacht, als er sagte, er hätte nur Wasser. Außer zwei Wasserflaschen waren im Kühlschrank nur diverse Take-away-Boxen, von denen einige dem Geruch nach, der Josie entgegenwehte, wohl schon etwas länger darinstanden. Sie griff rasch nach einer Wasserflasche, ging wieder ins Wohnzimmer und reichte sie Nathan. »Als der Unfall passiert ist, war es da nicht mehr so ›entspannt‹ zwischen Krystal und Ihnen?«

Nathan nahm einen großen Schluck aus der Flasche und stellte sie dann zwischen seinen Füßen ab.

»Zwischen Krystal und mir war es eigentlich immer entspannt. Wir haben uns abends getroffen, wenn die Kinder schon geschlafen haben. Gloria saß dann entweder am Computer oder hat sich stundenlang im Bad verbarrikadiert, um eine ihrer sonderbaren New-Age-Beauty-Behandlungen durchzuführen. Ich hab mich immer rausgeschlichen. Unsere Gärten grenzen ja aneinander. Haben Sie das gewusst?«

»Gloria hat es uns gezeigt«, antwortete Gretchen. »Sie sind also abends rüber zu Krystal ins Haus gegangen?«

»Um Himmels willen, nein. Sie hat zwar gesagt, ich könne reinkommen, aber das wollte ich nicht. Was, wenn Bianca aufgewacht wäre und mich gesehen hätte? Da wäre sie bestimmt auf falsche Ideen gekommen.«

Josie blickte zu Nathan hinunter. »Was wären denn falsche Ideen gewesen?«

Er sah ihr in die Augen. »Eben dass wir eine Affäre haben! Hatten wir aber nicht. Ich meine, ja, okay, als die Kinder noch richtig klein waren, also als Bianca und Wallace im Kindergarten waren, da haben wir miteinander geschlafen. Ein Mal. Es ist nur ein einziges Mal passiert. Gloria war weg, und Krystal hat Wallace und Frankie in das Spielhaus in ihrem Garten eingeladen. Das haben sie geliebt. Gloria hat sie nie rübergehen lassen.«

»Warum denn nicht?«, wollte Gretchen wissen.

Nathan verdrehte die Augen. »Sie hatte immer Angst, dass Krystal ihnen Fastfood verabreicht oder sowas. Oder am Ende gar Erdnussbutter und Marmelade auf ...«, er schnappte gespielt dramatisch nach Luft, »... Weißbrot! Sie wissen doch, dass Gloria diesen Bioladen All Natural Family and Child hat, oder?«

»Ja, das ist uns bekannt«, erwiderte Josie.

»Sie spinnt total mit diesem Zeug. Die Kinder durften überhaupt nichts Vernünftiges essen. Ich meine, was mit Farbstoffen oder Konservierungsstoffen oder irgendwelche Fertiglebensmittel. Alles musste komplett biologisch und speziell zubereitet sein. Sie hat all die Jahre den Kindern Lunchpakete in die Schule mitgegeben. Wissen Sie, dass Frankie einmal nach Hause gekommen ist und geweint hat, weil sie in der Schule einen Cupcake gegessen hatte? Ein anderes Mädchen hatte Geburtstag und hat Cupcakes für die ganze Klasse mitgebracht, und Frankie konnte nicht widerstehen. Sie ist weinend nach Hause gekommen – stellen Sie sich das mal vor: eine Sechsjährige mit Schuldgefühlen! Sie hatte Angst, dass Gloria sie bestraft.«

»Und, hat sie's getan?«, wollte Gretchen wissen.

»Nein, wir haben's ihr gar nicht erzählt. War die Aufregung wirklich nicht wert. Es war dann unser Geheimnis. Frankie hat das geliebt.« Plötzlich brachte ein unerwarteter Schluchzer Nathans Körper zum Beben und aus seinen Augen liefen Tränen.

Josie stockte der Atem. Sie ging auf Nathan zu und legte ihm eine Hand auf die Schulter. Ihre Berührung ließ ihn erschauern. Er blickte hinüber zu den Fotos seiner Kinder und wischte sich mit den Daumenballen die Tränen weg. »Tut mir leid«, murmelte er.

»Sie müssen sich ganz bestimmt nicht dafür entschuldigen, dass Sie Ihre Kinder vermissen, Mr Cammack«, sagte Gretchen.

Nathan nickte und atmete ein paarmal tief durch. »Es ist wirklich komisch, wissen Sie? Es sind immer die guten Erinnerungen, die mir zusetzen. Ich kann über den Unfall sprechen, über den Tag damals. Ich kann an die Beerdigungen denken, an diese fürchterlichen ersten Wochen, und ich fühle mich innerlich tot. Aber wenn ich an ihren Gesichtsausdruck denke, wenn wir – nur ich und die Kinder, ohne Gloria – zusammen die wirklich spaßigen Dinge unternommen haben, dann hab ich das Gefühl, dass ich gleich sterbe, so sehr vermisse ich sie.«

Josie drückte kurz seine Schulter. Ihr lag noch eine weitere Frage auf der Zunge, aber sie brachte sie nicht heraus. Stattdessen nahm Gretchen den Faden wieder auf: »Sind Sie denn immer mit den Kindern zu Krystal rübergegangen, wenn Gloria nicht da war?«

Er schüttelte den Kopf. »Nein, nicht immer. Vor allem nicht, als sie älter wurden und sich nicht mehr so gut verstanden haben.«

»Sie haben gesagt, zwischen Ihnen und Krystal ist es zu Intimitäten gekommen?«

»Ja, aber nur dieses eine Mal. Ich hab mich danach schrecklich gefühlt, und Krystal ging es genauso. Sie war zwar Single, aber nicht dieser Typ von Frau, der sich an verheiratete

Männer ranmacht. Es ist eben einfach irgendwie passiert. Aber das war's dann auch. Hab ich ja schon gesagt. War eine einmalige Geschichte. Ein Fehltritt.«

Josie ließ seine Schulter los und ging einen Schritt zurück. Bemüht, ihre Stimme wieder unter Kontrolle zu bringen, fragte sie: »Aber warum haben Sie sich denn dann abends davongeschlichen, um sich mit Krystal zu treffen?«

Er seufzte. »Wir haben zusammen gekifft, okay? Im Spielhaus. Ich habe sie eines Abends erwischt, als sie dort gekifft hat, und sie ist total ausgeflippt deswegen. Hatte Angst, dass ich es rumerzählen würde. Ich hab ihr gesagt, dass ich das nicht tun würde und dass es mich nichts anginge, wenn sie in ihrem eigenen Garten kiffen will. Da ist sie in Tränen ausgebrochen.«

»Warum?«, fragte Gretchen.

»Stress bei der Arbeit«, sagte Nathan. »Ich erinnere mich jetzt gar nicht mehr so genau daran, aber Krystal war immer wegen irgendwas total gestresst. Sie sagte, Marihuana wäre das Einzige, was ihr gegen diese innere Anspannung helfen würde. Auf jeden Fall saßen wir ewig so da, und dann hat sie mir einen Joint angeboten. Und dann wurde das irgendwie so unser Ding, verstehen Sie? Wir haben uns in diesem Minispielhaus getroffen und zusammen gekifft. Sie hat über ihre Arbeit gejammert und ich über meine Ehe.«

»Wie lang ging das denn so?«, wollte Josie wissen.

»Weiß ich nicht mehr. Paar Jahre. Nach dem Unfall haben wir das nie wieder getan. Ich hab danach nicht ein einziges Mal mehr mit ihr allein gesprochen.«

»Das erklärt aber noch nicht, warum Krystal zwei Jahre nach dem Unfall Ihrer Frau erzählt hat, dass Sie beide eine Affäre hatten«, meinte Gretchen.

»Ich weiß«, antwortete Nathan. »Mir ist auch nicht klar, warum sie das getan hat. Ich ... Ich kann mir das nicht erklären.«

»Sagt Ihnen das Wort ›Pritch‹ etwas, Nathan?«, fragte Josie.

»Pritch? Wie der Wurf beim Baseball, nur mit einem R drin?«

»Wie eine Kombination aus ›Prick‹ und ›Bitch‹«, sagte Gretchen.

Nathan ließ die Schultern sinken. »Wow, das hab ich ja ewig nicht mehr gehört. Zwei Jahre. Da Sie danach fragen, nehme ich an, Sie wissen schon, worum es geht – es ist ein Spitzname, den mein Sohn sich in der Schule verdient hat.«

Josie sah Gretchen kurz in die Augen. Gloria und Nathan waren nicht nur sehr gegensätzlich, was ihr Aussehen und ihr Zuhause betraf, sondern offensichtlich auch darin, wie sie ihre Kinder gesehen hatten. »Verdient hat?«, hakte Josie nach. »Wie hat sich Wallace einen solchen Spitznamen verdient?«

Nathan ließ sein Kinn auf die Brust fallen. Nach einem tiefen Atemzug blickte er wieder auf und sah Josie an. »Ich habe meinen Sohn geliebt. Innig und bedingungslos. Ich wäre für ihn gestorben. Für beide Kinder. Ich würde, ohne zu zögern, sofort mit ihnen tauschen, wenn ich könnte. Aber die Wahrheit ist, dass wir einige Probleme mit Wallace hatten, weil er in der Schule andere Kinder tyrannisiert hat. Ich bin nicht stolz darauf, okay? Ich war der Meinung, wir sollten mit ihm daran arbeiten, aber Gloria hat es nicht so gesehen. Haben Sie jemals von diesen ›Mein-Sohn-doch-nicht‹-Eltern gehört?«

Josie hatte den Ausdruck schon mal gehört, aber Gretchen fragte: »Was heißt das?«

»Das sind Eltern, die ihre Söhne zu privilegierten Arschlöchern erziehen, die denken, dass die Welt ihnen alles Mögliche schuldet, und egal, was sie falsch machen oder wie offensichtlich ihre Missetaten sind, die Eltern weigern sich einfach, das wahrzunehmen. ›Mein Sohn doch nicht‹, ist alles, was ihnen dazu einfällt. Ihr Sohn kann unmöglich als Minderjähriger betrunken ein paar Fußgänger umgefahren haben. Ihr Sohn kann unmöglich irgendein armes Mädchen auf einer Party begrapscht haben. Ihr Sohn kann unmöglich rassistische Beleidigungen geäußert haben. Weil ihr Sohn einfach perfekt ist. Verstehen Sie, was ich meine?«

»Ja«, antwortete Gretchen.

»Nun, Gloria war so ähnlich. Das war eines der Themen, über die wir immer gestritten haben. Verstehen Sie mich bitte nicht falsch, Wallace war bei Weitem nicht so schlimm wie die Beispiele, die ich Ihnen grade gegeben habe. Er war ja erst zwölf. Aber ich hab mir Sorgen gemacht, dass er sich in diese Richtung entwickeln würde, wenn Sie wissen, was ich meine. Kein Mensch möchte, dass aus seinem Sohn ein Scheißkerl wird.«

»Wie haben Sie das mit dem Spitznamen denn erfahren?«, wollte Josie wissen.

»Er selbst hat es uns erzählt. Eines Tages, als er von der Schule heimkam, war er total wütend und durcheinander. Hat sich sogar geweigert, zum Schlagzeugunterricht zu gehen, obwohl es eine Kardinalsünde war, etwas von dem Stundenplan, den seine Mutter so wunderbar für ihn zusammengestellt hatte, zu verpassen.«

»Was ist dann passiert?«, fragte Gretchen.

Wieder wühlte Nathan in seinem Bart herum. »Nichts. Nichts ist passiert. Ich hab angefangen, ihm zu erklären, dass er für das, was er tut, Verantwortung übernehmen muss und mal gründlich darüber nachdenken soll, warum die anderen Kinder ihn so nennen, aber Gloria hat das sofort unterbunden. Sie hat mich beschuldigt, Partei für die anderen Kinder zu ergreifen, und das, obwohl Wallace schon seit Monaten Ärger in der Schule hatte, weil er andere drangsaliert hat. So ist am Ende gar nichts passiert. Sie hat mich einfach kaltgestellt. Trotzdem hab ich mir gedacht, dass die ganze Sache irgendwie doch eine positive Seite hat. Ich weiß, dass das nicht nett klingt, aber dieser Spitzname hat ihm ganz schön zugesetzt, verstehen Sie? Ich hab gehofft, er würde wirklich mal in sich gehen und drüber nachdenken, was er so getan hat, und vielleicht versuchen, sich zu bessern.«

»Dee Tenney hat uns erzählt, dass es direkt vor dem Unglück einen Zwischenfall mit Gail, ihrer Tochter, gegeben hat«, animierte Gretchen ihn zum Weitererzählen. »Ihre Frau hat das bestätigt. Hatten Sie denn das Gefühl, dass er seine Lektion doch nicht gelernt hatte?«

Nathan nickte. »Ja, das hatte ich. Ich hab mich über diese Sache wirklich aufgeregt, aber Gloria sagte mir, sie hätte das geregelt, und ich solle mich nicht einmischen. Was mich total genervt hat, denn schließlich war er ja auch mein Sohn. Ich wollte mit Miles darüber sprechen, so von Vater zu Vater – aber dann ist der Unfall passiert, und es war nicht mehr von Bedeutung.«

»Hat Krystal von dem Spitznamen gewusst?«, fragte Josie.

»Weiß ich nicht. Wahrscheinlich. Bianca hat ihr bestimmt davon erzählt. Die beiden hatten ein sehr gutes Verhältnis zueinander.«

»Wer hat denn sonst noch von dem Spitznamen gewusst?«, fragte Gretchen.

»Das weiß ich nicht. Wahrscheinlich so ziemlich jeder. Alle Kinder in der Schule kannten ihn. Aber Moment mal! Warum sprechen wir hier überhaupt über den Spitznamen, den mein Sohn in der Mittelstufe hatte? Sind Sie hergekommen, um mich das zu fragen? Ich verstehe nicht.«

Josie und Gretchen erklärten ihm, wie zuvor schon Gloria, so vage wie möglich, dass der Spitzname seines Sohnes bei der Leiche von Krystal gefunden worden war.

»Das ergibt doch keinen Sinn«, sagte er. »Sind Sie sicher? Das muss ein Irrtum sein. Warum sollte der Spitzname von Wallace an dem Ort auftauchen, wo Krystal umgebracht worden ist?«

»Das wissen wir nicht«, räumte Josie ein. »Genau das versuchen wir ja herauszufinden. Nathan, können Sie uns berichten, was Sie in der Zeit von Donnerstagabend bis Montagmorgen getan haben?«

Er blickte von Josie zu Gretchen und wieder zurück. Dann schüttelte er den Kopf und lachte kurz auf. »Klar«, sagte er. »Ich war hier. Bin ja immer hier. Ich verfasse jetzt Content für Websites. Arbeite von zu Hause aus. Ein paarmal bin ich rausgegangen, um mir was zu essen zu holen.«

»Kann das irgendjemand bestätigen?«, fragte Gretchen.

»Nö«, sagte er. »Ich bin ja ganz allein.«

ACHTZEHN

Josie und Gretchen holten sich etwas zum Mittagessen und fuhren dann zurück aufs Revier. Sobald sie das Großraumbüro betraten, sprang Amber hinter ihrem Schreibtisch auf. Mit ihrem knallbunten Maxikleid, den taupefarbenen Keilsandaletten und der kastanienbraunen Lockenpracht, die ihr über die Schultern fiel, wirkte sie im Ermittlerteam irgendwie fehl am Platz. Sie lächelte die beiden an, doch Josie blieb die Anspannung, die an Ambers Mundwinkeln zog, nicht verborgen. »Ich brauche dringend ein Update im Fall Krystal Duncan«, erklärte sie ihnen. »Die Leute von der Presse sind am Durchdrehen. Sie wissen bereits, dass man sie tot aufgefunden hat – das hat der Chief auch bestätigt. Aber sonst hat er noch nichts weitergegeben und das hat das Ganze nur noch schlimmer gemacht. Sie haben die Meldung über ihren Tod gleich in den Zwölf-Uhr-Nachrichten gebracht. Mein Telefon hört gar nicht mehr auf zu klingeln. Mein E-Mail-Postfach ist quasi voll ...«

Gretchen drückte Amber eine braune Papiertüte in die Hand. »Das ist ein Cobb Salad. Den magst du doch, oder?«

Verdutzt starrte Amber die Tüte an, als wäre sie ein abgetrennter Kopf. »Äh ... ja.«

»Iss das erst mal«, sagte Gretchen. »Und dann gibst du der Presse die folgenden Details weiter: Man hat die Leiche von Krystal Duncan am Montagmorgen auf dem Friedhof gefunden. Die Rechtsmedizin hat bestätigt, dass es sich um ein Tötungsdelikt handelt. Weitere Informationen haben wir bislang nicht. Wir verfolgen jede Spur. Wer irgendetwas über den Verbleib von Krystal zwischen Donnerstag und Montag weiß, kann das Polizeirevier von Denton über die Telefonnummer der Zentrale erreichen. Das ist zwar nicht viel mehr, als die Presse schon hat, aber immerhin etwas. Und versuch, weitere Hinweise aus der Bevölkerung zu bekommen.«

Amber starrte Gretchen einen Moment lang an, dann legte sich ein Lächeln auf ihr Gesicht. »Danke.«

Josie und Gretchen setzten sich an ihre Schreibtische und jede stürzte sich auf ihr Mittagessen. Josie aß jedoch, ohne etwas zu schmecken. Der Vormittag hatte mehr an ihren Kräften gezehrt als erwartet. Sie überlegte sich gerade, ob sie noch zu Komorrah's gehen und sich einen Kaffee holen sollte, als die Tür zu Chitwoods Büro aufgerissen wurde. Mit großen Schritten betrat der Chief das Großraumbüro. Sein harter Blick fiel sofort auf Josie. »Quinn«, blaffte er.

Sie starrte ihn an. »Sir?«

Er hob eine Augenbraue und verschränkte die Arme über der Brust. Ein einzelnes weißes Haar stand von seinem ansonsten fast kahlen Schädel ab. »Haben Sie was für mich?«

Es dauerte einen Moment, bis Josie begriff, dass er von dem Rosenkranzkettchen sprach. Er wollte von ihr wissen, ob sie schon bereit war, es ihm zurückzugeben. Sie hatte immer noch keine Ahnung, wann sie so weit sein würde oder wie sie das überhaupt merken sollte, aber sie war sich sicher, dass sie es noch brauchte. Sie spürte das Gewicht der Perlen in ihrer Tasche. »Nein, Sir«, sagte sie. »Noch nicht.«

Er nickte und fixierte dann Gretchen mit seinem bohrenden Blick. »Palmer, was gibt es Neues im Duncan-

Mord? Die ganze Stadt macht sich ins Hemd deswegen – was ja auch nicht verwunderlich ist –, aber ich will nicht, dass sich hier Panik breit macht.«

Gretchen gab ihm eine Zusammenfassung dessen, was sie und Josie unternommen hatten, seit man die Leiche von Krystal Duncan gefunden hatte. »Als Nächstes müssen wir mit Gloria Cammacks Angestellten sprechen, um zu sehen, ob sie die Daten und Zeiten bestätigen können, die sie uns genannt hat.«

»Sie hat ein ziemlich schwaches Alibi«, sagte Josie. »Und Nathan Cammack hat gar keines ... und er war enger mit Krystal befreundet – zumindest vor dem Unfall.«

»Glauben Sie denn, dass die Cammacks dahinterstecken?«, fragte Chitwood.

»Nein«, gab Josie zurück. »Ich denke nicht, aber gründlich untersuchen müssen wir es trotzdem.«

»Was ist mit den Friedhofsangestellten? Haben Sie die schon überprüft?«, wollte er wissen.

»Ja«, antwortete Gretchen. »Ich hab die Namen von allen durch die Datenbank laufen lassen, bevor wir zur Rechtsmedizin sind. Nichts Auffälliges.«

»Was ist mit dieser Tenney?«, erkundigte sich der Chief. »Halten Sie es für möglich, dass sie etwas damit zu tun hat?«

»Ich bezweifle es«, meinte Gretchen, »obwohl sie ebenfalls ein schwaches Alibi hat. Noah hat gestern ihre Aussage aufgenommen. Sie ist nicht berufstätig, deshalb ist sie die meiste Zeit über allein zu Hause. Für einen Teil der Zeit kann Heidi Byrne das bestätigen, und Mrs Tenney hat auch Kassenzettel von verschiedenen Besorgungen, die sie am Montagvormittag gemacht hat, aber davon abgesehen kann niemand bezeugen, dass sie, während Krystal als vermisst galt, tatsächlich die meiste Zeit über zu Hause war.«

»Außerdem schien sie wirklich nicht zu wissen, was dieses ›Pritch‹ bedeuten sollte«, fügte Josie hinzu.

»Oder sie hat gelogen«, gab Chitwood zu bedenken.

»Klar«, gab Josie zu, »Natürlich könnte sie auch gelogen haben, aber ich glaube nicht, dass das hier der Fall ist.«

Chitwood schüttelte den Kopf. »Dann wollen Sie mir also erzählen, dass Sie diesen ganzen Mist rausgefunden haben – dass diese Frau regelmäßig gekifft hat und der Typ mit ihr eine Affäre hatte, aber vielleicht auch nicht –, aber nichts, was in irgendeiner Weise auf den Mörder von Krystal Duncan verweisen könnte?«

Gretchen runzelte die Stirn. »Ja, so könnte man es sagen.«

»Und es gab keine DNA auf der Leiche? Gar nichts?«

Gretchen überflog ein paar Seiten ihres Notizbuchs. »Ich fürchte nein, Sir. Die Spurensicherung hat nichts gefunden.«

»Was ist mit der Todesursache, der Kohlenmonoxidvergiftung? Sind wir da irgendwie weitergekommen?«

»Nein«, antwortete Josie. »Das Einzige, was uns das sagt, ist, dass der Mörder Zugang zu einem größeren Raum gehabt haben muss, der sich mit Kohlenmonoxid füllen ließ und wo er sie so lange festhalten konnte, bis sie tot war. Und wahrscheinlich musste er auch so abgelegen sein, dass niemand hören würde, wie sie schrie oder sich zu befreien versuchte, bevor das Gas seine Wirkung tat.«

»Also so etwas wie eine Garage«, vermutete Chitwood. »Oder vielleicht auch ein alleinstehendes Haus auf einem so großen Grundstück, dass man ihre Schreie nicht weit genug hören konnte. Damit lassen sich schon eine ganze Menge anderer Tatorte ausschließen. Ich hoffe, irgendwer von Ihnen hat noch einen Trumpf im Ärmel, denn sonst ...«

Chitwood wurde mitten im Satz unterbrochen, als die Tür zum Treppenhaus mit einem lauten Krachen aufflog. Dan Lamay, der diensthabende Polizist vom Empfang, stand vornübergebeugt da und rang nach Atem. »Ich brauche unten Verstärkung«, keuchte er.

Gretchen und Josie sprangen auf. »Lamay, haben Sie schon mal was von einem Telefon gehört? Ich bin mir ziemlich sicher, dass wir dort unten eines haben, das Sie hätten verwenden können«, fuhr Chitwood ihn an.

»Na ja ...«, gab Lamay zurück. »Ich werde wohl ein neues brauchen. Dieser verdammte Kerl da unten hat einfach durch die Öffnung in der Plexiglasscheibe gegriffen, es rausgeholt und aus der Wand gerissen.«

Die drei stürmten durch die Tür ins Treppenhaus. Dan hinkte hinter ihnen her. Er war schon fast siebzig, übergewichtig und hatte Knieprobleme. »Lamay, Sie hätten das Revier absperren sollen«, sagte Chitwood.

»Er stellt ja keine Gefahr für andere dar«, erklärte Lamay, der den anderen die Treppe hinunter folgte. »Er ist nicht bewaffnet oder irgendwas, und er ist immerhin auf der anderen Seite der Glasscheibe. Er ist einfach nur völlig außer sich. Es ist Sebastian Palazzo.«

Josie und Gretchen blieben an der Tür zum Erdgeschoss stehen und schauten zu Dan hinauf. »Sebastian Palazzo, der Vater von Nevin Palazzo, der ebenfalls vor zwei Jahren bei dem Busunglück in West Denton umgekommen ist?«, wollte Gretchen wissen.

Dan nickte. »Er sagt, seine Frau ist verschwunden.«

»Ah, verdammt!«, fluchte Chitwood.

Josie und Gretchen drückten die Tür zum Korridor im Erdgeschoss auf und rannten in Richtung Wartebereich. Und tatsächlich: Auf der anderen Seite der Plexiglasscheibe, zwischen Dan Lamays Schalter und dem Rest des Raumes, stand Sebastian Palazzo, inmitten eines riesigen Chaos. In der Ecke des Raumes war Dans Telefon zu sehen; die Kabelenden standen in alle Richtungen ab wie umgeknickte Äste. Mehrere Stühle lagen kreuz und quer auf dem Boden verstreut. Die Korkpinnwand hing schief da und war auf einer Seite aus der Wand gerissen. Sebastian war ein großer Mann von über einem Meter achtzig, mit breiten Schultern und kräftigem, gewelltem schwarzem Haar. Sein Blick schoss wütend hin und her. Die Szene, die sich den Ermittlerinnen bot, wollte so gar nicht zu seiner äußeren Erscheinung passen: Er trug eine dunkelgraue Anzughose, ein weißes Hemd mit einer roten Krawatte und darüber einen weißen Kittel. Auf der linken Brust war der Schriftzug »Palazzo-Pharmacy« aufgestickt. Direkt darunter befand sich ein Schildchen mit dem Namen einer landesweiten Apothekenkette und sein Vorname. Josie glaubte sich zu erinnern, dass die Kette vor ein paar Jahren die Palazzo-Apotheke aufgekauft hatte.

Als Sebastian durch die Scheibe sah, wie die anderen näherkamen, stürzte er auf den Schalter zu und trommelte mit den Unterarmen gegen die Trennwand, bis sie zu wackeln begann. »Ich brauche Hilfe!«, schrie er. »Hilfe! Hören Sie mich? Meine Frau ist verschwunden! Warum interessiert es denn niemanden, dass meine Frau verschwunden ist?«

Josie ging auf die Tür zu, die in den Wartebereich führte. »Boss«, wollte Gretchen sie zurückhalten.

Doch Josie kümmerte es nicht, wie sehr der Mann wütete und dass er viel kräftiger war als sie. Sie betrat den Vorraum und bahnte sich einen Weg durch das Chaos bis zum Schalter, wo er stand. »Mr Palazzo«, sagte sie mit fester Stimme. »Ich bin Detective Josie Quinn. Ich kann Ihnen helfen. Aber bitte beruhigen Sie sich erst mal.«

Der Mann hielt ihr seinen gestreckten Zeigefinger vor die Nase. »Sagen Sie mir nicht, dass ich mich beruhigen soll«, presste er zwischen den Zähnen hervor.

Josie hörte, wie hinter ihr die Tür auf- und wieder zuging, und wusste, dass Gretchen und Chitwood nachgekommen waren. Sie wich seinem Finger aus und schaute ihn direkt an. »Okay, dann sage ich Ihnen nicht, dass Sie sich beruhigen sollen. Aber Sie müssen aufhören, unseren Wartebereich weiter zu demolieren. Wenn Ihre Frau verschwunden ist, dann können Sie Ihre Zeit sicher sinnvoller nutzen als dafür, wegen Sachbeschädigung im Gefängnis zu sitzen.«

Er ließ die Hand sinken. »Werden Sie mir helfen?«

»Natürlich«, gab Josie zurück.

»Ich hab die 911 angerufen, aber da hieß es, man könne mir nicht helfen, weil meine Frau noch nicht länger als vierundzwanzig Stunden verschwunden ist.«

»Ja, bei Erwachsenen warten wir normalerweise auch mindestens vierundzwanzig Stunden ab, bevor wir eine Vermisstenanzeige aufnehmen, aber jetzt, wo Sie schon mal hier sind, können Sie auch gerne in unseren Konferenzraum mitkommen und uns erzählen, was passiert ist.«

Der wirre Blick verschwand aus Sebastians Augen und er schien wieder zu sich zu kommen. Er schaute sich um und griff sich mit beiden Händen in das volle Haar. »Oh, mein Gott!«, murmelte er. »Es tut mir so leid. Normalerweise ... Ich werde das alles bezahlen, aber bitte: Helfen Sie mir, meine Frau zu finden!«

Gretchen hielt die Tür zum Korridor auf. »Kommen Sie mit, Mr Palazzo.«

Chitwood führte ihn durch den Korridor, Josie und Gretchen folgten den beiden. Im Konferenzraum angekommen, forderte er den Mann auf, sich zu setzen, und blieb dann in der Nähe der Tür stehen, während die Ermittlerinnen das Gespräch eröffneten.

»Ihre Frau heißt Faye, stimmt das?«, fragte Josie.

»Ja, ja«, antwortete Mr Palazzo. »Woher wissen Sie das?«

Gretchen beugte sich vor. »Mr Palazzo, vielleicht erinnern Sie sich nicht mehr an mich, aber ich bin Detective Gretchen Palmer. Ich habe damals die Ermittlungen im Zusammenhang mit dem Busunfall geleitet.«

Er sah sie einen Moment lang an, dann sagte er: »Ja, stimmt. Tut mir leid, das wusste ich nicht mehr. Die Erinnerungen sind alle verschwommen. Es gab damals so viele verschiedene Leute – Polizisten, Anwälte, Journalisten, Nachbarn ... Sogar

Leute, die wir gar nicht kannten, die aber ihr Beileid ausdrücken wollten.«

»Das ist schon in Ordnung«, beruhigte Gretchen ihn. »Erzählen Sie uns doch, was mit Faye passiert ist.«

»Ich bin zum Mittagessen nach Hause gekomen, aber sie war nicht da«, sagte er. »Ich komme jeden Tag um elf Uhr aus der Apotheke zum Mittagessen nach Hause.«

»Wann gehen Sie morgens immer zur Arbeit?«, wollte Josie wissen.

»Um halb acht. Ich arbeite inzwischen sechs Tage die Woche, von Montag bis Samstag. Ich gehe immer genau um halb acht aus dem Haus und komme um elf Uhr heim. Wir essen deshalb so früh, weil in der Apotheke nach zwölf Uhr so viel los ist, dass ich nicht wegkommen würde. Faye und ich essen jeden Tag zur selben Zeit Mittag. Also zumindest, seit Nevin ums Leben gekommen ist. Das war meine Idee, weil sie nach dem Unfall so verzweifelt war, dass ich wirklich Angst hatte, sie würde versuchen, sich etwas anzutun. Ein paar Monate danach hat sie begonnen, regelmäßig zu Dr. Rosetti zu gehen, was ihr auch geholfen hat, und dann waren wir immer zusammen bei den Treffen der Gruppe. Das hat uns auch viel gebracht, aber das mit dem gemeinsamen Mittagessen haben wir trotzdem beibehalten. Jedenfalls bin ich zur gleichen Zeit wie immer heimgekommen, aber sie war nicht da. Ich hab im ganzen Haus gesucht, in unserer Garage, im Garten – überall.«

»Könnte es denn nicht sein, dass sie nur einen kleinen Spaziergang macht oder irgendwo hingefahren ist oder so?«, fragte Josie.

Sebastian schüttelte den Kopf. In seinen Augen funkelten Tränen. »Nein, nein. Ihr Auto steht noch in der Garage. Sie würde auch nicht einfach so weggehen. Ganz sicher nicht. Das würde sie mir nicht antun. Nicht nach der Sache mit Nevin.«

»Haben Sie denn versucht, sie auf ihrem Handy zu erreichen?«, fragte Gretchen nach.

Sein Blick schoss zu Gretchen hinüber. »Das ist es ja gerade – weshalb ich weiß, dass da irgendwas nicht stimmt. Ihr Handy lag auf dem Küchentisch. Und ihre Handtasche lag in der Kommode im Flur, wo sie sie immer aufbewahrt, und es war noch alles drin, auch die Beruhigungsmittel. Ohne die würde Faye niemals aus dem Haus gehen.«

Josie sah Gretchen an. Tief in ihrem Inneren begann ein Gefühl von Übelkeit aufzusteigen. Vor fünf Tagen war Krystal Duncan von zu Hause verschwunden – auch bei ihr waren Auto, Handy und Handtasche zurückgeblieben.

»Mr Palazzo, ist es für Sie in Ordnung, wenn wir zu Ihnen mitkommen und uns ein bisschen in Ihrem Haus umschauen?«

Er schoss in die Höhe. Über sein Gesicht zog sich ein ernster, aber hoffnungsvoller Ausdruck. »Aber ja, gerne!«, sagte er. »Bitte kommen Sie mit. Es gibt da nämlich noch was anderes, was ich Ihnen gerne zeigen würde. Wie gesagt: Ich hatte es unter der 911 versucht, aber da wollte man niemanden vorbeischicken.«

Josie stand auf und die Angst fuhr ihr wie Nadelstiche den ganzen Rücken hinunter. »Was ist das, was Sie uns zeigen wollen?«

Chief Chitwood machte einen Schritt zur Seite, als Sebastian zur Tür ging. Dieser wandte sich noch einmal zu Gretchen und Josie um und bedeutete ihnen, sich zu beeilen. Dann sagte er: »Etwas, das vorher noch nicht da gewesen ist.«

NEUNZEHN

Von außen sah das Haus der Palazzos aus wie alle anderen in West Denton: groß, zweistöckig, mit einer verputzten Backsteinfassade, einer Dreifachgarage und davor einer großen Rasenfläche mit gepflegten Blumenbeeten. Innen jedoch war es ausgesprochen eigenwillig gestaltet. Die Palazzos hatten sich für einen eleganten, modernen Stil entschieden, der eher zu einem noblen Apartment in New York City gepasst hätte als zu einem Einfamilienhaus am Rande einer Kleinstadt in Central Pennsylvania. Die Möbel waren ausnahmslos schwarz oder weiß und so klein, dass sie für kaum mehr als zwei Personen auszureichen schienen. Die Böden sämtlicher Zimmer waren in einem schwarz-weißen Schachbrettmuster gefliest und überall lagen flauschige weiße Teppiche. Josie fragte sich, ob es hier schon immer so ausgesehen hatte oder ob die Palazzos das Haus nach dem Tod ihres Sohnes umgestaltet hatten. Sie konnte sich jedenfalls nicht vorstellen, wie hier ein Kind leben sollte.

»Ich habe keine Anzeichen dafür gefunden, dass jemand gewaltsam hier eingedrungen ist«, sagte Gretchen, während sie durch den Flur gingen. »War die Tür denn abgeschlossen, als Sie heimkamen?«

»Nein, und das ist ziemlich ungewöhnlich, weil Faye normalerweise durch die Garage nach drinnen und draußen geht. Also jedenfalls, wenn sie ihr Auto nimmt. Hier, ich zeige Ihnen, wo man von der Garage aus reinkommt.«

Beim Hinausgehen warf Josie einen Blick ins Wohnzimmer. Es herrschte penible Ordnung. Eine weiße Couch und ein Zweisitzer waren L-förmig gruppiert, in der Ecke dazwischen stand ein schwarzer Beistelltisch. An der einen Wand hing ein Fernsehbildschirm, gegenüber davon ein riesiges Bild in Schwarz-Weiß. Zuerst dachte Josie, es handle sich um eine Fototapete, doch bei näherer Betrachtung merkte sie, dass es ein Foto von Faye Palazzo war. Josie kannte ihr Gesicht aus der Berichterstattung über das Busunglück. Mit Anfang zwanzig war Faye ein erfolgreiches Model gewesen, und auch nach dem Unfall hatte sie auf allen Fotos, die in den Medien aufgetaucht waren, attraktiv ausgesehen, trotz aller Trauer. Das Porträt zeigte Faye in Lebensgröße, mit hochhackigen Schuhen und einem figurbetonten Kleid. Sie drehte sich von der Kamera weg, blickte jedoch über die Schulter zurück. Ihr langes, dunkles Haar fiel auf eine Seite. Das rückenfreie Kleid ließ viel Haut erkennen, durch einen Schlitz sah man eines ihrer Beine, das leicht angewinkelt war. Die Pose musste ziemlich unbequem gewesen sein, doch ihr Blick verriet nicht das geringste Unbehagen. Mit einem verlockenden, etwas geheimnisvollen Lächeln schaute sie direkt in die Kamera.

»Das ist sie! Das ist meine Faye. Sie hat früher als Model gearbeitet«, hörte Josie Sebastian hinter sich sagen.

Sie drehte sich um und sah, dass er und Gretchen aus der Garage zurückgekommen waren. »Sie ist hübsch«, erwiderte Josie höflich, fragte sich jedoch, wessen Idee es gewesen war, das Foto vergrößern zu lassen und ins Wohnzimmer zu hängen.

»Das ist mein Lieblingsfoto von ihr«, erklärte Sebastian. »Sie selbst hasst es.«

»Und war trotzdem damit einverstanden, es aufzuhängen?«, fragte Josie.

»Sie hatte eine Wette verloren«, gab er zurück. »Kommen Sie mit in die Küche. Ich würde Ihnen gerne zeigen, was ich gefunden habe.«

Josie wandte sich von dem Foto ab. In dem Flur, der in die Küche führte, sah sie noch weitere Fotos aus der Zeit, in der Faye als Model gearbeitet hatte. Es waren Farbfotos, alle in kleinen, quadratischen Rahmen und nach einem streng geometrischen Muster aufgehängt: Faye, wie sie verschiedene Kleider vorführte. Faye auf dem Laufsteg – vermutlich in New York, vielleicht auch Paris. Faye im Badeanzug, dem Kameramann eine Kusshand zuwerfend. Die Qualität der Bilder verriet, dass es sich um professionelle Aufnahmen handelte. Ungestellte Fotos oder Schnappschüsse, die ihr Mann in einem glücklichen Moment geknipst hatte, befanden sich nicht darunter. An der Wand des Esszimmers sah Josie ein großes Porträt hängen, das beide Palazzos am Tag ihrer Hochzeit zeigte – immerhin.

Sie folgte Sebastian und Gretchen in die Küche. Auch hier war alles weiß: die Schränke, die Arbeitsflächen und auch sämtliche Haushaltsgeräte. Nur der Esstisch war schwarz. An einem Ende des Tisches, über Eck, standen zwei Teller, auf denen jeweils ein Sandwich lag – höchstwahrscheinlich für Faye und ihren Mann. Am anderen Ende befanden sich mehrere Kartons. Josie warf einen flüchtigen Blick hinein: In einem waren Flyer mit der Ankündigung einer Mahnwache für die Opfer des Busunglücks von West Denton, die am Vorabend der Gerichtsverhandlung stattfinden sollte. In den beiden anderen Kartons befanden sich lange, dünne Kerzen und mehrere Stapel Tropfenfänger aus Papier. An der Seite der Kartons stand in großen Buchstaben:

Kerzen, 16 cm, mit Tropfschutz. Menge: 50 Stück.

»Faye hat eine Mahnwache organisiert?«, fragte Josie.

»Ja«, antwortete Sebastian. »Sogar schon einige, seit Nevins Tod. Sie fand, dass es ganz schön wäre, auch am Vorabend der Gerichtsverhandlung eine abzuhalten. Um die Leute daran zu erinnern, was für uns damals verloren ging.«

Josie schaute zu Gretchen hinüber, die vor einem kleinen, schwarz glänzenden Tisch in der Ecke der Küche stand. Die Palazzos hatten darauf mehrere gerahmte Fotos ihres Sohnes Nevin aufgestellt – ungestellte Momentaufnahmen eines kleinen Jungen, der seinem Vater sehr ähnelte, aber die langen Wimpern und die absolut ebenmäßige, schmale Nase seiner Mutter besaß. Ein Bild zeigte ihn beim Fußballspielen, ein anderes neben einer Disneyfigur in Disneyworld. Auf einem dritten Foto posierte er mit seinen Eltern auf dem Times Square, auf dem letzten grinste er in die Kamera, während seine Mutter ihm einen Kuss auf die Wange drückte. Er sah so glücklich aus.

Josie holte tief Luft und machte sich bewusst, dass sie aus beruflichen Gründen hier war. Sie wandte sich wieder an Sebastian: »Was ist das, was Sie da gefunden haben?«

Eilig kam er von der Küchentür zum Esstisch herüber und zeigte auf eines der Platzdeckchen. Auf der Serviette neben dem Teller sah Josie zwei Ohrringe funkeln – kleine goldene Kreolen, mit Diamanten besetzt, wie es aussah.

»Die sind von Tiffany«, erklärte Sebastian. »Waren ziemlich teuer.«

»Und die gehören nicht Ihrer Frau?«, fragte Gretchen.

Er deutete nochmals auf die Ohrringe und sein Arm zitterte dabei. »Doch, sie gehören meiner Frau! Aber sie waren fast drei Jahre lang verschwunden. Wir sind davon ausgegangen, dass sie gestohlen wurden. Ich musste damals eine Anzeige aufgeben.«

Gretchen holte ihr Handy heraus und schickte eine Nachricht los. Josie wusste, dass Detective Mettner inzwischen seine

Schicht begonnen hatte und die Anzeige – sofern es eine gab – heraussuchen konnte, um Sebastians Aussage zu bestätigen.

Sebastian fuhr fort. »Damals verschwanden eine Zeit lang immer wieder Dinge hier im Haus: eines von meinen Elektrowerkzeugen, mehrere Sportgeräte von Nevin, eine Kette, die er Faye zum Muttertag geschenkt hatte – sie war nicht teuer gewesen, hat aber sehr wertvoll ausgesehen. Da waren ein paar unechte Diamanten dran und es stand *Beste Mom* drauf. Bei ihm an der Schule gab es jedes Jahr zur Weihnachtszeit so einen kleinen Stand, wo die Kinder für wenig Geld Geschenke für ihre Eltern kaufen und sie dann selbst verpacken konnten. Einfach, damit sie uns eine Freude machen und sich ein bisschen wie die Großen fühlen konnten. Wir haben ihm etwas Geld in einem Umschlag mitgegeben, den Rest hat er gemacht.«

»Sind diese Dinge alle gleichzeitig weggekommen?«, wollte Gretchen wissen.

»Nein, nein. Das ging über ein ganzes Jahr, würde ich sagen, und es ist eine Sache nach der anderen verschwunden. Wir haben uns damals gedacht, wir hätten die Sachen einfach irgendwie verlegt, bis dann auch noch die Ohrringe weg waren. Die waren wirklich sehr wertvoll. Erst dann sind uns auch die anderen Dinge wieder eingefallen und wir haben uns gefragt, ob sie uns nicht vielleicht irgendjemand gestohlen hatte. Wir haben angefangen, die Türen im Haus abzuschließen und genau zu registrieren, wer bei uns ein und aus ging.«

»Haben Sie die anderen vermissten Gegenstände jemals als gestohlen gemeldet?«, hakte Josie nach.

»Nein. Damals sind wir ja wie gesagt noch nicht davon ausgegangen, dass sie jemand gestohlen hat.«

Josie sah sich noch einmal die Ohrringe an. »Könnte es sein, dass Ihre Frau die hier einfach wiedergefunden hat? Dass sie vielleicht doch nicht gestohlen wurden?«

Sebastian schüttelte den Kopf. »Nein, das ist ausgeschlossen. Die Ohrringe haben dreitausend Dollar gekostet. Ich hab sie Faye zu unserem fünften Hochzeitstag gekauft. Sie hat sie nur zu ganz besonderen Anlässen getragen und dann gleich wieder zurück in ihr Schmuckschränkchen gelegt, in die Schublade ganz oben links. Als wir gemerkt haben, dass sie fehlen, haben wir das ganze Haus danach durchsucht, aber sie waren nirgends zu finden. Meine Frau ist sehr ordentlich, Detective. Sie hat sie ganz bestimmt nicht verlegt.«

»Sind Sie sicher, dass es sich bei den Ohrringen um genau dieselben handelt, die Sie ihr geschenkt hatten?«, fragte Josie weiter.

Sebastian hob die Augenbrauen. »Hm. Na ja, das kann ich natürlich nicht sagen. Sie waren zwar teuer, aber es sind keine Einzelstücke. Aber andererseits: Wie viele Menschen gibt es, die mit Dreitausend-Dollar-Ohrringen rumlaufen?«

»Es könnte doch sein, dass Ihre Frau ein Paar neue Ohrringe nachgekauft hat, oder?«, mutmaßte Gretchen.

»Bestimmt nicht. Als ich sie ihr gekauft habe, war sie ziemlich sauer, weil sie fand, dass sie viel zu extravagant aussehen. Sie hätte sich bestimmt kein neues Paar gekauft. Außerdem hatten wir den Polizeibericht ja auch bei unserer Versicherung eingereicht und eine Erstattung bekommen.«

Gretchens Telefon meldete sich. Sie öffnete die Nachricht und scrollte nach unten. »Unser Kollege hat mir eben bestätigt, dass Sie den Verlust vor zweieinhalb Jahren zur Anzeige gebracht haben. Hier steht, dass Ihre Frau sich damals gerade fertig machte, um abends auszugehen, die Ohrringe holen wollte und dann festgestellt hat, dass sie nicht mehr da waren. Sie hatte sie seit einem halben Jahr nicht mehr getragen, sodass sich nicht mehr genauer sagen ließ, wann sie abhanden gekommen waren oder möglicherweise gestohlen wurden.«

»Das würde auch erklären, weshalb in der Sache nie weiter ermittelt wurde«, sagte Josie.

Sebastian spreizte beide Hände. »Uns war klar, dass sie

nicht mehr auftauchen würden und dass wir auch nicht herausfinden würden, wer sie eingesteckt haben könnte. Wir haben hier gelegentlich Partys gefeiert. In diesem halben Jahr waren auch immer wieder mal Handwerker im Haus – ein Klempner, der die Toilette unten reparierte, mehrere Maler, und ein Tischler hat uns eine Regalwand für Nevin gebaut. Es hätte jeder von denen sein können. Wahrscheinlich waren wir einfach zu vertrauensselig. Jedenfalls hat uns der Polizist, der die Anzeige aufnahm, geraten, bei unserer Versicherung eine Schadensregulierung zu beantragen, und das haben wir dann auch getan. Faye wollte nicht, dass ich ihr für das Geld ein Paar neue Ohrringe kaufe, deshalb haben wir das Geld auf dem Konto gelassen. Wir haben damals auf eine größere Reise gespart. Nevin wollte die Universal Studios besichtigen. Aber dann ist er ja ums Leben gekommen ...«

Sebastian verstummte. Er wirkte plötzlich ganz ruhig und sein Blick nahm einen abwesenden Ausdruck an. Entweder starrte er in die Vergangenheit oder er distanzierte sich innerlich von einer Gegenwart, die ihm unerträglich erschien. Josie hätte wetten können, dass Letzteres der Fall war. Sie wartete einen Moment, dann berührte sie ihn behutsam am Unterarm.
»Mr Palazzo?«, sprach sie ihn mit sanfter Stimme an.

Er schüttelte den Kopf, als versuche er, aus einer Art Trance zu erwachen. »Tut mir leid«, sagte er. »Aber manchmal ... manchmal holt mich das alles wieder ein. Dieser Tag damals. Die Realität. Mit voller Wucht. Selbst nach dieser ganzen Zeit überrollt mich das wie ein Schwerlaster.«

»Ich bitte Sie, Sie brauchen sich doch nicht zu entschuldigen. Wirklich nicht«, sagte Gretchen. »Haben Sie diese Ohrringe berührt?«

»Nein«, sagte er. Er wandte sich Richtung Flur um. »Ich bin zur Haustür hereingekommen. Es kam mir irgendwie seltsam vor, dass sie nicht verschlossen war, aber dann dachte ich mir, dass Faye sie bestimmt für mich aufgeschlossen hat. Ich habe hinter mir wieder zugeschlossen, dann habe ich nach ihr gerufen. Ich bin in die Küche gegangen. Sie war zwar nicht da, aber die Teller, deshalb dachte ich mir, alles wäre in Ordnung.«

»Haben Sie sich dann an den Esstisch gesetzt?«, fragte Josie.

»Nein«, antwortete er. »Ich wollte erst nach meiner Frau sehen; ich wollte ja zusammen mit ihr essen. Erst dachte ich, sie wäre vielleicht noch ins Bad gegangen, aber als ich dort nachgeschaut habe, stand die Tür offen und es war dunkel und niemand darin. Ich hab im ganzen Haus nach ihr gesucht und sie gerufen. Nichts. Ich hab auch in der Garage nachgeschaut und im Garten. Auch nichts. Dann bin ich wieder in die Küche gegangen und hab es auf ihrem Handy versucht, aber es hat hier geklingelt.« Er deutete zur Arbeitsfläche hinüber, wo ein Handy lag. »Und dann habe ich Panik bekommen. Ich bin zu den Nachbarn gegenüber und zu denen links und rechts die Straße runter. Manche von ihnen waren bei der Arbeit und es hat niemand aufgemacht. Eine Frau war zu Hause, aber sie hat nichts gesehen oder gehört.«

»Haben Sie oder einer Ihrer Nachbarn Überwachungskameras?«, erkundigte sich Josie.

Er schüttelte den Kopf. »Nein, leider hat keiner von uns sowas. Bis jetzt schien uns das auch nicht nötig zu sein.«

»Wann haben Sie die Ohrringe bemerkt?«, fragte Gretchen.

»Ich bin wieder in die Küche gekommen und hab auf Fayes Telefon nachgeschaut, ob jemand sie angerufen hat oder ob es sonst irgendeinen Hinweis gibt, wo sie hingegangen sein könnte – ihr Passwort ist Nevins Geburtsdatum. Ich hab nichts gefunden, aber während ich nachgeschaut hab, bin ich so hin und her gegangen, und da hab ich die Ohrringe dort liegen sehen.«

Josie deutete auf Fayes Handy. »Darf ich mal?«

»Natürlich«, gab Sebastian zurück. Er griff nach dem Telefon, tippte einen Code ein und gab es Josie. »Aber Sie werden wahrscheinlich auch nicht mehr Glück haben als ich.«

Er sollte recht behalten. Josie durchsuchte sämtliche Nachrichten, E-Mails und Social-Media-Accounts, ohne irgendetwas Verdächtiges zu finden. Im Gegenteil: Es sah tatsächlich so aus, als würde Faye Palazzo nicht viel mehr tun, als zu Hause zu sitzen und zu den Treffen der Selbsthilfegruppe zu gehen. Zwischen ihr und der Bezirksstaatsanwaltschaft waren ein paar E-Mails hin und her gegangen, in denen man sie über den Ablauf der Gerichtsverhandlung informiert hatte, außerdem zwischen ihr und dem Ordnungsamt wegen der Mahnwache, die sie organisierte, doch davon abgesehen gab es keinerlei Hinweise – ganz so, wie ihr Mann es gesagt hatte.

»Hatte Faye irgendwelche engeren Freundinnen, zu denen sie gegangen sein könnte? Oder Verwandte?«, fragte Josie.

»Gar nicht«, antwortete Sebastian. »Ihr Vater ist Professor an der Duke University. Faye spricht nur selten mit ihm. Ihre Mutter ist nach El Salvador ausgewandert. Mit ihr spricht sie noch seltener.«

»Hat sie Geschwister?«, wollte Gretchen wissen.

»Na ja, als ihre Eltern noch zusammenlebten, hatten sie immer wieder Pflegekinder, aber Faye hatte zu keinem von ihnen ein engeres Verhältnis. Sie war faktisch also ein Einzelkind.«

»Und wie sieht es mit Freundinnen aus?«, fragte Josie. »Können Sie mir eine Liste mit Fayes Freundinnen machen? Dann könnten wir uns auch mal mit denen unterhalten.«

»Sie hat keine Freundinnen«, erklärte Sebastian. Im nächsten Augenblick hob er beschwichtigend die Hände, als hätte er eben erst realisiert, wie seine Worte bei einem Außenstehenden ankommen mussten. »Ich weiß, ich weiß – das klingt jetzt furchtbar, stimmt's? Als Nevin noch gelebt hat, war sie in der Elternvertretung ziemlich aktiv und ging ständig mit irgendjemandem zum Kaffeetrinken, zum Zumba-Training und so weiter. Aber diese Freundschaften waren doch eher oberflächlich. Und als Nevin dann ums Leben kam, tja, da war dann Schluss damit.«

»Hatte Faye denn kein Interesse mehr daran, diese Beziehungen fortzusetzen?«, fragte Gretchen. Ihre hochgezogene Augenbraue verriet Josie, dass auch sie sich darüber wunderte.

»Nein, nein«, erwiderte Sebastian, »nur: Faye ist sehr hübsch, verstehen Sie? Und wir haben festgestellt, dass ihre Schönheit auf andere Frauen extrem einschüchternd wirkt. Es war für sie nicht leicht, andere näher kennenzulernen. Deshalb hatte sie keine Freundinnen. Außerdem waren Freundschaften für sie nach dem Tod von Nevin auch nicht mehr wichtig. Eigentlich war nichts mehr wichtig für sie.«

»Und womit verbringt sie dann ihre Zeit?«

Sebastian schaute sich um. »Sie verbringt sie hier. Sie macht das Mittagessen und dann putzt sie oder arbeitet im Garten oder macht Besorgungen, und dann macht sie das Abendessen. Die Zeit, bis wir schlafen gehen, verbringen wir zusammen. Und so ... so gehen die Tage dahin.«

In Josies Ohren klang das nach einem schrecklich tristen Leben, vor allem, wenn sie sich vorstellte, wie viel glücklicher die beiden gewesen sein mussten, als ihr Sohn noch am Leben gewesen war. Ihr schien, als sei Faye Palazzo eine jener Frauen, die einfach nur dasitzen und auf den Tod warten. Wäre sie in diesem Moment mit dabei gewesen, hätte sie sich selbst erklären können, doch so waren sie auf das Bild von Faye und ihrem Leben angewiesen, das Sebastian ihnen vermittelte.

»Was ist mit den anderen Eltern aus der Selbsthilfegruppe? Hatte sie da mit irgendwem näher Kontakt? Außerhalb der Treffen?«, wollte Gretchen wissen.

»Na ja, hin und wieder. Ich glaube, sie hat sich in den letzten Jahren ein- oder zweimal mit Dee Tenney auf einen Kaffee verabredet. Aber gestern Abend hat sie gesagt, sie werde in Zukunft nicht mehr zu den Treffen gehen. Das mit Krystal wissen Sie ja sicher. Dee hat es uns bei unserem letzten Gruppentreffen erzählt. Es ist wirklich furchtbar. Faye war ziemlich mitgenommen.«

»Stand sie Krystal Duncan denn nahe?«, fragte Josie.

»Oh, nein. Ich meine, wir hatten ja einen Jungen und Krystal ein Mädchen, und noch dazu in unterschiedlichen Jahrgangsstufen. Faye kannte Krystal aus der Zeit vor dem Unfall über die Aktivitäten der Elternvertretung, aber näher kennengelernt hat sie sie eigentlich erst, als das mit der Selbsthilfegruppe losging.«

»Hatten die beiden denn außerhalb der Gruppe auch miteinander zu tun?«, hakte Gretchen nach.

»Nein, nein. Aber die Sache hat Faye trotzdem ziemlich mitgenommen. Uns beide. Wir wissen genau, was Krystal durchgemacht hat, als sie ihr Kind verloren hat – und dass dann ausgerechnet sie umgebracht wird ... Das ist doch unglaublich tragisch.«

»Mr Palazzo«, sagte Josie. »Gab es innerhalb der Selbsthilfegruppe jemals Unstimmigkeiten oder Auseinandersetzungen wegen irgendetwas?«

Sebastian dachte einen Moment lang nach. »Nein, eigentlich nicht. Nur das eine Mal eben, als Krystal uns erzählt hat, dass sie Virgil im Gefängnis besucht hatte. Ich bin mir nicht mehr ganz sicher, aber so lange ist das noch nicht her. Wir haben alle ziemlich ungut darauf reagiert, muss ich leider sagen. Aber wir sind nun mal alle psychisch recht labil und diese Treffen können einen ganz schön ... na ja, da kommen halt immer ziemlich viele Gefühle hoch. Und dann kommt es schon auch mal vor, dass sich die Gemüter erhitzen, das können Sie sich ja bestimmt vorstellen. Die Trauer ist wie eine Fahrt in der Achterbahn, bei der man nicht aussteigen kann, egal wie sehr man das auch möchte. Aber wenn Sie so direkt fragen: Richtige Feindseligkeiten zwischen uns gab es nie. Selbst als sich herausgestellt hat, dass Krystal dieses Treffen mit Virgil hatte; bis sich die Gruppe das nächste Mal getroffen hat, hatte sich das alles wieder eingerenkt. Immerhin waren wir vor dem Unfall ja alle mit ihm befreundet gewesen. Wahrscheinlich hat sogar jeder von uns früher oder später einmal den Wunsch verspürt, ihn zu treffen und ihm klarzumachen, was er uns angetan hatte. Wobei das Treffen zwischen Krystal und ihm anscheinend nicht so gelaufen ist, wie sie sich das vorgestellt hatte.«

»Angeblich war Krystal Duncan bei dem Gruppentreffen letzte Woche ziemlich aufgewühlt«, sagte Gretchen.

Sebastian ließ das Kinn auf die Brust sinken. »Ja, sie war bei dem Treffen völlig verstört. Sie ist auf uns alle losgegangen, aber das war auch nicht weiter verwunderlich. Wir waren mit ihr wegen dieser Sache mit Virgil ja auch ziemlich hart ins Gericht gegangen. Wir hatten es schon irgendwie auch verdient. Keiner von uns hat es ihr krummgenommen.«

Josie unterdrückte ein Seufzen. Mit jeder Minute, die verging, blieb weniger, was sie hätte voranbringen können. Sie kam noch einmal auf Faye zu sprechen. »Wie sieht es mit den Hobbys Ihrer Frau aus? Hatte sie denn welche?«

»Nein«, antwortete Sebastian. »Nevin war ihr Ein und Alles, bis zu seinem Tod. Seitdem ... seitdem fällt es uns beiden schon schwer, morgens aufzustehen, und erst recht, irgendeiner aktiven Beschäftigung nachzugehen.«

»Hat Ihre Frau jemals ausdrücklich von Selbstmord gesprochen?«, wollte Gretchen wissen. »Hat sie davon gesprochen, sich umbringen zu wollen? Oder vielleicht davon, auf welche Weise sie es dann tun würde?«

Er schüttelte den Kopf. »Nein, nein. Das Einzige, was sie mal sagte, war, dass sie wünschte, sie wäre tot.«

»Mr Palazzo«, fragte Josie. »Was ist Ihrer Meinung nach heute Vormittag hier passiert?«

Er spreizte die Hände und sein Blick bekam etwas Flehendes. »Ich glaube, dass jemand meine Frau entführt hat.

Irgendwer ist hier eingedrungen und hat sie mitgenommen. Und dann hat er diese Ohrringe zurückgelassen, um uns irgendetwas mitzuteilen.«

»Und was könnte das sein?«, hakte Gretchen nach.

»Wie soll ich das denn wissen? Aber meine Frau ist verschwunden. Sie müssen Sie finden. Sie müssen mir helfen!«

Josie hob beschwichtigend die Hand, bevor Sebastian hysterisch wurde. »Wir werden Ihnen helfen, Mr Palazzo. Das verspreche ich Ihnen. Wer wäre imstande, so etwas zu tun? Haben Sie irgendeine Idee?«

Er fuhr sich mit den Händen über das Gesicht. »Ich weiß es nicht, ich habe keine Ahnung.«

»Hatten Sie oder Ihre Frau in letzter Zeit mit jemandem Streit? Gab es irgendwelche Feindschaften, Meinungsverschiedenheiten, Auseinandersetzungen? Irgendetwas in der Art?«

»Nein, nichts dergleichen. Wir leben ziemlich zurückgezogen.«

»Aber es war zweifellos jemand hier«, wandte Josie ein, »in Ihrem Haus. Und er hat ein Paar Ohrringe zurückgelassen, die genauso aussehen wie Fayes gestohlene Ohrringe, die er also entweder die letzten drei Jahre über bei sich gehabt oder nachgekauft hat. Wie erklären Sie sich das?«

»Ein Stalker«, sagte Sebastian. »Es muss ein Stalker sein. Faye ist eine sehr schöne Frau.«

»Ja, das haben Sie bereits gesagt«, erwiderte Josie. »Ist ihr das denn früher schon mal passiert, dass jemand ihr nachgestellt hat?«

»Als sie noch in New York gelebt hat, hatte sie mal Probleme mit so jemandem. Die Sache wurde dann gerichtlich beigelegt. Und als sie frisch hierher gezogen war, gab es auch einen Mann, der sich, glaube ich, über das normale Maß hinaus für sie interessierte. Sie kannte ihn vom Fitnessstudio. Sie informierte die Leitung des Studios, und er bekam Hausverbot. Seitdem haben wir nichts mehr von ihm gehört.«

»Wie lange ist das her?«, wollte Gretchen wissen.

»Hm, fünfzehn Jahre, vielleicht.«

Über einen Mann, den man vor so langer Zeit aus dem Fitnessstudio geworfen hatte, in das Faye gegangen war, würden garantiert keinerlei Unterlagen mehr existieren. Ebenso unwahrscheinlich war, dass dieser Mann Faye seit mehr als anderthalb Jahrzehnten stalkte, die Palazzos aber jetzt erst etwas davon mitbekommen hatten.

»Gab es für einen von Ihnen in letzter Zeit irgendeinen Grund zu der Annahme, dass Faye gestalkt wurde?«, fragte Josie.

»Nein, überhaupt nicht. Das hätte sie mir auch gesagt, da bin ich mir ganz sicher. Mir ist auch nichts Ungewöhnliches aufgefallen, obwohl ich schon immer ziemlich überfürsorglich war, was Faye betrifft. Aber ich hab nun mal keine andere Erklärung.«

Josie schoss sehr wohl ein anderer möglicher Grund für Fayes Verschwinden durch den Kopf, doch mit dem wollte sie Sebastian auf gar keinen Fall konfrontieren. »Mr Palazzo«, sagte sie stattdessen, »Detective Palmer und ich werden jetzt für ein paar Minuten nach draußen gehen. Können Sie uns davor bitte noch sagen, was Faye anhatte, als Sie heute Morgen aus dem Haus gegangen sind? Hatte sie noch ihren Schlafanzug an?«

»Nein, sie hatte sich schon angezogen. Es war ... so eine Art Jumpsuit. Also Shorts und Oberteil in einem. Weit geschnitten, aus pinkem Leinen.«

Josie nickte, während Gretchen sich Notizen machte. Dann sagte sie: »Wir werden jetzt Verstärkung anfordern, und dann legen wir los. Wenn Sie so nett wären, bitte nichts hier in der Küche anzufassen, bevor unsere Kollegen nicht alles genau untersucht haben.«

In seinem Blick war ein Hoffnungsschimmer zu erkennen. »Dann glauben Sie mir also? Gott sei Dank! Ja, ich meine, nein, ich fasse natürlich nichts an. Vielen Dank. Ich kann ja im Wohnzimmer warten.«

Josie fiel das riesige, sinnliche Porträt von Faye ein, das an der Wohnzimmerwand hing. »Warten Sie doch lieber draußen am Eingang«, schlug sie vor.

ZWANZIG

Mit großen Schritten ging Sebastian Palazzo vor seinem Haus auf und ab, während Josie und Gretchen einige Meter weiter neben Gretchens Auto standen. Sie hatten zwei Polizeieinheiten angefordert, die sich in der Nachbarschaft umhören sollten, versprachen sich davon aber keine entscheidenden Hinweise. Es war eine ruhige Straße, auf der nur wenig Verkehr herrschte – höchst unwahrscheinlich also, dass jemand etwas Ungewöhnliches bemerkt hatte, wenn selbst die Nachbarn gegenüber sowie links und rechts vom Haus der Palazzos nichts mitbekommen hatten. Versuchen mussten sie es trotzdem. Eine weitere Einheit würde losgeschickt werden, um möglicherweise relevante Orte in der näheren Umgebung zu überprüfen, unter anderem das Mahnmal. Josie beauftragte außerdem einige Kollegen, das Areal auf dem Friedhof abzufahren, wo Nevin Palazzo begraben worden war. Gretchen rief das Spurensicherungsteam an, um eventuelle Spuren in der Küche und an der Haustür der Palazzos sichern zu lassen.

»An den Ohrringen wird es vermutlich keine brauchbaren Spuren geben«, meinte Josie, als ihre Kollegin das Gespräch mit Officer Hummel beendet hatte.

»Ich weiß«, gab Gretchen zurück. »Bislang ist alles reine Spekulation. Und wenn man Krystal Duncan nicht vor zwei Tagen tot aufgefunden hätte, würde ich jetzt nicht mal einen Bericht schreiben.«

»Aber Krystal und Faye waren nun mal in derselben Selbsthilfegruppe.«

»Ja«, sagte Gretchen.

»Beide waren zu Hause und sind dann plötzlich verschwunden, und beide haben ihr Handy, die Handtasche und das Auto zurückgelassen.«

»Ja«, sagte Gretchen noch einmal.

Josie schaute zu Sebastian hinüber, der immer noch vor dem Haus auf und ab ging. Er hatte den Kopf gesenkt und es schien, als würde er vor sich hinmurmeln. »Irgendwie kommt er mir ein bisschen übertrieben besorgt vor.«

»Eindeutig«, stimmte Gretchen ihr zu. »Er ist ja fast schon besessen von seiner Frau. Andererseits haben die beiden ihren Sohn verloren. Bei manchen Paaren geht die Ehe kaputt, wenn ein Kind stirbt, andere schweißt es zusammen. Vielleicht haben er und Mrs Palazzo ja einander den nötigen Halt gegeben. Vielleicht hat das, was sie durchgemacht haben, ihre Beziehung verändert.«

»Könnte schon sein«, meinte Josie. »Wenn ich meinen Sohn verloren hätte, würde ich wahrscheinlich auch ausflippen, wenn dann auch noch mein Partner plötzlich verschwindet. Allerdings glaube ich nicht, dass wir es mit einem Stalker zu tun haben.«

Gretchen seufzte. »Nein, jedenfalls nicht mit so einem, wie er es glaubt.«

»Die Verbindung zwischen den beiden Fällen ist auf alle Fälle das Busunglück«, sagte Josie, »und diese Selbsthilfegruppe.«

»Das denke ich auch. Wir sollten mal bei Dr. Rosetti nachfragen, ob sie etwas von Faye gehört hat.«

»Aber wir müssen auch noch mit den Angestellten von Gloria Cammack sprechen, um uns ihr Alibi für die Zeit zwischen Krystal Duncans Verschwinden und dem Fund ihrer Leiche bestätigen zu lassen«, gab Josie zu bedenken.

Sie hatten inzwischen einiges abzuarbeiten.

»Ich werde Mett bitten, ob er das für uns erledigen kann. Ich ruf ihn gleich mal an«, schlug Gretchen vor. »Und du könntest mein Auto nehmen, zu Dr. Rosetti rüberfahren und versuchen, dort etwas herauszufinden. Wir treffen uns dann später auf dem Revier. Ich werde mich von einer der Streifen dorthin bringen lassen.«

Josie rief bei Dr. Rosetti an, um sicherzugehen, dass diese Zeit für sie hatte, und stieg dann in Gretchens Wagen. Es war kurz nach fünf, als sie in der Praxis ankam, und die Sprechstunden für den Tag waren beendet. Paige hatte Josie gebeten, durch das große Holztor neben dem Haus direkt in den Garten zu kommen, den sie bislang immer nur vom Therapieraum aus gesehen hatte. Von hier aus sah er noch üppiger und prächtiger aus. Paige trug eine alte kakifarbene Caprihose und ein T-Shirt mit dem Logo der University of Pennsylvania, das Haar hatte sie hochgesteckt. Sie kniete gerade im Gras, zupfte Unkraut aus einem der Blumenbeete und warf es in einen Stoffsack für Gartenabfälle, der neben ihr stand.

Sie schaute auf, lächelte Josie an und winkte ihr mit einer Hand zu, die in einem dicken, pinken Gartenhandschuh steckte. »Nehmen Sie Platz!«, sagte sie.

Josie drehte sich um und sah unter dem Fenster des Therapieraums, direkt gegenüber von Paige, eine steinerne Bank. Sie setzte sich und sah Paige eine Weile beim Arbeiten zu. Es war immer noch ziemlich heiß, doch hier im Garten ging ein leichter Wind. Das Zwitschern der Vögel und der betörende Blumenduft hatten etwas Beruhigendes.

Als hätte Paige ihre Gedanken erraten, sagte sie: »Ich komme am Feierabend gerne hier raus, um zu entspannen.

Manchmal sitze ich einfach nur da und genieße diesen wunderbaren Ort, aber manchmal arbeite ich auch noch ein bisschen.«

»Es ist herrlich«, sagte Josie.

»Sie haben vorhin gesagt, dass Sie in einer polizeilichen Angelegenheit mit mir sprechen wollen. Ich nehme an, es geht um Krystal Duncan, oder? Sie haben vermutlich herausgefunden, dass sie eine meiner Patientinnen war. Ich leite auch eine Selbsthilfegruppe für die Eltern der Kinder, die bei dem Busunglück in West Denton ums Leben gekommen sind.«

»Ja«, antwortete Josie. »Aber eigentlich bin ich nicht wegen Krystal Duncan hier, sondern wegen Faye Palazzo.«

Paiges Hand verharrte regungslos in der Erde. Als sie sich zu Josie umwandte, waren ihre Augen angstgeweitet. »Ist ihr was passiert? Geht es Faye gut?«

»Sie ist verschwunden«, gab Josie zurück.

Paige nahm die Hände aus der Erde und zog die Handschuhe aus. Dann stand sie auf, klopfte sich die Hosenbeine ab und setzte sich neben Josie. »Können Sie mir mehr sagen?«

Josie erzählte ihr, was Sebastian ihnen berichtet hatte; nur das mit den Ohrringen ließ sie aus. Dann fragte sie Paige: »Hat sie sich heute zufällig bei Ihnen gemeldet?«

Paige schüttelte den Kopf: »Nein.«

»Sie kennen sie jetzt schon seit gut zwei Jahren, aus Einzelsitzungen und aus der Selbsthilfegruppe. Haben Sie irgendeine Vorstellung, wohin sie gegangen sein könnte oder an wen sie sich gewendet haben könnte?«

»Sie wissen, dass ich die Privatsphäre meiner Patienten nicht verletzen darf, Josie.«

»Ja, das ist mir klar. Und wenn wir davon ausgehen würden, dass sie in Gefahr schwebt, würde Sie das dann von Ihrer Schweigepflicht entbinden?«

»Gehen Sie denn davon aus, dass sie in Gefahr schwebt?«

»Ihr Mann glaubt, dass sie von jemandem entführt worden ist, möglicherweise von einem Stalker. Bis jetzt hat sich seine

Vermutung nicht entkräften lassen. Hat Faye jemals mit Ihnen darüber gesprochen, dass ihr jemand nachstellt?«

Paige schüttelte den Kopf. »Ich beantworte Ihnen diese Frage nur, weil das vielleicht von Nutzen sein könnte, falls sie tatsächlich in Gefahr schwebt. Nein, über einen Stalker haben wir nie gesprochen. Weder in den Einzelsitzungen noch in der Gruppe.«

»Was hatten Sie für einen Eindruck von ihr, als Sie sie das letzte Mal gesehen haben?«, wollte Josie wissen. »Wirkte sie da niedergeschlagener als sonst?«

Paige runzelte die Stirn und schaute in ihren Schoß. »Sie alle sind gerade ziemlich niedergeschlagen, Josie. Ich kann Ihnen das gerne erzählen, weil es ohnehin jeder weiß: Der Termin der Gerichtsverhandlung gegen den Busfahrer steht demnächst an. So etwas stellt für die Familien der Opfer eine riesige psychische Belastung dar – nicht nur, weil sie dann ihr Trauma noch einmal durchleben müssen; auch die Tatsache, dass es überhaupt zum Prozess kommt, kann bedrückend sein.«

»Sie meinen, weil ja schließlich bewiesen ist, dass Virgil Lesko getrunken hatte, und nicht nachvollziehbar ist, warum er dann kein Geständnis abgelegt hat und warum überhaupt eine Verhandlung nötig ist.«

»Genau. Es ist nicht leicht, jemandem, der gerade trauert und mit dem Verlust zurechtkommen muss, zu erklären, dass es hier um diffizile rechtliche Dinge geht und der Beschuldigte in jedem Fall einen Anspruch auf eine Verteidigung hat. Faye kam mir durchaus etwas angespannter vor als sonst, aber wenn ich das Gefühl gehabt hätte, dass sie sich selbst gefährden könnte, hätte ich sie natürlich ins Krankenhaus einliefern lassen. Ich denke allerdings nicht, dass sie an diesem Punkt angelangt war.«

»Mir ist klar, dass Sie Ihre Schweigepflicht nicht verletzen dürfen, aber wir gehen davon aus, dass es möglicherweise einen Zusammenhang zwischen dem Mord an Krystal und Fayes

Verschwinden gibt. Haben Sie irgendeine Idee, wer ein Interesse daran haben könnte, den Eltern aus der Selbsthilfegruppe Leid zuzufügen?«

Paige dachte eine Weile nach. Beide Frauen beobachteten, wie weiter hinten im Garten ein Rotkehl-Hüttensänger auf ein paar tief hängenden Ästen hin und her flatterte. Dann sagte Paige: »Nein, tut mir leid. Da fällt mir niemand ein. In der Gruppe oder einer der Einzelsitzungen wurde jedenfalls nie über irgendeine Bedrohung gesprochen. Wenn mir jemand von einer möglichen Bedrohung erzählt hätte, dann hätte ich ihm natürlich geraten, das der Polizei zu melden. Josie, diese Leute sind einfach nur trauernde Eltern, sonst nichts.«

»Wir haben von mehreren Seiten gehört, dass es in der Gruppe zu Spannungen zwischen Krystal und den anderen gekommen war, weil sie Virgil Lesko im Gefängnis besucht hatte.«

Paige winkte ab. »Das war nur vorübergehend. Zuerst haben sich die anderen Eltern furchtbar aufgeregt, aber in der nächsten Woche sprach schon niemand mehr darüber.«

»Angeblich war Krystal ziemlich aufgebracht, als sie zum letzten Mal bei dem Treffen war. Es hieß, sie sei sehr wütend auf die anderen Eltern gewesen und habe behauptet, dass Bianca an jenem Tag gar nicht in dem Bus hätte sein müssen. Wissen Sie, warum sie so außer sich war?«

Paige stand auf und ging wieder zu dem Blumenbeet. Sie kniete sich hin, machte aber keine Anstalten, die Handschuhe wieder anzuziehen. Sie schien hin- und hergerissen. Dann sagte sie: »Ja, aber ich glaube nicht, dass das etwas mit dem Mord an ihr zu tun hat.«

»Aber genau darum geht es, wenn ein Mord aufgeklärt werden soll«, wandte Josie ein. »Manchmal sind es genau diese zunächst unbedeutend erscheinenden Dinge, die bei einer Ermittlung den Durchbruch bringen. Und deshalb muss man so viele Informationen sammeln wie möglich. Warum erzählen

Sie es mir nicht einfach und lassen mich dann entscheiden, ob es sich um eine brauchbare Information handelt oder nicht? Krystal lebt nicht mehr, also können Sie ihre Privatsphäre auch nicht verletzen.«

Paige schaute zu ihren Händen hinunter, die in ihrem Schoß lagen. Sie seufzte. »Krystal war nach ihrem letzten Treffen mit der Gruppe furchtbar aufgewühlt. Am nächsten Tag habe ich sie auf der Arbeit angerufen, weil ich mir dachte, es wäre vielleicht ganz gut, wenn ich mal nachfrage, wie es ihr geht. In der Mittagspause ist sie dann für eine kurze Sitzung hierhergekommen. Sie hat sich dafür entschuldigt, dass sie so wütend geworden war und herumgeschrien hatte. Ich habe sie gefragt, was sie denn so wütend mache. Sie erklärte mir, dass sie mir das nicht sagen könne, deshalb wollte ich von ihr wissen, was sie damit gemeint hatte, als sie sagte, Bianca hätte an jenem Tag eigentlich gar nicht im Bus sein sollen. Zuerst wich sie der Frage aus, aber dann sagte sie, sie hätte in letzter Zeit einiges herausgefunden ...«

»Moment mal«, unterbrach Josie sie. »Worum ging es da?«

»Ich weiß es nicht«, gab Paige zurück. »Das hat sie mir nicht gesagt. Das Einzige, was sie sagte, war, dass sie am Tag des Busunfalls mit Nathan ausgemacht hatte, dass dieser seine Kinder und Bianca eine Viertelstunde früher von der Schule abholen sollte. Offenbar hatten Bianca und eines der beiden Kinder der Cammacks zur selben Zeit einen Termin beim Kieferorthopäden, und Nathan hatte angeboten, sie dorthin mitzunehmen, damit Krystal an diesem Tag nicht früher von der Arbeit gehen musste.«

»Aber die Kinder waren dann ja doch im Bus«, sagte Josie.

Paige nickte traurig. »Ja. Kurz bevor Nathan von der Arbeit hätte losfahren sollen, schickte er Krystal eine Nachricht und erklärte, die Praxis habe sämtliche Termine am Nachmittag abgesagt und er könne ohnehin gerade nicht aus dem Büro weg.«

»Und daraufhin hat Krystal vermutlich beschlossen, dass Bianca mit dem Bus nach Hause fahren soll, so wie sonst auch«, folgerte Josie. »Aber was brachte sie dann jetzt, zwei Jahre später, plötzlich auf den Gedanken, dass Bianca eigentlich nicht in dem Bus hätte sein müssen? Hatte sie ursprünglich doch vorgehabt, die Kanzlei früher zu verlassen und sie abzuholen?«

»Ich weiß nicht, ob ich Ihnen das erzählen kann, weil es auch noch einen anderen Elternteil betrifft«, sagte Paige.

»Haben Sie denn mit diesem anderen Elternteil darüber gesprochen – jetzt mal abgesehen davon, worum es geht?«

Paige schüttelte den Kopf. »Nein, Krystal hat es mir erzählt. Ich habe nicht versucht, mir das von der anderen Seite bestätigen zu lassen. Ich hatte ja keinen Grund dazu. Es hätte nichts geändert.«

»Aber wenn Sie das von Krystal wissen, dann verletzen Sie wohl kaum die Privatsphäre von jemand anderem ...«, gab Josie zu bedenken.

»Aber Josie, ich bin mir sicher, dass das nicht von Bedeutung ist. Nichts von all dem ist von Bedeutung. Genau das war es ja, was Krystal so zu schaffen machte – was vielen Menschen, vielleicht sogar allen, zu schaffen macht. Sie wissen das doch selbst. All diese kleinen, vermeintlich bedeutungslosen Entscheidungen, die wir an dem Tag getroffen haben, an dem uns ein geliebter Mensch genommen wurde: Wir können sie uns wieder und immer wieder durch den Kopf gehen lassen, aber das ändert nichts. Ob Krystal an jenem Morgen beschloss, ein rotes oder ein blaues Kleid anzuziehen, ändert nichts daran, dass Bianca tot ist.«

Josie spürte, wie etwas in ihr erstarrte. Mit einem Mal und ohne es zu wollen, hatte sie wieder das Bild von Lisette vor Augen, wie sie ihren Rollator über die Wiese Richtung Waldrand schob. »Aber sich zu fragen, ob die Farbe der Kleidung, die ich an dem Tag trug, als meine Großmutter ermordet wurde, ihr das Leben hätte retten können, ist etwas ganz anderes, als sich zu fragen, ob ich ihr nicht besser hätte sagen sollen, dass sie sich vom Wald fernhalten und zurück ins Hotel gehen soll. Hätte ich ihr doch bloß gesagt, dass sie wieder ins Hotel gehen soll ... Dann wäre sie jetzt noch am Leben.«

»Aber Sie haben es nun mal nicht getan«, sagte Paige.

Josie fühlte sich, als hätte ihr jemand einen Schlag in die Magengrube versetzt. Eine Lawine der Gefühle stürzte auf sie herab, deren Gewicht sie zu erdrücken drohte. Sie rang nach Luft, doch ihre Lungen wollten sich einfach nicht füllen. Plötzlich war Paige wieder neben ihr. Sie legte die Hände auf Josies Schultern.

»Das ist bloß der Schmerz«, sagte sie. »Atmen Sie!«

Josie öffnete den Mund, weil sie ihr erklären wollte, dass sie nicht atmen konnte, doch es brach nur ein erstickter Schrei aus ihr hervor.

Paige rieb ihr mit kreisförmigen Bewegungen über den Rücken. »Kämpfen Sie nicht dagegen an, Josie.«

Das kann ich doch gar nicht, wollte Josie antworten. *Ich kann nicht dagegen ankämpfen.*

Paige sprach weiter. »Verstehen Sie denn nicht, Josie? Wir treffen ständig irgendwelche Entscheidungen, Tag für Tag, rund um die Uhr. Und unsere Grundannahme dabei ist, dass die Welt ein einigermaßen sicherer Ort ist. Wir machen die ganze Zeit über Risikobewertungen, und diese Bewertungen basieren auf Erfahrungen und Erwartungen, zu denen Mörder oder betrunkene Fahrer normalerweise nicht mit dazugehören. Als Sie mit Ihrer Großmutter unterwegs zum Waldrand waren, um die Stelle zu finden, an der ein kleines Mädchen verschwunden ist, wie hätten Sie da um Himmels ahnen sollen, dass dort ein Mörder lauert und auf Sie beide schießen würde? *Sie* haben Ihre Großmutter doch nicht sterben lassen. Es hat sie jemand erschossen. Und als Bianca am Tag des Unfalls den Bus nehmen musste, anstatt mit den Kindern der Cammacks zum

Kieferorthopäden zu fahren, ging Krystal mit Fug und Recht davon aus, dass sie sicher zu Hause ankommen würde, so wie an jedem anderen Schultag ihres bisherigen Lebens auch. *Krystal hat Bianca nicht sterben lassen.* Der Busfahrer hatte getrunken und beschlossen, trotzdem seine übliche Route zu fahren. Dieses ›Hätte doch ...‹ ist ein gefährliches Spiel, Josie, ein gefährliches, sinnloses Spiel, das absolut nichts ändert. Hätte Krystal selbst getrunken und dann ihre Tochter im Auto mitgenommen und wäre diese dann ums Leben gekommen, dann wäre es für Krystal tatsächlich nicht ganz so einfach, sich selbst zu vergeben und ihr Leben weiterzuleben. Aber es war nun mal nicht ihre Schuld – so wie es nicht Ihre Schuld war, dass Lisette ermordet wurde.«

Endlich schaffte Josie es, Luft zu holen. Die beiden Szenarien waren nicht vergleichbar – Josie und Lisette, Krystal und Bianca –, und Josie war sich nicht sicher, ob es ihr jemals gelingen würde, sich davon zu überzeugen, dass sie an dem, was mit Lisette geschehen war, keine Schuld trug. Ihre Großmutter war tot, und Josie war nichts geblieben als dieses erdrückende Gefühl, das sie so belastete und quälte, dass es ihr schier unmöglich erschien, es zu ertragen. Hatte sich auch Krystal so gefühlt? War das Ganze für sie möglicherweise noch schlimmer gewesen, weil sie ihr Kind verloren hatte und nicht die Großmutter?

»Was hat Sie Ihnen erzählt?«, keuchte Josie. »Was ist es, was Krystal Ihnen gesagt hat, was Sie aber nicht verraten wollen?«

Paige strich Josie nach wie vor über den Rücken, immer im Kreis herum, und diese saß immer noch vornüber gebeugt da, weil sie glaubte, sich übergeben zu müssen, wenn sie sich aufzurichten versuchte. »Nathan hatte gelogen«, sagte Paige. »Der Kieferorthopäde hatte seine Nachmittagstermine nicht abgesagt. Die Kinder sind nicht zum Termin erschienen.«

»Aber warum hat er gelogen?«, wunderte sich Josie.

Sie spürte, wie Paige die Achseln zuckte. »Ich habe keine Ahnung.«

»Und wie hat Krystal davon erfahren? Warum hat sie das nicht gleich nach dem Busunfall herausgefunden?«, fragte Josie. Sie merkte, wie sich die Übelkeit in ihrem Magen allmählich legte.

»Ich weiß es wirklich nicht, Josie. Ich kann Ihnen nur das weitergeben, was Krystal mir gesagt hat. Sie hat gesagt, sie hätte gerade herausgefunden, dass Nathan gelogen hatte, was die Sache mit dem Kieferorthopäden betraf, und offenbar auch, als er ihr erklärt hatte, er könne nicht aus dem Büro. Sie hat gesagt, er sei nach Hause gefahren – und zwar ohne zuvor seine Kinder von der Schule abzuholen –, wo auch Gloria war.«

»Aber warum denn?«, wunderte sich Josie.

Paige seufzte. »Ich denke, das geht nur Nathan und Gloria etwas an. Ich bin mir sicher, dass die beiden eine Menge Schuldgefühle deswegen haben. Aber es steht mir nicht zu, Spekulationen darüber anzustellen. Wenn einer der beiden oder beide meine Dienste in Anspruch nehmen und darüber sprechen wollen, versuche ich ihnen gerne zu helfen, aber abgesehen davon kann ich nicht viel dazu sagen.«

Nach einer Weile setzte sich Josie wieder aufrecht hin. Paige legte die Hände in ihren Schoß. »Wie fühlen Sie sich?«, wollte sie von Josie wissen.

»Als ob mich jemand in die Müllpresse gesteckt und das Ding mittendrin ausgeschaltet hätte«, gab Josie zu.

Paige musste lachen.

»Krystal muss unglaublich wütend auf Nathan gewesen sein. Aber warum hat sie ihn dann nicht zur Rede gestellt?«, grübelte Josie. Vielleicht hatte sie es auch getan, aber er hatte es ihnen ganz bewusst verschwiegen. »Hat sie Ihnen gesagt, ob sie es getan hat oder nicht? Oder ob sie beabsichtigte, es zu tun?«

Paige schüttelte den Kopf. »Sie meinte, sie hätte nicht mit ihm darüber gesprochen. Ich weiß nicht, ob sie es vorhatte.«

Das Handy in Josies Tasche klingelte. »Entschuldigung«, sagte sie mit einem Blick auf das Display. »Das ist mein Kollege. Da muss ich rangehen.« Sie nahm den Anruf entgegen. »Mett? Was ist los?«

Die Stimme von Detective Finn Mettner klang gepresst. Im Hintergrund konnte Josie einen Mann schreien hören. »Boss?«, sagte Mettner. »Können Sie zu Alles Bio für Kind und Familie rüberkommen? Vor dem Geschäft geht's gerade drunter und drüber.«

EINUNDZWANZIG

Gloria Cammacks Geschäft befand sich in einer ehemaligen Autowerkstatt in der Nähe des Stadtzentrums von Denton. In der einen Hälfte konnten Kunden aus dem Ort Produkte kaufen, die andere sah aus wie ein Versandzentrum, wo Angestellte Waren verpackten und an Besteller aus dem ganzen Land verschickten. Irgendwann war auch ein Obergeschoss ergänzt worden, und als Josie das Auto auf dem Parkplatz vor dem Geschäft abstellte, sah sie Gloria Cammack dort am Fenster stehen und auf die Straße hinunterstarren. Sie hatte die Arme vor der Brust verschränkt und machte ein finsteres Gesicht.

Quer über zwei Parklücken war ein Streifenwagen mit eingeschaltetem Blinklicht abgestellt. Zwei uniformierte Polizisten und Detective Mettner standen ungefähr anderthalb Meter vom Eingang des Geschäfts entfernt und hielten Nathan Cammack in Schach. Beim Aussteigen sah Josie ihn im Kreis gehen, die Hände zu Fäusten geballt. Das Haar stand ihm wirr vom Kopf. »Ich will doch nur meine *verdammte Frau* sehen!«, stieß er zwischen den Zähnen hervor, wobei er das mit seiner

Frau so laut schrie, dass eine Kundin, die gerade aus dem Geschäft kam, erschrocken zusammenfuhr.

»Mr Cammack, ich habe Sie jetzt schon zweimal gebeten, sich zu beruhigen«, sagte Mettner. »Mrs Cammack möchte nicht mit Ihnen sprechen. Sie hat uns gebeten, dafür zu sorgen, dass Sie das Gelände verlassen. Ich denke, es wäre am besten für alle, wenn Sie wieder gehen, und zwar freiwillig.«

Einer der uniformierten Polizisten sagte: »Und das bedeutet nicht, dass Sie nur vom Gehweg auf die Straße gehen, sondern dass Sie nach Hause gehen und sich erst mal beruhigen.«

»Nur ein Gespräch!«, sagte Nathan, an Mettner gewandt. »Sie ist nicht mal zu einem einzigen Gespräch mit mir bereit?«

Nathan versuchte, sich an den beiden vorbeizudrücken, doch Mettner legte seine Hand auf Nathans Brust. »Sie möchte im Moment nicht mit Ihnen sprechen, das hat sie unmissverständlich erklärt.«

Josie schaltete sich in die Debatte ein. »Mr Cammack?«

»Ah, Sie!«, sagte dieser. »Wir haben uns doch heute Vormittag miteinander unterhalten. Sie wissen doch, worum es geht. Ich muss mit meiner Frau sprechen. Ich muss ihr sagen, dass Krystal gelogen hat.«

In diesem Augenblick roch Josie den Alkohol in seinem Atem. »Mr Cammack – Nathan –, Gloria ist Ihre Ex-Frau, und wenn sie nicht mit Ihnen sprechen möchte, lässt sich daran nichts ändern, fürchte ich.«

»Ich war gerade mit der Befragung der Angestellten fertig, als er in diesem Zustand hier aufgetaucht ist«, sagte Mettner. »Er hatte Mrs Cammack offenbar in ihrem Büro aufgelauert.«

Nathan warf die Arme in die Luft. »Ich hab ihr doch nicht aufgelauert! Ich bitte Sie! Sie ist meine Frau!«

Mettner sprach weiter, als hätte Nathan nichts gesagt. »Sie hat die 911 gerufen, während ich versucht habe, ihn aus dem Laden rauszubefördern.«

»Sie haben kein Recht dazu!«, schrie Nathan. »Sie können mich da nicht einfach rausschmeißen! Ich habe das Recht, mich hier aufzuhalten.«

»Nathan, ich lege wirklich keinen Wert darauf, mitanzusehen, wie man Sie auf dem Rücksitz eines Polizeiautos von hier wegbringt«, sagte Josie. »Warum kommen Sie nicht einfach mit mir mit? Wir holen uns irgendwo einen Kaffee und dann unterhalten wir uns miteinander. Ich hätte da eh noch ein paar Fragen an Sie.«

Er schien einen Moment lang darüber nachzudenken. Dann presste er seine Lippen zu einer schmalen, geraden Linie zusammen und versuchte, sich an ihnen vorbeizudrängen. Mettner und Josie hielten ihn zurück. »Nehmen Sie ihn mit aufs Revier«, sagte Mettner.

Als die Streifenbeamten sich ihm näherten, begann er zu schreien: »Lassen Sie mich in Ruhe! Ich will meine Frau sehen, und Sie können mich nicht daran hindern! Ich will mit meiner Frau sprechen!«

Dann hörte Josie hinter sich Glorias Stimme zu ihnen durchdringen. »Ich bin nicht mehr deine Frau, Nathan.«

Er hörte auf, sich gegen Josie und Mettner zur Wehr zu setzen, und reckte den Hals, um Gloria besser sehen zu können. Sie stand einen guten Meter von ihm entfernt, in ihren hochhackigen Schuhen und dem eleganten Hosenanzug, die Arme verschränkt. Ein Bluetooth-Kopfhörer steckte an ihrem Ohr. »Geh nach Hause, Nathan«, sagte sie zu ihm. »Wir haben einander nichts mehr zu sagen.«

»Krystal hat gelogen«, sprudelte es aus ihm hervor. »Wir hatten nie eine Affäre miteinander!«

Für den Bruchteil einer Sekunde verschwand der finstere Blick aus Glorias Gesicht und wich einem Ausdruck von Betroffenheit und Entsetzen. Doch schon einen Augenblick später hatte sie sich wieder unter Kontrolle. Mit einem tiefen

Seufzen sagte sie: »Das ist mir egal, Nathan. Es spielt keine Rolle. Nichts spielt mehr eine Rolle.«

»Aber für mich spielt es eine Rolle«, sagte er. »In der Zeit, als wir eine Familie waren, war ich dir und den Kindern gegenüber immer treu.«

Josie wusste, dass das nicht ganz der Wahrheit entsprach, denn Nathan hatte ihr ja seinen einmaligen Ausrutscher mit Krystal gestanden, aber sie schaltete sich nicht ein.

»Ach so?« Gloria machte einen Schritt auf ihn zu. »Du hattest doch an allem was auszusetzen, was ich gut fand, egal, ob es darum ging, was die Kinder essen, was sie anhaben, wie sie behandelt wurden, wenn sie krank waren, wohin wir im Urlaub gefahren sind – einfach alles. Nichts war dir gut genug. Warum sollte ich dir dann glauben, dass du mich nicht betrogen hast? Wenn du so unglücklich warst – und ich weiß, dass du das warst –, was hätte dich da schon davon abhalten sollen, eine Affäre zu haben?«

Nathan schüttelte den Kopf wie ein Hund, der sich das Wasser aus dem Fell schüttelt. »Okay«, sagte er. »Stimmt. Ich war unglücklich. Ich konnte mit diesem ganzen Bio-Lifestyle, nach dem wir alle leben sollten, wenn es nach dir ging, nun mal nichts anfangen. Das war zu viel verlangt. Manchmal wollten die Kinder und ich einfach einen verdammten Cheeseburger oder was Süßes essen. Schon klar: zu viel Zucker, verarbeitete Süßwaren – das hat nichts mit gesunder Ernährung zu tun. Aber wir hätten halt auch gerne mal Spaß gehabt, Gloria!«

Glorias Augen füllten sich mit Tränen. »Dann hattet ihr also keinen Spaß?«, sagte sie mit brüchiger Stimme. »Nach all dem, was ich für unsere Familie getan habe, damit wir gut versorgt sind? Damit wir besser leben? Du hattest nicht genug Spaß dabei, Nathan? Mein Gott, wann wirst du endlich erwachsen?«

Sie machte auf dem Absatz kehrt und stöckelte davon.

Nathan wollte ihr hinterher, doch Josie und Mettner

hielten ihn immer noch zurück. »Du warst eine gute Mutter!«, schrie er. »Gloria! Du warst eine gute Mutter. Bitte, hör mir doch zu! Bitte!«

Sie blieb stehen, drehte sich jedoch nicht um. Ihre Schultern zuckten.

»Du hast recht, ich bin ein Idiot«, sagte Nathan. »Ich bin unreif und ein Idiot. Es tut mir leid. Ich habe nicht genügend geschätzt, was du getan hast, okay? Es tut mir leid. Aber ich hatte keine Affäre mit Krystal. Wir haben zusammen Gras geraucht. Sonst nichts. Ich meine, ich bitte dich! Was ist für dich glaubwürdiger: Dass ich eine Langzeitaffäre mit ihr hatte oder dass ich abends einfach nur mit ihr gekifft habe?«

Langsam drehte Gloria sich zu ihm um und schaute ihn an. Sie wischte sich die Tränen aus den Augen. Ihre Miene hatte inzwischen ein wenig von ihrer Anspannung verloren.

»Glaubst du mir?«, fragte Nathan.

»Ja«, sagte sie. »Ich glaube dir. Aber warum hat Krystal dann behauptet, du hättest eine Affäre mit ihr gehabt?«

Er senkte den Blick. Josie und Mettner ließen die Arme vorsichtig sinken, damit er etwas mehr Platz hatte. Er schaute wieder auf und sah Gloria an. »Es war wegen dieser bescheuerten Sache mit dem Schüler des Monats«, sagte er.

Gloria wirkte überrascht. »Sag mal, hast du was genommen?«, zischte sie ihn an. »Wovon redest du?«

Nathan machte einen Schritt auf sie zu. »Erinnerst du dich noch: Wallace' Klassenlehrerin ging doch in Mutterschutz. Und dann hatten sie diese Vertretungslehrerin, unmittelbar vor dem Unfall.«

Gloria forderte ihn mit einer energischen Kopfbewegung auf weiterzusprechen. »Glaub schon. Egal, komm zum Punkt.«

»Weißt du nicht mehr, wie Wallace eines Tages heimgekommen ist und verkündet hat, dass er der Schüler des Monats ist?«

»Oh«, erwiderte Gloria, deren Wut allmählich verflog. »Ja, natürlich. Das war er noch nie zuvor gewesen.«

»Und auch damals war er es natürlich nicht. Weil eigentlich Bianca zur Schülerin des Monats hätte ernannt werden sollen. Die Lehrerin hatte das so entschieden, bevor sie in den Mutterschutz ging. Aber Wallace hat sich das Klassenbuch geschnappt und den Eintrag darin geändert, sodass er zum Schüler des Monats ernannt wurde. Die Vertretungslehrerin hat davon natürlich keine Ahnung gehabt. Sie hat sich einfach auf das verlassen, was ihre Kollegin ihr im Klassenbuch hinterlassen hatte. Die ganze Klasse wusste Bescheid, aber keiner wollte die Sache aufklären. Wahrscheinlich wollte keiner die Petze sein. Aber Bianca hat sich natürlich furchtbar aufgeregt.«

»Ich kann mir nicht vorstellen, dass das stimmt, Nathan. Und wenn schon: Was spielt das überhaupt für eine Rolle?«

»Krystal wollte, dass ich zur Schuldirektorin gehe und die Sache in Ordnung bringe. Bianca hatte ja diese ganze Spendenaktion für die Kinderkrebsforschung auf die Beine gestellt. Sie hätte es also zweifellos verdient gehabt. Doch niemand in der Klasse hat sich für sie eingesetzt. Krystal sagte, sie könne keinen Zwölfjährigen verpfeifen, weil sie sich sonst echt mies fühlen würde, und ich – also wir – sollten deshalb das einzig Richtige tun und Wallace dazu bringen, die Sache aufzuklären und sich zu entschuldigen.«

»Und warum wusste ich nichts davon?«, fragte Gloria. »Du hast mir das nie erzählt.«

»Weil mir klar war, dass du es nicht glauben würdest, solange Wallace es dir nicht selbst erzählt. Ich habe ihn zur Rede gestellt, aber er wollte es nicht zugeben. Krystal hat mich gebeten, trotzdem zur Schulleiterin zu gehen, ob mit oder ohne ihn, aber ich hab es nicht getan.«

Gloria stützte eine Hand in die Hüfte. »Du hast solche Dinge, die unseren Sohn betreffen, mit der Frau besprochen, mit der du gekifft hast, aber nicht mit mir?«

Nathan machte einen weiteren Schritt auf sie zu, die Hände beschwichtigend erhoben, doch Gloria wich gleichzeitig zurück. »Ich sag ja nicht, dass das richtig war«, erwiderte er. »Ich versuche dir nur zu erklären, was passiert ist. Als ich mich geweigert habe, die Sache mit dem Schüler des Monats richtigzustellen, hat Krystal mir gedroht. Zuerst hat sie gesagt, sie würde dir verraten, dass wir zusammen kiffen, aber als sie gemerkt hat, dass sie mir damit keine Angst machen kann, hat sie erklärt, sie würde Lügen über mich verbreiten und behaupten, ich hätte eine Affäre mit ihr. Sie war furchtbar wütend auf mich – vermutlich sogar die ganze Zeit über. Deshalb hat sie auch das mit der Affäre behauptet.«

Gloria taxierte Nathan eine ganze Weile lang. Dann sagte sie: »Aber warum hätte sie diese Sache mit dem Schüler des Monats so lange mit sich rumtragen und erst zwei Jahre nach dem Tod der Kinder wieder hervorkramen sollen? Sie hat mir ja erst vor Kurzem gesagt, dass ihr beide eine Affäre gehabt hättet. Sie wollte mir weh tun, Nathan. Aber warum? Warum hat sie das getan?«

Nathan ließ die Arme sinken. Es sah aus, als fiele er vor den Augen aller in sich zusammen, und einen Moment lang glaubte Josie tatsächlich, er ginge zu Boden. »Ich weiß es nicht«, sagte er leise und resigniert.

Josie machte einen Schritt nach vorn. »Aber ich weiß es, glaube ich.«

ZWEIUNDZWANZIG

Es brauchte einiges an Überredungskunst, die beiden Cammacks dazu zu bringen, Josie und Mettner aufs Polizeirevier zu begleiten. Doch dann tauchte schließlich der erste Übertragungswagen vor Glorias Geschäft auf und gab Josie ein geeignetes Druckmittel an die Hand. Das Letzte, was die beiden trauernden Eltern jetzt gebrauchen konnten, waren Medienberichte darüber, wie beide lautstark und in aller Öffentlichkeit ihre schmutzige Wäsche wuschen. Josie schickte Mettner zu Komorrah's, um Nathan einen Kaffee zu holen, und besorgte eine Flasche Wasser für Gloria. Die Cammacks warteten im Konferenzraum im Erdgeschoss, wo man sie ganz bewusst einander gegenüber platziert hatte. Es war eine gefühlte Ewigkeit her, seit Sebastian Palazzo im selben Raum ruhelos auf und ab getigert war und Josie und Gretchen vom Verschwinden seiner Frau berichtet hatte, dabei waren seither keine zwölf Stunden vergangen.

Auf dem Korridor vor dem Konferenzraum sah Josie auf ihrem Handy nach der Uhrzeit. Es war kurz nach halb neun, und sie hatte noch nichts zu Abend gegessen. Sie tippte hastig eine Nachricht an Mettner und bat ihn, ihr von Komorrah's auch noch ein paar Gebäckteilchen mitzubringen, wenn er schon dort war. Das musste für heute genügen. Sie beantwortete die Handvoll Textnachrichten, in denen Noah sie fragte, wie es ihr ging, und tauschte anschließend noch ein paar Nachrichten mit Gretchen aus, damit sie sich gegenseitig auf den aktuellen Stand bringen konnten.

Die Suche nach Faye Palazzo blieb erfolglos. Keiner hatte gesehen, wie sie ihr Haus verließ. Keiner hatte sie in der Umgebung auf der Straße gesehen. Sie war auch an keinem der Orte, an denen die Polizei nach ihr suchte, unter anderem dem Friedhof. Die Spurensicherung hatte die Küche der Palazzos und den vorderen Eingang penibel untersucht, hatte aber nichts Auffälliges entdecken können. Sebastian Palazzo war so panisch vor Sorge, dass Gretchen sich schon überlegte, ihn in die Notaufnahme zu bringen, wenn er sich nicht beruhigte. Josie und sie versprachen einander, sich über alle Entwicklungen auf dem Laufenden zu halten. Als Josie gerade ihr Handy zurück in die Hosentasche steckte, kam Mettner mit den Kaffeebechern für sie und Nathan Cammack sowie einigen Plunderteilchen mit Quarkfüllung zurück, die Josie später an ihrem Schreibtisch essen konnte.

»Du bist einfach der Beste«, raunte sie ihm zu, als sie zurück in den Konferenzraum zu den Cammacks gingen. Josie setzte sich neben Nathan und schob den Kaffeebecher vor ihn hin, während Mettner ihnen gegenüber neben Gloria Platz nahm.

Nathan fragte: »Werden Sie uns jetzt über unsere Rechte aufklären und so?«

Gloria verdrehte die Augen.

»Wir möchten nur mit Ihnen beiden reden, Mr Cammack. Keiner wird irgendeines Verbrechens verdächtigt, aber wir ermitteln noch immer im Mordfall Krystal Duncan. Darüber hinaus wird Faye Palazzo seit heute Morgen vermisst.«

Gloria schnappte entsetzt nach Luft, den Blick starr auf Josie gerichtet. »Wie bitte? Was meinen Sie damit?«

»Nur das, was ich gerade gesagt habe. Faye Palazzo wird vermisst.«

Mettner fragte weiter nach: »Hat einer von Ihnen kürzlich mit ihr gesprochen? Sagen wir, in den vergangenen vierundzwanzig Stunden?«

Sowohl Gloria als auch Nathan schüttelten den Kopf. Nathan sagte: »Ich hab sie zuletzt beim Gruppentreffen am Montagabend gesehen. Sonst nicht. Mein Gott! Wo, glauben Sie, ist sie?«

Josie gab keine Antwort, sondern stellte selbst eine Frage: »Im Lauf unserer Ermittlung zu Krystals Ermordung und Fayes Verschwinden haben wir erfahren, dass Krystal vor ihrem Tod einige neue Informationen erhalten hat.«

»Was soll das heißen?«, fragte Gloria. »Könnten Sie sich da genauer ausdrücken?«

»Es hat mit dem Tag des Busunglücks zu tun«, erwiderte Josie.

Gloria ließ den Kopf in den Nacken sinken, blickte zur Decke und seufzte tief. »Nicht schon wieder. Wann hört das endlich auf? Erst der Prozess, und jetzt kommen auch Sie noch und wirbeln diesen ganzen Scheiß wieder auf. Warum kann man meine Kinder nicht endlich mal in Frieden ruhen lassen?«

»*Unsere* Kinder«, warf Nathan ein. Zum ersten Mal hob er jetzt den Pappbecher mit Kaffee an die Lippen und nahm einen kleinen Schluck.

Gloria starrte ihn wütend an.

»Ob es Ihnen gefällt oder nicht, Krystal Duncan wurde ermordet aufgefunden und der Spitzname Ihres Sohnes wurde am Fundort der Leiche entdeckt. Abgesehen von ihren Kollegen hatte Krystal nur Kontakt zu Mitgliedern der Selbsthilfegruppe für die Eltern der Kinder, die bei dem Unfall ums Leben kamen. Nun wird ein zweites Mitglied dieser Gruppe vermisst. Das letzte Mal, als Krystal ein Treffen besuchte, war sie sichtlich aufgebracht und hat eine Reihe von Anschuldigungen geäußert, bevor sie aus dem Raum gestürmt ist.«

Gloria erwiderte: »Ich gehe doch nicht zu dieser Gruppe, wieso sollte mich das dann betreffen?«

Josie fuhr unbeirrt fort. »Am Tag des Busunglücks sollte eigentlich Nathan Ihre Kinder und Bianca früher von der Schule abholen und sie zum Kieferorthopäden bringen.«

Sie schwieg einen Moment.

»Nathan schrieb jedoch Krystal eine Nachricht, während sie bei der Arbeit war, und teilte ihr mit, der Kieferorthopäde hätte für diesen Nachmittag alle Termine abgesagt, und er werde die Kinder daher nicht abholen, da er nicht aus dem Büro wegkomme.«

»Stopp«, sagte Nathan, und seine Stimme klang plötzlich heiser.

»Aber der Kieferorthopäde hatte seine Termine für den Nachmittag gar nicht abgesagt. Nathan selbst hatte in der Praxis angerufen und die Termine streichen lassen, und er wurde auch nicht im Büro gebraucht.« Josie suchte Nathans Blick. »Mr Cammack, Sie sind nach Hause gegangen.«

Er schob seinen Stuhl zurück und vergrub das Gesicht in seinen Händen. Seine verzweifelten Schluchzer gingen Josie durch Mark und Bein, als sei sie eine Art Stimmgabel für Kummer. Auf der anderen Seite des Tisches senkte Mettner den Blick. Josie hob eine Hand, um Nathans Unterarm zu berühren, aber dann übertönte Glorias Stimme Nathans Weinen. Ihr Tonfall war sorgfältig kontrolliert.

»Es war meine Schuld. Er ist wegen mir heimgekommen«, sagte sie. »Ich hab ihn an diesem Tag auf der Arbeit angerufen. Ich war zu Hause, weil ich meinen Terminplaner vergessen hatte und den brauchte. Ich hab ihn nach dem Lunch geholt, und dann gab es ein Problem. Ich hab Nathan angerufen und ihm gesagt, dass er heimkommen soll. Er meinte, er müsse die

Kinder zum Kieferorthopäden bringen, und ich hab ihm gesagt, er solle die Termine absagen. Als er mich gefragt hat, was er dann Krystal sagen soll, meinte ich, das wäre mir egal, aber er solle seinen Arsch sofort nach Hause bewegen.«

Nathans Schluchzer gingen in einen Schluckauf über, aber er hob nicht einmal den Kopf. Mettner schob ihm eine Schachtel Papiertaschentücher über die Tischplatte, und Josie zog zwei davon heraus und stupste Nathan so lange an, bis er sie nahm.

Glorias Stimme klang kalt. »Ist es das, was Sie hören wollten? Dass es meine Schuld ist, dass unsere Kinder tot sind? Dass ich daran schuld bin, dass Bianca Duncan umgekommen ist?«

Josie dachte an das Gespräch, das sie mit Paige Rosetti im Garten geführt hatte. *Dieses »Hätte doch ...« ist ein gefährliches Spiel.*

»Was den Kindern in diesem Bus passiert ist, war nicht Ihre Schuld, Mrs Cammack«, sagte Josie mit fester Stimme. »Ganz gleich, was geschehen ist. Ganz gleich, was für Entscheidungen Sie an jenem Tag getroffen haben. Es war nicht Ihre Schuld.«

Gloria blickte sie überrascht an. Dann wurden ihre Augen feucht von Tränen und sie wandte den Kopf ab. Josie schob die Schachtel mit den Papiertaschentüchern auf die andere Seite des Tischs hinüber.

Josie ließ beiden Eltern einen Moment Zeit, um sich wieder zu fangen. Dann fragte sie weiter. »Was war das für ein Problem, Gloria? Was war passiert, dass Sie Nathan dazu gedrängt haben, an jenem Tag unbedingt nach Hause zu kommen?«

»Spielt das jetzt noch eine Rolle?«

»Ich weiß es nicht«, erwiderte Josie. »Warum erzählen Sie uns nicht einfach, was passiert ist, und wir entscheiden dann, ob es für eine unserer Ermittlungen von Bedeutung ist.«

Gloria verdrehte die Augen, sagte dann aber: »Wallace' PlayStation war geklaut worden.«

Nathan, der endlich etwas gefasster wirkte, fügte hinzu: »Wir wissen nicht, ob sie tatsächlich geklaut wurde.«

»Was denkst du denn, was damit passiert ist, Nathan? Sie ist gestohlen worden. Genauso wie Frankies Roosevelt-Dime, meine Saint-Laurent-Clutch und dieser blöde Campingkocher, den du nie benutzt hast.«

Er schüttelte den Kopf. »Du hast die Saint-Laurent-Handtasche und meinen Campingkocher sicher mal bei einer deiner Ausmistaktionen einfach weggegeben.«

»Diese Tasche hätte ich nie weggegeben«, widersprach Gloria resolut.

Mettner fragte nach: »Warum gehen wir die Dinge nicht einzeln durch? Welche Gegenstände gingen verloren, und wann?«

Nathan antwortete: »Das war etwa vier oder fünf Monate vor dem Busunglück. Genauer gesagt, Silvester, nicht wahr, Gloria?«

Sie rutschte auf ihrem Stuhl herum und verschränkte die Arme vor der Brust, eine Haltung, die Josie inzwischen schon oft bei ihr gesehen hatte. »Ja. Wir hatten diese Party im Eudora-Hotel. Die Handelskammer von Denton hat sie veranstaltet. Ich hab nach meiner Clutch gesucht, weil sie zu meinem Kleid passte, aber sie war weg.«

»Haben Sie damals gleich an einen Diebstahl gedacht?«

»Wenn Sie wissen wollen, ob wir Anzeige bei der Polizei erstattet haben, nein, das haben wir nicht. Ich hab gedacht, ich hätte sie irgendwo verlegt. Sie ist nie wieder zum Vorschein gekommen.«

»Dann, vielleicht einen, vielleicht auch zwei Monate später, haben wir Frankies Roosevelt-Dime vermisst«, berichtete Nathan.

»Roosevelt-Dime?«, fragte Mettner nach.

Nathan antwortete: »Mein Dad hat ihn ihr gegeben. Es ist eine seltene Münze. Ein Zehn-Cent-Stück von 1982, bei dem das Münzzeichen fehlte. Sie hat es immer in dieses kleine blaue Beutelchen gesteckt – es sah aus wie ein Kleingeldbeutel –, auf dem vorne in Glitzerschrift ihre Initialen drauf waren: F. C. Sie hat den Beutel in einem Kästchen im Bücherregal aufbewahrt. Dann hatte sie mal eine Freundin zu Besuch und wollte ihr die Münze zeigen, aber sie war weg – der kleine Beutel und die Münze darin.«

»Wir haben überall danach gesucht«, sagte Gloria. »Sie war so traurig. Wir haben sogar den Staubsauger auseinandergenommen und den Filter geleert, weil wir Angst hatten, dass die Münze vielleicht aus dem Beutel gefallen war und ich sie aus Versehen aufgesaugt hatte. Das Auseinandernehmen hab ich vor allem deshalb gemacht, um sie zu beruhigen. Ich meine, der Beutel war ja auch verschwunden.«

»Aber im Staubsauger war nichts«, fügte Nathan hinzu. »Wir haben sie nie gefunden.«

»Weder die Handtasche noch die Münze«, sagte Josie. »Wie viel, glauben Sie, waren die beiden Sachen wert?«

»Zusammen?«, fragte Gloria. »Vielleicht sechs-, siebenhundert Dollar.«

»Und der Campingkocher?«, wollte Mettner wissen.

»Ich hab nicht mal die Verpackung geöffnet«, erwiderte Nathan. »Es war ein hochwertiges Gerät, also vielleicht dreihundert Dollar? Als das Wetter schöner wurde, bin ich in die Garage gegangen, um ihn zu holen. Ich wollte schauen, ob wir ihn im Garten benutzen können, um Marshmallows zu grillen ...« Er blickte vorsichtig zu Gloria rüber. »Die veganen, meine ich, hinten im Garten. Aber der Kocher war weg. Gloria hatte kurz zuvor einige Sachen zu Goodwill gebracht, und ich hab einfach gedacht, sie hätte ihn ebenfalls gespendet.«

»Sie dachten, sie hätte einen nagelneuen Campingkocher für dreihundert Dollar einfach so gespendet, und haben es ihr gegenüber nicht weiter erwähnt?«, wunderte sich Mettner.

Nathan zuckte mit den Schultern. »Damals nicht. Wir hatten uns schon öfters wegen dem Ding in die Haare gekriegt.«

»Er hat viel zu viel Geld dafür ausgegeben«, sagte Gloria. »Dabei geht er gar nicht gern campen. Er hatte ja nicht mal ein Zelt.«

»Ich hätte schon irgendwann damit angefangen«, widersprach Nathan.

»Ach, so wie du auch mit dem Kajakfahren anfangen wolltest oder lernen wolltest, wie man Fleisch räuchert?« Sie wandte sich an Mettner. »Er kauft ständig übertreuerte Sachen für Hobbys, die er dann nie anfängt.«

Bevor sie noch weiter vom Thema abschweifen konnten, fragte Josie: »Aber am Tag des Unfalls kamen Sie nach Hause, sagten Sie, und die PlayStation von Wallace war weg?«

»Ja«, erwiderte Gloria. »Sie war im Wohnzimmer aufgestellt, wo die Kinder immer gespielt haben, wenn sie Freunde zu Besuch hatten und ich sie im Auge behalten wollte. Ich bin an dem Tag dort vorbeigegangen und hab gesehen, dass sie weg war. Das war für mich der Tropfen, der das Fass zum Überlaufen gebracht hat. Ich hab Nathan angerufen und ihm gesagt, er soll sofort heimkommen.«

»Sie dachten, diese Sachen seien Ihnen gestohlen worden?«

Gloria nickte. »Ja, das dachte ich.«

»Zuerst noch nicht«, widersprach Nathan. »Da dachte keiner von uns, dass irgendwas gestohlen wurde. Wir hatten eher das Gefühl, dass mit uns was nicht stimmt – Sachen einfach so zu verlegen, Sachen wegzubringen und sich dann später nicht mehr daran zu erinnern ...«

Mettner fragte: »Glauben Sie, jemand hat sich in ihr Haus geschlichen und die Sachen mitgehen lassen?«

»Vielleicht sogar jemand, den oder die wir kannten«, erwiderte Gloria. »Unsere Gegend ist sehr sicher. Es wohnen fast nur Familien hier. Unsere Kinder haben miteinander gespielt. Wir haben alle gegenseitig auf die Kinder aufgepasst.«

Und Nathan fügte hinzu: »Es gab immer irgendein Barbecue oder einen Kindergeburtstag oder einen Lesekreis ... immer war was los. Jede Familie organisierte irgendwas, und die Leute gingen in jedem Haus ein und aus. Sogar Virgil – der Busfahrer – war überall mit dabei. Der war für uns alle vor dem Unglück ein guter Nachbar und Kumpel.«

Gloria funkelte ihn zornig an. »Erwähne diesen Namen nicht, Nathan.«

Josie brachte sie wieder zu ihrem aktuellen Thema zurück. »Sie dachten also, es wäre jemand gewesen, den Sie kannten?«

Gloria zuckte mit den Schultern. »Wir waren uns nicht sicher. Zuerst wussten wir nicht mal genau, ob wir uns das alles nicht nur einbildeten.«

»Könnten Sie eine Liste schreiben, wer während der fraglichen Zeiten alles in Ihrem Haus war?«

Nathan lachte. »Das soll wohl ein Scherz sein! Machen Sie einfach eine Liste von fast allen Nachbarn im Umkreis von zehn Straßen. Ganz zu schweigen davon, dass wir auch ein paarmal Handwerker für Reparaturen im Haus hatten.«

Gloria fügte hinzu: »Es ist unmöglich, eine vollständige Liste zu erstellen, und selbst wenn wir das täten, dann wären das Dutzende von Leuten. Der Punkt ist, es wäre uns nie in den Sinn gekommen, dass irgendjemand Sachen aus unserem Haus stehlen würde, also haben wir auch nicht aufgepasst. Deshalb hab ich auch nicht damit gerechnet – bis dann die PlayStation verschwand. Das war ein echt teures Teil gewesen. Ich meine, die Clutch war noch teurer, aber ich hab sie so gut wie nie benutzt. Aber die PlayStation? Wallace lebte förmlich für dieses Ding. Das Erste, was mir eingefallen ist, als ich sah, dass es fehlte, war: Er wird völlig am Boden zerstört sein. Fast jeden Tag nach der Schule hat er damit gespielt – mit Zeitbegrenzung, natürlich. Und genau in diesem Moment haben sich die Puzzleteile für mich zusammengefügt. Ich hatte das Gefühl, dass alle diese Vorfälle irgendwie zusammenhingen und dass wirklich jemand in unser Haus eingedrungen war, um Sachen zu klauen! Ich war außer mir, fassungslos, und deshalb hab ich dann meinen Mann angerufen.«

Nathan schüttelte den Kopf und wich ihrem Blick aus. »Und ich hab natürlich auf der Arbeit alles sofort liegen und stehen lassen, hab die Kinder sitzen lassen und bin direkt nach Hause gefahren.«

»Unter normalen Umständen wären sie mit dem Bus ja auch wohlbehalten angekommen«, sagte Gloria.

»Haben Sie beide je irgendjemandem davon erzählt?«, fragte Josie. »Von der verschwundenen PlayStation? Den abgesagten Terminen beim Kieferorthopäden? Dass Sie sich zu Hause getroffen haben, während ihre Kinder noch in der Schule waren?«

Die beiden sahen sie an. Gloria versuchte etwas zu sagen, aber alles, was herauskam, war ein erstickter Schrei.

»Nein. Haben wir nicht«, erklärte Nathan. »Ich meine, wir haben gerade darüber diskutiert, ob wir zur Polizei gehen sollen oder nicht, als wir den Anruf wegen des Unfalls bekamen. Danach haben wir an nicht viel anderes mehr denken können. Wir ... wir haben dann gemeinsam beschlossen, niemandem etwas darüber zu erzählen. Es erschien uns ... irrelevant.«

Mettner meinte: »Sie hatten Angst, dass Ihnen jemand Vorwürfe macht.«

Nathan nickte. »Nicht nur wegen des Tods unserer eigenen Kinder, sondern auch wegen Krystals Tochter. Es war zu viel. Zu schrecklich. Gloria wurde in den Medien schon als Rabenmutter hingestellt, weil sie eine Firma leitet – als ob das irgendwas damit zu tun hatte! Wir dachten einfach, das ist ein Detail, das nie herauskommen muss. Es hat nichts an der ganzen Sache geändert.«

»Und wie war es dann möglich, dass Krystal Duncan es zwei Jahre später rausgefunden hat?«, fragte Josie.

Nathan zuckte mit den Schultern. »Keine Ahnung. Vielleicht von dem Kieferorthopäden?«

»Was spielt das jetzt noch für eine Rolle?«, meinte Gloria. »Was hat das mit ihrer Ermordung zu tun? Wenn sie es herausgefunden hat, hatte sie alles Recht der Welt, stinkwütend auf uns zu sein. Wenn ich sie gewesen wäre, dann hätte ich uns beide sicher am liebsten umgebracht. Aber warum sind wir jetzt noch hier, und sie nicht?«

»Genau das versuchen wir herauszubekommen«, antwortete Mettner.

Die eigentliche Frage lautete jedoch: Warum hatte Krystal überhaupt damit begonnen, nach Informationen zu suchen? Josie erinnerte sich an das, was Paige Rosetti gesagt hatte: dass Krystal einige Dinge herausgefunden hatte. Was hatte sie sonst noch gewusst? Was hatte sie so erschüttert, dass sie an die East Bridge gefahren war, um Skinny D. nach Schmerzmitteln zu fragen, um sich zu betäuben? War es die Tatsache gewesen, dass Nathan die Termine beim Kieferorthopäden abgesagt hatte, oder etwas anderes? Gloria hatte recht. Die Enthüllung, dass Nathan und Gloria sich am Tag des Unglücks zu Hause getroffen hatten, war nichts, was zwangsläufig zu Krystals Ermordung führen musste.

Was übersahen sie?

»Boss?«

Josie blickte zu Mettner hin und sah, dass alle sie erwartungsvoll anstarrten. »Ja?«

Gloria meinte: »Wir haben gefragt, ob das alles war. Können wir gehen? Ich bin erschöpft und will einfach nur noch nach Hause.«

»Okay«, erwiderte Josie. »Ja. Das ist sicher eine gute Idee.«

Mettner fuhr Nathan Cammack nach Hause, Gloria verließ das Polizeirevier allein. Josie verschlang einige Plunderteilchen mit Quarkfüllung, während sie ihre Berichte für den Tag fertig schrieb. Als sie endlich vor ihrem Haus aus dem Auto stieg, war es bereits nach zehn. Schon auf dem Weg zum Haus hörte sie, wie Trout mit den Krallen innen an der Eingangstür kratzte und dabei laut winselte. In ihr kämpften die Erschöpfung und das schlechte Gewissen um die Oberhand. Nachdem sie lange Zeit vierundzwanzig Stunden am Tag zusammen mit dem Hund zu Hause gewesen war, verbrachte sie jetzt die meiste Zeit des Tages bei der Arbeit. Hinzu kam noch, dass Noah heute frei gehabt hatte, und sie hatte es nicht mal rechtzeitig nach Hause geschafft, um mit ihm zusammen zu Abend zu essen. So war aber leider nun mal ihr Job, und früher hatte sie das auch nicht weiter gestört. Jetzt aber lastete der Mantel der Trauer noch immer schwer auf ihr. Die Eltern der im Schulbus tragisch verunglückten Kinder von West Denton teilten nicht nur ein Trauma, mit dem auch Josie nur allzu vertraut war. Sie dienten ihr auch als Mahnung, mit ihren Liebsten eine enge Verbindung zu pflegen, denn sie konnten ihr von einer Sekunde zur nächsten entrissen werden.

Als Josie vor der Tür ankam, riss Noah sie von innen schwungvoll auf. Trout stürzte auf sie zu, sprang ihr an den Beinen hoch und jaulte aufgeregt. Sie umfing seinen zappelnden Körper, drängte ihn hinein in den Flur und schenkte ihm dort genug Aufmerksamkeit und Lob, bis er sich beruhigt hatte. Als sie aufblickte, grinste Noah sie an. Hinter ihm in der Küche sah sie einen flackernden Lichtschein.

»Was ist denn hier los?«, fragte sie.

»Ich hab eine Überraschung für dich. Komm!«

Die Küche war von einem Dutzend Kerzen erhellt. Der Tisch war gedeckt, und es gab etwas, das so aussah wie Shrimp Scampi. Der Duft war überwältigend und bei der Aussicht auf eine warme Mahlzeit lief Josie das Wasser im Mund zusammen. Während Noah ihr einen Stuhl hinschob und sie sich setzte, sagte er: »Natürlich hab ich das nicht selbst gekocht, sondern Misty. Sie hat sich Sorgen um dich gemacht, da das deine erste Woche zurück bei der Arbeit ist und so. Da hat sie das hier vorbeigebracht. Mett hat mir vorhin eine Nachricht geschrieben, dass du gerade noch deine Berichte fertig schreibst, also hab ich es schon mal warm gemacht.«

»Das ist ja wunderbar«, sagte Josie und spürte, wie etwas von ihrer schweren Last abfiel.

Er setzte sich ihr gegenüber, und im selben Moment bemerkte sie auch die Wildblumen in einer Vase auf der Mitte des Tischs. Ihr stockte der Atem.

Noahs Blick folgte ihrem. »Deine Großmutter hat mir – bevor sie starb – gesagt, dass ich dir hin und wieder einen Blumenstrauß pflücken soll.«

Josie atmete zitternd ein. »Ja. Das haben wir früher öfter so gemacht. Als ich ein Teenager war und bei ihr gewohnt hab. Wir haben Blumen gepflückt und sie füreinander auf den Tisch im Eingang gestellt. Es war albern. Es war ...«

Sie verstummte und Tränen stiegen ihr in die Augen.

»Ich kann sie auch wegstellen«, bot Noah an. »Wenn sie dich zu traurig machen.«

»Nein, bitte nicht«, sagte Josie. »Lass sie stehen.«

Trout stupste Josies Bein an, und sie griff hinunter und streichelte seinen Kopf. Beruhigt, dass mit ihr alles in Ordnung war, drehte er sich einmal um sich selbst und legte sich dann neben ihren Füßen hin.

»Lisette hat mir gesagt, du müsstest unbedingt immer wieder an etwas erinnert werden, was sie dir gesagt hat, bevor sie gestorben ist.«

Ihre Großmutter hatte vor ihrem Tod mehrere wichtige Dinge zu Josie gesagt, aber Josie wusste genau, welche Sätze Lisette gemeint hatte, als sie Noah diese Anweisung gegeben hatte.

»*Du musst lernen, mit beidem zu leben, Liebes*«, hatte sie gesagt. »*Mit dem Kummer und dem Glücklichsein. Wenn du nicht mit beidem leben kannst, wirst du es niemals schaffen.*«

Josie griff nach vorn und drehte die Vase so herum, dass sie die Wildblumen besser betrachten konnte. »Diese da«, sagte sie, »mit der Blütentraube aus winzigen rosa Perlen heißt Floh-Knöterich. Diese Blumen mit den vier weißen Blütenblättern und dem gelben Strahlenkranz in der Mitte sind Porzellansternchen.«

Noah lachte. »Haben die alle solche sprechenden Namen?«

»Nein«, antwortete Josie. »Viele, aber nicht alle. Diese kleine dort ...« Sie deutete auf ein winziges lilafarbenes Blümchen, das direkt aus dem grünen Blatt darunter hervorwuchs und sich dann mit einem einzigen Blütenblatt öffnete, das herunterhing wie eine baumelnde Zunge. »Das ist eine Taubnessel, und die ...«, sie bewegte ihren Zeigefinger zu einer Blütendolde, die wie eine Glühbirne aussah mit dunkelroten Blütenblättern, die überall aus ihr heraussprossen, »die heißt Braunelle, sie gilt als Heilpflanze«. Sie sah ihm in die Augen, die vom Kerzenlicht funkelten. »Hast du die Namen gekannt, als du sie gepflückt hast?«

»Natürlich nicht«, erwiderte er. »Ich weiß überhaupt nichts über Wildblumen, aber deine Großmutter hat gesagt, du wüsstest die Namen von allen.«

»Das stimmt«, bestätigte Josie.

»Möchtest du über den Tag heute sprechen?«

Josie nahm ihre Gabel zur Hand. »Nein. Ich möchte nur etwas essen, und dann will ich, dass du mich ins Bett bringst.«

DREIUNDZWANZIG

Biancas Kopf schlug heftig gegen das Fenster, als der Bus abrupt nach links ausbrach. Noch bevor sie aufschreien oder tasten konnte, ob sie am Kopf blutete, schwenkte der Bus in die andere Richtung. Sie wurde gegen Gail geschleudert, sodass diese beinahe auf den Boden des Mittelgangs fiel. Die anderen Schüler jubelten auf und jemand rief: »Echt super gemacht, Mr Lesko!«

Bianca rieb sich den Kopf und spähte aus dem Fenster. Die Gegend draußen flog eindeutig zu schnell vorbei. Normalerweise fuhr der Bus so langsam, dass sie manchmal das Gefühl hatte, sie würden es schneller zu Fuß nach Hause schaffen.

»Alles okay?«, fragte Gail.

»Ich glaub, hier stimmt was nicht«, erwiderte Bianca.

»Blutest du?«

»Nein, nicht mit meinem Kopf. Ich glaub, mit Mr Lesko. Das ist doch nicht normal.«

Gail lachte. »Ach, komm schon, er macht das doch nur aus Spaß.«

»Wie willst du das von hier hinten denn beurteilen?«, fragte Bianca.

»Ich weiß nicht. Aber alle finden es doch lustig.«

»Weil sie Idioten sind«, versetzte Bianca. »Man sollte nicht so fahren, schon gar nicht Erwachsene, die Verantwortung für eine Gruppe Kinder haben.«

Gail verdrehte die Augen. »Du weißt schon, dass du grad wie eine von unseren Moms klingst, oder? Wenn Mr Lesko wirklich nicht okay wär, hätte die Direktorin uns dann mit ihm fahren lassen? Entspann dich. Wir müssen sowieso bald aussteigen.«

VIERUNDZWANZIG

Am nächsten Morgen fuhren Josie und Noah zuerst bei Kommorah's Coffee vorbei, um für sich selbst, Gretchen, Mettner und Amber Kaffee zu besorgen. Als sie auf dem städtischen Parkplatz beim Revier ankamen, pfiff Noah leise durch die Zähne. »Schau dir diesen Zirkus an!« An dem Eingang zum Revier, der dem Polizeipersonal vorbehalten war, stand eine ganze Schar Reporter. Als Josie und Noah sich näherten, wurden sie von ihnen umringt und bekamen Smartphones unter die Nase gehalten. Aus allen Richtungen ertönten Fragen.

»Haben Sie Krystal Duncans Mörder schon gefunden?«

»Stimmt es, dass eine weitere Mutter der Unfallopfer aus West Denton vermisst wird?«

»Wird sich Virgil Leskos Prozess dadurch verzögern?«

»Können sich die Bürgerinnen und Bürger von Denton überhaupt noch sicher fühlen?«

»Hat es der Täter speziell auf die Mütter der verunglückten Kinder abgesehen?«

WYEP hatte auch einen Kameramann abgestellt, der mit dem Reporterpulk mitlief und jedes »Kein Kommentar« einfing, das Josie und Noah von sich gaben. Oben im Großraumbüro saß Gretchen an ihrem Schreibtisch, in irgendetwas auf ihrem Computer vertieft. Mettner und Amber standen an Ambers Schreibtisch dicht beieinander und steckten die Köpfe zusammen. Als Noah den Kaffee verteilte, sah Gretchen auf. »Haben euch die Paparazzi draußen erwischt?«

»Mhm«, meinte Josie. »Die haben wirklich eine Menge Fragen.«

Amber rückte ein wenig von Mettner weg. »Ich denke, wir sollten eine Pressekonferenz abhalten. Dann beruhigen sie sich hoffentlich ein wenig, zumindest für kurze Zeit.«

Mettner meinte: »Zuerst müssen wir entscheiden, ob wir ihnen sagen, dass Faye Palazzo vermisst wird.«

»Das wissen sie bereits«, warf Noah ein. »Zumindest inoffiziell. Ist irgendwie durchgesickert. Sie wissen jedenfalls, dass noch jemand vermisst wird.«

Josie sagte: »Gretchen, du leitest die Ermittlung. Was möchtest du tun?«

Gretchen nahm die Lesebrille ab, lehnte sich in ihrem Stuhl zurück und seufzte. »Ich möchte in diesem Fall die Lage nicht noch zusätzlich anheizen. Wenn wir viele Details öffentlich machen, rücken wir diese Familien ins Rampenlicht, und sie haben schon mehr durchgemacht, als ein Mensch ertragen sollte. Und wir könnten damit eine öffentliche Panik auslösen.«

»Oder die Öffentlichkeit schützen, indem wir sie warnen«, argumentierte Mettner.

Gretchen griff nach ihrem Kaffee und trank einen Schluck. »Ja, das stimmt natürlich auch, aber ich denke, die Presse wird das Ganze als eine Sache zwischen den Eltern des West-Denton-Busunglücks vermarkten – das liefert ihnen wahrscheinlich die höchsten Quoten. Das Problem bei diesen Fällen jetzt ist, dass wir nicht die geringsten brauchbaren Spuren haben. Absolut nichts. Null.«

»Dann lasst uns doch das alles noch mal durchgehen«, sagte Noah. »Eins nach dem andern.«

Josie und Gretchen brachten ihn zusammen auf den neuesten Stand. »Wir wissen zwar schon eine Menge darüber, was in den Monaten und sogar Stunden vor dem Busunfall passiert ist«, schloss Josie, »aber das Problem ist, dass wir noch keine Verbindung zu Krystals Ermordung und Fayes Verschwinden erkennen können.«

»Und zwar, weil es überhaupt keine Verbindung zu geben scheint«, fügte Mettner hinzu. »Bis auf die Tatsache, dass der Spitzname von Wallace Cammack auf den Arm von Krystal Duncan geschrieben wurde. Abgesehen davon gibt es überhaupt keine Verbindung zum Busunfall.«

»Nur dass zwei Mütter von Kindern, die beim Unfall getötet wurden, verschwunden sind«, meinte Noah. »Und eine von ihnen ist jetzt tot und wurde am Grab ihrer Tochter abgelegt.«

»Ja, schon«, erwiderte Mettner, »aber was ich sagen will, ist, dass ihr euch vielleicht zu sehr auf den Busunfall fokussiert. Vielleicht ist das ja eine falsche Fährte. Josie hat doch gesagt, dass in den Monaten – möglicherweise auch dem Jahr – vor dem Unfall irgendwelche Gegenstände in den Häusern der Palazzos und der Cammacks verschwunden sind, oder? Es gab aber keine Einbrüche. Und es wurden auch keine Polizeiprotokolle angefertigt.«

»Bis auf das eine wegen Faye Palazzos Ohrringen, die – soweit wir wissen – wieder in ihr Haus zurückgebracht wurden, als sie verschwand«, ergänzte Gretchen. »Es könnten natürlich auch Kopien sein. Ich hab die Kollegen von der Tatortermittlung gebeten nachzuforschen, ob es die echten Tiffany-Ohrringe sind oder nicht.«

»Okay«, meinte Mettner. »Aber wir suchen noch immer eine Person, die in diesen Häusern ein und aus gehen und auch an Wertsachen gelangen konnte – jemanden, der definitiv aus mindestens zwei der Häuser Dinge entwendet hat. Ich wette, wenn ihr die gesamte Nachbarschaft befragt, werdet ihr noch eine Menge ähnlicher Geschichten hören.«

»Du meinst also, wir suchen nach einem Dieb, der zum Mörder wurde?«, fragte Josie.

Mettner zuckte mit den Achseln. »Manchmal verlegen sich Kriminelle von harmloseren Verbrechen auf Gewaltverbrechen. Das kommt durchaus vor. Aber was ich eigentlich meine, ist, dass wir uns nicht auf eine einzige Theorie versteifen dürfen – wie eben die Verbindung zu dem Busunfall.«

»Da gehe ich mit«, sagte Noah.

Josie und Gretchen starrten beide Noah an, dann Mettner und schließlich wieder Noah. »Ich fass es nicht«, meinte Gretchen. »Das ist wahrscheinlich das erste Mal, dass ihr beide euch in einer Sache einig seid.«

Alle mussten lachen. Dann sagte Gretchen: »Okay, Mett. Dann verfolg doch mal bitte diese Richtung. Fahr nach West Denton und frag dort ein wenig herum. Wenn die Diebstähle verbreiteter waren, gibt es vielleicht ja eine Chance, dass jemand was gesehen hat.«

»Ich glaube, dass der Dieb und der Mörder – ob sie nun dieselbe Person sind oder nicht – jemand ist, der sowohl die Palazzos als auch die Cammacks kennt«, mutmaßte Josie. »Wie Gloria und Nathan gesagt haben, und auch Sebastian, gingen immer Leute in den Häusern der anderen aus und ein, bei Partys oder sonstigen Gelegenheiten. Und weder Krystal noch Faye haben sich zur Wehr gesetzt. Es gab keine Anzeichen für einen Kampf. Faye wollte sich gerade zum Mittagessen mit ihrem Mann an den Tisch setzen.«

»Krystal hatte ein halb ausgetrunkenes Weinglas auf ihrem Couchtisch stehen. Das haben wir festgestellt, als wir nach ihrem Verschwinden ermittelt haben. Ehe du wieder zurück aufs Revier gekommen bist«, erläuterte Noah für Josie.

»Man würde wahrscheinlich nicht zweimal überlegen, eine

Mahlzeit oder ein Glas Wein stehen zu lassen oder ohne Handy oder Geldbörse aus dem Haus zu gehen, wenn jemand aus der Nachbarschaft vorbeischaut und mit einem reden will oder einen bittet, mal kurz rauszukommen«, überlegte Josie.

»Jemand sollte eine Liste, ein Diagramm oder sowas in der Art von den Familien dort anfertigen, woraus ersichtlich ist, wie vertraut sie jeweils miteinander waren«, schlug Gretchen vor.

»Kann ich machen«, bot sich Mettner an. »Und ich kann bei allen Personen, mit denen ich spreche, das Vorstrafenregister prüfen.«

»Ich kann Mett dabei unterstützen«, meinte Noah. »Wir werden an ziemlich viele Türen klopfen müssen. Wir dürfen aber Faye Palazzo nicht aus den Augen verlieren. Apropos: Die Kollegen von der Spurensicherung haben heute Vormittag angerufen und hatten noch ein sehr interessantes Detail zu bieten, nämlich dass zwei Kartons weiße Kerzen auf Faye Palazzos Küchentisch standen, als sie verschwand.«

»Ja, daran erinnere ich mich«, sagte Josie. »Auf den Kartons stand, dass sie jeweils fünfzig Stück enthielten.«

Noah nickte. »Nur dass in jedem der Kartons nur noch zweiundvierzig Kerzen waren.«

»Okay«, meinte Josie. »Wann hat Faye sie besorgt? Und konnte Sebastian erklären, wo die fehlenden sechzehn Kerzen geblieben sind?«

»Sie hat sie zwei Wochen vor ihrem Verschwinden besorgt«, erklärte Mettner, »und nach Sebastians Kenntnisstand sind keine davon verwendet oder an jemand anderen ausgegeben worden. Es hätten eigentlich wirklich fünfzig in jedem Karton sein müssen.«

»Es waren aber keine fünfzig mehr drin«, meinte Noah. »Und ein erster Vergleich zwischen dem Wachs von Faye Palazzos Kerzen für die Mahnwache und dem, das in Krystal Duncans Kehle gefunden wurde, hat ergeben, dass es sich mit hoher Wahrscheinlichkeit um dasselbe Wachs handelt. Um das hundertprozentig zu bestätigen, müssen wir die Proben natürlich noch ans Labor der Staatspolizei schicken, beziehungsweise für eine noch gründlichere Analyse sogar ans FBI-Labor, aber die kann Wochen dauern.«

»Also gut«, sagte Gretchen. »Nehmen wir mal an, dass das Wachs, das in Krystal Duncans Kehle gefunden wurde, von Faye Palazzos Kerzen für die Mahnwache stammt. Was bedeutet das dann? Entweder hat Faye Krystal getötet und inszeniert jetzt ihr eigenes Verschwinden, oder Sebastian, ihr Ehemann, hat Krystal umgebracht.«

»Und vielleicht hat Faye das herausgefunden und dann hat er auch noch sie umgebracht?«, spann Josie den Faden nicht ganz ernsthaft weiter.

Gretchen drückte ihren Nasenrücken mit Daumen und Zeigefinger. »Was für ein Durcheinander. Wenn Sebastian Krystal Duncan getötet und auch seiner Frau etwas angetan hat, dann zieht er jetzt wirklich die oscarreifste Show ab, die ich jemals gesehen hab. Er war gestern Abend so hysterisch, dass ich ihm mit einer Zwangseinweisung ins Krankenhaus drohen musste, damit er sich beruhigt.«

»Dann ist er es vielleicht doch nicht«, wandte Mettner ein. »Vielleicht hat ja jemand anderes genau deswegen Fayes Kerzen genommen, um unsere Aufmerksamkeit auf Sebastian zu lenken. Aber egal. Wenn die Person, die Krystal entführt hat, auch hinter Fayes Verschwinden steckt, dann ist Faye in großer Gefahr.«

»Aber irgendjemand hätte in das Haus der Palazzos kommen müssen, um die Kerzen mitzunehmen, falls es dieselben sind, die bei Krystals Ermordung verwendet wurden. Wer könnte das denn gewesen sein? In euren Berichten steht, dass sie außer mit ihrem Ehemann mit niemandem Umgang hatte«, meinte Noah.

»Soweit ihr Ehemann es mitbekommen hat«, wandte Josie ein. »Sie war immer den ganzen Tag allein, außer wenn er zum

Mittagessen kam. Sie hätte auch jemanden zu Besuch haben können, ohne dass er es wusste.«

»Wenn das der Fall war, sind wir wieder bei einer Person angelangt, die sowohl Krystal als auch Faye kannten. Faye hätte sicher keinen Fremden ins Haus gelassen, während ihr Mann bei der Arbeit war«, sagte Gretchen.

»Das stimmt allerdings«, räumte Josie ein. »Ich glaube, wir müssen Krystal noch mal unter die Lupe nehmen. Mit ihr hat alles angefangen. Irgendwas hat sie veranlasst, sich die Einzelheiten des Busunfalls näher anzusehen, und wir wissen, dass sie zumindest ein Detail herausgefunden hat, das sie zutiefst verunsichert hat. Wir wissen, dass sie ein Treffen mit Virgil Lesko verlangt hat, um ihn etwas zum Unfalltag zu fragen, aber wir wissen nicht, was sie fragen wollte. Weswegen hat sie überhaupt nachgeforscht, und was hat sie noch herausgefunden? War es etwas, wofür jemand sie umbringen würde?«

»Ich kann den Kieferorthopäden anrufen, zu dem Nathan die Kinder am Tag des Unfalls hätte bringen sollen, und rausfinden, ob sie in letzter Zeit Kontakt zur Praxis aufgenommen hat«, sagte Mettner.

Gretchen zog ihr Notizbuch zu sich heran und schrieb etwas auf.

Noah legte seine Hand auf einen Stapel von Dokumenten auf Josies Schreibtisch. »Sind das die Unterlagen aus der Anwaltskanzlei, in der Krystal gearbeitet hat? Habt ihr darin nichts gefunden?«

»Ja, das sind die ganzen Fälle, an denen sie gearbeitet hat«, antwortete Josie. »Und nein, wir haben nicht den geringsten Hinweis gefunden. Aber seht sie euch gern selbst noch mal an.«

»Wenn Mettner und ich zurückkommen, gehen wir sie kurz durch. Acht Augen sehen mehr als vier. Und außerdem haben wir dann hoffentlich bereits eine umfangreichere Liste mit Namen von Nachbarn und potenziellen Dieben zur Verfügung.«

Gretchen schaltete sich ein. »Ich möchte eine Einheit abstellen, die Sebastian Palazzo observiert. Im Moment befindet er sich meines Wissens zu Hause. Wir müssen auch noch sein Alibi einholen für die Zeit, in der Krystal verschwand und ermordet wurde.«

»Da kümmern wir uns drum, da wir ja ohnehin für die Befragungen in der Gegend sind«, erwiderte Mettner.

»Ich weiß, dass wir uns nicht zu sehr auf den Unfall versteifen sollten«, meinte Josie, »aber ich denke, es lohnt sich doch, da genauer hinzusehen. Während Noah und Mett die Spur mit den Diebstählen verfolgen, kann Gretchen als Leiterin der Ermittlungen von damals mich vielleicht im Detail über den Unfall informieren.«

»Glaubst du denn, das wird uns helfen, Faye Palazzo zu finden?«, warf Mett ein.

»Das glaub ich nicht«, antwortete Josie. »Ich denke, am ehesten können wir Faye Palazzo finden, wenn wir die Medien informieren. Aber wir können in der Zwischenzeit ja schlecht tatenlos rumsitzen und auf den Durchbruch hoffen. Wir müssen irgendwie weiterkommen, und dafür ist es schon sinnvoll, sich das Busunglück genauer anzuschauen. Vielleicht übersehen wir ja etwas. Oder jemanden. Vielleicht jemanden am Rand des Geschehens.«

Gretchen stand auf. »Du hast recht, Boss. Amber, lass uns eine Presseerklärung vorbereiten. Dann legen wir es dem Chief vor und du kannst zusammen mit ihm eine Pressekonferenz abhalten, während wir anderen schon mal anfangen, die gerade besprochenen Spuren zu verfolgen.«

Amber lächelte gequält. »Hurra, arbeiten mit dem Chief. Welch ein Vergnügen!«

FÜNFUNDZWANZIG

Noah und Mettner gelang es, das Revier zu verlassen, ohne die Presseleute auf sich aufmerksam zu machen. Gretchen und Amber verschwanden in Chitwoods Büro. Josie fuhr ihren Computer hoch und suchte sich die Polizeiakten zum Busunfall von West Denton heraus. Die ersten Notrufe waren zwischen fünfzehn Uhr dreißig und fünfzehn Uhr fünfundvierzig eingegangen, weil Schulkinder von ihren Bushaltestellen heimgelaufen waren und ihren Eltern erzählt hatten, dass Mr Lesko eigenartig gelallt hatte und sehr unberechenbar gefahren war. Um fünfzehn Uhr siebenundvierzig war der Notruf eines Autofahrers eingegangen, den der Schulbus beinahe gestreift hatte. Um fünfzehn Uhr fünfzig waren die ersten Streifen losgeschickt worden. Aber noch bevor sie den Bus einholen konnten, um ihn zu stoppen, war der Unfall schon geschehen. Um fünfzehn Uhr achtundfünfzig, genau als die letzten sechs Kinder – Heidi Byrne, Gail Tenney, Nevin Palazzo, Bianca Duncan und Wallace und Frankie Cammack – hätten aussteigen sollen, schlingerte der Bus an der Haltestelle vorbei, raste über die Bordsteinkante und überschlug sich einmal, bevor sich seine hintere Hälfte um eine große Platane auf einem Privatgrundstück wickelte. Die ersten Streifen kamen um sechzehn Uhr fünf zum Unfallort. Zu diesem Zeitpunkt war der Hausbesitzer, in dessen Garten der Bus gestrandet war, bereits herausgelaufen und versuchte verzweifelt, die Kinder aus dem Wrack zu bergen.

Aber es war zu spät.

Gail, Nevin, Bianca, Wallace und Frankie waren alle sofort tot. Heidi wurde von einem Notarztwagen ins Denton Memorial Hospital transportiert, wo sie eine Woche lang bleiben musste. Sie hatte eine Gehirnerschütterung, mehrere gebrochene Rippen und einen Milzriss erlitten, der glücklicherweise gut heilte. Virgil Lesko wurde ohne Bewusstsein am Unfallort aufgefunden. Gretchen konnte später im Krankenhaus mit ihm sprechen. Zuerst wurde von mehreren Seiten in den Medien darüber spekuliert, ob Lesko gesundheitliche Probleme gehabt hatte, vielleicht einen Schlaganfall, aber dann wurde – zumindest Gretchen und den behandelnden Ärzten – schnell klar, dass er unter dem Einfluss sowohl von Alkohol als auch von Oxycodon gestanden hatte. In seiner ersten Aussage hatte er gegenüber Gretchen zugegeben, vor seiner Nachmittagsschicht ein Glas getrunken zu haben, bestand aber darauf, nichts anderes genommen zu haben und ganz bestimmt keine Betäubungsmittel. Auf die Frage, ob er seinen Schulbus regelmäßig nach dem Genuss von Alkohol fuhr, antwortete er: »Nein, natürlich nicht.« Gretchen hatte ihn daraufhin gefragt, warum er an diesem Tag etwas getrunken hatte. In ihren Notizen stand: »Mr Lesko berichtete, dass er an diesem Tag aufgewühlt war, weil seine Mutter von diesem Vormittag an nur noch palliativ versorgt werden sollte.« Aus weiteren Notizen ging hervor, dass nach Leskos Angaben seine alte Mutter bei ihm lebte und schon seit einigen Jahren mit Brustkrebs zu kämpfen hatte.

Josie scrollte weiter durch die Unterlagen in der Akte, und die Fotos vom Unfallort hätten beinahe ihr Frühstück wieder zutage gefördert. Beim Durchsehen der Fotos stieß sie auf Bilder von Leskos Auto, das er am Busdepot geparkt hatte, bevor er mit dem Bus zu seiner Nachmittagsroute aufgebrochen war. Im Auto waren weder leere Flaschen von Alkoholika noch Fläschchen mit dem verschreibungspflichtigen Oxycodon entdeckt worden. Es fand sich darin lediglich die Sportkleidung, die er als Schiedsrichter für die Baseball- und Softball-Jugendliga trug, eine Baseballcap, ein paar Fastfoodverpackungen, eine zerknüllte Tankstellenquittung und ein Stapel geöffneter Briefe, darunter eine Stromrechnung und ein Schreiben des Denton Memorial Hospital.

Unvermittelt blickte Gretchen Josie über die Schulter und fragte: »Und, was meinst du?«

Josie schreckte aus ihren Gedanken hoch. »Das Ganze wirkt ziemlich eindeutig. Wenn ein Mörder es auf Virgil Lesko und seine Familie abgesehen hätte, würde mir das einleuchten, aber doch nicht auf die Eltern der getöteten Kinder. Ich verstehe das einfach nicht.«

Gretchen stieß einen Seufzer aus. »Vielleicht hat Mett ja recht. Vielleicht dient die ganze Unfallgeschichte nur als Ablenkungsmanöver.«

»Und was dann?«, wollte Josie wissen. »Dann treibt also da draußen ein Serienkiller sein Unwesen? Und hat sich auf trauernde Mütter spezialisiert?«

Gretchen lachte trocken. »Das S-Wort würde ich jetzt lieber noch nicht verwenden.«

»Okay, okay«, meinte Josie. »Aber es kann doch kein Zufall sein, dass ausgerechnet zwei von diesen Müttern in der vergangenen Woche verschwunden sind.«

»Wir müssen allerdings auch bedenken, dass fast alle Details über den Unfall innerhalb der Nachbarschaft von West Denton bekannt waren. Alle von dort hatten irgendwie Zugang zu diesen Familien und könnten so auch Dinge erfahren haben, über die in den Medien nicht berichtet wurde. Und vielleicht benutzt so jemand den Unfall als Ablenkungsmanöver. Bringt Krystal um, entführt Faye und möchte, dass wir uns mit dem Unfall befassen, damit wir nicht auf sie oder ihn kommen.«

»Könnte sein«, pflichtete Josie Gretchen bei. »Wir sollten jedenfalls keinen Tunnelblick haben und uns nur auf den Unfall fokussieren. Dann übersehen wir womöglich etwas direkt vor unserer Nase. Und auf der anderen Seite sollten wir uns den Unfall ganz genau ansehen, wenn auch nur, um das Thema abzuhaken.«

»Du hast die Akte ja vor dir«, meinte Gretchen.

»Nein«, sagte Josie. »Ich möchte die Strecke, die der Bus an diesem Tag genommen hat, lieber abfahren.«

Gretchen zuckte mit den Achseln. »Dann mal los!«, meinte sie, entweder weil sie Josie einen Gefallen tun wollte oder weil es ohnehin keine echte andere Spur gab.

Da den Journalisten eine ausführliche Pressekonferenz in einer Stunde angekündigt worden war, war der Parkplatz zum Glück jetzt leer. Gretchen fuhr zum Busdepot, einem großen umzäunten Gelände in South Denton, vollgeparkt mit großen gelben Schulbussen. Ein winziges Flachdachgebäude diente als Büro. Gretchen blieb außerhalb des Tors stehen, das jetzt wegen der Sommerferien geschlossen war. »Virgil ist zwischen der Morgen- und der Nachmittagsschicht nach Hause gegangen, um sich um seine Mutter zu kümmern.«

»Lebt sie denn noch?«, wollte Josie wissen.

»Nein. Sie ist zwei Monate nach dem Unfall verstorben. Ted Lesko hat alles organisiert, weil Virgil zu diesem Zeitpunkt bereits im Gefängnis saß.«

»Und wie läuft das hier gewöhnlich ab? Er kommt, parkt vor dem Gebäude und setzt sich dann in seinen Bus?«

»Er stempelt sich zuerst ein und setzt sich dann in seinen Bus«, korrigierte Gretchen. »Normalerweise hat hier ein Schichtleiter Dienst, aber an diesem Nachmittag war er nicht da. Seine Frau bekam ein Baby und deswegen war das Depot am Nachmittag ohne Aufsicht. Er dachte nicht, dass das ein Problem sein würde – alle Fahrer wussten, was zu tun war, und er hatte mit einem der Fahrer, die als Letzte ins Depot zurückkommen sollten, vereinbart, dass er das Tor am Spätnachmittag abschließen würde.«

»War denn sonst niemand hier, als Virgil sich eingestempelt hat?«

»Nein«, antwortete Gretchen. »Er kam etwas zu spät. Alle anderen Busfahrer hatten sich bereits eingestempelt und waren schon mit ihren Bussen weggefahren.«

»Mein Gott«, sagte Josie. »Hätte der Schichtleiter sich an diesem Tag nicht freigenommen ...«

»... hätte er womöglich bemerkt, dass Virgil an diesem Tag nicht fahrtüchtig war«, beendete Gretchen ihren Satz. »Ja. Tragisch.«

Josie schloss die Augen. Ihr Brustkorb fühlte sich an wie in einem Schraubstock. Hätte doch, hätte doch ... Hätte die Frau des Schichtleiters doch nicht gerade an dem Tag Wehen bekommen. Hätte Nathan doch bloß die Termine beim Kieferorthopäden an dem Tag nicht abgesagt, dann wären zumindest drei der Kinder noch am Leben. Hätte Gloria doch nur an dem Tag nicht ihren unverzichtbaren Terminkalender vergessen und wäre sie doch nur nicht heimgefahren, um ihn zu holen. Dann hätte sie nicht gesehen, dass die PlayStation verschwunden war und auch Nathan nicht angerufen und nicht darauf bestanden, dass er die Termine absagte. Aber wo sollte das noch hinführen, fragte sich Josie. Hätte die Person, die aus den Häusern der Familien in West Denton Dinge stahl, doch nur an dem Tag nicht die PlayStation genommen. Wäre bei Virgil Leskos Mutter doch nur nicht genau an diesem Morgen mit der Palliativversorgung begonnen worden.

Hätte sie Lisette in der Nacht, in der auf sie geschossen wurde, doch nur gesagt, sie solle in ihr Hotelzimmer zurückgehen.

»Alles in Ordnung, Boss?«, erkundigte sich Gretchen.

Josie verscheuchte die Bilder von Lisettes Körper, der im Schrothagel zuckte, aus ihrem Kopf und richtete ihre Aufmerksamkeit wieder auf den Busunfall. In ihrem Hinterkopf stieg eine leise Ahnung auf. Hätte doch, hätte doch ..., murmelte sie vor sich hin.

Gretchen legte ihre warme Hand auf Josies Unterarm. »Josie!«

Die Puzzleteile in Josies Kopf fügten sich plötzlich zu einem Ganzen. Sie schlug die Augen auf. »Virgil Leskos Mutter wurde gar nicht erst seit jenem Morgen palliativ versorgt.«

»Was?«

»Bevor wir gefahren sind, hab ich doch die Akte durchgesehen, und da gab es Fotos von Virgils Auto. Da war auch Post drin. Die Kollegen von der Spurensicherung haben davon Fotos gemacht, und ein Brief war eine Abrechnung vom Denton Memorial. Für häusliche Palliativversorgung im Monat vor dem Busunfall.«

»Bist du dir sicher?«, fragte Gretchen erstaunt.

»Ja«, erwiderte Josie. »Ich bin mir sicher. Ziemlich sicher sogar. Aber wir können es nachher auf dem Revier noch mal überprüfen.«

»Wieso sollte Virgil Lesko einen falschen Grund dafür angeben, warum er an diesem Tag etwas getrunken hatte?«, meinte Gretchen.

»Ich weiß es nicht. Vielleicht hat er ja regelmäßig getrunken und das war einfach das erste Mal, dass er erwischt wurde?«

»Er hatte wirklich eine Menge Oxycodon im Körper.«

»Hat aber geleugnet, dass er es genommen hat«, merkte Josie an.

Beide schwiegen für einen Moment. Dann meinte Josie: »Lass uns weiterfahren.«

Gretchen fuhr wieder auf die Straße und an der Grundschule von Denton West vorbei. »Er erreicht die Schule, wo die Kinder schon warten, weil er zu spät dran ist.«

Sie folgte weiter der Schulbusroute durch die Straßen von West Denton und checkte dabei von Zeit zu Zeit auf ihrem Handy die Koordinaten der Haltestellen, die sie zuvor auf dem Revier in ihre GPS-App eingegeben hatte. »Die Haltestellen befinden sich alle an Ecken und decken in etwa drei oder vier Querstraßen ab. Jedes Mal, wenn er anhält, lässt er drei bis sechs Kinder raus, die dann entweder allein nach Hause laufen oder deren Eltern schon an der Haltestelle warten. An diesem Tag haben allerdings keine Eltern gewartet.«

Hätte doch ..., dachte Josie. Hätte an jenem Tag doch nur ein einziges Elternteil an einer der Haltestellen gewartet. Dann hätte vielleicht jemand bemerkt, dass Lesko völlig weggetreten ist, und ihn am Weiterfahren gehindert.

»Hier ist die dritte Haltestelle«, verkündete Gretchen, als sie an einer weiteren idyllischen Straßenecke von West Denton stehen blieb. »Von hier sind ein paar Kinder nach Hause gelaufen und haben ihren Eltern erzählt, dass mit Mr Lesko etwas nicht stimmt.«

Sie fuhr vier Querstraßen weiter und ließ das Auto an der nächsten roten Ampel ausrollen. »Das ist die Stelle, an der er beinahe ein anderes Auto gestreift hätte. Dieser Fahrer hat dann die 911 angerufen.«

»Wie viele Haltestellen sind es noch?«, erkundigte Josie sich.

Die Ampel wurde grün und Gretchen beschleunigte auf der Kreuzung. »Zwei. An der nächsten Haltestelle lässt er drei Kinder aussteigen, sodass jetzt nur noch Heidi, Gail, Nevin, Bianca, Wallace und Frankie im Bus sind. Und an der Haltestelle danach – der letzten überhaupt – baut er dann den Unfall.«

Gretchen bog nach rechts ab in eine Straße, die Tallon Street hieß und auf der rechten Seite von Häusern gesäumt war. Links erstreckte sich ein Waldstreifen. Am Straßenrand stand eine riesige Tafel mit der Aufschrift »Grundstück zu verkaufen. 20 Hektar«. Darunter eine Telefonnummer. »Das Stück Land hier steht seit Jahren zum Verkauf«, kommentierte Gretchen. »Ich hab was darüber in der Zeitung gelesen. Die Immobilienentwickler wollen Wohnblöcke errichten, aber die Anwohner wollen eine Grünfläche. Das geht jetzt schon seit zehn Jahren hin und her.«

Kurz vor der nächsten Querstraße war links eine Lücke zwischen den Bäumen. Eine Zufahrt aus plattgefahrenem Erdreich führte zu einer gerodeten Fläche jenseits des Baumstreifens. Beim Vorbeifahren sah Josie etwas Pinkfarbenes aufblitzen.

»Stopp!«, rief sie.

»Was?«

»Kehr bitte um«, bat Josie. »Fahr zurück zu dieser Lücke zwischen den Bäumen.«

Gretchen blickte in den Rückspiegel und wendete schwungvoll. Dann bog sie rechts ab. Sie holperten die unbefestigte Zufahrt entlang bis zur anderen Seite des Waldstreifens, wo eine breite Schneise gerodet worden war. Jetzt gab es dort nur noch Gras und schmutziges Erdreich.

Josie blieb fast das Herz stehen. »Guter Gott!«, flüsterte Gretchen neben ihr. Mitten auf der offenen Fläche kniete – den Kopf in den Nacken gelegt und die toten Augen starr zum Himmel gerichtet – Faye Palazzo.

SECHSUNDZWANZIG

Als sie aus dem Auto ausstiegen, war Gretchen bereits an ihrem Handy, forderte Streifen, einen Notarztwagen, das Team der Spurensicherung und Dr. Feist an und bat alle, diese Neuigkeit noch nicht über Polizeifunk durchzugeben. Josie näherte sich Fayes Leiche und trotz der drückenden Augusthitze fuhr ihr ein kalter Schauder über den Rücken. Wie bei Krystal Duncan war auch bei Faye die Haut hellrot. Sie sah lebendig und gesund aus, bis Josie ihr so nah gekommen war, dass sie die erstarrten Wachstropfen an Lippen und Kinn und die trüben, blicklosen Augen wahrnahm. Fayes braunes Haar hing offen über ihren Rücken hinab. An ihrem rechten Ohrläppchen funkelte ein Diamantstecker, der auf der linken Seite fehlte dagegen. Fingerabdruckgroße Blutergüsse zogen sich unter ihrem Kinn entlang. Ihre Arme waren auf den Oberschenkeln platziert, Handflächen und Unterarme zeigten nach oben. Weitere blassviolette Blutergüsse, größer als die anderen, verunstalteten die Haut dort.

Faye Palazzo hatte gekämpft.

Auf die Innenseite eines ihrer Unterarme war mit schwarzem Marker *GAIL* geschrieben worden.

»Gail Tenney«, murmelte Josie und stieß einen Atemzug aus, den sie bisher unbewusst gehalten hatte. Traurigkeit überkam sie.

Gretchen näherte sich von hinten. »Wie hast du sie bloß gesehen? Aus dem Auto?«

»Hab ich nicht«, meinte Josie. »Ich hab einfach nur was Pinkfarbenes durch die Bäume wahrgenommen.«

Sie drehten sich beide in die Richtung, aus der sie gekommen waren, und gingen wenige Meter nach rechts, wo sie die Straße mit den vorbeifahrenden Autos gut sehen konnten. Direkt gegenüber der unbefestigten Zufahrt war auf der anderen Straßenseite eine große Lücke zwischen zwei Häusern. Faye war ausgestellt worden, aber nicht so offensichtlich, dass gleich die erste vorbeifahrende Person sie sehen würde. Aus dem Fenster eines der Häuser, die dem Waldgelände zugewandt waren, wäre sie auch nicht so leicht zu entdecken gewesen. Zumindest nicht sofort. Aber es bestand doch die Möglichkeit, dass irgendwann jemand aus der Nachbarschaft wie Josie durch die Bäume einen Streifen Pink von Fayes Kleidung erspäht hätte und nachsehen gegangen wäre.

Josie drehte sich langsam um sich selbst und nahm die Umgebung in sich auf. Hinter Faye war ein großer Erdhaufen und darauf folgten wieder Bäume. Auf dem Erdreich gab es Reifenspuren, aber es waren so viele und sie überlagerten sich kreuz und quer, sodass nur Fragmente übrig waren und keine klare Spur, von der man einen Abdruck hätte nehmen können. »Shit«, fluchte sie.

»Ich kapier's nicht«, seufzte Gretchen. »Warum gerade hier?«

»Vielleicht wollte der oder die Mörder sie nicht auf dem Friedhof lassen, weil dort zu viel los ist. Das war schon beim ersten Mord ein ziemliches Risiko. Vielleicht ist der Grund, dass dieser Ort hier an der Busstrecke liegt. Jeder auf dieser Brachfläche hätte den Bus damals vorbeifahren sehen können.«

»Ich glaub nicht ...«

Gretchens Satz ging im Aufheulen eines Motors unter. Ein weißer Pick-up bog schleudernd auf den Feldweg ein und kam direkt auf sie zugeschossen. Die Sonne spiegelte sich in der Windschutzscheibe, sodass nicht zu erkennen war, wer hinter dem Steuer saß. Ohne abzubremsen, raste der Wagen an Gretchens Auto vorbei und direkt auf die beiden Ermittlerinnen zu. Josies Körper geriet in Bewegung, ohne dass sie vorher den Entschluss dazu gefasst hatte. Sie warf sich auf Gretchen und brachte sie zu Fall. Der Pick-up fuhr einfach weiter. Josie rollte von Gretchen herunter und zog dabei in einer geschmeidigen Bewegung ihre Glock aus dem Holster, bis sie schließlich auf dem Rücken lag, den Kopf angehoben, die Glock in beiden Händen auf den Wagen gerichtet, der jetzt in den Erdhaufen vor den Bäumen knallte.

Neben Josie rang Gretchen nach Luft. Noch bevor Josie sich um sie kümmern konnte, ging die Tür auf der Fahrerseite quietschend auf. »Nicht bewegen!«, rief Josie und zielte auf die Fahrerkabine. »Stopp! Polizei! Nehmen Sie die Hände hoch!«

Heidi Byrne kam aus dem Wagen gestolpert und landete auf allen Vieren am Boden. Aus einem Schnitt an ihrer Stirn strömte Blut. Josie senkte die Waffe und sprang auf die Füße. Die Waffe an ihrer Seite auf den Boden gerichtet, rannte sie auf Heidi zu.

»Heidi? Was geht hier vor? Was machst du?«

Josie blickte in die Fahrerkabine, aber sie war leer. Aus der zusammengequetschten Kühlerhaube stieg eine dünne Rauchsäule auf. Josie steckte ihre Waffe weg, griff in den Wagen, schaltete den Motor aus und steckte sich die Autoschlüssel in die Tasche. Dann legte sie ihre Hand auf Heidis zitternden Rücken. Vom Kopf des Mädchens tropfte Blut auf die Erde. Sie sah zu Josie hinauf. »Ist das ... ist das Mrs Palazzo?«

Josies Blick wanderte hinüber zu Fayes Leiche, die noch immer aufrecht kniete, die Hände im Schoß und mit zurückgelegtem Kopf. Sie stellte sich zwischen Heidi und Faye. »Ja«, antwortete sie. Sie griff nach dem Saum ihres Poloshirts, ging in die Hocke und presste den Stoff gegen Heidis Kopf, um die Blutung zu stoppen. »Was tust du hier, Heidi? Und wessen Pick-up ist das? Du bist noch nicht mal alt genug zum Fahren.«

Heidi setzte sich auf und Josie folgte ihrer Bewegung und versuchte, weiterhin den Shirtzipfel auf die Wunde an Heidis Stirn zu pressen. »Was ist mit ihr passiert?«, fragte Heidi.

»Das wissen wir nicht«, antwortete Josie. Sie sah sich um. Gretchen rappelte sich gerade mühsam hoch und kam langsam herübergelaufen.

Als sie vor den beiden stand, blickte Heidi zu ihr auf. »Entschuldigung. Es tut mir total leid. Ich wollte das nicht – ich wollte Sie nicht verletzen.«

»Bist du uns gefolgt?«, fragte Gretchen.

Josie zog ihr Shirt weg und bemerkte erleichtert, dass die Blutung schwächer geworden war. Gretchen fischte aus einer ihrer Taschen ein Taschentuch und gab es Heidi. »Danke«, sagte Heidi und presste es auf die Wunde. »Ja, ich bin Ihnen gefolgt. Tut mir leid.«

»Ab dem Polizeirevier?«, hakte Josie nach.

»Ich wollte mit Ihnen sprechen, aber als ich ankam, waren da diese ganzen Reporter. Dann sind sie weg, aber mir war das Ganze unangenehm, und so bin ich Ihnen nachgefahren. Dann musste ich an einer Ampel anhalten und hab Sie verloren. Im Vorbeifahren hab ich gedacht, dass ich Ihr Auto sehe, und konnte gerade noch abbiegen. Ich wollte überhaupt nicht beschleunigen, aber dann hab ich Mrs Palazzo gesehen und konnte nicht ... Ich hab einfach die Kontrolle über das Auto verloren, und ich ...«

»Wem gehört denn der Pick-up?«, fragte Josie.

»Meinem Dad«, sagte Heidi, als wäre das die normalste Sache der Welt. Sie nahm das Taschentuch von ihrer Stirn, aber es kam noch immer Blut. Sie presste das Tuch wieder dagegen und meinte: »Er hat zwei Autos. Er sagt, bei dem hier geht die Lichtmaschine langsam kaputt, aber ich hab noch nie Probleme damit gehabt.«

Gretchen und Josie sahen sich an und Josie wusste, dass Gretchen dasselbe dachte wie sie: »noch nie Probleme gehabt« konnte nur bedeuten, dass Heidi den Wagen schon oft benutzt hatte. »Heidi«, fragte Josie, »wie oft fährst du denn mit dem Pick-up deines Vaters?«

Plötzlich war das Geräusch von Reifen auf dem Feldweg zu hören und die drei drehten die Köpfe in Richtung der Zufahrt. Mehrere Polizeiwagen kamen auf die Brachfläche gefahren, ganz wie der Fahrzeugkonvoi, der an dem Tag, an dem Dee Tenney und Josie Krystals Leiche entdeckt hatten, auf dem Friedhof erschienen war.

»Ich weiß nicht«, antwortete Heidi. »So ... manchmal ... würde ich sagen.«

Die Wagen hielten an, und Josie sah Streifenpolizisten und Hummel mit seinen Kollegen von der Spurensicherung aussteigen. Gretchen lief zu ihnen hinüber.

Josie blickte wieder zu Heidi hinunter. »Weiß dein Vater, dass du mit seinem Wagen fährst?«

Heidi verdrehte unterhalb des Taschentuchs die Augen. »Nein, natürlich nicht!«

»Wie alt bist du? Vierzehn? Du weißt, dass es verboten ist, ohne einen Führerschein oder zumindest Lernführerschein herumzufahren, oder? Du hättest heute mich und meine Kollegin beinahe umgebracht, Heidi!«

Heidis Unterlippe fing an zu zittern. »Ich schwör Ihnen, das hab ich nicht gewollt. Ich fahr immer total vorsichtig. Bis heute hab ich noch nie ein Problem gehabt. Ich wär auch stehen geblieben, aber ich war so durcheinander, als ich Mrs Palazzo gesehen hab.« Sie reckte ihren Hals, um an Josie vorbeizusehen. »Sind Sie sicher, dass sie tot ist?«

Ohne es wirklich zu wollen, blickte Josie sich zu Fayes

Leiche um. Hummel zeigt gerade ein paar Streifenpolizisten, wo das gelbe Absperrband um die Fundstelle verlaufen sollte. Hinter ihm kamen ein Notarztwagen und das Auto von Dr. Feist zum Stehen.

»Ja«, erwiderte Josie. »Es tut mir sehr leid, aber Mrs Palazzo ist tot.«

Heidi senkte den Kopf. Ein paar Sekunden später bemerkte Josie, dass ihr Tränen vom Kinn herabtropften. Ihre mageren Schultern bebten. Josie kniete sich neben sie hin und berührte sie am Arm. »Hey«, sagte sie. »Es tut mir leid. Magst du nicht mitkommen und dich in unser Auto setzen? Du musst möglichst schnell weg von hier. Aber dir ist wahrscheinlich klar, dass wir deinen Dad benachrichtigen müssen, oder?«

Heidi nickte. Mit einem Schniefen sah sie zu Josie auf. »Schon in Ordnung. Wenn Sie ihn überhaupt erreichen können.«

Josie sah zu dem Pick-up hinüber. »Wie hast du denn Autofahren gelernt?«

»Von Mrs Tenney«, antwortete Heidi. »Sie hat's mir beigebracht. Aber bitte, sie ist nicht schuld an dem hier. Ich möchte nicht, dass sie deswegen Ärger bekommt. Sie hat schon genug Probleme wegen mir. Wissen Sie, dass ihr Mann sie wegen mir verlassen hat?«

»Wie bitte?«

»Ja«, meinte Heidi. »Sie würde das niemals sagen, aber ich weiß, dass es so ist. Ihr Mann hat sie mal angeschrien und die beiden dachten, ich kann sie nicht hören. Er hat gesagt, es wäre krank, wie sie sich um mich kümmert. Als ob sie Gail durch mich ersetzen wollte. Nach diesem Streit ist er dann endgültig gegangen.«

»Tut mir sehr leid, das zu hören. Aber Leute, die trauern, sagen alles Mögliche, was sie gar nicht so meinen, Heidi«, sagte Josie. »Es ist nicht deine Schuld, dass ihre Ehe zerbrochen ist.

Sicher hatten sie noch eine Menge anderer Probleme. Und ganz viele Ehen überleben den Tod eines Kindes nicht.«

Ein weiteres Auto kam auf die inzwischen von Menschen wimmelnde Brachfläche gefahren, und Noah und Mettner sprangen heraus. Gretchen winkte sie zu sich herüber und begann, lebhaft zu gestikulieren.

»Mir egal«, erwiderte Heidi resigniert. »Sie können mir den ganzen Tag diesen Erwachsenenbullshit erzählen, aber ich weiß, was passiert ist.«

Josie richtete ihre Aufmerksamkeit wieder auf das Mädchen. »Ich wollte dir nicht ...«

»Vergessen Sie's«, unterbrach Heidi sie. »Ich wollte eigentlich nur sagen, dass Mrs Tenney mich nach dem Unfall als Einzige wie einen normalen Menschen behandelt hat. Sie wollte mir nur helfen. Ich hab nach dem Unfall solche Angst davor gehabt, in einem Auto zu sitzen. Und ich hatte danach so viele Arzttermine und musste immer mit dem Auto hin- und zurückgebracht werden, jedes Mal hin und zurück. Ich hab immer schon nach einer Minute eine Wahnsinnspanikattacke bekommen, egal in welchem Auto. Mein Dad hat überhaupt nicht gewusst, was er dagegen tun soll. Und einmal, als wir auf dem Rückweg von einem Arzttermin am Straßenrand standen, hat Mrs Tenney uns dann gesehen. Ich hab am Randstein gesessen und hyperventiliert. Da hat sie ihre Hilfe angeboten. Und danach hat sie mich dann praktisch bei sich aufgenommen, verstehen Sie?«

»Ja, den Eindruck hatte ich auch«, gestand Josie.

»Vor einiger Zeit hatte ich dann wieder im Auto die übliche Panikattacke, und Mrs Tenney – sie hat einfach angehalten. Ich dachte, jetzt wirft sie mich gleich aus dem Auto. Weil es ihr jetzt endgültig reicht mit mir. Aber dann hat sie gesagt: ›Das funktioniert so nicht, also ist jetzt Schluss damit.‹ Dann hat sie mich zu einem leeren Parkplatz gefahren und mir gesagt, ich soll mich hinters Steuer setzen.«

Ohne dass sie damit gerechnet hatte, stiegen Josie Tränen in die Augen, da ihr sofort Lisette eingefallen war. Als Ergebnis ihrer traumatischen Kindheit hatte Josie mit zahlreichen Ängsten zu kämpfen gehabt, und Lisette hatte ihr dabei geholfen, jeder einzelnen davon direkt ins Auge zu blicken. Manchmal half das, manchmal nicht, aber Lisette war bereit, einfach alles zu versuchen, und hielt nie an etwas fest, das nicht funktionieren wollte, auch wenn das bedeutete, bestimmte Regeln etwas lockerer auszulegen.

Heidi fuhr fort: »Wir haben jeden Tag fahren geübt, bis ich es gut konnte. Und dann hatte ich auch keine Angst mehr. Ich musste ihr aber schwören, dass ich es nie jemandem erzähle, und deswegen müssen Sie mir versprechen, dass Sie sie jetzt nicht verhaften oder so, okay?«

»Ich kann dir versprechen, dass sie keine Probleme bekommt, wenn du mir versprichst, nicht mehr ohne Führerschein zu fahren.«

Heidi verzog das Gesicht, rang sich aber ein »Okay« ab.

»Warum bist du uns denn hinterhergefahren?«, wollte Josie wissen. »Das hast du noch gar nicht gesagt.«

Heidi stand auf und blickte um sich, als wüsste sie nicht, wohin sie gehen sollte. Josie berührte sie am Arm. »Wir sollten dich ins Krankenhaus bringen, damit du dort untersucht wirst.«

»Nein«, erwiderte Heidi. »Mir geht's gut. Ich fühl mich gut. Ich kann meinem Dad sagen, dass er mich später hinfahren soll, wenn Sie sich Sorgen machen, aber jetzt geht das nicht. Ich bin wegen Mrs Tenney gekommen. Sie will Ihnen das nicht sagen, aber sie hat Angst.«

Gretchen kam wieder zu den beiden herüber. »Das alles hier wird noch ein paar Stunden dauern mit der Spurensicherung und so. Ich muss Heidis Vater kontaktieren, und wir brauchen wohl auch einen Abschleppwagen.«

»Sie werden ihn nicht erreichen«, sagte Heidi. »Er ist

irgendwo auf einer Baustelle. Ich hab auf jeden Fall gerade Detective Quinn gesagt, dass Mrs Tenney Hilfe braucht.«

»Warum denkst du, dass sie Hilfe braucht?«, fragte Josie nach. »Wovor hat sie denn Angst?«

»Sie benimmt sich wirklich sonderbar. Also, sie sieht ständig aus dem Fenster und prüft zweimal nach, ob alle Türen abgeschlossen sind. Heute Morgen hat sie sich wahnsinnig über irgendeine Sache mit ihrem Girokonto aufgeregt, und dann hab ich gehört, dass sie mit Mrs Cammack telefoniert hat.«

»Mit Gloria Cammack?«, fragte Gretchen.

»Ja. Sie hat irgendwie gemeint, dass sie beobachtet wird, und hat gefragt, ob sie ein paar Tage bei ihr bleiben kann. Sie hat mir gesagt, ich soll zur Arbeit ins Sommercamp gehen und dass wir uns danach bei mir zu Hause treffen sollten statt bei ihr.«

»Wer, glaubt sie denn, beobachtet sie?«, wollte Josie wissen und fragte sich im Stillen, warum Dee nicht die Polizei gerufen hatte. Hatte sie tatsächlich jemanden gesehen oder war sie einfach völlig verängstigt wegen Krystals Tod und Fayes Verschwinden?

»Keine Ahnung«, antwortete Heidi. »Aber wenn wirklich jemand sie beobachtet, dann braucht sie Hilfe. Sie würde aber niemals darum bitten. Sie müssen sie beschützen. Sonst passiert ihr noch dasselbe wie Ms Duncan oder Mrs Palazzo!« Aus Heidis Kehle kam ein Schluchzen. »Bitte!«

Dann löste sie sich in Tränen auf. Josie streckte die Hand aus, um sie wieder am Arm zu berühren, aber Heidi warf sich ihr entgegen, schlang ihr fest die Arme um die Taille und weinte sich an Josies Schulter aus. »Alles gut, Heidi, wir werden mit ihr sprechen«, redete Josie beruhigend auf die Jugendliche ein, während sie sie fest im Arm hielt und ihr Kinn auf ihren Kopf legte. Sie sah, dass Noah von drüben zu ihr herüberstarrte und brachte ein schwaches Lächeln zustande.

Gretchen schaltete sich ein: »Heidi, wie wär's denn, wenn

dich einer der Streifenwagen ins Krankenhaus fährt, während wir Mrs Tenney besuchen und mit ihr reden?«

Heidi hob ihr Gesicht von Josies Schulter. »Nein, ich will mit Ihnen fahren. Ich muss einfach wissen, dass es ihr gut geht.« Sie klammerte sich an Josie. »Boss?«, meinte Gretchen.

Josie blickte um sich. »Du hast selbst gesagt, dass das hier noch Stunden dauern wird. Und Noah und Mett sind ja schon da. Die können hier übernehmen, und wir fahren zu Glorias Haus. Heidi kann so lange bei uns bleiben, bis wir ihren Vater erreicht haben.«

Heidi ließ Josie los und wischte mit ihrem blutigen Taschentuch die Tränen weg, die ihr über die Wangen liefen. »Danke, danke!«

Josie lächelte. »Wenigstens kann ich mir dann sicher sein, dass du nicht gerade wieder ein Auto klaust.«

SIEBENUNDZWANZIG

Während sie zu Glorias Haus fuhren, hinterließ Josie zwei Nachrichten auf der Mailbox von Heidis Vater, Corey Byrne. Heidi schlug ihr vor, ihm stattdessen eine Textnachricht zu schreiben. »Er ruft nämlich nie zurück.« Bis Josie ein paar Nachrichten an ihn geschickt hatte, waren sie schon beim Haus der Cammacks angekommen. Gloria war im Geschäft, aber Dee Tenney ließ sie ins Haus. Sie versammelten sich im Wohnzimmmer und Dee kuschelte sich mit untergeschlagenen Beinen auf die Couch. Heidi setzte sich neben sie und Dee nahm sie in den Arm. Während Josie und Gretchen von den Ereignissen dieses Vormittags berichteten – angefangen bei der Entdeckung von Fayes Leiche bis hin zu der Tatsache, dass sie beinahe von Heidi im Pick-up ihres Vaters überfahren worden wären –, spiegelte Dees Gesichtsausdruck die Achterbahn der Gefühle wider, die sie gerade durchmachte: Schock, Trauer, Angst, Ärger, Sorge. Zum Schluss strich sie Heidi das Haar aus dem Gesicht und berührte vorsichtig den Schnitt an ihrer Stirn. »Schätzchen, tu sowas nie wieder, verstanden? Ich hab dir das Fahren beigebracht, damit du deine Angst überwindest, nicht damit du einfach ohne Erlaubnis den Wagen von deinem Dad nimmst.«

»Es wird nicht mehr vorkommen«, versprach Heidi.

Dee lächelte, aber Josie sah Tränen in ihren Augen aufsteigen. Sie küsste Heidi auf die Stirn. »Tut mir leid, dass du dir solche Sorgen um mich gemacht hast. Es ist nicht deine Aufgabe, dich um mich oder überhaupt irgendeinen Erwachsenen zu sorgen, aber ich weiß sehr zu schätzen, dass ich dir so wichtig bin. Das beruht übrigens auf Gegenseitigkeit.«

Heidi strahlte. Josie wollte etwas sagen, aber ihre Kehle war wie zugeschnürt. Sie fühlte Gretchens Blick auf sich. Gretchen übernahm und sagte: »Heidi, wir müssen jetzt unbedingt mit Mrs Tenney über die Ermittlungen sprechen, und ...«

Heidi unterbrach sie: »Und Sie meinen, was Sie sagen wollen, ist nicht für meine Ohren bestimmt.«

Gretchen erwiderte: »Es wäre besser, wenn wir alleine mit Mrs Tenney sprechen könnten.«

Heidi reckte trotzig das Kinn nach vorn. »Wissen Sie, wie viele Leichen ich schon gesehen hab? Sechs. Ich hab fünf von meinen besten Freunden bei diesem Busunfall sterben sehen, und heute hab ich die Leiche von Mrs Palazzo gesehen. Wissen Sie überhaupt, wie das ist?«

Gretchen hob die Brauen, und Josie wusste, dass sie sich beherrschen musste, nicht zu lachen. Gretchen hatte in ihrem Leben wahrscheinlich mehr Leichen gesehen als die gesamte Polizeibelegschaft von Denton zusammengenommen. Aber sie lachte nicht. Schließlich war es Heidi ernst, und sie wollte ein Argument anbringen. Gretchen seufzte.

»Okay. Ich glaube, wenn du alt genug bist, ohne Führerschein oder Begleitung im Pick-up deines Vaters durch die Stadt zu fahren, dann bist du wahrscheinlich auch alt genug, bei diesem Gespräch zuzuhören. Außer Mrs Tenney hat etwas dagegen.«

Dee schüttelte den Kopf. »Sie würde es ohnehin mitbekommen, wenn ich ihrem Vater später alles erzähle.«

Gretchen nahm Block und Stift heraus. »Fangen wir mit Faye an. Der Name Ihrer Tochter Gail wurde am Fundort der Leiche entdeckt.«

»Wirklich?«, sprudelte es aus Heidi heraus. »Hab ich gar nicht gesehen.«

Gretchen warf ihr einen strengen Blick zu.

»Ach ja«, meinte Heidi kleinlaut. »Wahrscheinlich, weil ich bloß im Auto dran vorbeigerast bin. Sorry. Jetzt bin ich wirklich still.«

Josie hatte ihre Stimme wiedergefunden. »Dee, können Sie sich irgendeinen Grund dafür vorstellen, dass Gails Name am Tatort gefunden wurde?«

Dee schüttelte den Kopf. »Um Gottes willen, nein. Ich habe keine Ahnung.«

»Waren Gail und Nevin Palazzo eng befreundet?«

»Nein, nicht wirklich. Ich meine, Gail ist ein paarmal bei ihm zu Hause gewesen und umgekehrt genauso. Die ganzen Kinder hier sind miteinander aufgewachsen, aber nein, die beiden waren keine sehr engen Freunde.«

»Wann haben Sie das letzte Mal mit Faye Palazzo gesprochen?«, wollte Gretchen wissen.

»Beim letzten Treffen der Selbsthilfegruppe.«

»Gab es irgendwie böses Blut zwischen Gail und Nevin?«, fragte Josie.

»Böses Blut?« Dee musste unwillkürlich lachen. »Sie waren doch Kinder!«

»Nein«, mischte Heidi sich erneut ein. »Ich weiß, ich weiß, ich hab gesagt, ich halt den Mund, aber ich hab Gail und Nevin gesehen. Sie haben sich benommen wie andere Kinder auch und sie haben sich gut verstanden. Nevin war total lieb. Jeder hat ihn gemocht. Gail konnte ganz schön frech sein – und superwitzig –, aber sie war nie gemein. Sie hat sich nichts gefallen lassen, aber sie war immer nett.«

Dee stöhnte leise auf. Blitzschnell hielt sie sich mit einer Hand den Mund zu. Heidi drehte sich mit besorgter Miene zu ihr. »Es tut mir so leid, Mrs T. So, so leid. Ich wollte Sie nicht aufregen. Ich ...«

Dee nahm ihre Hand vom Mund und fasste Heidis Hand so fest, dass ihre Knöchel weiß hervortraten. »Danke dir«, sagte sie. »Danke dafür, dass du über sie sprichst. Ich kann nie über sie sprechen. Nie erzählt mir jemand was von ihr. Irgendwelche Dinge, die ich nicht weiß. In der Selbsthilfegruppe reden wir zwar über unsere Kinder, aber nicht so. Und außerhalb der Gruppe ist es, als wäre ich unsichtbar. Wenn dein Kind tot ist, will keiner etwas davon hören.«

»Wir können über Gail sprechen, wann immer Sie es möchten«, entgegnete Heidi.

Josie und Gretchen gönnten den beiden einen Moment der Stille, damit sie sich wieder fangen konnten. Dann führte Josie das Gespräch mit einem anderen Thema fort: »Warum halten Sie sich eigentlich hier auf, Mrs Tenney?«

»Ich wollte keine große Sache draus machen, aber gestern hatte ich das Gefühl, ich hätte jemanden an der einen Seite des Hauses gesehen. Ich bin rausgegangen und ums Haus geschlichen. Ich hab niemanden gesehen, aber dann ist es mir so vorgekommen, als hätte ich Schritte gehört – als ob jemand zwischen den Bäumen hinter dem Haus davonläuft. Und heute Morgen, als ich Heidi zum Frühstück reingelassen hab, da war das Schloss an der Fliegengittertür ..., nun ja, es war beschädigt. Als hätte jemand versucht, die Tür aufzubrechen.«

»Warum haben Sie nicht die Polizei gerufen?«, wollte Gretchen wissen.

»Das wollte ich ja gerade tun, aber dann hat die Bank angerufen, und sie haben mir gesagt, dass mein Konto überzogen ist, und dann, ja, dann war ich eben damit beschäftigt. Seit Miles und ich uns getrennt haben, überweist er immer Geld auf dieses Konto und ich hole mir Bargeld am Automaten und kaufe davon Benzin und Lebensmittel und was ich sonst noch so brauche. So haben wir das vereinbart. Ich hab versucht, ihn anzurufen, konnte ihn aber nicht erreichen. Ich hatte ... ich bin einfach ziemlich in Panik geraten, weil ich meinen Mann nicht erreichen konnte und dachte, jemand hätte versucht, bei mir einzubrechen. Ich hab richtig Angst bekommen. Dann dachte ich mir, ich telefoniere mit Gloria und frage sie, ob ich bei ihr bleiben kann, und dann rufe ich irgendwann die Polizei an – das hatte ich wirklich vor.«

»Mrs Tenney, Krystal Duncan und Faye Palazzo sind beide diese Woche ermordet worden«, sagte Josie ernst. »Ich muss Sie wohl nicht daran erinnern, dass beide Frauen Mitglieder Ihrer Selbsthilfegruppe waren. Wenn Sie das Gefühl haben, dass etwas nicht stimmt, auch nur irgendetwas, müssen Sie uns augenblicklich verständigen. Ich bin mir sogar sicher, dass ich von meinem Chef die Erlaubnis bekommen würde, eine Streife vor dem Haus zu postieren, wenn Sie ein paar Tage hier bleiben möchten.«

Dee legte sich die Hand auf die Brust. »Puh. Glauben Sie wirklich, dass das notwendig ist?«

»Ja«, sagte Heidi.

»Ich denke, alle Beteiligten hätten damit ein besseres Gefühl«, meinte Gretchen.

»Na dann, in Ordnung. Ich kann Gloria Bescheid geben.«

»Haben Sie in letzter Zeit bemerkt, dass bei Ihnen zu Hause etwas fehlt?«, fragte Josie.

»Nein, da fehlt nichts.«

»Oder ist vielleicht etwas wiederaufgetaucht?«, fragte Gretchen weiter.

Dee runzelte verwirrt die Stirn. »Wiederaufgetaucht?«

»Vielleicht irgendeine Sache, die seit langer Zeit

verschwunden war und jetzt auf einmal wieder da ist?«, erklärte Josie.

»Nein. Nichts in der Art«, erwiderte Dee.

»Wenn es Ihnen nichts ausmacht, würde ich gern noch mal in die Zeit vor dem Unfall zurückgehen«, sagte Gretchen. »Mehrere Personen haben uns berichtet, dass in einem Zeitraum von einem halben bis einem Jahr vor dem Unfall Wertgegenstände aus ihren Häusern verschwunden sind. Ist das bei Ihnen zufällig auch passiert?«

»Oh«, meinte Dee. »Mhm, ja. Irgendwie schon. Jemand hat Miles' ganzes Werkzeug aus der Garage gestohlen. Das war so vier, fünf Monate vor dem Unfall. Ich erinnere mich noch dran, weil wir Frost hatten. Das muss irgendwann nach Weihnachten gewesen sein. Oder vielleicht direkt davor. Auf jeden Fall hat er es bei der Polizei angezeigt.«

Josie und Gretchen tauschten verwunderte Blicke. »Sind Sie da sicher?«, hakte Josie nach.

»Ja, da bin ich mir sicher. Er sagte, die Versicherung würde ihm den Schaden erstatten.«

»Und hat er das Geld bekommen?«, fragte Gretchen.

»Ja, bestimmt.«

»Aber genau wissen Sie es nicht?«, fragte Josie.

»Miles kümmert sich um alles Finanzielle. Das haben wir bei der Eheschließung so vereinbart. Er war ein absolutes Ass als Autoverkäufer und hat eine Menge Geld verdient. Er wollte, dass ich zu Hause bleibe und mich um Gail kümmern kann. Als wir uns getrennt haben, war er zwar sehr wütend, wollte aber doch, dass mein Leben nicht auf einmal komplett auf den Kopf gestellt wird, weil ich ausziehen und selbst für mich sorgen muss. Zumindest hat er das so gesagt.«

»Ist denn die Polizei damals zu Ihnen nach Hause gekommen?«, fragte Gretchen.

»Nein. Miles ist aufs Revier gegangen. Meinte, dass er die

911 nicht blockieren will, wenn es sich nicht um einen Notfall handelt. Und dass man Werkzeug ja ersetzen kann.«

»Und hat er es dann ersetzt?«, wollte Josie wissen.

Dee nahm sich einen Moment Zeit zum Überlegen. »Nein, nicht sofort. Nun ja, wenn ich so drüber nachdenke, eigentlich überhaupt nicht. Er hatte es vor, aber dann ist der Unfall passiert und ... na ja, dann war es schon schwierig genug, weiterzuatmen und einfach nur irgendwie durch den Tag zu kommen. Werkzeug wäre das Letzte gewesen, woran Miles gedacht hätte. Er hat ja das, was gestohlen wurde, schon kaum benutzt.«

Auf Josies Handy kam eine Textnachricht an. Sie nahm es heraus. Corey Byrne hatte geschrieben:

Sorry. Bin auf der Baustelle. Kann nicht telefonieren. Können uns nach der Arbeit bei mir treffen. 17 Uhr?

Josie schüttelte den Kopf und steckte das Handy wieder ein. Seine Tochter hatte mit seinem Wagen einen Unfall gebaut, und er war zu beschäftigt, um mit der Polizei zu reden, oder hatte einfach keinen Kopf dafür. Kein Wunder, dass Heidi eine so enge Beziehung zu Mrs Tenney aufgebaut hatte. Josie fragte sich, wie Heidis Leben vor dem Unfall wohl gewesen war.

»Was würden Sie sagen, wenn ich Ihnen mitteile, dass Miles nie Anzeige erstattet hat?«, sagte Gretchen.

»Woher wissen Sie das?«, gab Dee zurück.

»Weil wir alle Anzeigen durchgegangen sind, die die Polizei hier in der Gegend in den letzten drei Jahren aufgenommen hat. Ihr Mann hat keine einzige Anzeige erstattet.«

»Ich weiß nicht«, meinte Dee. »Da müssen Sie wirklich Miles fragen. Ich geb Ihnen seine Handynummer. Seine Adresse kann ich Ihnen auch geben. Wenn Sie mit ihm sprechen, sagen Sie ihm bitte, er soll mich anrufen.«

»Kommen wir noch einmal auf Faye Palazzo zurück«, sagte Josie, nachdem Gretchen die Kontaktdaten von Miles notiert hatte. »Ihr Ehemann sagte uns, dass sie keine Freundinnen mehr hatte, aber dass sie sich manchmal mit Ihnen zum Kaffee getroffen hat. Stimmt das? Und kennen Sie sonst noch Personen, von denen Sie wissen, dass Faye Zeit mit ihnen verbracht hat? Oder irgendjemanden, mit dem sie eventuell Schwierigkeiten hatte?«

Dees Lippen waren jetzt zu einer schmalen Linie geworden. Sie lehnte sich nach vorn, nahm die Füße von der Couch und stellte sie auf den Boden. Dann sah sie zu Heidi hinüber, als bereute sie, dass sie Heidi erlaubt hatte, dabeizubleiben. »Wir haben zusammen Kaffee getrunken, das stimmt«, sagte sie schließlich. »Vor dem Unfall. Danach eher weniger. Wir waren beide Vollzeitmütter und haben uns stark in der Elternvertretung engagiert. Faye ist ein echtes Organisationstalent ... nun ja, sie war es. Sie hat sich immer um alles gekümmert.«

»So wie um die Mahnwachen?«, meinte Josie.

»Ja, genau. Es war ihr nach dem Unfall wichtig, das zu organisieren. Ich weiß, dass sie auch eine für den Abend vor dem Prozess geplant hatte, aber wir hatten darüber nur in der Gruppe gesprochen. Nach dem Unfall haben wir uns lediglich ein paarmal zum Kaffee getroffen, um über solche Mahnwachen zu sprechen. Das war's dann schon.«

»Gibt es denn einen Grund dafür, dass Sie nach dem Unfall keinen freundschaftlichen Umgang mehr pflegten?«, wollte Gretchen wissen. »Dass Sie sich nur noch in der Gruppe getroffen haben?«

Wieder blickte Dee zu Heidi hinüber, die gedankenverloren auf den Fingernägeln ihrer linken Hand herumbiss. Dee senkte ihre Stimme, obwohl Heidi sie natürlich trotzdem hören konnte. »Ich sollte das nicht sagen. Ich möchte das nicht sagen. Es ist ... ich glaube, es ist nicht von Bedeutung, vor allem jetzt nicht mehr.«

»Bitte!«, drängte Josie sie. »Warum erzählen Sie es uns nicht einfach, und wir entscheiden dann, ob es für die Ermittlungen von Bedeutung ist oder nicht.«

Dee schloss die Augen und atmete ein paarmal tief ein, als müsste sie erst Mut fassen. Dann schlug sie die Augen wieder auf. »Faye hatte eine Affäre«, stieß sie hervor.

Für kurze Zeit herrschte Schweigen im Raum. Heidi richtete ihren Blick auf Dees Profil, während sie weiter an den Nägeln kaute. Josie fiel auf, dass sie weder geschockt noch überrascht wirkte.

»Woher wissen Sie das?«, fragte Gretchen.

»Sie hat es mir erzählt.«

»Wann?«, fragte Josie.

»Ein paar Wochen vor dem Unfall. Wir haben uns wie immer zum Kaffee getroffen, um ein paar Dinge für die Elternvertretung zu planen. Sie war irgendwie unkonzentriert und durcheinander. Ich hab sie gepiesackt, mir zu sagen, was los ist. Sie sagte, sie hätte eine Affäre am Laufen, wolle sie aber beenden. Ihre Schuldgefühle würden sie fast auffressen. Sebastian war ihr total ergeben. Sie dachte – und ich glaube, da hatte sie recht –, dass es ihn buchstäblich umbringen würde, wenn er es herausfände.«

»Sind Sie ganz sicher, dass sie es genau so gesagt hat?«, hakte Josie nach. »Oder hat sie vielleicht gesagt, er würde *sie* umbringen?«

»Nein, nein«, antwortete Dee. »So ist Sebastian überhaupt nicht. Sie müssen nur eine Sekunde mit ihm reden, dann merken Sie schon, wie sehr er Faye vergöttert. Das hat er schon immer getan. Um ehrlich zu sein, wir anderen Mütter fanden das immer irgendwie erbärmlich. Es war auch nicht so, dass sie ihn nicht geliebt hätte. Hat sie bestimmt, aber es wirkte eben immer so, als würde sie ihn weniger leidenschaftlich lieben als er sie.«

»Jemandem ergeben zu sein ist nicht unbedingt ein

Ausschlussgrund für häusliche Gewalt oder sogar einen Mord«, merkte Gretchen an.

»Das ist mir klar«, antwortete Dee. »Aber ich sage Ihnen, so ein Mensch ist Sebastian einfach nicht.«

»Er ist ein Weichei«, warf Heidi ein. Alle sahen zu ihr hin, und sie verdrehte die Augen. »Tut mir leid, aber so ist es nun mal. Er ist wirklich ein totales Weichei. Nicht mal wir Kinder haben verstanden, was Mrs Palazzo an ihm fand. Ich meine, sie war so ein erfolgreiches Supermodel in New York, und er war immer dieser schüchterne Apotheker, der kaum den Mund aufbringt.«

»Heidi!«, ermahnte Dee das Mädchen. »Das ist aber jetzt wirklich nicht fair.«

»Wieso denn?«, entgegnete Heidi mit großen Augen. »Ich sage ja nicht, dass er kein netter Mensch ist. Im Gegenteil, er ist sogar supernett. Er ist mal auf einen Schulausflug mitgekommen und hat für alle Eis gekauft. Aber einmal, als er mich und Nevin vom Training abgeholt hat – Nevin hat Baseball gespielt und ich Softball –, da ist ihm so ein Typ hinten draufgefahren. Mr Palazzo ist ausgestiegen, um mit ihm die Versicherungsdaten auszutauschen, und dann hat dieser Typ ihm den Arsch aufgerissen. Hat ihn einfach angeschrien, wo er doch derjenige war, der uns reingefahren ist! Wir dachten, er haut Mr P. gleich eine rein. Nevin hat sogar zu weinen angefangen. Dann ist Mr P. einfach wieder ins Auto gestiegen und losgefahren. Hat nie die Versicherungsdaten von dem Typ bekommen. Und er hat nicht bei der Polizei angerufen, um ihn anzuzeigen. Er hat nicht mal was gesagt. Hat uns einfach heimgefahren, und hinten hing die halbe Stoßstange runter.«

»Für mich klingt das eher so, als wäre der andere völlig außer sich gewesen und es war wirklich schlau von Mr Palazzo, dass er sich nicht auf einen Streit mit ihm eingelassen hat, vor allem mit euch im Auto«, erklärte Dee ihr.

Josie versuchte, das Gespräch wieder unter Kontrolle zu

bringen, und fragte Dee: »Haben Sie irgendeine Ahnung, mit wem Faye eine Affäre hatte?«

Dee schüttelte den Kopf. »Nein, tut mir leid.«

»Auch wenn Sie es nicht mit Bestimmtheit wissen«, meinte Gretchen, »gibt es denn irgendjemanden, bei dem Sie es sich vorstellen könnten?«

»Ich hab wirklich nicht die geringste Ahnung«, antwortete Dee. »Aber ich kann Ihnen sagen, dass ich der Meinung bin, dass die Affäre den Unfall nicht überdauert hat. Faye war ja schon vorher drauf und dran, sie zu beenden, und als sie und Sebastian Nevin verloren hatten, nun ja, da waren sie einfach seelische Wracks wie wir alle, und im Gegensatz zu manch anderen von uns sind sie durch die gemeinsame Trauer noch stärker zusammengewachsen.«

Gretchen nickte. »Wir werden jetzt für ein paar Minuten rausgehen, um einige Anrufe zu erledigen. Ich möchte, dass eine Streife hierherkommt und ein Auge auf Sie hat, Mrs Tenney. Könnte Heidi denn bei Ihnen bleiben, bis wir uns später mit ihrem Vater treffen?«

»Aber natürlich.«

Josie folgte Gretchen nach draußen in die Einfahrt. Sie standen neben Gretchens Auto, während Josie über ihren Handylautsprecher sowohl mit Noah als auch mit Mettner sprach. »Wir sind die Häuser auf der anderen Straßenseite abgegangen«, berichtete Noah. »Niemand hat Kameras und keiner hat was gesehen. Dr. Feist sagt, dass bei Faye Palazzo genauso wie bei Krystal Duncan die Leichenstarre komplett eingesetzt hatte, aber die Totenflecke sind bei ihr nicht mehr wegdrückbar. Die Todesursache ist wahrscheinlich dieselbe, obwohl Faye Palazzo noch einige blaue Flecken im Gesicht hat.«

»Das hab ich gesehen«, meinte Josie.

»Den Todeszeitpunkt und die offizielle Todesursache

bekommen wir erst, wenn Dr. Feist sie auf dem Tisch hat«, fügte Mettner hinzu. »Aber ich denke, man kann mit ziemlicher Sicherheit sagen, dass nach dem ersten Eindruck von Doc Feist das Ganze dem Mord an Krystal Duncan aufs Haar gleicht: die kirschrote Farbe, die für eine Kohlenmonoxidvergiftung spricht, das Wachs in ihrem Mund, der Name auf ihrem Arm. Nach dem Zustand ihres Körpers und der Hitze da draußen ist sie wahrscheinlich früh am Morgen hier abgesetzt worden, wahrscheinlich noch vor Sonnenaufgang, aber wie gesagt, Doc Feist wird versuchen, nach der Obduktion einen genaueren Todeszeitpunkt zu liefern.«

»Seid ihr denn, bevor wir angerufen haben, mit euren Befragungen weitergekommen?«, wollte Gretchen wissen.

»Nicht wirklich«, antwortete Noah. »Wir konnten aber mit Sebastian Palazzo sprechen. Wie bei allen anderen – Gloria, Nathan, Dee – ist sein Alibi nicht ganz lückenlos. Er hat eins für die meiste Zeit während der Tage, an denen Krystal verschwunden war, aber nicht für die ganze Zeit. Und außerdem war Faye für einen Großteil der Zeit sein Alibi, und da sie jetzt tot ist, kann sie das, was er sagt, auch nicht mehr bestätigen.«

Gretchen seufzte und schüttelte den Kopf. »Verstanden«, meinte sie. »Wie schon beschlossen, muss also noch immer die Nachbarschaft befragt werden.«

»Ich werd dann gleich rüberfahren«, sagte Mettner, »während Noah noch hier am Fundort bleibt. Macht keinen Sinn, dass wir beide hier sind. Die Kollegen von der Spurensicherung werden hier noch ein, zwei Stunden beschäftigt sein.«

»Wunderbar«, entgegnete Gretchen. »Wir werden zu Miles Tenney fahren, um zu sehen, ob er eine Ahnung hat, warum der Name seiner Tochter auf Faye Palazzos Körper geschrieben wurde.«

Josie blickte zurück zum Haus der Cammacks, wo gerade die Eingangstür geöffnet wurde. Heidi streckte ihren Kopf heraus. »Einen Moment mal«, meinte Josie zu Gretchen und deutete auf Heidi.

»Wir halten euch auf dem Laufenden«, sagte Gretchen und beendete das Gespräch.

»Ist alles in Ordnung?«, wollte Josie von Heidi wissen, die die Einfahrt schon halb heruntergelaufen war.

»Ich weiß etwas«, stieß Heidi hervor. Sie sah zurück zum Haus, aber die Tür blieb geschlossen. »Ich weiß aber nicht, ob ich es sagen darf.«

»Worüber weißt du etwas?«, fragte Josie.

»Über Mrs Palazzos Affäre.«

»Aha«, sagte Gretchen.

»Aber ich will niemanden in Schwierigkeiten bringen. Also, ich will meinen Dad nicht in Schwierigkeiten bringen.«

»Weil du denkst, dass dein Dad eine Affäre mit Mrs Palazzo hatte?«

»Nein. Weil ich weiß, dass er es war, aber, hören Sie, das heißt noch lange nicht, dass er sie umgebracht hat, ja? Er würde sowas niemals tun. Sie waren wirklich ... Ich glaube, sie waren wirklich ineinander verliebt. Aber sie haben nach dem Unfall damit aufgehört. Mrs Tenney hatte da absolut recht.«

»Woher weißt du denn, dass dein Dad und Faye Palazzo eine Affäre hatten?«, fragte Josie nach.

Heidi verdrehte die Augen. »Weil ich nicht dumm bin, okay? Jeder behandelt mich immer so, als ob ich es wäre, aber ich bin es nicht. Ich höre alles. Ich hab immer alles gehört. Die Erwachsenen haben immer gemeint, ich wäre entweder zu dumm zu kapieren, was vorgeht, oder dass es mich einfach nicht interessiert, weil ich ein Kind bin. So wie mein Dad jetzt die ganze Zeit arbeitet – und ich meine wirklich die *ganze* Zeit –, so hat er auch schon vor dem Unfall gearbeitet. Die anderen Eltern haben mich immer überall mit hingefahren oder mir was zum Essen gegeben oder mich bei ihnen sein lassen, bis er nach Hause kam. Mich hat praktisch die ganze Nachbarschaft aufgezogen. Als ob ich irgendein Sozialfall wäre oder so – nur dass mein Dad genug Geld hat. Ich meine, sollte er zumindest haben, da er ja immer nur arbeitet und nie Zeit hat, was auszugeben.«

»Hast du denn mitbekommen, wie dein Dad und Faye Palazzo darüber sprachen, dass sie eine Affäre hatten?«, fragte Gretchen.

»Nein«, erwiderte Heidi. »Aber sie haben meinen Schulrucksack benutzt, um Nachrichten auszutauschen.«

»Wie bitte?«, sagte Josie.

»Ja. Es gab da so ein superwinziges Fach in meinem Rucksack, in das wirklich gar nichts reinpasste. Einen Radiergummi oder so hätte man da vielleicht reinstecken können, aber ansonsten war es völlig unnütz. An den Tagen, wo ich nach der Schule erst mal zu Mrs Palazzo gegangen bin, bis mein Vater heimkam, hat er immer einen Zettel in dieses kleine Fach gesteckt. Wenn ich dann mit Nevin was gemacht hab, hat sie den Zettel rausgenommen, ihn gelesen, eine Antwort draufgeschrieben und ihn wieder in das Fach gesteckt.«

»Woher weißt du das?«, fragte Josie.

»Pff. Weil ich's gesehen hab. Ich meine, das erste Mal, als ich so einen Zettel gefunden hab, hab ich nicht kapiert, was das ist. Ich war in der Schule. Da stand irgendwas von ›um 14 Uhr an unserem Treffpunkt‹. Ich hab nicht verstanden, was das bedeuten soll. Hab gedacht, der Zettel gehört meinem Dad und ist irgendwie in meinen Rucksack geraten. Ich weiß nicht. Ich war damals nicht so schlau. Ich hab mir gedacht, ich frag ihn abends danach, aber dann hab ich's vergessen. Als ich später bei den Palazzos war, bin ich an der Küche vorbeigegangen. Mrs Palazzo dachte wohl, ich wäre mit Nevin hinten im Garten, und da hab ich gesehen, wie sie den Zettel rausnahm. Ich hab beobachtet, wie sie ihn gelesen hat, dann hat sie was draufgeschrieben und ihn zurückgesteckt in das Fach.«

»Und du hast keinen von beiden deswegen mal gefragt?«, schaltete Gretchen sich wieder ein.

»Nein, hab ich nicht. Wie schon gesagt, ich war ein dummes Kind damals. Ich hab ihre Nachricht dann gelesen, bevor mein Dad sie bekommen hat, aber da stand nur ›Okay‹, und das Ganze hat mich wirklich durcheinandergebracht, sodass ich es nicht ansprechen wollte. Aber ich hab von da an die Nachrichten, die sie sich geschrieben haben, mitverfolgt. Die waren aber immer total langweilig. Ging immer nur drum, wann sie sich an irgendeinem Ort treffen könnten. Bis auf die letzte.«

»Was stand denn in der letzten Nachricht?«, wollte Josie wissen.

»Dass sie möchte, dass es vorbei ist«, antwortete Heidi. »Ich hab den Zettel noch, wenn Sie ihn sehen wollen.«

»Wo?«, fragte Gretchen. »Wo hast du ihn?«

»Bei mir zu Hause. Ich kann Sie hinbringen. Es ist nur eine Straße weiter.«

ACHTUNDZWANZIG

Das Haus von Corey und Heidi Byrne sah im Wesentlichen so aus wie alle anderen in diesem Viertel: Es war ein gepflegtes, zweistöckiges Haus mit Putzfassade, großzügigem Vorgarten und Doppelgarage. Allerdings war der Garten etwas schlichter gestaltet, mit immergrünen Büschen, die ihr Laub das ganze Jahr über behielten und nur selten zurückgeschnitten werden mussten – genau das Richtige also für jemanden, der angeblich so viel arbeitete wie Corey. Heidi holte unter einem Blumentopf neben dem Eingang einen Schlüssel hervor und führte sie alle ins Haus.

»Wow«, entfuhr es Josie, als sie einen riesigen offenen Wohnbereich betraten. Dort, wo normalerweise Wände waren, befanden sich massive Holzbalken. Überall war blank polierter Parkettboden zu sehen. Der Raum war in vier Areale unterteilt: einen Wohnbereich, einen Essplatz, eine Küche und eine Art Büro mit einem Schreibtisch, auf dem sich mehrere ungeordnete Stapel Papier türmten.

»Ja, genau«, kommentierte Heidi die Reaktion der beiden Ermittlerinnen. »So reagiert jeder, der hier reinkommt. Er hat immer wieder daran gearbeitet, seit ich auf der Welt bin.

Manchmal gibt es hier Wände und manchmal haben wir eben das da. Das ändert sich ständig. Ich dachte immer, er kann sich nicht entscheiden, wie es ihm besser gefällt, aber inzwischen glaube ich, er muss einfach ständig an irgendwas arbeiten, damit er nicht den Verstand verliert. Kommen Sie mit.«

Sie bedeutete Josie und Gretchen, ihr zu folgen, und führte die beiden durch den Raum zu einer Tür. Dahinter gelangten sie durch einen kurzen Flur und zu einer weiteren Tür, bis sie schließlich in der riesigen Garage angekommen waren. Es standen keine Fahrzeuge darin, aber dafür hingen an fast jedem Quadratzentimeter der Wand irgendwelche Werkzeuge.

»Was arbeitet denn dein Vater?«, fragte Gretchen.

»Alles Mögliche«, sagte Heidi in einem desinteressierten Ton. »Na ja, das stimmt nicht ganz. Er macht zum Beispiel keine Klempnerarbeiten. Er sagt immer, das liegt ihm überhaupt nicht. Aber er baut Häuser. Er kennt sich mit der Zimmerei aus, mit Elektroarbeiten, Malerarbeiten - dem ganzen Zeug halt. Ich hab immer geglaubt, er arbeitet so viel, weil er so viel Geld braucht, um mich großzuziehen und damit wir in dieser schönen Gegend bleiben können. Aber inzwischen ... Ich glaube, dass er die Arbeit einfach mehr mag als mich.«

»Das kann ich mir nicht vorstellen«, widersprach Josie.

Heidi zuckte mit den Schultern, wandte sich ab und ging zu einem Regal mit mehreren Plastikboxen, die mit ihrem Namen beschriftet waren. »Wie auch immer. Sie brauchen jedenfalls nicht so zu tun wie alle anderen Erwachsenen und mich anlügen, um mich zu beruhigen. Vor dem Unfall, als ich noch Freunde hatte, hab ich doch gesehen, wie andere Eltern mit ihren Kindern umgegangen sind. Ich weiß, dass mein Vater mich liebt, aber ich bin mir nicht sicher, ob ihm jemals was daran lag, ein Vater zu sein.«

Sie sagte es ohne jede Emotion, als hätte sie sich schon vor langer Zeit damit abgefunden. Plötzlich war Josie froh, dass Heidi wenigstens in Mrs Tenney eine Vertraute hatte. Josie war selbst mit vierzehn Jahren in der Obhut ihrer Großmutter gelandet, nachdem sie jahrelang misshandelt und vernachlässigt worden war, und das hatte für sie alles verändert. Bei Heidi gab es zwar keine Anzeichen für Misshandlung, doch es war kaum zu übersehen, dass sie über viele Jahre vernachlässigt worden war. Ihre körperlichen Bedürfnisse waren zwar erfüllt worden, aber weiter reichte Corey Byrnes Fürsorge für seine Tochter offensichtlich nicht.

Heidi stellte sich auf die Zehenspitzen und holte einen senfgelben Plastikbehälter aus dem Regal, den sie mit einem dumpfen Knall auf dem Betonboden abstellte. Sie nahm den Deckel ab und zog einen blau-weißen Rucksack heraus, der an einigen Stellen braune, an anderen ausgeblichene rostrote Flecke aufwies. Blut, dachte sich Josie.

Heidi legte den Rucksack vor ihr und Gretchen auf den Boden. »Das ist das Blut von meinen Freunden«, sagte sie mit ernster Stimme. »Die, die bei dem Busunfall umgekommen sind. Es war schon getrocknet, als ich ihn zurückbekommen hab. Ich weiß nicht mehr, wer ihn gebracht hat, aber als ich aus dem Krankenhaus zurückgekommen bin, war er hier.«

»Hat dein Dad denn nicht versucht, den Rucksack wieder sauber zu bekommen?«, wollte Gretchen wissen.

»Na ja, er hatte ihn eigentlich weggeworfen«, erklärte Heidi. »Ich hab ihn in unserer Mülltonne gefunden. Dad weiß nicht, dass ich ihn behalten hab. Ich glaube, er wollte nicht, dass ich ihn zu Gesicht bekomme, weil er dachte, dass mich das vielleicht traurig macht. Aber mal ehrlich: so ein alter, blutiger Rucksack ... Das ist doch nichts gegen die Bilder, die ich seit diesem Tag ständig mit mir rumtrage!«

»Klar«, entgegnete Josie mit einem Seufzer. »Ich weiß, was du meinst.«

»Sie müssen ihn nicht anfassen«, sagte Heidi. Sie kniete sich hin und schob die Riemen zur Seite, sodass auf der Rückseite, dort wo der Rucksack beim Tragen oben am Rücken anlag, ein schmaler Schlitz sichtbar wurde. Sie fummelte ein bisschen daran herum und zog schließlich ein zusammengefaltetes Blatt Papier heraus. Sorgfältig strich sie es auf ihren Oberschenkeln glatt, dann reichte sie es Josie.

Es war ein Blatt aus einem Collegeblock, auf dem zwei unterschiedliche Handschriften zu erkennen waren, obwohl die Tinte schon etwas verblasst und durch die Knitter im Papier an manchen Stellen nicht mehr ganz zu entziffern war. Ein Teil der Nachrichten war in einer eckigen Schrift und fast durchgängig in Großbuchstaben geschrieben, der andere in einer fließenden Schreibschrift mit großen, eleganten Schwüngen. Namen oder wenigstens Initialen gab es nicht, sondern nur kurze Anweisungen, genau so, wie Heidi gesagt hatte. *Komm zu unserem Treffpunkt. 14 Uhr. Dienstag.–* in Großbuchstaben. Und darunter einfach nur: *OK* oder manchmal: *Bis dann.* So ging es über eine halbe Seite weiter. Dann veränderten sich die kurzen, knappen Antworten in der eleganten Schreibschrift.

Wir müssen damit aufhören. Ich kann so nicht weitermachen. Das ist es nicht wert. Sie haben uns gesehen.

Darunter stand eine weitere Nachricht in Druckschrift:

Wir wissen nicht, ob sie uns wirklich gesehen haben. Tu das nicht.

Dann:

Wenn wir sie gesehen haben, haben sie uns auch gesehen. Ich kann das Risiko nicht länger eingehen. Ich habe solche Angst. Das hier muss ein Ende haben.

Und schließlich:

Bitte lass uns das persönlich besprechen. An unserem Treffpunkt. 14 Uhr.

Das war alles.

Heidi deutete auf die eckige Schrift in Großbuchstaben. »Das ist die Handschrift von meinem Dad.«

Über Josies Schulter hinweg warf Gretchen einen prüfenden Blick darauf. »Die hat keine Ähnlichkeit mit der Schrift, die an den Tatorten gefunden wurde.«

»Nein«, pflichtete ihr Josie mit einem kleinen Seufzer der Erleichterung bei. »Hat sie nicht.« Sie wusste nicht, ob die arme Heidi es verkraften würde, wenn sich nach all dem, was sie bereits durchgemacht hatte, auch noch herausstellen würde, dass ihr Vater ein Mörder war. »Trotzdem«, flüsterte sie Gretchen zu. »Wir müssen sein Alibi überprüfen.«

»Auf alle Fälle«, stimmte Gretchen ihr zu. Dann wandte sie sich an Heidi: »Bist du dir sicher, dass das die Handschrift von Faye Palazzo ist?«

»Mhm. Also ziemlich sicher. Ich hab zumindest gesehen, wie sie was auf diesen Zettel geschrieben und ihn wieder in meinen Rucksack gesteckt hat.«

»Weißt du, wer diese Leute sind, von denen da die Rede ist?«, fragte Gretchen weiter.

»Nein.«

»Kannst du dir vorstellen, wo dieser Treffpunkt sein könnte, den sie erwähnen?«, wollte Josie wissen.

Heidi schüttelte den Kopf. »Tut mir leid, keine Ahnung. Zu der Zeit bin ich immer noch in der Schule. Ich weiß nicht, wo sie sich getroffen haben.«

»Hast du Mrs Palazzo jemals hier gesehen?«

»Nur, wenn Nevin mal bei uns war und sie ihn abgeholt hat, was aber ziemlich selten vorgekommen ist.«

»Heidi«, sagte Josie, »wir haben uns hier mit deinem Vater

zu einem Gespräch verabredet, heute um fünf. Wir werden ihn auch zu dieser Sache befragen müssen.«

»Ich weiß«, sagte Heidi. »Aber falls Sie sich Sorgen machen, dass ich deswegen Probleme bekomme: Das ist unnötig. Mein Dad ist nicht so.«

NEUNUNDZWANZIG

Josie und Gretchen setzten Heidi Byrne vor Gloria Cammacks Haus ab und ließen sie bis später am Nachmittag, wenn Corey von der Arbeit heimkommen sollte, in der Obhut von Dee Tenney zurück. Ein Streifenwagen hatte sich bereits vor dem Haus postiert. Sie holten sich in einem nahe gelegenen Fastfoodrestaurant etwas zum Mittag und fuhren auf den Parkplatz, um rasch ihr Essen zu verdrücken, während sie die jüngsten Entwicklungen diskutierten.

»Was denkst du über Corey?«, fragte Gretchen.

Josie steckte sich eine ihrer Pommes frites in den Mund. »Schwer zu sagen, ohne ihn persönlich getroffen zu haben. Aber ich bin mir nicht sicher, ob er für diese Morde in Frage kommt.«

»Wegen der Handschrift? Er hätte versucht haben können, seine Schrift zu verändern, als er die Namen auf die Arme der beiden Frauen geschrieben hat.«

»Stimmt«, pflichtete Josie ihr bei. »Aber warum sollte er die Mütter von Opfern des Busunglücks töten? Das ergibt für mich keinen Sinn. Seine Tochter hat überlebt, und so wie es aussieht, kann er sich seit Langem sehr gut auf dieses Mütter-Netzwerk verlassen, denn sie passen auf Heidi auf, während er neunzig Prozent seiner Zeit bei der Arbeit verbringt.«

Gretchen trank Limonade mit einem Strohhalm. »Ja, du hast recht. Es sei denn, er wollte Faye töten, weil er wütend war, dass sie die Affäre abgebrochen hat, und Krystal diente ihm dabei als eine Art Ablenkungsmanöver.«

»Das klingt ziemlich konstruiert«, sagte Josie. »Aber ich habe nicht den Eindruck, als sei Corey Byrne der Typ Mann, der sich für andere ein Bein ausreißen würde, nicht mal für die Menschen, an denen ihm etwas liegt. Ich verstehe aber trotzdem, was du meinst. Wir müssen bei jeder Ermittlung immer alle Möglichkeiten in Betracht ziehen. Wenn wir heute Nachmittag mit ihm sprechen, werden wir ihn nach seinen Alibis fragen und sie dann von den Leuten, mit denen er zusammenarbeitet, bestätigen lassen. Was steht als Nächstes an?«

Gretchen nahm ihr Handy von der Mittelkonsole. »Mett ist immer noch unterwegs und versucht, unseren Dieb näher einzukreisen. Ich glaube, wir sollten Miles Tenney einen Besuch abstatten. Ich habe ihm heute schon zwei Sprachnachrichten hinterlassen, aber keine Antwort bekommen. Lass uns einfach kurz zu ihm fahren.«

Sie aßen fertig, dann gab Gretchen die Adresse in ihr Navi ein und sie fuhren los nach Southwest Denton, wo Miles Tenney ein Apartment in einer der heruntergekommensten Gegenden der Stadt gemietet hatte. Das Apartment befand sich im ersten Stock eines vierstöckigen Hauses, das zwischen zwei viel größere, mehrstöckige Wohnblocks eingeklemmt war. Keines der Gebäude in der Straße war gut instand gehalten. Farbe blätterte von den Fassaden ab und einige der Fenster in den oberen Stockwerken waren mit Brettern vernagelt und mit Pappe abgedichtet. Als Gretchen und Josie aus dem Wagen stiegen und auf den Eingang zusteuerten, traten sie auf Unkraut, das aus dem geborstenen Gehweg emporspross, auf Glasscherben, Müll und ein paar gebrauchte Spritzen. Die

Eingangstür war aus Glas, so als hätte sie früher einmal zu einem Laden gehört. Ein heller, innen angebrachter Stoff verhinderte, dass man hineinsehen konnte. Auf Augenhöhe wies jedoch eine nachlässig hingekritzelte, mit Klebestreifen aufgehängte Notiz darauf hin, dass sich der Eingang zu den Apartments auf der Rückseite des Gebäudes befand.

Es gab nur einen engen Durchgang, der nach hinten führte. Kakerlaken stoben vor ihren Füßen davon, als sie um das Haus herumgingen. Was früher vielleicht einmal ein Garten gewesen sein mochte, war jetzt eine Art Hinterhof, übersät mit Betonschutt, den Überresten entsorgter Möbelstücke und mehreren großen, zerbeulten Haushaltsgeräten, die vermutlich älter waren als Josie. Ein Maschendrahtzaun trennte den Hinterhof von einem Parkplatz, auf dem drei Autos standen. Josie rief sich im Geiste den Stadtplan dieses Teils von Denton vor Augen und erinnerte sich daran, dass es in der nächsten Querstraße ein Pfandleihhaus gab und dass der Parkplatz vermutlich dazu gehörte.

»Hier hinten stinkt es«, schimpfte Gretchen.

»Miles Tenney hat seine Frau verlassen, um hier zu wohnen?«, murmelte Josie ungläubig und ging zu der einzelnen Tür an der Rückseite des Gebäudes. Daneben stand ein überquellender Müllcontainer. Von dem Gestank, der durch die extreme Sommerhitze noch verschlimmert wurde, drehte sich ihr beinah der Magen um.

»Im Vergleich dazu sieht Nathan Cammacks Apartment ja wie ein Palast aus«, meinte Gretchen.

»Cammacks Wohnung fand ich gar nicht so schlecht«, erwiderte Josie. »Sehr modern. Jedenfalls hat es am Haus nicht so gestunken.«

Die Tür war stabil und hatte einen Türknauf, aber kein Sicherheitsschloss. Gretchen sah Josie fragend an, aber die zuckte nur mit den Schultern, als wollte sie sagen: »Versuch's einfach.« Der Türknauf ließ sich leicht drehen und sie traten durch die Tür in einen dunklen, engen Korridor mit Hartholzboden. Ein modriger, unangenehmer Geruch drang Josie in die Nase. »Hat Dee dir eine Apartmentnummer gesagt?«

Gretchen schüttelte den Kopf. »Sie hat mir nur die Straße und Hausnummer gesagt, dazu noch ›Erdgeschoss links‹.«

»Die Tür auf der linken Seite.«

»Sieht so aus. Sag mir noch mal, was Miles Tenney arbeitet.«

»Er ist Autoverkäufer«, antwortete Gretchen, während sie tiefer in das Gebäude hineingingen. »Zumindest war er das, als ich damals wegen des Unglücks ermittelt habe.«

»Dann ist er wohl nicht sehr gut in seinem Job.«

Sie kamen an einer Tür zur Rechten vorbei und gingen weiter. Fast am Ende des Korridors befand sich links eine weitere Tür, die offen stand. Gretchen blieb abrupt stehen und Josie hinter ihr ebenfalls. »Hm, das ist kein gutes Zeichen.«

»Nicht in unserem Gewerbe«, pflichtete ihr Josie bei. Ihre Hand bewegte sich zum Holster und ließ es aufschnappen.

Über Gretchens Schulter hinweg konnte sie so etwas wie eine kleine Sitzecke erkennen. Eine alte braune, in der Mitte durchgesessene Couch stand gegenüber einem kleinen, umgestürzten Tisch. Ein Fernseher lag auf dem Bildschirm, daneben befand sich eine umgeworfene Lampe, der Schirm war zerknittert und die Glühbirne gab ein trübgelbes Licht ab. Die Holzverkleidung an der Wand vor ihnen war dunkel, aber nicht so dunkel, dass sie nicht die Blutspritzer sehen konnten, die sich in einem Bogen darüber hinzogen. Josie nahm Zigarettenrauch und den Geruch von Blut wahr. Sie zog ihre Pistole aus dem Holster und empfand ihr Gewicht in ihrer Handfläche als beruhigend. Sie hielt die Waffe nach unten gerichtet und tippte Gretchen auf die Schulter. Auch Gretchen zog ihre Waffe. Mit ihrer freien Hand klopfte sie an die Tür. »Mr Tenney«, rief sie mit lauter, klarer Stimme. »Hier sind Detective Palmer und

Detective Quinn von der Polizei in Denton. Mr Tenney? Dürfen wir reinkommen?«

Josie zählte die Sekunden, im Einklang mit ihrem Herzschlag. Fünf Sekunden. Zehn.

»Miles Tenney«, rief Gretchen, lauter diesmal. »Hier ist die Polizei. Wir müssen mit Ihnen sprechen.«

Fünf Sekunden. Zehn.

»Wenn hier drin jemand ist, dann kommen Sie bitte mit erhobenen Händen heraus, sodass wir Sie sehen können.«

Keine Antwort. Nicht mal ein Geräusch. Josie tippte Gretchen noch mal auf die Schulter und gab ihr ein Zeichen, voranzugehen. Beide bewegten sich als eine Einheit, wobei Josie ein kleines Stück hinter Gretchen herging. Jede von ihnen nahm eine andere Seite des Raums ins Visier, sie schwenkten ihre Pistolen quer über ihren Bereich und waren auf alles gefasst, aber es rührte sich nichts. Das Wohnzimmer und die Küche waren in einem Raum, die Grenze zwischen den beiden bildete die Rückenlehne der Couch. Ein Tisch, der kaum groß genug war, dass zwei Leute daran sitzen konnten, war mit Take-away-Verpackungen bedeckt. Zwei Holzstühle lagen umgestürzt daneben. Einer hatte zwei seiner Beine eingebüßt, und wo sie abgebrochen waren, ragten große Splitter wie Dolche empor. Fast der gesamte Fliesenboden in der Küche war mit unzähligen Blatt Papier bedeckt, allem Anschein nach vielerlei Arten von Dokumenten. Josie bemerkte, dass auch auf den Papieren feine Blutspritzer verteilt waren. Vor dem Kühlschrank lag ein zerschmettertes Handy und die zerstörten Einzelteile waren ebenfalls blutverschmiert.

Als Josie ihre Aufmerksamkeit wieder Gretchen zuwandte, bemerkte sie, dass die Kollegin eine Bewegung zur linken Seite des Raumes hin machte, um sie auf zwei Türrahmen in der Ecke aufmerksam zu machen. Beide Türen standen offen. Die erste führte zu einem Badezimmer, das nicht geräumiger war als ein Wandschrank – nicht einmal groß genug für eine Badewanne. Es gab nur eine Stehdusche, ohne Vorhang, und die Toilette und das Waschbecken standen dicht nebeneinander. Der nächste Raum war das Schlafzimmer. Eine Doppelmatratze befand sich auf dem Boden, darauf lagen zerwühlte Bettlaken. Entlang der Wände waren Kartons gestapelt, und zwar zahlreiche Reihen übereinander bis fast zur Decke. Einen Schrank gab es nicht.

»Sauber!«, meldete Gretchen.

Sie steckten ihre Waffen wieder ins Holster und gingen zurück in den ersten Raum. »Ich glaube, wir stehen hier an einem Tatort«, sagte Josie. Sie zog ihr Handy aus der Tasche und rief Noah an, er solle mit dem Team von der Spurensicherung herkommen, das Apartment kriminaltechnisch untersuchen und die ganze Sache absolut geheim halten, damit die Presse über die Police-Scanner-App keinen Wind davon bekam. »Falls noch irgendwelche Zweifel darüber bestanden haben, dass es bei Krystals und Fayes Morden um das Busunglück ging«, sagte Josie, nachdem sie das Gespräch beendet hatte, »dann sind die jetzt ad acta gelegt. Das alles innerhalb einer Woche – und drei Elternteile von Opfern dieses Unfalls sind betroffen?«

Gretchen stand neben der offenen Tür zum Apartment und musterte den Ort des Verbrechens. »Anders ist hier nur, dass Miles nicht freiwillig mitging. Er hat gekämpft. Der Mörder hat ihn verletzt. Und vielleicht hat Miles auch dem Mörder Verletzungen zugefügt. Wir wissen ja noch nicht, wessen Blut das ist.«

»Sicher kann uns Dee die Blutgruppe von Miles sagen. Und die Spurensicherung kann die Blutgruppe hier am Tatort feststellen, dann sehen wir, ob sie passt oder nicht.«

Josie ging vorsichtig zurück in den Küchenbereich. Hinter dem Kühlschrank schaute etwas Blaues und Funkelndes hervor. Es stach ab von der Holzverkleidung und vom matten, tristen Graugrün des Küchengeräts. Was immer es war, es sah aus, als wäre es hinten heruntergefallen und hätte sich nahe am Fußboden zwischen Wand und Kühlschrank verfangen. Sie bückte sich und erkannte, dass das, was ihr quer durch den Raum ins Auge gestochen hatte, der Glitzerbuchstabe auf einem kleinen blauen Beutelchen war. Ein großes F. Josie fasste es nicht an. Sie wollte am Tatort alles so belassen, wie es war, aber sie zweifelte keine Sekunde daran, dass man, sobald die Spurensicherung den Beutel hinter dem Kühlschrank hervorziehen würde, einen weiteren silbrigen Buchstaben sehen würde: ein großes C.

F. C. für Frankie Cammack. Es war dieser kleine Beutel, in dem Frankie ihren wie einen Schatz gehüteten Roosevelt-Dime aufbewahrt hatte. Aber was zum Teufel hatte der in Miles Tenneys heruntergekommenem Apartment auf der anderen Seite der Stadt zu suchen? Josie richtete sich auf und öffnete schon den Mund, um Gretchen von ihrem Fund zu berichten, aber Gretchen sprach zuerst.

»Ravioli.«

Es dauerte einen Sekundenbruchteil, bis Josie das Wort, das so völlig aus dem Zusammenhang gerissen schien, geistig verarbeitet hatte. Es war ihr Codewort – eigentlich dafür gedacht, dass Josie ihrer Kollegin einen emotionalen Ausnahmezustand signalisieren konnte, nicht um vor realer Gefahr von außen zu warnen. Aber Josie wusste sofort, was Gretchen damit meinte. Sie wandte ihr den Kopf zu und sah, dass sie mit erhobenen Händen vor der offenen Apartmenttür stand. Der Lauf einer Pistole war auf ihre Stirn gerichtet. Von dort, wo Josie stand, konnte sie nur eine fleischige Hand sehen, die den Griff der Waffe umklammerte. Keinen Ärmel, nur das schwarze Band einer Armbanduhr. Alles Übrige von der Gestalt des Schützen war hinter der Tür verborgen, was bedeutete, dass er von sich aus Josie ebenfalls nicht sehen konnte.

»Was?«, fragte eine Männerstimme.

Josies Herz pochte heftig, als ihr Körper auf Kampf

umschaltete. Leise machte sie zwei große Schritte und stellte sich mit dem Rücken gegen die Wand neben der Tür, sodass man sie durch den Türspalt nicht sehen konnte. Ihre Glock hielt sie, nach oben gerichtet, mit beiden Händen.

Der Mann fragte: »Haben Sie ›Ravioli‹ gesagt?«

»Ich hab gesagt, ›Nicht schießen‹.«

Josie beobachtete, wie sich der kleine und der Ringfinger von Gretchens linker Hand langsam zu ihrer Handfläche hin krümmten. Dann legte sie ihren Daumen an, bis nur noch zwei Finger gestreckt blieben und zur Decke zeigten. Zwei. Es waren zwei Männer.

Gretchen sagte: »Ich bin Polizistin.«

Gelächter. »Aber sicher doch, Süße.«

»Nehmen Sie Ihre Waffen runter«, befahl Gretchen.

»Wo ist Miles?«, fragte der Mann.

»Meine Kollegen sind schon auf dem Weg hierher.«

»Ganz gewiss«, erwiderte der Mann. »Sie arbeiten bei der Polizei und alle Ihre Polizistenkumpels sind zufällig gerade schon auf dem Weg hierher. Und wenn ich meine Pistole wegstecke, dann drehen die alle wieder um und fahren zurück auf ihr Revier, nicht wahr?«

»Das werden wir ja gleich rausfinden«, antwortete Gretchen nüchtern.

Noch mehr Gelächter. »Das hier ist eine Pistole. Und du bist auch ein echter Knaller, weißt du das? Nun, wir sind hier, um Miles abzuholen, und wenn er nicht mitkommt, dann nehmen wir stattdessen dich mit.«

Jetzt hörte man noch eine weitere männliche Stimme, tiefer und heiserer. »Die sieht nicht aus wie seine Ehefrau.«

»Also ist sie die Geliebte«, meinte der erste Mann. »Wir nehmen sie mit, statt ihm.«

Die auf Gretchens Kopf gerichtete Pistole wackelte, während der Mann mit seinem Freund redete. Gretchen nutzte die Sekunde und suchte Josies Blick. Josie nahm eine Hand von ihrer Pistole, um Gretchen ein Zeichen zu geben, in der Hoffnung, dass sie erkennen würde, was Josie vorhatte. Sie beide hatten sich schon früher in solch kniffligen Situationen befunden und hatten sich immer ohne Worte verständigen können. Gretchen nickte kaum wahrnehmbar und blickte zurück auf die Pistole, als diese zu wackeln aufhörte und sich wieder fest auf ihr Gesicht richtete.

»Was machen wir, wenn sie wirklich Polizistin ist?«, fragte der mit der heiseren Stimme.

»Ich *bin* wirklich Polizistin«, bestätigte Gretchen.

Josie holte tief Luft und rief beim Ausatmen laut: »Polizei! Lassen Sie die Waffe fallen!«

Wie erwartet trat auf der anderen Seite der Tür eine Schrecksekunde ein. Die Pistole wackelte. Gretchen ließ sich blitzschnell hinfallen und rollte sich dann zur linken Seite, weg von der Türöffnung. Josie hob das Bein und trat, so fest sie konnte, die Tür zu. Der Typ mit der Waffe schrie auf, weil sein Handgelenk zwischen der Tür und dem Rahmen eingeklemmt wurde. Josie kickte noch zweimal dagegen, bis die Pistole zu Boden fiel. Noch bevor Josie vortreten konnte, um die Tür zu öffnen, knallte ein Schuss im Korridor. Dann noch einer und noch einer. An der Tür splitterte Holz ab, eine Kugel landete in der Wand gegenüber, aber Josie hatte sich bereits fallen gelassen. Gretchen lag hinter ihr und hatte nun auch ihre Waffe gezogen.

Ein weiterer Schuss knallte, gefolgt von einem Grunzlaut. Die Tür schwang auf und ein großer Mann fiel zu Boden. Weißes T-Shirt, Jeans, schwarze Sneakers. Ein Blutfleck breitete sich von einem Loch in seinem Rücken kreisförmig aus. Hatte ihn sein Kumpel absichtlich oder aus Versehen erschossen? Es blieb keine Zeit, das Rätsel zu lösen. Das Echo der Schüsse hallte in Josies Ohren nach. Doch erst als sie das Zuknallen einer Tür hörte, wurde ihr klar, dass der Schütze, der mit der heiseren Stimme, aus dem Gebäude gerannt war.

Josie blickte zu Gretchen.

»Lauf«, rief Gretchen ihr zu. »Ich kümmere mich um diesen Kerl hier und rufe die Kavallerie an. Ich sag Bescheid, dass wir einen Bewaffneten auf der Flucht haben.«

Josie sprang auf, die Waffe nach unten gerichtet, und rannte los, über die Leiche des ersten Mannes hinweg, dann sprintete sie den Flur hinunter. Sie stieß mit der Schulter die Eingangstür auf und für einen Augenblick war sie geblendet von der Sonne draußen. Der Gestank aus der Mülltonne war immer noch so überwältigend wie vorhin, als sie angekommen waren. Josie versuchte, sich zu orientieren, und ließ den Blick über den Hinterhof schweifen, bis sie den Mann mit der heiseren Stimme entdeckte. Er rannte über den Parkplatz des Pfandleihgeschäfts, die Pistole hatte er hinten in den Hosenbund gesteckt. Er war größer und dünner, als sie erwartet hatte, trug eine kakifarbene Cargohose und ein schwarzes T-Shirt. Josie schrie: »Polizei! Stehen bleiben!«, aber er sah sich nicht einmal um.

Blitzschnell überquerte sie den Parkplatz und erklomm den Maschendrahtzaun. In den vier Monaten ihrer Freistellung war Josie fast jeden Tag Joggen gegangen, manchmal sogar zweimal am Tag, und hatte ihren Körper erbarmungslos geschunden, um sich von den Gedanken an Lisettes Ermordung abzulenken. Jetzt zahlte sich das aus. Sie holte schnell auf, aber der Mann war viel größer als sie. Mit ein paar weiteren langen Sätzen würde er den Parkplatz hinter sich lassen. Ein alter Honda Civic stand zwischen ihnen. Ohne im Laufen innezuhalten, zog Josie ihre Waffe aus dem Holster, sprang auf den Kühler, rannte die Windschutzscheibe hoch und sprang vom Wagendach auf den Rücken des Flüchtenden. Mit einem Grunzen stürzte er aufs Gesicht. Josie hockte sich rittlings auf ihn, zog ihm die Pistole aus dem Hosenbund und schleuderte sie weit weg, sodass er sie nicht mehr erreichen konnte.

»Sind Sie verrückt?«, schrie der Kerl unter ihr, als sie seine Handgelenke in seinem Kreuz zusammenzog.

»Sie sind verhaftet«, sagte Josie und legte ihm die Handschellen um. Er wand sich unter ihr, während sie ihm seine Rechte herunterleierte.

»Du hast mir die Nase gebrochen, du Schlampe«, winselte der Mann.

Als er sein Gesicht vom Boden hochhob, lief ihm Blut aus den Nasenlöchern.

Josie sagte: »Ich helfe Ihnen beim Aufstehen, damit Sie den Kopf in den Nacken legen und wir versuchen können, die Blutung zu stillen.«

»Fick dich«, schrie er.

»Los, aufstehen«, befahl Josie und schob eine Hand unter eine seiner Achselhöhlen. »Auf die Knie mit Ihnen, und dann stehen wir auf.«

Er wand sich und versuchte, von ihr wegzukriechen. »Lass mich los! Du bist überhaupt kein Cop! Das ist Betrug!«

Josie hörte Schritte hinter sich, die vom Hof hinter Miles Tenneys Gebäude herkamen. Als sie aufblickte, sah sie, wie Noah den Maschendrahtzaun überwand und zu ihr hinlief. Er blickte auf den Mann mit der heiseren Stimme hinunter und zog eine Grimasse. »Tut mir leid, mein Freund, aber sie ist ein echter Cop, und Sie sollten besser tun, was sie sagt.«

DREISSIG

Nachdem Josie und Gretchen auf dem Revier ihren Bericht geschrieben hatten, schickte Chitwood sie in den Feierabend. Er wies sie an, das Verhör mit Corey Byrne auf den nächsten Tag zu verschieben. Die Männer, die sie angegriffen hatten, waren beide im Krankenhaus und standen dort unter Bewachung. Außerdem würde es Stunden dauern, bis die Spurensicherung das Apartment von Miles Tenney untersucht hatte, das nun zum Schauplatz gleich zweier Verbrechen geworden war: dessen, was mit Miles passiert war, und der Schießerei, zu der es in Anwesenheit von Josie und Gretchen gekommen war. Noah und Mettner waren vor Ort geblieben, um die Nachbarn zu befragen und vielleicht anhand der Aufzeichnungen sämtlicher Überwachungskameras der umliegenden Gebäude herauszufinden, was Miles zugestoßen war. Zu Hause angekommen, nahm Josie erst einmal ein heißes Schaumbad, während Trout sich auf der Badematte neben der Wanne schlafen legte. In Gedanken ging sie alle Ermittlungsschritte durch, die nötig sein würden, um weiterzukommen, nur um nicht an den Zwischenfall in Miles Tenneys Apartment denken zu müssen.

Es war nicht das erste Mal, dass auf sie geschossen worden

war, aber das erste Mal seit Lisettes Tod. In dem Film, der vor ihrem inneren Auge ablief, blitzten zwischen den Bildern von der Szene im Apartment immer wieder auch Erinnerungen an die Ermordung von Lisette auf. Wieder und wieder hörte sie in ihrem Kopf jenen ersten, unerwarteten Schuss. Als sie im Geiste die blutüberströmte Lisette durch die Tür von Tenneys Apartment stürzen sah, schrak sie so heftig zusammen, dass das Wasser um sie herum Wellen schlug. Trout erhob sich winselnd und legte seine Schnauze auf den Badewannenrand, die Ohren gespitzt, die großen braunen Augen voller Sorge.

»Entschuldige, Kumpel«, murmelte Josie. »Ich bin eingeschlafen.«

Sie beschloss, dass sie sich für heute schon genug in Gefahr gebracht hatte, und stieg aus der Wanne. Nachdem sie sich abgetrocknet und angezogen hatte, setzte sie sich aufs Bett und sah auf ihrem Handy nach, ob Noah sich schon gemeldet hatte. Es gab jedoch keine neuen Nachrichten. Mit einem Seufzer steckte sie das Telefon wieder ans Ladegerät. Eigentlich hatte sie vorgehabt wachzubleiben, bis er zurück war, doch dann kam Trout aufs Bett gesprungen und schmiegte sich mit seinem kleinen, warmen Körper gegen ihre Hüfte, und schon im nächsten Augenblick war Josie eingeschlafen. Schüsse hallten durch ihre Träume und es tauchten Bilder von Lisette auf, wie sie vor ihren Füßen zusammenbrach. Manchmal befanden sie sich in der Nähe genau jenes Waldes, wo alles geschehen war, manchmal in dem Leihhaus hinter Miles Tenneys Apartment. Doch immer, wenn Josie gerade ihre Arme um Lisettes leblosen Körper schlingen und Hilfe holen wollte, schlug aus allen Richtungen ein Wasserschwall über ihnen zusammen, so als hätte eine gewaltige Flutwelle die amerikanische Ostküste überrollt, deren Scheitelpunkt bis nach Denton im Herzen Pennsylvanias reichte. Unter der Welle rang Josie nach Atem und versuchte verzweifelt, Lisette festzuhalten, doch es wollte ihr einfach nicht gelingen.

Keuchend wachte Josie auf und griff sich an den Hals. Trout stand über ihr, stupste sie mit der Pfote am Arm und leckte ihr über das Gesicht. Sonnenlicht durchströmte den Raum. Nachdem sie wieder zu Atem gekommen war und Trout versichert hatte, dass alles in Ordnung war, schaute Josie auf die Uhr. Es war fast zehn Uhr Vormittag. Noahs Seite des Bettes war leer. Zum ersten Mal seit vier Monaten hatte sie die ganze Nacht durchgeschlafen. Sie hatte neue Albträume gehabt, andere als sonst, die sie wenigstens diese eine Nacht hatten durchschlafen lassen. Josie griff nach ihrem Handy und sah, dass Noah ihr geschrieben hatte.

Bin erst spät heimgekommen. Du hast so tief geschlafen. Wollte dich nicht wecken. Komm aufs Revier, wenn du wach bist. Es gibt Neuigkeiten.

Eine halbe Stunde später bog Josie auf den öffentlichen Parkplatz hinter dem Polizeirevier ein. Vor dem Eingang drängten sich viermal mehr Reporter als am Tag zuvor. War lediglich der Vorfall in Miles Tenneys Apartment der Grund dafür oder hatte sich über Nacht noch etwas anderes ereignet? Josie pochte das Herz wild in der Brust, als sie das Auto abstellte und ausstieg. Erst jetzt fiel ihr auf, dass sich auf dem Parkplatz auch mehrere Fahrzeuge des FBI befanden. Sie schloss hastig das Auto ab und bahnte sich einen Weg durch die Traube an Reportern, die sie mit Fragen bombardierten.

»Stimmt es, dass Faye Palazzo gestern ermordet aufgefunden wurde?«

»Glauben Sie, dass es ein Serienmörder auf die Eltern der Kinder abgesehen hat, die beim Busunglück in West Denton umgekommen sind?«

»Waren Sie gestern in die Schießerei in Southwest Denton verwickelt?«

»Stimmt es, dass man Miles Tenney tot in seinem Apartment gefunden hat?«

»Wer sind die Männer, die Sie in Gewahrsam genommen haben? Stehen die Vorwürfe gegen sie in einem Zusammenhang mit dem Mord an Krystal Duncan?«

»Was hat das große Aufgebot an FBI-Ermittlern hier zu bedeuten?«

»Welche Auswirkungen hat das auf den Prozess gegen Virgil Lesko?«

»Sind auch die Eltern der anderen verunglückten Kinder in Gefahr? Oder gibt es für die Öffentlichkeit Grund zur Beunruhigung?«

Josie reagierte jedes Mal mit einem »Kein Kommentar«, wie eine kaputte Schallplatte, bis sie es schließlich durch die Tür nach drinnen geschafft hatte. Sie rannte die Treppe hinauf und stürmte in das Großraumbüro, wo das gesamte Team einschließlich Amber und Chief Chitwood sich um die Schreibtische der Ermittler versammelt hatten. Unter ihnen befand sich auch FBI-Agent Drake Nally, in einem schicken grauen Anzug mit blauer Krawatte.

»Aber hallo!«, rief er mit dröhnender Stimme. »Wenn das mal nicht Mrs Noah Fraley ist!« Er marschierte auf Josie zu, packte sie und hob sie für einen Augenblick hoch. Josie erwiderte die Umarmung. Sie freute sich immer, ihn zu sehen, ganz egal, was der Grund für ihr Zusammentreffen war. »Schön, dich zu sehen! Wie geht's?«

Drake war von der Außenstelle in New York City hierhergekommen. Er lebte in Manhattan und war mit Josies Zwillingsschwester zusammen, Trinity Payne, einer bekannten Fernsehjournalistin. »Gut«, sagte Josie, als er sie wieder absetzte, und rang sich ein Lächeln ab.

Drake war groß und schlaksig, sodass er sich zu ihr hinunterbeugen musste, um ihr richtig ins Gesicht schauen zu können. »Sicher?«, fragte er mit tiefer Stimme nach.

Ohne ihr aufgesetztes Lächeln abzulegen, erwiderte Josie: »Selbst wenn es nicht so wäre, würde ich es dir ganz sicher nicht auf die Nase binden.«

Er lachte und drückte eine ihrer Schultern. »Trinity hat mir gesagt, dass du genau das antworten würdest.«

»Was führt dich hierher?«, fragte sie, während sie an ihm vorbei zu ihrem Schreibtisch ging. Noah drückte ihr einen Kuss auf die Wange und zog ihren Stuhl für sie heraus. Nachdem sie sich gesetzt hatte, drückte er ihr einen Pappbecher mit Kaffee in die Hand.

»Ich weiß schon, warum ich dich geheiratet habe«, raunte sie ihm zu.

Gretchen, die gegenüber von Josie saß, nickte ihr zu. Mettner war gerade am Telefon, winkte aber kurz zu ihr herüber. Amber tippte auf ihrem Laptop herum, und Chitwood überblickte die Versammlung von der Seite des Raumes aus wie ein schweigender Wachposten.

Drake hockte sich auf die Kante von Josies Schreibtisch und verschränkte die Arme über der Brust. »Diese beiden Typen, in die du und Palmer gestern gelaufen seid, gehören zu einem ziemlich großen Verbrechersyndikat, das von New York City aus agiert. Sie nennen sich Cerberus.«

»Von denen hab ich schon mal was gehört.«

»Wir haben seit zwei Jahren eine Sondereinheit auf Cerberus angesetzt. Sie haben mit Kreditwucher angefangen, sich mit zunehmender Größe auf Glücksspiele und Prostitution verlegt, und jetzt versuchen sie sich auch noch im Drogengeschäft. Sie mischen in so gut wie allem mit, von Boston bis runter nach Washington, D. C.«

»Hier bei uns sind sie allerdings erst jetzt aufgetaucht«, fügte Chitwood hinzu.

Drake nickte. »Sie sind sonst in Philadelphia aktiv. Wir gehen davon aus, dass Miles Tenney dort mit ihnen in Kontakt gekommen ist.«

»Diese Kisten, die ihr in Miles Tenneys Schlafzimmer gefunden habt, waren voll mit allen möglichen Gegenständen – unserer Ansicht nach Diebesgut –, von elektronischen Geräten über Schmuck bis hin zu Elektrowerkzeugen. Letztendlich allem, was sich verkaufen oder im Leihhaus zu Geld machen lässt.«

»Das Beutelchen hinter dem Kühlschrank«, sagte Josie. »Konntet ihr bestätigen, dass es Frankie Cammack gehört hat?«

Mettner legte den Hörer auf. »Ich hab mich gestern Abend mit Gloria Cammack in ihrem Büro getroffen und ihr die Fotos gezeigt. Sie hat es mir bestätigt.«

»Und, war die Münze noch drin?«, wollte Josie wissen.

Noah schüttelte den Kopf. »Nein.«

»Miles hat seine Freunde und Nachbarn bestohlen und die Sachen verkauft«, fasste Gretchen zusammen.

»Sieht ganz so aus«, gab Mettner ihr recht. »Es wird ziemlich lange dauern, die Eigentümer der Gegenstände, die noch bei ihm waren, ausfindig zu machen und Leihhäuser zu kontaktieren, um festzustellen, ob er irgendetwas von den gestohlenen Dingen dorthin gebracht hat.« Er deutete auf einen dicken Papierstapel auf seinem Schreibtisch. »Das ist eine Liste der Dinge, die laut Anwohnern von West Denton aus einem Umkreis von fünfzehn Straßenblocks rund um das Haus der Tenneys in den zwei Jahren vor dem Busunfall verschwunden sind. Fast keiner von ihnen hatte den Verlust der Polizei gemeldet.«

»Es war immer wieder dieselbe Geschichte«, sagte Noah. »Die Leute nahmen zunächst an, sie hätten diese Dinge einfach nur verlegt, weggeworfen oder jemandem geliehen und nicht zurückbekommen. Keiner von ihnen konnte mit Gewissheit sagen, dass der Gegenstand gestohlen worden war. Meistens ist es ihnen gar nicht sofort aufgefallen, weil es sich um etwas handelte, was sie nur selten oder überhaupt nicht verwendeten.«

»Wie zum Beispiel Glorias Clutch«, sagte Gretchen, »oder Nathan Cammacks Campingkocher.«

»Genau«, bestätigte Noah.

Josie hob eine Augenbraue. »Dann wissen wir jetzt, dass Miles Dinge hat mitgehen lassen. Glaubt ihr, dass er nach dem Busunglück damit aufgehört hat?«

»Nein«, antwortete Noah. »Wenn man sich überlegt, wie viele Sachen er in seinem Apartment herumliegen hatte ... Er hat einfach nur sein Revier verlegt. Wir gehen davon aus, dass er danach nicht länger die Leute aus seinem Bekanntenkreis bestohlen hat, sondern Fremde.«

»Ich dachte eigentlich, Miles Tenney wäre ein erfolgreicher Autoverkäufer. Die Tenneys haben ein schönes Haus, das eine ganze Menge wert sein muss«, wandte Josie ein.

»Ich hab gerade mit seinem früheren Chef telefoniert«, schaltete Mettner sich ein. »Miles wurde ein halbes Jahr nach dem Busunfall gefeuert.«

»Wegen Diebstahls?«, fragte Gretchen.

»Wegen des Verdachts auf Diebstahl. In der Handkasse des Autohauses fehlte plötzlich ein größerer Geldbetrag. Außerdem waren in der Zeit davor einige persönliche Dinge mehrerer Angestellter verschwunden, weshalb der Inhaber zusätzliche Überwachungskameras hat installieren lassen. Und die haben aufgezeichnet, wie Miles sich am Geldschrank zu schaffen machte.«

»Und er ist nicht verhaftet und unter Anklage gestellt worden?«, wunderte sich Chitwood.

»Das wollte sein Chef nicht, weil ja Miles' Tochter gerade ums Leben gekommen war. Man hat ihm erklärt, man werde die Angelegenheit auf sich beruhen lassen, wenn er das Geld innerhalb eines Tages zurückbringen würde. Und natürlich ist er gefeuert worden. Er hat also das Geld zurückgegeben und damit war die Sache erledigt.«

»Ich kann mir nicht vorstellen, dass seine Frau irgendwas davon weiß«, sagte Josie.

»Sie hat tatsächlich keine Ahnung gehabt«, bestätigte ihr Noah. »Wir sind gestern Abend noch in Gloria Cammacks Haus gewesen, um uns mit Dee zu unterhalten. Da mussten wir ihr auch das mit Miles erklären. Das Blut vom Tatort entspricht eindeutig seiner Blutgruppe. Irgendwer musste ihr ja sagen, dass er verschwunden und höchstwahrscheinlich verletzt ist. Aus irgendeinem Grund hat auch die Presse schon Wind davon bekommen. Faktisch sind die beiden immer noch miteinander verheiratet. Außerdem mussten wir nachfragen, ob sie eine Idee hat, wo er sich aufhalten könnte oder wer ihn möglicherweise entführt hat – abgesehen von den Leuten von Cerberus. Aber sie hatte keine Ahnung. Für sie war das alles ein riesiger Schock.«

»Miles hat sie belogen«, sagte Josie.

»Und zwar von vorne bis hinten«, gab Chitwood zu bedenken. »Wie es aussieht, hat Miles Tenney im Lauf der vergangenen drei, vier Jahre ein ziemliches Problem mit der Spielsucht bekommen. Er hatte einfach kein Glück und irgendwann eine Menge Schulden. Seitdem hat er versucht, da irgendwie wieder rauszukommen.«

»Und dabei ist er mit dem Cerberus-Syndikat in Kontakt gekommen«, fügte Drake hinzu.

»Hattet ihr Miles Tenney denn schon auf dem Radar?«, fragte Josie.

»Nein, aber die beiden Männer, die euch gestern über den Weg gelaufen sind, Leon Tartaglia und Joseph Bruno. Als sie in Gewahrsam genommen wurden, hat man uns sofort verständigt.«

»Aber wegen Miles Tenney seid ihr ja gar nicht hier«, sagte Gretchen.

Drake lächelte. »Nein. Ich hoffe, ich hoffe, aus einem der beiden Typen was rauszukriegen.«

»Dann kommen wir ab jetzt also gar nicht mehr an die beiden ran?«, wollte Chitwood wissen.

»Wir haben uns heute Morgen mit ihnen unterhalten«, sagte Drake. »Der eine hat sich kooperativ gezeigt, der andere nicht.«

»Dann haben also beide überlebt?«, fragte Josie.

»Ja«, erklärte ihr Noah. »Als du Tartaglia entwaffnet hast, hat Bruno angefangen zu schießen und seinen Kumpel am Rücken erwischt. Tartaglia ist gestern Abend noch mehrere Stunden lang operiert worden, doch sein Zustand ist stabil.«

»Die beiden haben Miles gesucht«, sagte Gretchen. »Sie haben offenbar keine Ahnung, wo er ist. Aber sie haben auch was davon gesagt, dass sie sich seine Frau schnappen wollen.«

»Wir hatten bereits eine Einheit zu Dee Tenney geschickt, und die wird auch erst mal dort bleiben«, warf Chitwood ein.

»Von Bruno wissen wir, dass Miles über dreihunderttausend Dollar Schulden bei Cerberus hatte. Er sollte das Geld vor einer Woche in eine Bar in Philadelphia bringen, die von Cerberus als Tarnung genutzt wird. Es war nicht das erste Mal, dass er nicht auftauchte oder seine Schulden nicht beglich. Bruno und Tartaglia wurden losgeschickt, um ihn zu holen und zu ihrem Boss zu bringen. Falls sie ihn nicht fanden, sollten sie – so die Anweisung – seine Frau mitnehmen. Damit wollten sie Miles dazu bringen, aus seinem Versteck zu kommen.«

»Aber Miles ist verschwunden«, sagte Josie. »Entweder ist er abgehauen oder jemand anderes als Cerberus hat ihn gefunden. Dee ist immer noch in Gefahr und ich bin mir nicht sicher, ob wir sie wirklich langfristig vor einem Verbrechersyndikat wie Cerberus werden beschützen können.«

Drake runzelte die Stirn. »Ich kann ihr keinen Zeugenschutz gewähren, ohne dass sie eine Zeugin ist.«

»Aber sie ist eine leichte Beute, Drake. Und sie hat mit der ganzen Sache nichts zu tun.« Josie ließ ihren Blick durch den Raum schweifen und dachte dabei an Heidi und das Vertrauen, das zwischen Dee Tenney und dem Mädchen entstanden war. »Wir können doch nicht einfach untätig zuschauen.«

Keiner sagte etwas. In der Stille war nur das Klappern von Ambers Tastatur zu hören. Einen Augenblick später war auch dieses Geräusch verstummt. Dann war Ambers Stimme zu vernehmen: »Kann ich einen Vorschlag machen?«

Alle Köpfe drehten sich zu ihr um. Sie stand von ihrem Schreibtisch auf und lehnte sich mit der Hüfte gegen die Tischkante. »Dieser Gangsterboss – der braucht Dee Tenney doch nur, um Miles aus seinem Versteck zu locken, richtig?«

Drake nickte.

»Aber wenn Sie ihn glauben lassen, dass Miles tot ist, dann hätte er doch keinen Grund mehr, sich Dee zu schnappen.«

»Theoretisch stimmt das«, gab Drake zurück. »Aber Typen wie er – und auch die Leute, die an der Spitze von Cerberus stehen – folgen nicht immer einem Ehrenkodex. Es wäre vorstellbar, dass sie sie trotzdem entführen und töten – einfach nur, weil ihnen gerade danach ist. Oder – falls sie glauben, dass Miles sich aus dem Staub gemacht hat – dass sie Dee in ihre Gewalt bringen, damit er auch weiterhin für sie arbeitet.«

»Aber das Risiko, dass das passiert, wäre tatsächlich geringer, wenn wir es so machen, wie Amber es vorschlägt, und damit an die Presse gehen. Wenn wir bekannt geben, dass Miles verschwunden ist und wir davon ausgehen, dass er nicht mehr lebt«, sagte Mettner.

»Bisher war aber nicht die Rede davon, dass er tot sein könnte«, gab Gretchen zu bedenken.

»Das stimmt, aber immerhin wurde sein Blut am Tatort sichergestellt. Wir wissen, dass er auf alle Fälle verletzt ist. Er könnte genauso gut auch tot sein«, meinte Josie.

»Wie viel Blut hat er denn verloren?«, fragte Noah. »Ließe sich vielleicht damit argumentieren? Dass er nicht mehr am Leben sein kann, weil er zu viel Blut verloren hat?«

»Ich weiß gar nicht, ob das überhaupt nötig ist«, sagte

Amber. »Man könnte auch einfach nur erklären, dass am Tatort Blut sichergestellt wurde, das Miles' Blutgruppe entspricht, und den Rest reimen sich die Leute dann schon selbst zusammen. Wir müssen nicht unbedingt lügen. Wir wissen wirklich nicht, was mit ihm passiert ist, und es ist völlig in Ordnung, das auch so zu sagen. Entscheidend ist letztendlich nur, dass wir diesen Leuten von Cerberus verklickern, dass Miles verschwunden ist, und zwar nicht aus freien Stücken. Aber wenn wir Dee wirklich schützen wollen, müssen wir die ganze Story öffentlich machen – dass er seine Frau angelogen und ohne einen Cent hat sitzen lassen und dass sie keine Ahnung hatte, worin er da verwickelt war.«

»Du willst ihre schmutzige Wäsche wirklich vor allen Leuten waschen?«, fragte Gretchen.

»Es ist unsere einzige Chance, sie zu schützen«, gab Josie zurück. *Und auch Heidi*, fügte sie im Geiste hinzu. »Ich bin mir sicher: Wenn wir mit ihr darüber reden und ihr die ganze Sache erklären, könnten wir sie so weit kriegen, dass sie einverstanden ist.«

»Ich spreche gerne mal mit ihr und erzähle ihr, was wir über Cerberus wissen«, bot sich Drake an. »Vielleicht versuche ich ihr auch klarzumachen, wie ernst die Sache ist, mit der wir es hier zu tun haben. Jedenfalls werden wir den Fall Miles Tenney ab sofort übernehmen.«

»Danke«, sagte Josie. »Aber wie wir Dee schützen können, ist nicht das Einzige, was uns im Moment Sorgen macht. Hat dich das Team schon informiert, was hier gerade los ist?«

»Dass mehrere Eltern der verunglückten Kinder tot aufgefunden worden sind?«, fragte Drake. »Hör zu, ich weiß, es sieht so aus, als würde da ein Muster dahinterstecken, aber es kann genauso gut auch sein, dass das, was mit Miles passiert ist, gar nichts damit zu tun hat.«

»Du bezweifelst also, dass es einen Zusammenhang gibt

zwischen dem, was mit Miles passiert ist, und den Morden an den beiden anderen Eltern?«, wollte Josie wissen.

»In Miles Tenneys Apartment gab es eine Menge Unterlagen«, warf Mettner ein. »Die Spurensicherung ist immer noch damit beschäftigt, sie zu sichten und in die Fallakte hochzuladen, aber bis jetzt waren sie nicht wirklich aufschlussreich. Wir müssen auch in Betracht ziehen, dass Cerberus möglicherweise nicht die einzige Organisation war, die sich Miles' Schulden mit Blut begleichen lassen wollte.«

Gretchen hob ihr Kinn in Noahs Richtung. »Habt ihr denn irgendeine Spur gefunden, die uns zu Miles Tenney führen könnte? Videoaufzeichnungen? Sein Auto? Irgendwas?«

»Es gibt keine Aufzeichnungen«, sagte Noah. »Die im Leihhaus haben zwar eine Kamera, aber darauf war Miles nicht zu sehen. Sein Auto haben wir ein paar Straßen weiter gefunden. Aber sonst nichts. Die Nachbarn behaupten alle, nichts gesehen oder gehört zu haben.«

»Klar«, murmelte Josie. Das war die übliche Antwort in diesem Teil von Denton. Es war besser, so zu tun, als hätte man nichts mitbekommen, als selbst zur Zielscheibe irgendwelcher Verbrecher zu werden, indem man sie verpfiff. »Kerzen habt ihr in seinem Apartment nicht zufällig gefunden, oder?«

»Nein«, antwortete Mettner.

»Wir können immer noch nicht mit Gewissheit sagen, ob Miles' Verschwinden und die Morde an Krystal Duncan und Faye Palazzo irgendwie zusammenhängen«, sagte Gretchen.

»Nein, erst wenn wir ihn in ein oder zwei Tagen tot auffinden, mit Wachs in seinem Rachen und einem Namen auf dem Arm«, meinte Noah resigniert.

Chitwood räusperte sich, und alle fuhren herum. Josie hatte beinahe vergessen, dass er auch noch da war. »Aber unabhängig davon, ob Miles Tenneys Verschwinden nun etwas mit dem Fall Duncan und den Fall Palazzo zu tun hat oder ob er sich das Schlamassel selbst eingebrockt hat: In dieser Stadt läuft gerade ein Mörder frei herum. Jemand, der trauernde Eltern im Visier hat. Jemand, der eindeutig versucht, uns eine Botschaft zukommen zu lassen.«

»Dann lassen wir Miles doch erst mal außer Betracht und schauen uns nur die beiden Mordfälle an«, schlug Gretchen vor.

»Nein«, widersprach Josie. »Es war doch genau so gedacht: dass wir uns mit Miles unterhalten. Dass wir sein Geheimnis herausfinden.«

»Wie meinst du das?«, fragte Mettner.

Josie schaute von ihrem Kaffeebecher auf und stellte fest, dass aller Augen auf sie gerichtet waren. »Überlegt doch mal: Krystals Leiche hat uns zu Gloria und Nathan Cammack geführt. Und was waren ihre Geheimnisse?«

Gretchen zählte auf: »Dass Nathan jahrelang hinter dem Rücken seiner Frau gekifft hat. Dass er mindestens einmal mit Krystal im Bett war. Dass er die Kieferorthopädentermine von seinen Kindern und von Bianca Duncan abgesagt hat, um schnell nach Hause zu seiner Frau zu kommen.«

»Das sind letztendlich alles seine Geheimnisse«, gab Noah zu bedenken.

»Na gut«, fügte Josie hinzu. »Glorias Geheimnis ist, dass sie es war, die Nathan an jenem Tag gebeten hat, früher aus dem Büro heimzukommen und die Kinder nicht von der Schule abzuholen, sodass sie dann den Bus nahmen.«

»Und dann war Faye dran«, sagte Chitwood.

»Auf ihrem Arm stand der Name von Gail Tenney«, merkte Noah an.

»Der uns zunächst zu Dee geführt hat«, sagte Josie. »Sie hatte keine Geheimnisse – oder zumindest haben wir bisher keine entdeckt.«

»Aber sie hat uns erzählt, dass Faye eine Affäre hatte«, wandte Gretchen ein. »Vielleicht geht es ja gar nicht um die

Geheimnisse, die diese Eltern selbst hatten, sondern um etwas, das sie über jemand von den anderen wussten.«

»Stimmt«, pflichtete Josie ihr bei. »Das könnte gut sein. Aber bleiben wir doch trotzdem erst mal bei der Spur, die der Mörder gelegt hat. Die Person, die wir als nächstes vernommen hätten, wäre Miles gewesen.«

»Sein Geheimnis sind die jahrelangen Diebstähle, die Spielschulden und dass er seinen Job verloren hatte«, sagte Mettner. »Nicht mal seine Frau wusste etwas davon.«

»Seid ihr euch da sicher?«, fragte Chitwood. »Kann es denn nicht sein, dass Dee Tenney nur lügt, um ihr Gesicht zu wahren?«

»Der vierzehnjährigen Heidi Byrne zufolge, die inzwischen fast schon bei Dee wohnt, hatte Dee an dem Morgen, als man Faye gefunden hat, einen Nervenzusammenbruch, weil ihr Bankkonto überzogen war«, berichtete Josie. »Ich denke, wir können davon ausgehen, dass Heidi eine unabhängige Zeugin dieser Szene war. Vielleicht würde Dee vor der Polizei eine Show abziehen, aber gegenüber Heidi würde sie das bestimmt nicht tun. Nach dem, was das Mädchen uns erzählt hat, hatte Dee keine Ahnung, dass es finanzielle Schwierigkeiten gab. Als wir uns gestern mit Dee unterhalten haben, sagte sie, dass Miles immer Geld auf das gemeinsame Konto eingezahlt hat und sie ihr eigenes Leben lebte.«

»Aber wie hättet ihr ohne die blutige Szenerie in Miles' Apartment und die beiden Dumpfbacken von Cerberus hinter Miles' großes Geheimnis kommen wollen?«, fragte Noah. »Glaubt ihr, er hätte es euch einfach so erzählt?«

Zwei Wörter gingen Josie durch den Kopf, wieder und immer wieder: *Hätte doch, hätte doch ...*

»Vielleicht«, meinte Gretchen. »Das lässt sich jetzt wohl nicht mehr sagen. Aber dass er ein Geheimnis hatte, steht fest. Hätten wir die Sache weiterverfolgt, dann hätten wir möglicherweise etwas herausgefunden. Und hätten wir lange genug gewartet, dann hätte sein Netz aus Lügen vielleicht eine kritische Masse erreicht, so wie gestern Nachmittag, wo diese beiden Typen hinter ihm her waren.«

»Man kann nicht ewig davonlaufen, wenn man mal so tief in der Scheiße steckt«, meinte auch Chitwood. »Früher oder später wäre alles rausgekommen.«

»Ja, und jetzt?«, fragte Mettner. »Der eine hat die Arzttermine abgesagt. Und gekifft. Die nächste hatte eine Affäre. Und ein anderer hatte Schulden bei einem verbrecherischen Syndikat von Kredithaien. Aber was hat das alles mit dem Busunglück zu tun?«

Hätte doch, hätte doch ...

Josie sagte: »Hätte Miles nicht immer wieder seine Nachbarn bestohlen, dann wäre die PlayStation von Glorias Sohn noch da gewesen, als sie am Tag des Unfalls zurück nach Hause fuhr, um ihren Terminkalender zu holen. Sie hätte Nathan nicht im Büro angerufen und aufgefordert, nach Hause zu kommen. Und er hätte die Termine beim Kieferorthopäden nicht abgesagt, sondern die Kinder abgeholt, und dann wären zumindest diese drei jetzt noch am Leben.«

»Glaubst du, es geht hier um eine Art Rache?«, fragte Noah.

»Aber wenn es so wäre: Warum wurden dann Krystal und Faye umgebracht? Warum nicht Nathan, Gloria und Miles?«, wandte Gretchen ein.

»Weil das eben noch nicht alle Geheimnisse sind«, sagte Josie. »Es gibt noch weitere. Außerdem hatte ja auch Faye etwas zu verbergen: ihre Affäre mit Corey Byrne.«

»Dessen Tochter das Busunglück aber überlebt hat«, merkte Mettner an.

Chitwood stöhnte frustriert auf und wedelte mit der Hand in der Luft herum. »Leute, wir stellen einfach die falschen Fragen. Wenn es tatsächlich irgendwer auf die Eltern der verunglückten Kinder abgesehen hat: Wer hätte denn dann am ehesten was von ihrem Tod?«

»Niemand«, sagte Noah. »Virgil Lesko war am Tag des Unfalls betrunken. Das wurde durch die toxikologische Untersuchung bewiesen, und er hat es auch zugegeben. Dass die Eltern im Prozess gegen ihn als Zeugen auftreten, war nie vorgesehen. Es bringt ihm also gar nichts, wenn sie tot sind. Er ist schuldig, ganz egal, ob sie leben oder tot sind.«

»Aber er hat gelogen«, sagte Josie. »Er hat gelogen, als es darum ging, weshalb er an jenem Tag getrunken hatte. In seiner ersten Aussage hat er angegeben, er hätte getrunken, weil seine kranke Mutter ab dem Tag nur noch palliativ versorgt werden sollte. Dabei war das schon seit mindestens einem Monat der Fall. In der Fallakte befindet sich ein Foto von der Leistungserklärung des Palliativdienstes, die in seinem Auto gefunden wurde. Das Datum darauf liegt einen Monat zurück.«

Josie beugte sich zu ihrem Computer vor und klickte ein paarmal mit der Maus, um die Fallakte zu Virgil Lesko und dann die Datei mit dem Foto zu öffnen. Sie vergrößerte es auf dem Bildschirm und deutete dann auf zwei Textzeilen. »Patient:in: Luray Lesko. Abrechnungszeitraum: 1. bis 30. April. Der Busunfall ereignete sich am 18. Mai.«

Gretchen und Mettner standen auf und gingen um Josies Schreibtisch herum, um auf ihren Bildschirm sehen zu können. Auch Chitwood kam herüber und warf einen Blick darauf.

Noah hockte auf der Kante von Josies Schreibtisch, von wo er alles gut lesen konnte. »Aber warum hat er gelogen? Er hat ja sogar zugegeben, dass er getrunken hatte. Warum hat er dann einen falschen Grund dafür angeben?«

Gretchen trat einen Schritt zurück und schob sich die Lesebrille wieder auf den Kopf. »Weil er ein angesehenes Mitglied der Gemeinde war. Er nahm seinen Job ernst und hätte niemals etwas getrunken, wenn er anschließend einen Bus voller Schulkinder zu fahren hatte. Das hat er mir genau so gesagt, voller Stolz.«

»Aber was war dann so schlimm, dass er an jenem Tag doch getrunken und das Ganze dann verheimlicht hat?«, grübelte Mettner, während er sich ebenfalls wieder ein Stück von Josies Computer entfernte.

Stille.

»Wir könnten ja mal seinen Sohn fragen, Ted«, schlug Josie vor. »Er war ziemlich hilfsbereit, als wir ihn in Andrew Bowens Kanzlei getroffen haben.«

»Was diesen Sohn angeht ...« Mettner warf Chief Chitwood einen verstohlenen Blick zu, holte tief Luft und sprach dann weiter: »Ich weiß, der Chief geht davon aus, dass irgendwer von diesen Morden profitiert, aber was, wenn Noah recht hat und es um nichts anderes geht als Rache? Und die Person, die sich am ehesten an diesen Eltern rächen will, ist doch eindeutig Ted Lesko, meint ihr nicht?«

Sie warteten einen Augenblick, bis Chitwood losdonnern würde, doch er stand nur ruhig da, die Arme über der Brust verschränkt. »Das ergibt keinen Sinn«, wandte Gretchen ein, »mal abgesehen davon, dass Ted Lesko gar nichts von all diesen privaten Dingen wissen kann – zum Beispiel von dem Spitznamen, den die anderen Kinder Wallace Cammack verpasst hatten, oder von der Sache mit Nathan Cammack und dem abgesagten Termin beim Kieferorthopäden und dass er Krystal nicht die Wahrheit darüber gesagt hatte. Wir sollten uns lieber auf die Personen konzentrieren, die Einblick in diese Familien hatten, auf irgendwen, der diese Details mitbekommen haben könnte.«

»Womit wir wieder bei der Selbsthilfegruppe wären«, meinte Noah. »Oder irgendjemand anderem aus der Nachbarschaft.«

Chitwood klatschte in die Hände, um sich Gehör zu verschaffen. »Okay, okay. Dann bestellen wir doch trotzdem erst mal Ted Lesko ein und hören, was er zu sagen hat. Jemand anderes vernimmt Corey Byrne. Ich weiß, dass er nicht zu den Treffen geht, aber vielleicht weiß er ja trotzdem irgendwas, das keiner der anderen weiß. Mettner und Fraley, ich weiß, dass Sie noch Spuren von gestern haben, denen Sie nachgehen müssen, zum Beispiel Krystal Duncans Unterlagen aus der Kanzlei und die Sache mit dem Kieferorthopäden. Bleiben Sie da bitte dran. Drake, Sie können Amber heute mitnehmen. Sprechen Sie mit Dee Tenney und versuchen Sie, sich irgendeine Story für die Presse auszudenken, damit die Frau nicht so im Fokus steht. Quinn, Sie haben gesagt, dass jeder der Eltern ein Geheimnis hat: Wer bleibt dann noch übrig? Wer hat ein Geheimnis, von dem wir noch nichts wissen?«

»Dee Tenney und Sebastian Palazzo«, sagte Josie. Sie wandte sich an Mettner: »Wenn wir gerade über Sebastian sprechen: Wer hat ihm eigentlich die Nachricht vom Tod seiner Frau überbracht?« Der gequälte Blick in den Gesichtern von Noah und Mett verriet ihr, dass die beiden diese Aufgabe übernommen hatten. Mettner sagte: »Es war übel. Echt übel.«

»Wir wollten ihn eigentlich in die Notaufnahme bringen und ihn dort für zweiundsiebzig Stunden wegen Selbstmordgefährdung unter Beobachtung stellen lassen«, erklärte Noah, »aber dann kam eine Kollegin aus der Apotheke vorbei. Sie versprach, bei ihm zu bleiben und die 911 zu rufen, falls er sich noch mal so aufregen sollte.«

»Ich hab ihr gesagt, sie braucht nur nach draußen zu gehen, weil wir vor seinem Haus einen Streifenwagen stationiert haben. Er war nicht außer Haus, seit er seine Frau vermisst gemeldet hat«, fügte Mettner hinzu.

»Und was sollen wir jetzt machen, Chief?«, wollte Gretchen wissen. »Dee und Sebastian einbestellen und sie ganz direkt fragen, ob sie irgendwelche Geheimnisse haben?«

»Nein, jetzt noch nicht«, gab Chitwood zurück. »Die beiden stehen unter Polizeiaufsicht; falls einer von ihnen der

Entführer oder Mörder ist, werden sie so erst mal niemandem etwas antun können. Konzentrieren wir uns heute auf die anderen Dinge und sehen wir, was sich da ergibt.«

Das Telefon auf Josies Schreibtisch klingelte. Sie griff nach dem Hörer. »Quinn.«

Am anderen Ende der Leitung war Dr. Feists Stimme zu hören: »Ich bin mit der Obduktion von Faye Palazzo fertig. Habt ihr Zeit, für ein paar Minuten vorbeizukommen?«

EINUNDDREISSIG

Das Bild, das sich ihnen in der Rechtsmedizin bot, war fast identisch zu dem an jenem Tag, als Josie und Gretchen nach Krystal Duncans Autopsie vorbeigekommen waren. Faye Palazzos Leiche lag auf demselben Untersuchungstisch, und ein Leintuch bedeckte ihren Körper bis zum Hals. Dr. Feist trat durch die Tür, der den Untersuchungsraum mit ihrem persönlichen Büro verband. Heute war ihre Schutzkleidung lachsfarben. Als Josie und Gretchen eintraten, winkte sie ihnen zu, zog ihre OP-Haube ab und schüttelte ihr silberblondes Haar locker. Sie schenkte ihnen ein grimmiges Lächeln und forderte sie mit einer Handbewegung auf, näher an Fayes leblose Gestalt heranzutreten.

»Ich weiß, ihr wart beide am Fundort«, sagte sie. »Das heißt, euch ist die rosige Färbung ihrer Haut, die auf Kohlenmonoxidvergiftung hinweist, schon aufgefallen, ebenso wie das Wachs auf ihren Lippen und der Name auf ihrem Arm.«

Josie und Gretchen nickten beide.

Dr. Feist deutete auf die Blutergüsse, die sich an Fayes Kiefer entlangzogen und die Josie bereits am Fundort aufgefallen waren. »Habt ihr die gesehen?«

»Ja«, erwiderte Josie. »Sie hat gekämpft.«

»Das stimmt, trotzdem habe ich keine Hautpartikel unter ihren Fingernägeln gefunden und auch sonst an ihrem Körper keinerlei weitere Blutergüsse.«

»Bedeutet das, dass sie bis auf den Kopf bewegungsunfähig war?«

»Das glaube ich nicht. Wäre sie gefesselt gewesen, dann würden wir Hinweise darauf finden. Fessel- oder Klebebandspuren oder irgendetwas an ihren Extremitäten. Ich denke, als der Mörder ihr das Wachs in den Mund gegossen hat, war sie zu schwach, um ausreichend Kampfkraft aufzubringen, die uns irgendwelche Spuren hinterlassen hätte. Aber wenn man sich das Muster der Verbrennungen in der Mundhöhle und der Kehle genauer ansieht, dann hat der Mörder diesmal sein Timing nicht so exakt hinbekommen wie bei Krystal Duncan.«

»Das Wachs wurde also vor ihrem Tod in ihren Mund gegossen«, folgerte Josie.

»Ja. Ich glaube, sie hat, selbst in ihrem von der Kohlenmonoxidvergiftung geschwächten Zustand, noch instinktiv versucht, ihren Kopf wegzudrehen, und der Mörder musste ihn festhalten.«

Josie verspürte plötzlich starke Übelkeit. Sie musste unwillkürlich an Sebastian Palazzo denken. Er würde nach und nach die Details des Mordes an seiner Frau herausfinden. Für ihn würde das jedes Mal die reine Folter sein, obwohl er schon jetzt unermessliche Qualen litt. Er hatte nun innerhalb von zwei Jahren nacheinander seinen Sohn und seine Frau verloren. Wie sollte er das überleben, fragte sie sich. Faye war ganz klar sein Ein und Alles gewesen. Wie sollte es irgendjemand schaffen, solche menschlichen Verluste zu überleben? Wie schaffte sie es selbst, den Verlust von Lisette zu überleben? Wie konnten schon vier Monate vergangen sein, seit Josie ihr dabei zugesehen hatte, wie sie ihren letzten Atemzug tat? Wie konnte es sein, dass Josie immer noch durchs Leben ging und sich bewegte, dass sie redete, obwohl ihr ein so großer Teil ihrer Seele entrissen worden war?

»Josie?«

Sie blinzelte, und als sie von Fayes Gesicht aufblickte, sah sie, dass sowohl Dr. Feist als auch Gretchen sie anstarrten. Sie war sich nicht sicher, welche von beiden ihren Namen gerufen hatte. Langsam, als fürchte sie, Josie zu erschrecken, streckte Gretchen ihre Hand aus. Darin hielt sie ein Papiertaschentuch. Josie nahm es nicht. Stattdessen berührte sie mit den Fingern ihre Wange und spürte, dass sie ganz feucht war. Ruhig, fast ehrfürchtig, sagte Dr. Feist: »Ich glaube nicht, dass ich dich schon jemals weinen gesehen habe.«

»Aber das tue ich doch gar nicht ...«, begann Josie, doch gleichzeitig rollten ihr weitere Tränen die Wangen hinunter. Widerwillig nahm sie das Papiertaschentuch von Gretchen an und wischte sich das Gesicht ab.

»Ich weine sehr wohl hin und wieder, weißt du das?«, sagte Dr. Feist.

Josie blinzelte wieder, verärgert über den Druck hinter ihren Augen. Wenn die Tränen wenigstens fließen würden, damit dieses unangenehme Gefühl nachließ. »Was?«

»Ich weine«, wiederholte Dr. Feist. »Ständig. Nur wenn ich allein bin, natürlich.«

Josie starrte sie entgeistert an.

Ein liebenswürdiges Lächeln legte sich über das Gesicht der Rechtsmedizinerin. »Meinst du wirklich, ich könnte jeden Tag diesen Job machen und nicht traurig werden? Ich muss Kinder obduzieren. Manchmal sogar Babys. Ich hab die Autopsie beim Sohn dieser Frau durchgeführt und bei Krystal Duncans Tochter. Ich weiß nicht, was schlimmer ist: die Gewalt, die Menschen einander zufügen können, oder die Tatsache, dass selbst, wenn man all diese Gewalt stoppen könnte, immer noch Menschen sterben und ihre Liebsten mit riesigen Löchern in ihren Herzen und Leben zurückbleiben würden.« Dr. Feist blickte mit kummervollem Gesicht auf Faye hinunter. Mit dem Zeigefinger fuhr sie über die Blutergüsse an Fayes Unterkiefer. »Also weine ich«, fügte sie hinzu. »Im Auto, unter der Dusche, auf der Toilette. Manchmal tut es auch ein langer Korridor oder sogar ein Lift. Ich tue das nicht, weil ich Trost brauche. Dafür gibt es keinen Trost. Ich weine, weil es etwas von der Anspannung wegnimmt. Es hilft mir dabei, etwas von der Traurigkeit und dem Kummer loszulassen. Es erinnert mich daran, dass ich immer noch ein Mensch bin.«

Ein dicker Kloß saß Josie in der Kehle. Sie hustete, um ihn loszuwerden, und sagte: »Und das hilft?«

Dr. Feist zuckte mit den Schultern. »Mir schon. Ich werde mich nie an Mord und Tod und Verlust und Trauer gewöhnen, aber es trägt mich über die schlimmsten Tage hinweg.«

Josie drückte das Papiertaschentuch wieder an ihre Wangen, aber es war schon ganz durchgeweicht. Gretchen reichte ihr ein frisches. Josie wandte sich von ihnen ab, tupfte sich einmal mehr die Tränen ab und versuchte, die Fassung wiederzugewinnen, aber je krampfhafter sie es versuchte, desto mehr Tränen kamen. »Mein Gott«, murmelte sie.

Josie wusste nicht, wie viele Minuten vergangen waren, aber nach einigen weiteren durchweichten Papiertaschentüchern versiegten die Tränen so weit, dass sie sich wieder ihren Kolleginnen zuwenden konnte. Dr. Feist lächelte freundlich. »Das muss niemand erfahren, Josie, wir sind hier ganz unter uns.«

Gretchen nickte.

Josie nahm einen tiefen, stoßweisen Atemzug und trat wieder an den Untersuchungstisch heran. »So, geht schon wieder«, sagte sie. »Machen wir weiter mit unserer Arbeit.«

»Okay«, sagte Dr. Feist. »Was ich euch sagen kann, ist, dass die eigentliche Todesursache Ersticken am Wachs in den Atemwegen war. Wenn man jedoch das Kirschrot ihrer inneren Organe mitberücksichtigt, dann wäre sie an Kohlenmonoxidvergiftung gestorben, selbst wenn der Mörder kein Wachs in ihre Kehle gegossen hätte. Keine Anzeichen sexuellen Missbrauchs. Bei der körperlichen Untersuchung und Autopsie nichts weiter Auffälliges. Sie war eine sehr gesunde Frau. Ein bisschen untergewichtig vielleicht, aber körperlich in Bestform.«

»Was wolltest du uns zeigen?«, fragte Josie.

»Mehrere Dinge.« Sie trat neben Faye Palazzos Füße und zog langsam das Leintuch hoch bis zu den Knien, sodass die Schienbeine entblößt waren. Zunächst sah Josie nur hellrote Striemen quer über beide Beine. Dann erkannte sie, dass es sich dabei nicht um Striemen handelte, sondern die Streifen wie auf ihre Haut aufgedruckt waren. Dr. Feist sagte: »Ich weiß, was du jetzt denkst – diese horizontalen roten Streifen auf der Haut sehen aus, als hätte sie jemand geschlagen oder als hätten ihre Beine lange Zeit auf so etwas wie Latten oder auf einem Spaltenboden gelegen. Aber erinnert ihr euch daran, was wir über Totenflecke gesagt haben?«

Gretchen meinte: »Dass sich das Blut in den am tiefsten liegenden Teilen der Leiche sammelt und die Haut violett oder schwarz färbt ...«

»Oder kirschrot im Falle einer Kohlenmonoxidvergiftung«, unterbrach Dr. Feist sie. »Die endgültigen Totenflecke entstehen, wenn sich das Blut an der tiefsten Stelle gesammelt hat, sie unumkehrbar sind und keine Manipulation der Leiche sie mehr verändern kann. Die roten Flecken, die ihr hier seht, sind die Stellen, wo sich das Blut abgesetzt hat.«

»Und was ist mit den weißen Stellen?«, fragte Josie. »Es sieht fast so aus, als hätte sie rote und weiße Streifen quer über den Beinen.«

»Die weißen Streifen sind Aussparungen innerhalb der Totenflecke. An diesen Stellen haben ihre Beine auf etwas gelegen, das das Blut daran hinderte, sich in diesem Bereich abzusetzen. Es sieht wirklich aus wie Streifen – oder, wie ich schon sagte, so wie eine Art Latten. Die Totenflecke waren nicht mehr wegdrückbar, als ihr sie gefunden habt, was bedeutet, dass sie schon seit acht bis zwölf Stunden tot war, bevor sie an den Ort bewegt wurde, wo ihr sie gefunden habt.«

»Was bedeutet, dass sie ziemlich bald nach ihrem Verschwinden aus ihrem Haus getötet wurde«, folgerte Gretchen. »Mindestens innerhalb eines Zeitfensters von zwölf Stunden.«

»Der Mörder hat sie nicht lange gefangen gehalten«, sagte Josie. »Er brauchte nichts von ihr. Er wollte sie nur töten.«

Gretchen nickte. »Er wollte etwas von Krystal. Informationen. Deswegen war sie so viele Tage verschwunden, und deshalb hat sie sich in die Datenbank bei ihrer Arbeit eingeloggt. Oder deshalb hat er sie gezwungen, sich dort einzuloggen.«

Josie zog ihr Handy aus der Tasche und schrieb schnell eine Nachricht an Noah. »Ich frage Noah, ob er und Mett schon in der Kanzlei Rücksprache halten konnten. Ich werde ihn bitten, auch bei den Fällen zu recherchieren, an denen Krystal nicht konkret gearbeitet hat. Wenn du recht hast, Gretchen, dann gab es etwas in den Akten der Kanzlei, das der Mörder haben wollte.«

Gretchen nickte und wandte ihre Aufmerksamkeit wieder Dr. Feist zu. »Du sagst, als Faye Palazzo starb, kniete sie auf so etwas wie einem Lattenrost?«

»Ja«, sagte Dr. Feist.

Josie meinte: »Wo findet man normalerweise einen mit Latten ausgelegten Boden? Auf einer Terrasse? Über der Montagegrube in einer Autowerkstatt?«

»Oder in einer Scheune, in einem Stall«, ergänzte Dr. Feist. »Seht euch das mal an.«

Sie bedeckte Faye Palazzos Beine und ging zur Ablagefläche hinten im Raum. Sie winkte ihnen, ihr zu folgen. Ihr Laptop stand neben mehreren Spurensicherungsbeuteln. In der

Regel zeigte ihnen Dr. Feist bei jedem Gespräch über eine Autopsie auf ihrem Laptopbildschirm Ergebnisse aus Röntgenuntersuchungen oder sie las ihnen andere Erkenntnisse aus ihren Analysen vor. Diesmal nahm sie einen kleinen Beutel aus Papier zur Hand, den sie bereits beschriftet hatte. »Hummel kommt bald vorbei, um das alles abzuholen. Ich kann hier erst weg, sobald er die Gegenstände in Verwahrung genommen hat. Bevor ich euch zeige, warum ich glaube, dass sie vielleicht in einer Art Scheune festgehalten wurde, will ich eure Aufmerksamkeit noch auf das hier lenken. In dieser Tüte befindet sich ein einzelner Diamantohrstecker.«

»Ich hab schon am Fundort entdeckt, dass sie nur einen trug«, warf Josie ein.

»Ist der andere rausgerissen worden? Vielleicht in einem Kampf mit dem Mörder?«, fragte Gretchen.

Dr. Feist schüttelte den Kopf. »Nein. Am anderen Ohrläppchen gab es keine Anzeichen, dass etwas herausgerissen wurde. Ich glaube, sie hat den Ohrstecker selber herausgenommen. Entweder das oder er ist herausgefallen, aber die Wahrscheinlichkeit ist hoch, dass sie ihn herausgenommen und dort zurückgelassen hat, wo sie gefangen gehalten wurde.«

»Woraus schließt du das?«, fragte Gretchen. »Ich verliere ständig Ohrringe.«

Dr. Feist hob den Zeigefinger in die Luft, als könnte sie ihnen gleich eine Erklärung bieten. Dann zog sie sich ein Paar Einmalhandschuhe über und nahm einen größeren Indizienbeutel zur Hand. Vorsichtig nahm sie den Inhalt heraus – ein Paar hellbrauner Ballerinas – und legte sie auf die Ablagefläche aus Edelstahl. »Das sind die Schuhe, die Faye trug, als man sie gefunden hat. Es sind Schuhe ohne Absatz und Profil, daher hinterlassen sie keine Fußabdrücke auf dem Boden, aber im Inneren beider Schuhe hab ich Haare gefunden.«

Gretchen runzelte die Stirn. »Haare?«

Aus einer anderen Tüte zog Dr. Feist zwei durchsichtige

Plastiktütchen mit je mehreren Strähnen blassgelben Haars. Jede Strähne war fünf bis zehn Zentimeter lang und wies widerspenstige Locken auf. Josie beugte sich hinunter und besah sich die Tütchen von ganz nah, um mehr erkennen zu können. »Tierhaare?«

»Ich glaube, ja. Sie müssen zur Analyse ins Labor geschickt werden, aber ich bin mir ziemlich sicher, dass du gerade Tierhaare vor dir siehst.«

»Sie hat sie in ihre Schuhe gestopft«, sagte Josie. »Also wusste sie, dass sie sterben würde. Sie hat ihren Ohrstecker rausgenommen und dann hat sie Tierhaare in ihre Schuhe gesteckt.«

»Der Mörder wusste genau, dass er ihre Kleidung und die Haut gut abbürsten muss. Das hat er vermutlich auch getan, was erklären würde, warum man weder an Krystal noch an Faye etwas gefunden hat, als die Spurensicherung ihre Kleidung untersuchte und Dr. Feist die Leichen obduzierte. Der Mörder hat sie beide vorher gründlich gesäubert«, sagte Gretchen.

»Aber er hat ihnen nicht die Schuhe ausgezogen«, folgerte Josie. »Warum sollte er das auch tun?«

»Sie ist ein Risiko eingegangen«, wandte Gretchen ein. »Ballerinas fallen einem leicht vom Fuß.«

»Selbst wenn der Mörder die Haare in ihren Schuhen gefunden hätte«, mutmaßte Josie, »dann wäre sie zu diesem Zeitpunkt bereits tot gewesen. Das einzige Risiko war, dass sie bei den forensischen Untersuchungen nicht entdeckt würden.«

»Was meinst du – um welche Tiere handelt es sich hier?«, fragte Gretchen Dr. Feist.

Die Rechtsmedizinerin schüttelte den Kopf. »Ach, Detectives, ich bin doch keine Tierexpertin. Ich wusste nur, dass da was nicht stimmt, als ich ihr die Schuhe ausgezogen habe. Ich habe jetzt schon viele Autopsien durchgeführt, aber sowas hab ich noch nie gesehen.«

»Eine Ziege«, schlug Josie vor. »Schafe? Die Haare sind zu lang und zu lockig, um von einer Kuh zu stammen.«

»Vielleicht von einem Alpaka?«, meinte Dr. Feist.

Gretchen nickte. Sie zog ihr Notizbuch heraus und kritzelte etwas hinein.

»Das einzige Problem ist nur, dass wir uns mitten in Pennsylvania befinden. Hast du irgendeine Vorstellung, wie viele Scheunen oder Ställe es schon in der Peripherie von Denton gibt? Wie viele Farmen?«

Gretchen blickte auf. »Ich würde sagen, eine ganze Menge.«

Dr. Feist lachte. »Mehr als eine Menge.«

Gretchen zog ihr Handy heraus und sah auf die Uhr. »Alle sind jetzt unterwegs, um in diesem Fall zu ermitteln. Wir müssen noch Corey Byrne befragen, und entweder Mett oder Noah sind wohl gerade dabei, Ted Lesko aufzuspüren. Alle Ställe in der Gegend zu überprüfen könnte Stunden dauern.«

»Du könntest Lamay damit beauftragen«, schlug Josie vor. Damit meinte sie den diensthabenden Sergeant am Empfang, Dan Lamay. »Er kann mit der Liste beginnen, während er dort die Stellung hält. Das macht er ganz sicher, wenn wir ihn darum bitten.«

»Gute Idee«, meinte Gretchen und wählte Lamays Festnetztelefon am Empfang. Während sie Dan ihre Anweisungen durchgab, wandte sich Josie lächelnd an Dr. Feist. Es war ein aufrichtiges Lächeln. »Das war genial«, sagte sie der Rechtsmedizinerin. »Danke.«

Dr. Feist nickte. »Hoffen wir mal, dass es uns bei der Suche nach diesem Mörder weiterhilft. Ich will nie mehr ein solches Mordopfer sehen.«

ZWEIUNDDREISSIG

Während sie sich der nächsten Haltestelle näherten, bekam der Bus Schlagseite. Mittlerweile waren nicht mehr so viele Kinder darin, und jetzt johlte niemand mehr. Gail blickte zu Bianca, die still geworden und blasser war, als Gail sie je zuvor gesehen hatte. Ihre Hände umklammerten den Rucksack auf ihrem Schoß. Gail hörte, wie eines der Kinder beim Aussteigen aus dem Bus sagte: »Mensch, ich glaub, ich muss kotzen.«

Sie erhob sich ein kleines Stück weit aus ihrem Sitz, damit sie sehen konnte, wie der Bus anhielt. An der Haltestelle warteten keine Eltern. Sobald die Kinder draußen waren, zerstreuten sie sich, rannten nach Hause. Ein lautes Knirschen ertönte von irgendwo unter ihnen. Der ganze Bus vibrierte.

Hinter ihnen sagte Nevin: »Was macht er denn? Ist der Bus jetzt kaputt?«

Gail spürte, wie ihre Beine zu zittern begannen, und das Beben wanderte ihren ganzen Körper hinauf. Das alles hier war kein Spaß und gefiel ihr ganz und gar nicht mehr. »Vielleicht sollten wir aussteigen«, sagte sie zu Bianca.

»Du meinst, aus dem Bus? Hier? Aber das ist doch noch gar nicht unsere Haltestelle.«

»Du hast gesagt, dass mit Mr Lesko was nicht stimmt. Vielleicht hast du ja recht. Wir sollten einfach aussteigen. Dann kann ich meine Mom anrufen.«

Bianca schwieg. Sie wirkte erstarrt, wie eine Statue.

Nevin sagte: »Wir könnten wahrscheinlich von hier aus einfach zu Fuß gehen. Das ist nicht so weit.«

Ihre Körper wurden nach vorne geschleudert, dann wieder zurück und der Bus rumpelte weiter und wurde immer schneller, sodass die Gegend draußen nur so vorbeiflog.

»Jetzt ist es zu spät«, sagte Nevin.

DREIUNDDREISSIG

Gretchen war an diesem Morgen schon Stunden vor Josie aufs Revier gekommen und hatte mit Corey Byrnes' Chef sprechen können, sowohl um alle Daten und Zeiten zu ermitteln, zu denen Corey seit Krystal Duncans Verschwinden bei der Arbeit gewesen war, als auch um genau in Erfahrung zu bringen, auf welcher Baustelle er heute anzutreffen wäre. Als sie und Josie aus der Rechtsmedizin aufbrachen, fuhr wieder Gretchen und kurvte durch die Straßen von Denton, als hätte sie ihr Leben lang hier gewohnt. Kalte Luft blies Josie ins Gesicht und kühlte den Schweiß, der sich in der kurzen Zeit, die man benötigte, um über den Parkplatz des Krankenhauses zu gehen, schon wieder auf ihrer Oberlippe gebildet hatte. Josie machte Noah insgeheim leise Vorwürfe, weil er sie so lange hatte schlafen lassen, andererseits war es die beste Nachtruhe gewesen, die sie seit vier Monaten bekommen hatte. Sie konnte heute klarer denken als jemals seit Lisettes Tod. Zum ersten Mal erlebte sie flüchtige Sekunden, in denen sie sich an ihre Großmutter erinnern konnte, ohne gleich wieder vollkommen am Boden zerstört zu sein. Stattdessen sah sie vor ihrem geistigen Auge Lisettes wissendes Lächeln und hörte sie sagen: »Ich weiß, ich weiß. Du musst jetzt wieder an deine Arbeit. Geh nur, geh!«

Corey Byrne arbeitete in einem neuen Apartmentgebäude, die am nördlichen Ende des Universitätscampus von Denton errichtet wurden. Gretchen parkte auf einem mit Staub und Erde bedeckten Parkplatz dahinter, inmitten einer Reihe von Pick-ups, von denen Josie annahm, dass sie den Bauarbeitern gehörten. Das Skelett des Gebäudes war fertiggestellt, auf der einen Seite waren schon die Wände hochgezogen, während die andere Seite noch offen war. Als sie vorne um die Baustelle herumgingen, informierte sie ein Schild, dass das Haus neue Unterkünfte für Studierende in Aufbaustudiengängen oder Doktoranden bieten sollte. Die beiden Ermittlerinnen fragten sich bei drei verschiedenen Arbeitern nach dem richtigen Weg über die Baustelle durch, dann stiegen sie vier Stockwerke hoch und fanden dort Corey, der in einem der Räume auf der bereits geschlossenen Seite des Gebäudes eine Trockenbauwand montierte. Er wollte ihnen gerade erklären, dass sie sich hier nicht aufhalten dürften, als Gretchen ihm ihre Dienstmarke zeigte.

Corey legte seine Werkzeuge auf den Boden, wischte sich die Handflächen an seinen Jeans ab und schüttelte dann beiden die Hand. »Ich wusste nicht, dass Sie hierherkommen würden«, sagte er. »Mein Chef ...«

»Hat uns die Erlaubnis gegeben, mit Ihnen zu sprechen«, ergänzte Gretchen seinen Satz.

Auf dem Kopf trug er einen gelben Schutzhelm. Er nahm ihn ab und darunter kam dichtes, goldblondes Haar zum Vorschein. Josies erster Gedanke war, dass er gar nicht aussah wie der Vater einer Tochter im Teenageralter — zu jung für eine Vierzehnjährige. Dann aber fiel ihr wieder ein, dass Heidi ihnen erzählt hatte, ihre Mutter sei bei ihrer Geburt erst neunzehn gewesen. Möglich, dass Corey damals etwa im selben Alter gewesen und dadurch deutlich jünger war als die anderen

Eltern der gleichaltrigen Kinder in seiner Wohngegend von West Denton. Aber er sah nicht nur anders aus, er unterschied sich auch sonst von den übrigen Bewohnern in seinem Viertel. Die meisten von ihnen waren aufs College gegangen und Ende dreißig, Anfang vierzig oder sogar schon in ihren Fünfzigern wie Virgil Lesko und fast alle hatten irgendwelche Bürojobs. Corey war so etwas wie ein Fremdkörper unter ihnen – jung und gutaussehend, und er leistete jeden Tag schwere körperliche Arbeit. Die scheinbar endlosen Arbeitsstunden hatten ihm einen durchtrainierten Körper verschafft, von dem auch eifrige Fitnessjünger nur träumen konnten. Sein weißes T-Shirt war enganliegend und schweißgetränkt und zeigte seine wohldefinierten Muskeln an Armen, Brustkorb und seinem Waschbrettbauch bei jeder Bewegung. Josie konnte sofort nachvollziehen, warum Faye Palazzo ihn attraktiv gefunden hatte.

Faye als erfolgreiches Model hätte sicher unter den körperlich attraktivsten Männern dieser Erde ihre Wahl treffen können, dennoch hatte sie sich dazu entschieden, Sebastian zu heiraten. Nicht dass Sebastian unattraktiv gewesen wäre, aber er verkörperte das krasse Gegenteil von Corey Byrne. War das der Grund, warum Faye ihre Ehe riskiert hatte und etwas mit Corey angefangen hatte?

»Heidi hat mir erzählt, was passiert ist«, sagte Corey. Er hielt seinen Schutzhelm in beiden Händen. »Es tut mir wirklich leid ..., das mit Krystal und ... ähm, mit Faye ... ich, ähm, stimmt das? Ist sie wirklich tot?«

»Ich fürchte ja, Mr Byrne«, sagte Josie.

Er senkte den Blick. Ein Muskel an seiner Kieferpartie zuckte, und man hörte den Plastikhelm in seinen Händen knacken.

»Mr Byrne«, sagte Gretchen. »Brauchen Sie einen Moment für sich?«

Er schüttelte den Kopf, schwieg aber weiter.

Mit sanfter Stimme erklärte ihm Josie: »Wir haben gehört, dass Sie Faye gerne mochten. Wir wissen Bescheid über Ihre Affäre.«

Jetzt schloss er die Augen und legte den Kopf in den Nacken. Sein Adamsapfel hüpfte auf und ab, als er mehrmals schluckte. Er warf seinen Schutzhelm in eine Ecke und wischte sich über die Augen, bevor er sie wieder öffnete und Josies Blick erwiderte. »Weiß ihr Ehemann auch Bescheid?«

»Nein«, erwiderte Josie. »Nicht, dass wir wüssten. Wir haben das über andere Kanäle herausgefunden.«

Corey hob eine Braue. »Über andere Kanäle, sagen Sie? Über Heidi also?« Er schüttelte den Kopf. »Verdammt. Vor diesem Kind kann man aber auch gar nichts verbergen.«

Gretchen wandte ein: »Sie hat das Richtige getan, es uns zu sagen, Mr Byrne. Wir haben einen Mörder in dieser Stadt, und anscheinend nimmt er die Eltern jener Kinder ins Visier, die bei dem Busunglück in West Denton ums Leben gekommen sind.«

Corey stieß die Hände in seine Jeanstaschen. »Okay, aber warum müssen Sie dann unbedingt mit mir sprechen? Meine Tochter hat den Unfall ja schließlich überlebt.«

»Bei der Ermittlung zu Fayes Ermordung müssen wir jede Facette ihres Lebens unter die Lupe nehmen«, sagte Josie. »Wann haben Sie sie zum letzten Mal gesehen?«

»Bei den Beerdigungen«, antwortete er wie aus der Pistole geschossen. »Ich bin doch auch zu den Trauerfeiern für die Kinder gegangen.«

»Dann haben Sie also seit über zwei Jahren nicht mit ihr gesprochen oder sie gesehen?«, fragte Gretchen nach.

»Das stimmt. Ich wollte mit ihr sprechen – Mann, ich hatte es mir fest vorgenommen –, aber irgendwie schien es nie zu passen. Sie wollte vor dem Unglück sowieso Schluss machen, und ich wusste, was Nevin ihr bedeutet hat. Mir war klar, dass es in ihrem Leben keinen Platz mehr für mich gab. Hinzu kam noch, die ganze Situation war so absurd, wissen Sie? Ich war der einzige Vater, dessen Kind überlebt hatte. Ich habe Heidi vorgeschlagen, dass wir umziehen könnten, wohin auch immer sie wollte, aber sie weigerte sich, also sind wir geblieben. Die Einzige von all den Eltern, die seit dem Unfall noch immer mit mir redet, ist Dee. Das rechne ich ihr hoch an.«

»Wann haben Sie Faye vor den Beerdigungen das letzte Mal gesehen?«, fragte Josie.

»Am Tag des Unfalls.«

»Da haben Sie sich gesehen?«, fragte Gretchen. »An ›Ihrem Treffpunkt‹?«

Er blinzelte. »Ja. Woher wissen Sie davon?«

»Uns liegt ein Notizzettel vor, den Sie und Faye Palazzo benutzten, um während Ihrer Affäre untereinander Nachrichten auszutauschen. Ihr ›Treffpunkt‹ wurde darin mehrmals erwähnt«, erklärte Josie.

Einer von Coreys Mundwinkeln hob sich zu einem angedeuteten Lächeln. »Auch von Heidi also«, erriet er. »Ja, wir waren an diesem Tag an unserem Treffpunkt. Zur selben Zeit wie immer. Vierzehn Uhr. Wir haben sogar ... wir haben tatsächlich den Schulbus an uns vorbeifahren sehen, und ich dachte damals noch, es sieht so aus, als ob er Schlangenlinien fährt. Ich hab zu Faye gesagt, lass uns hinterherfahren, aber sie meinte, wir könnten es nicht riskieren, gesehen zu werden. Da würden zu viele Fragen auftauchen. Ich hab ihr gesagt, ›Wen juckt das? Was ist mit den Kindern? Wir sagen einfach, wir sind uns zufällig begegnet und ich hab dich mit dem Auto mitgenommen‹, aber sie bestand auf ihrer Weigerung. An diesem Tag hatten wir Streit. Sie wollte mich verlassen. Wir sind daher länger zusammengeblieben als normalerweise ... und dann ..., nun, dann begannen unsere Handys wie verrückt zu klingeln, weil der Bus verunglückt war. Es war ... es war schrecklich.«

Seine Augen glänzten feucht und er sah in die Ferne, als blickte er in die Vergangenheit und sähe die Ereignisse jenes

Tages immer und immer wieder vor seinem geistigen Auge ablaufen.

Sie gaben ihm einen Moment Zeit, dann fragte Gretchen: »Mr Byrne, wo war Ihr Treffpunkt?«

Er schüttelte leicht den Kopf, als wollte er sich bewusst wieder in die Gegenwart zurückholen. »Ach, das war diese unerschlossene Brachfläche, gar nicht weit von unseren Wohnhäusern entfernt. Sie ist seit Jahren unbebaut. Jedes Mal, wenn dort etwas entstehen soll, lehnt es der Stadtrat ab. Auf der anderen Seite stehen Häuser, aber man ist dort dennoch von den Bäumen so gut abgeschirmt, dass man hinten parken kann, ohne gesehen zu werden. Wir haben uns normalerweise dort in meinem Pick-up getroffen. Faye wollte nie, dass wir uns bei einem von uns zu Hause besuchen. Es musste immer der Pick-up sein.«

Gretchen sah Josie an. Sie dachten beide dasselbe. Josie nannte die Straße, auf der sie Faye Palazzos Leiche gefunden hatten. »Meinen Sie diese freie Fläche an der Tallon Street?«, fragte sie.

»Ja«, bestätigte Corey. »Dort war unser Treffpunkt. Hey, woher wissen Sie das?«

Josie gab keine Antwort. Stattdessen stellte sie eine Gegenfrage: »Wer wusste sonst noch über Ihre Affäre Bescheid?"

»Keiner«, sagte er. »Faye war wahnsinnig dahinter her, die Sache geheim zu halten. Ihr Mann war doch geradezu von ihr besessen, müssen Sie wissen.«

»Hatte Faye Angst vor ihm?«, fragte Gretchen.

»Ich glaube schon, ein bisschen. Aber sie hat immer gesagt, sie will einfach nicht, dass er sich von ihr scheiden lässt, weil Nevin seinen Vater braucht.«

»Haben Sie jemandem von der Affäre erzählt? Irgendwann einmal? Auch später, als sie schon vorbei war?«

»Nein. Niemals. Das hab ich Faye versprochen.«

»In dieser Notiz, die uns vorliegt, behauptet sie, dass

jemand Sie beide gesehen hat«, meinte Josie. »Was war damit gemeint? Hat jemand Sie beide ertappt?«

Einmal mehr ließ Corey den Kopf in den Nacken zurücksinken und blickte einen Augenblick zur Decke hinauf. Mit einem schweren Seufzer sah er Josie wieder an. »Ich weiß nicht, ob uns jemand gesehen hat oder nicht. Faye dachte, das sei so gewesen, aber ich war mir nicht sicher. Ich hab auch nicht geglaubt, dass das eine Rolle spielte.«

Gretchen forderte ihn auf: »Erzählen Sie uns, was damals passiert ist.«

Er zuckte mit den Schultern. »Wir waren an unserem Treffpunkt, in der Fahrerkabine des Pick-ups. Wir waren gerade, nun, Sie wissen schon ... heftig zugange -, aber wir haben immer ganz an der Seite geparkt – hinter den Bäumen, damit man uns, falls jemand auf das Gelände einbog und vorbeifuhr, nicht gleich als Erstes sehen würde. Und es ist dort ja auch niemals jemand eingebogen, außer bei diesem einen Mal.«

»Wann war das?«, fragte Josie.

»Ich weiß nicht. Ein paar Monate vor dem Unfall, so ungefähr?«

»Wer ist dort eingebogen?«

»Zwei Autos«, sagte er. »Zwei Typen. Sie parkten nebeneinander, stiegen aus und haben Zeug aus dem Kofferraum des einen Autos in das andere geladen. Miles erkannten wir sofort, und Faye geriet völlig außer sich. Sie strampelte so hektisch herum, um sich wieder anzuziehen und zu verstecken, dass sie aus Versehen an die Hupe stieß. Da haben die beiden natürlich zu uns herübergeschaut. Wir sind einfach nur da sitzen geblieben, wie erstarrt. Dann schlugen Miles und dieser andere Typ, ganz gemächlich, die Heckklappen ihrer Autos wieder zu, stiegen ein und fuhren davon. Faye war sich sicher, dass sie uns gesehen hatten und dass Miles uns beide erkannt hatte, aber es gab noch nicht mal Blickkontakt zwischen mir und einem von ihnen. Ich meine, ich bin mir sicher, dass sie uns gesehen haben, aber ich glaube nicht, dass sie uns erkannt oder gemerkt haben, was wir dort taten. Ich hab Miles ein paarmal danach noch getroffen, wenn ich Heidi dort hingebracht oder sie abgeholt hab, und er hat nie auch nur ein Wort darüber verloren.«

»Den anderen Typen haben Sie nicht erkannt?«, fragte Josie.

Corey kratzte sich am Hinterkopf. »Er kam mir irgendwie ziemlich vertraut vor, aber nein, ich hab ihn nicht erkannt. Vielleicht, wenn ich näher dran gewesen wäre, aber nicht von dort, wo wir parkten. Miles hab ich sofort erkannt, weil ich ihn ständig gesehen hab, und er hatte immer diesen rasierten, glänzenden Schädel und fuhr diesen silbernen Lexus, den er von seinem Autohaus geleast hatte.«

»Hat Faye den anderen Mann erkennen können?«, fragte Gretchen.

»Ich glaube schon, aber wir kamen nie richtig dazu, darüber zu sprechen. Es war nicht wirklich wichtig, wissen Sie? Fakt war, dass uns jemand zusammen gesehen hatte. Dann hat sie mich verlassen, und der Unfall passierte, und danach haben wir nie mehr miteinander gesprochen.«

»Was haben diese beiden Männer von einem Auto ins andere umgeladen?«

»Keine Ahnung. Ich hab nicht sonderlich darauf geachtet. Wie ich schon sagte, Faye war vollkommen außer sich.«

»Und das Auto, das der andere Mann fuhr?«, fragte Gretchen. »Erinnern Sie sich, was für ein Fabrikat das war?«

»Ich erinnere mich daran, dass es rot war. Rot und klein. Ich weiß nicht, vielleicht ein Prius oder dergleichen. Das kann ich aber nicht mit Sicherheit sagen.«

Plötzlich ging Josie ein Licht auf und ein Detail drängte sich in ihr Bewusstsein. Sie wandte sich zu Gretchen um. »Ich kenne jemanden, der einen roten Prius fährt.«

»Na dann«, meinte Gretchen. »Fahren wir dorthin.«

VIERUNDDREISSIG

Zwanzig Minuten später standen Josie und Gretchen in einem der Videoüberwachungsräume und starrten auf einen Fernsehbildschirm, der eine Direktübertragung aus einem der Vernehmungsräume lieferte. Auf dem Bildschirm sah man Ted Lesko an einem zerkratzten hölzernen Vernehmungstisch sitzen und ein Thunfischsandwich hinunterschlingen, als hätte er keinerlei Sorgen. Anschließend spülte er mit einer Dose Coke nach, die ihm Mettner besorgt hatte, und ließ einen herzhaften Rülpser hören.

»So einfach kann es nun auch wieder nicht sein«, sagte Gretchen.

»Das ist es auch nicht«, erwiderte Mettner. »Wenn man ihn wegen der Morde genauer unter die Lupe nimmt, dann hat er für die meiste Zeit, über die wie hier reden, ein Alibi. Während des Zeitfensters von drei Stunden, innerhalb derer Faye Palazzo von zu Hause entführt wurde – das heißt, zwischen den Uhrzeiten, als Sebastian zur Arbeit aufbrach und als er zum Mittagessen zurückkehrte –, befand er sich zu Lieferfahrten auf der anderen Seite der Stadt. Ich habe GPS-Koordinaten, Quittungen und sogar Videoaufnahmen von ihm vorliegen, als er an verschiedenen Häusern und Firmen mit seinen Essenslieferungen eintraf. Er arbeitet auch für Downey's Grocery Market und für WheelShare, diese Mitfahrgelegenheits-App, und seine Arbeitsstunden dort entsprechen fast der restlichen Dauer seines Alibis, sowohl für die Zeit, als Faye verschwunden war, als auch für die Zeit, während derer Krystal vermisst wurde.«

»Aber ganz sicher wissen wir eigentlich nur, dass er Faye nicht entführt haben kann. Möglich ist allerdings, dass er jemanden als Komplizen hatte. Es gibt immer noch Zeiten, in denen keiner seinen Aufenthaltsort bestätigen kann und in denen sowohl Faye als auch Krystal verschwunden waren.«

»Stimmt«, räumte Mettner ein. »Aber er hat ein Navi in seinem Auto und das hat aufgezeichnet, dass er während dieser Zeiten genau da gewesen ist, wo er angegeben hat.«

Josie fragte: »Ist es das einzige Auto, das auf seinen Haushalt zugelassen ist?«

»Ja. Wir haben auch sein Haus durchsucht. Dazu hat er uns die Erlaubnis gegeben. Er besitzt eine ganz normale Garage, aber vor ein paar Monaten ist dort ein Baum auf das Dach gestürzt, hat es ernsthaft beschädigt, und er konnte es sich bisher nicht leisten, es reparieren zu lassen. Seine Garage bot also keine Möglichkeit, jemanden dort drin gefangen zu halten und den Innenraum so gut nach außen abzudichten, um diese Person mit Kohlenmonoxid zu vergiften.«

»Shit«, fluchte Josie. Irgendetwas störte sie – so wie ein nerviger Schnitt von einem Stück Papier, der jedes Mal brannte, wenn man die Hände wusch –, aber es fiel ihr nicht ein, was.

»Er hat uns gestattet, sein Haus und seinen Wagen zu untersuchen. Sogar die Spurensicherung durfte ins Haus kommen, sich dort umsehen und mitnehmen, was immer sie wollten.«

»Haben sie zufällig Kerzen gefunden?«, fragte Josie.

»Duftkerzen«, erwiderte Mettner. »Keine Kerzen für eine Mahnwache.«

»Und er hat keinen Verteidiger verlangt?«, wunderte sich Gretchen.

»Nein, aber ich hab ihm auch seine Rechte als Verdächtiger noch nicht verlesen.«

»Sieht so aus, als könntest du dir das sparen«, meinte Josie. »Finden wir lieber heraus, was er vor zwei Jahren mit Miles Tenney zu schaffen hatte, und dann lassen wir ihn laufen.«

Josie ging hinüber in den Vernehmungsraum. Teds Miene hellte sich auf und er lächelte, als sie eintrat. »So sehen wir uns also wieder«, sagte er. »Wissen Sie, dass Sie die einzige Person sind, die Andrew Bowen noch mehr auf die Palme bringen kann als ich?«

Josie lachte und nahm ihm gegenüber Platz. »Tatsächlich? Dann mögen Sie Bowen wohl nicht besonders?«

»Kann überhaupt irgendjemand diesen Typen leiden?«

»Da haben Sie recht. Ted, hat Ihnen Detective Mettner gesagt, warum wir Sie heute hierhergebeten haben?«

»Das wird aus all den Fragen, die er gestellt hat, ziemlich deutlich«, erwiderte Ted. »Es geht um die Sache mit Krystal Duncan – und er hat gesagt, es sei noch ein Elternteil ermordet worden. Ganz schön üble Geschichte.«

»Sie sind nicht besorgt darüber, dass wir Sie zur Vernehmung aufs Revier gebeten haben?«

Er schüttelte den Kopf, lehnte sich in seinem Stuhl zurück und streckte die Arme über den Kopf aus. Dann nahm er sie wieder herunter und stützte sich mit den Ellbogen auf dem Tisch ab. »Nö. Ich hab niemanden umgebracht. Kein Grund, nervös zu werden.«

Josie neigte den Kopf zur Seite und sah ihn skeptisch an. »Befürchten Sie nicht, dass wir versuchen werden, Ihnen diese

Morde anzuhängen? Dass wir Ihnen Beweise unterjubeln? Sie sind der Einzige, von dem wir uns vorstellen können, dass Sie vielleicht noch eine Rechnung mit den Eltern der Opfer des Busunglücks offen hatten.«

Er beugte sich vor und zog die Schultern hoch bis zum Hals. »Ich bin nicht gerade von der gutgläubigen Sorte, wenn Sie darauf abzielen, aber ich hab diese ganze Maschinerie schon mal durchlaufen. Ich hab gesehen, wie das System funktioniert. Ganz gleich, was ihr Cops nun mit mir vorhabt, für mich ist völlige Transparenz einfach am besten. Das können Sie jetzt deuten, wie Sie wollen.«

»Schön«, erwiderte Josie. »Ich muss Sie unbedingt noch etwas zu der Zeit vor dem Unfall fragen.«

»Schießen Sie los.«

»Sie haben sich, mindestens einmal, mit Miles Tenney auf dieser Brachfläche an der Tallon Street getroffen. Sie beide haben Dinge von einem Kofferraum Ihrer Autos in den anderen umgeladen. Was genau haben Sie da gemacht? Woher kennen Sie Miles?«

Teds Augenbrauen hoben sich überrascht. Dann lachte er. »Das ist ja schon eine Ewigkeit her. Ist Miles auch tot?«

»Das wissen wir nicht.«

»Wenn Sie es nicht wissen, dann ist er vermutlich tot, denn dieser Typ hat sich mit einigen ziemlich unangenehmen Leuten eingelassen. Hat ihnen eine Menge Geld geschuldet. Ich hab ihm geholfen, weil er nicht dabei gesehen werden wollte, wenn er Sachen verpfändet. Der smarte, erfolgreiche Autoverkäufer. Alle denken, dass er in Geld schwimmt. Konnte kaum seine Hypothek abbezahlen. Ich musste ihm ein paarmal sogar Geld fürs Benzin leihen. Können Sie sich das vorstellen?«

Als Josie keine Antwort gab, redete Ted weiter. »Er hat sich zu sehr geniert, selbst ins Leihhaus zu gehen oder irgendwelche Sachen zu verkaufen, also hat er mich gebeten, das für ihn zu tun. Wir haben uns hin und wieder getroffen, damit er mir geben konnte, was immer er zu verhökern hatte. Ich hab das Zeug genommen und es in Leihhäusern zwischen hier und Philadelphia verpfändet. Hab eine kleine Provision für mich behalten und ihm den Rest gegeben. Da ist nichts Illegales dran.«

»Außer dass das Zeug, das er Ihnen gab, gestohlen war. Hat er Ihnen das gesagt?«

Ted ließ sich nicht aus der Ruhe bringen. »Nein, er hat mir nicht gesagt, wo er die Sachen herhat, und ich hab ihn nicht danach gefragt. Sie können versuchen, mich wegen Hehlerei dranzukriegen – da gilt eine Verjährungsfrist von fünf Jahren –, aber dazu müssten Sie nachweisen können, dass ich wusste, dass es sich um Diebesgut handelt.«

Josie war sich klar darüber, dass eine Anklage wegen Hehlerei ohne belastbare Zeugenaussagen oder genauere Details fast unmöglich wäre, aber zum jetzigen Zeitpunkt hatte sie gar kein Interesse, Ted festzunehmen. Sie brauchte nur Informationen über Miles, und die gab er ihr freiwillig und reichlich. »Warum hat Miles ausgerechnet Sie um Hilfe gebeten?«

Ted lachte. »Kommen Sie schon, Detective. Sie haben doch die Gegend gesehen, in der Miles gewohnt hat –, wo auch mein Dad und ich zusammen gewohnt haben. Glauben Sie etwa, jemand von dort hat je einen Fuß in ein Pfandleihhaus gesetzt? Als ich aus dem Knast kam und wieder bei meinem Dad eingezogen bin, hat er mich zu Partys und Barbecues mitgenommen, damit er ein Auge auf mich werfen konnte. Sobald er allerdings sicher sein konnte, dass ich nicht gleich wieder Dummheiten machte, wenn er mich allein ließ, musste ich nicht mehr stundenlang mit ihm zusammen rumsitzen und irgendeinen Scheißfraß mit irgendwelchen fremden Leuten zusammen essen. Bei einem dieser Barbecues hab ich allerdings Miles kennengelernt, daher wusste er Bescheid, wer ich war. Später hab ich einige Male Essen an sein Autohaus ausgeliefert. Hab dort mit ihm gesprochen. Er wusste, woran er war. Er wusste, dass ich im Gefängnis gesessen hatte. Hat mich gefragt, ob ich weiß, wie man Zeug verpfändet oder auf dem Schwarzmarkt verkauft. Ich hab gesagt: ›Sicher, wenn du bereit bist, mir eine Provision zu zahlen.‹«

»Wie lange haben Sie und Miles das durchgezogen?«

»Keine Ahnung. Ein paar Jahre? Vielleicht drei?«

»Hat das nach dem Unfall aufgehört? Wegen des Unfalls?«

Ted sah sie nüchtern an. »Nun, alles andere wäre wohl verdammt schräg gewesen, finden Sie nicht? Hey, Miles, mein Dad hat deine Tochter auf dem Gewissen. Willst du immer noch, dass ich dir dabei helfe, diesen Scheißdreck zu verhökern? Natürlich hat es nach dem Unfall aufgehört, und zwar wegen des Unfalls. Ich hab nie mehr mit ihm gesprochen.«

»Haben Sie dort auf dieser Brachfläche irgendwann jemand anderen gesehen, als Sie sich dort trafen? Hat irgendwann jemand Sie beide zusammen gesehen?«

»Ich glaube nicht. Einmal haben wir jemanden hupen gehört, aber wir konnten nicht sagen, woher das kam, also haben wir einfach mit Umladen aufgehört und sind weggefahren.«

»Und Miles hat auch niemanden gesehen? Hat er nie irgendwas dergleichen erwähnt?«

Ted rieb sich den Kiefer. »Er hat damals gesagt, er hätte jemanden, den er kennt, ein Stück weiter hinten parken sehen, und dass er lieber wegfahren will. Später bin ich dann immer erst nach dem Dunkelwerden zu seinem Haus gefahren. Dort hab ich draußen an der Garage neben seinem Haus gewartet.«

Josie wechselte das Thema und sagte: »Haben Sie jemals mit Ihrem Dad über den Tag des Unfalls gesprochen?«

»Das soll wohl ein Scherz sein, was? Bowen würde schon

einen Anfall kriegen, wenn er wüsste, dass Sie mich zu dem Unfall befragen. Er hat mir schlichtweg verboten, irgendwas darüber zu sagen.«

Dennoch fragte Josie unbeirrt weiter: »Dann sagen Sie mir wenigstens, warum Ihr Dad über den Grund, warum er an diesem Tag getrunken hat, lügen sollte.«

»Wovon reden Sie da?«

»Er hat den Ermittlern gesagt, dass er am Tag des Unfalls getrunken hat, weil er emotional so aufgewühlt war, da er erfahren hätte, dass seine Mutter ab jenem Morgen nur noch palliativ behandelt würde. Aber diese Entscheidung war schon mindestens einen Monat davor getroffen worden, und Ihre Großmutter war bereits diese ganze Zeit über nur noch palliativ versorgt worden. Warum hat er diesbezüglich gelogen?«

»Ehrlich gesagt, ich weiß es nicht«, erwiderte Ted. »Sehen Sie, unter uns gesagt, ich hab ihn ein paarmal gefragt, was an diesem Tag passiert ist. So in dem Stil – warum er sein ganzes Leben einfach so weggeworfen hat. Ich weiß ja, dass er nicht nur Alkohol im Blut hatte. Bowen hat mir das gesagt. Auch in den Nachrichten wurde es gebracht. Ich hab ihn also gefragt: ›Nachdem du mir über all die Jahre die Hölle heiß gemacht hast, immer auf dem Pfad der Tugend zu bleiben, warum schluckst du da eine Handvoll Pillen, kippst dir einen hinter die Binde und fährst dann eine Ladung Schulkinder tot? Warum zum Teufel?‹ Aber er redet nicht darüber. Nicht mal mit mir.«

»Ted«, sagte Josie. »Nur noch eine Frage: Haben Sie oder Ihr Dad noch irgendeine andere Immobilie außer dem Haus, in dem Sie wohnen? Irgendwo auf dem Land draußen? Vielleicht etwas, das Ihnen Ihre Großmutter hinterlassen hat? Eine Farm oder dergleichen?«

Es wäre ziemlich einfach gewesen, das im Grundbuch nachzuprüfen, aber Josie wollte wissen, was er ihr antworten würde. Er lachte wieder. »Eine weitere Immobilie? Ich bitte Sie. Alles, was nicht niet- und nagelfest war, ist verkauft worden, um diesen Luxusanwalt für meinen Vater zu bezahlen. Nein, wir besitzen keine weitere Immobilie außer dem Haus von meinem Dad, und ich kann schon kaum die Zahlungen dafür leisten, weil Andrew Bowen fast jeden Cent kriegt, den ich verdiene.«

FÜNFUNDDREISSIG

Zurück im Großraumbüro saß Josie an ihrem Schreibtisch und hielt mit einer Hand die Rosenkranzperlen umklammert, während Gretchen, Mettner und Chief Chitwood ein paar Schritte entfernt in einem Halbkreis dastanden. Gretchen berichtete Chitwood von den Ergebnissen der Obduktion von Faye Palazzo und von Ted Leskos Vernehmung. Dan Lamay brachte eine vorläufige Liste von Farmen und anderen Anwesen mit einer Scheune darauf im Umkreis. Keiner der Eigentümernamen ließ bei Josie, Gretchen oder dem Chief die Alarmglocken schrillen, aber der Chief wies Mettner trotzdem an, jede einzelne Farm abzufahren und auf Spaltenböden und Hoftiere mit blassgelbem Fell zu überprüfen.

»Da kommt ja so ungefähr jede Farm in Frage, Chief«, warf Gretchen ein.

Chitwood schnaubte und fixierte sie. »Haben Sie eine bessere Idee, Palmer?«

Statt ihm zu antworten, setzte Gretchen sich an ihren Schreibtisch und fuhr den Computer hoch, um Berichte zu schreiben.

»Ich werde auch Ausschau nach einem Diamantohrring halten«, meinte Mettner.

Chitwood fügte noch hinzu: »Und wer etwas dagegen hat, dass Sie einen Blick in seine Scheune werfen, macht sich automatisch verdächtig, verstanden?«

»Klar«, sagte Mettner, schon auf dem Weg zum Treppenhaus.

Chitwood verschwand in sein Büro und knallte die Tür hinter sich zu. Josies Handy meldete eine Textnachricht. »Von Noah«, informierte sie Gretchen. »Er bringt später ein frühes Abendessen mit und er schreibt, dass er zur Kanzlei gefahren ist und die Akten durchgeht, die sie uns nicht mitgegeben haben, weil Krystal Duncan nicht direkt an diesen Fällen gearbeitet hat. Offensichtlich hat er darin etwas entdeckt.«

»Na, hoffentlich ist es was Gutes«, murmelte Gretchen. »Die Spur, nicht das Abendessen. Obwohl ... Am liebsten beides.«

Die Tür zum Treppenhaus ging auf und ein kurzes Pfeifen war zu hören. Josie blickte hinüber und sah Drake gestikulierend dort stehen. »Hey«, sagte er. »Ich hab Dee Tenney unten, wenn du mit ihr sprechen willst. Du weißt schon, falls sie irgendwelche Geheimnisse hat.«

Josie musste lachen, ging zu ihm und folgte ihm durchs Treppenhaus nach unten.

»Das ist meistens nicht so einfach«, meinte sie zu Drake. »Die Leute teilen ihre Geheimnisse nicht gerne mit der Polizei.«

Drake ging zum Konferenzraum im Erdgeschoss. Kurz vor der Tür blieb er stehen und drehte sich zu Josie um. »Amber ist gerade bei ihr da drinnen, um letzte Absprachen zu treffen, was wir der Presse sagen.«

»Hat sie sich einverstanden erklärt, öffentlich zu machen, was Miles getan hat?«

Drake nickte. »Ja, mit viel Überredungskunst. Sie tut sich

immer noch sehr schwer damit, einzusehen, dass es Miles war, der die Situation so hat eskalieren lassen, ohne dass sie irgendetwas wusste. Und sie hat nicht die geringste Lust, sich mit der Presse herumzuschlagen. Alle Eltern haben seit dem Unfall die Nase voll davon, hat sie gesagt.«

Josie stemmte eine Hand in ihre Hüfte. »Wie konntest du sie denn dann überzeugen?«

»Ich doch nicht«, sagte Drake und zeigte mit dem Finger auf seine Brust. »Eure begnadete Pressesprecherin da drinnen hat das erreicht. Sie hat Dee gesagt, dass das hier schlicht und einfach eine Frage der Sicherheit ist, damit sie selbst und alle, die sie mag, am Leben bleiben und ihnen nichts zustößt.«

»Heidi also«, meinte Josie und musste daran denken, wie oft Corey Byrne das bei seiner Befragung gesagt hatte.

Drake lachte. »Ja, das Mädel ist echt speziell. Ist nicht von Dees Seite gewichen und hat jedem Wort gelauscht. Und permanent dazwischengequatscht.« An seinem anerkennenden Lächeln erkannte Josie, dass er nicht im Geringsten genervt von Heidi war. Josie meinte, eher Bewunderung aus seiner Stimme zu hören. »Ehrlich, wenn Dee nicht so viel an dem Mädchen läge, würde sie sich wohl vors Haus stellen und warten, bis diese Cerberus-Typen sie aufspüren und umbringen.«

»Allerdings«, meinte Josie. »Den Eindruck hab ich auch. Ist Heidi jetzt auch bei ihr?«

»Nein, sie musste heute tagsüber ins Sommercamp. Sie sagte, sie würde sich am Abend in Gloria Cammacks Haus mit Dee treffen.«

Die Tür zum Konferenzraum ging auf und Amber kam heraus, ihr Laptop unter den Arm geklemmt. »Eure Zeugin«, meinte sie mit einem Augenzwinkern.

Drake ließ Josie den Vortritt: »Nach dir.«

Dee saß auf einem der Konferenzstühle und wirkte schmächtig und unscheinbar. Ihre Haut war fahl, ihr Haar fettig. Josie fragte sich, ob sie seit ihrer letzten Begegnung überhaupt geschlafen oder ein Bad genommen hatte. Sie blickte zu Josie hoch und ihre Augen wurden groß vor Hoffnung. »Haben Sie Miles gefunden? Geht es ihm gut?«

Josie setzte sich neben sie, während Drake in Nähe der Tür stehen blieb. »Nein, tut mir leid, Dee, aber das FBI sucht nach ihm, und die haben wesentlich mehr Personalressourcen als wir.«

Die Hoffnung in Dees Augen erlosch. Sie drehte an ihrem Ehering herum. »Ich weiß nicht mal, ob ich ihn überhaupt wiedersehen möchte. Wir waren ja gar kein Paar mehr, aber nicht, weil ich aufgehört hätte, ihn zu lieben. Als Gail gestorben war, ist einfach alles zerbrochen.«

»Unglücklicherweise passiert das nach dem Tod eines Kindes sehr oft«, sagte Josie. »Es tut mir wirklich leid, Dee.«

»Glauben Sie mir denn wenigstens?«, fragte Dee, und ihre Stimme klang auf einmal aggressiv. »Denn wenn Sie mir schon nicht glauben, wie sollen mir dann die anderen glauben? Die Presse, die Öffentlichkeit, dieses … dieses Verbrechersyndikat?«

»Was denn glauben?«, hakte Josie nach.

Dee beugte sich näher zu Josie hinüber. »Dass ich nicht gewusst hab, was Miles getan hat und wie katastrophal die finanzielle Lage ist.«

»Dee, es steht mir nicht zu …«, setzte Josie an.

»Kein Mensch wird mir glauben, dass ich es nicht gewusst hab, aber Sie müssen einfach verstehen, dass ich, solange Gail gelebt hat, immer Hausfrau gewesen bin. Miles hat gearbeitet. Er hat alles Finanzielle geregelt. Das war sein Job, seine Aufgabe. Meine Aufgabe war es, Gail eine gute Mutter zu sein. Mir hat es niemals an irgendetwas gefehlt. Gail auch nicht. Egal wonach wir gefragt haben, Miles hat es möglich gemacht. Wir waren glücklich. Es gab überhaupt keinen Grund für mich, zu zweifeln, argwöhnisch zu sein …« Der Rest ihres Satzes ging in einem Schluchzer unter. Sie vergrub ihr Gesicht in den Händen.

Drake schubste eine Schachtel Taschentücher quer über den Tisch. Josie fing sie auf und hielt sie auf ihrem Schoß, während sie darauf wartete, dass Dee wieder aufblickte. »Sie haben Ihrem Ehemann vertraut. Nichts daran ist falsch. Kein Mensch kann Ihnen das zum Vorwurf machen. Man heiratet ja schließlich nur jemanden, dem man vertraut.«

Dee blickte hoch und lachte kurz auf. Sie nahm ein Taschentuch aus der Schachtel und wischte sich damit über die Wangen. »Da haben Sie wahrscheinlich recht.«

Josie zermarterte sich das Gehirn, wie sie Dee auf unauffällige Weise fragen könnte, ob sie irgendwelche Geheimnisse hütete, die ein Mörder nicht ausgeplaudert wissen wollte, hatte jedoch keine wirklich gute Idee. Aber wenigstens konnte sie das Gespräch wieder auf das Thema Geheimnisse bringen, indem sie Dee danach fragte, was Miles noch alles vor ihr geheim gehalten hatte.

»Da ich jetzt schon mal mit Ihnen spreche«, begann sie, »würde ich Sie gerne etwas zu Ted Lesko fragen. Jemand hat ihn und Ihren Ehemann vor dem Unfall zusammen gesehen . Als wir Ted danach gefragt haben, hat er zugegeben, Miles beim Verkaufen oder Versetzen von Gegenständen geholfen zu haben. War Ted denn Ihnen zu diesem Zeitpunkt auch schon bekannt?«

Dee legte die Hände in ihren Schoß und schniefte. »Nein, nein, Ted hat Miles nicht geholfen. Und ja, ich wusste, wer Ted ist. Virgil hat ihn ein paarmal zu Partys bei uns mitgebracht, kurz nachdem er aus dem Gefängnis kam. Wussten Sie, dass er im Gefängnis war?«

»Ja«, antwortete Josie. »Er hat es erwähnt.«

»Ah ja, natürlich hat er das«, erwiderte Dee. »Hat er Ihnen auch gesagt, warum er gesessen hat? Vielleicht, weil er bei Rot über die Straße gegangen ist? Wissen Sie, Virgil hat mir nämlich erzählt, warum. Vor Jahren schon, kurz bevor Ted rauskam. Die Sache war ihm extrem peinlich und er hat sich große Sorgen gemacht, dass Ted, wenn er aus dem Gefängnis kommen würde, schlimmer dran sein würde als zuvor. Es gab da ein Mädchen, von dem Ted total besessen war, als er in Philadelphia aufs College ging. Er hat sie immer durch ihr Fenster beobachtet, wie so ein Spanner. Und er ist ihr überallhin gefolgt und hat sie sogar in den sozialen Netzwerken gestalkt. Ihre Freundinnen auch. Ziemlich üble Sache. Und er hat Sachen aus ihrer Wohnung gestohlen.«

»Hat Virgil Ihnen gesagt, wie Ted das Mädchen kennengelernt hat? War er vorher mit ihr zusammen gewesen?«

Dee hob ratlos eine Hand. »Keine Ahnung. Das hat Virgil nie erzählt. Ich weiß nur, dass es schlimm war. Unheimlich, irgendwie.« Sie schauderte. »Ted Lesko ist unheimlich. Ich kann noch immer nicht verstehen, warum sie ihn nicht ins Register für Sexualstraftäter aufgenommen haben, aber Virgil war dafür sehr dankbar. Und was, wenn ihm das Stalken nicht mehr genügt und er auf einmal auf irgendeine arme Frau losgeht, hab ich immer gedacht. Aber er war eben Virgils Sohn, und was die Kinder angeht, will man ja immer das Beste für sie, um jeden Preis. Aber Ted war mir trotzdem nie geheuer.«

»Dann wussten Sie also, dass er ein Ex-Häftling ist«, merkte Josie an. »Warum halten Sie es dann für so unwahrscheinlich, dass er Miles geholfen hat?«

Dee starrte Josie ungläubig an, als hätte sie etwas ganz Offensichtliches nicht verstanden. »Er war im Gefängnis, weil er Frauen gestalkt hat, nicht weil er Diebesgut verhökert hat.«

Von der Tür her vernahm Josie ein unterdrücktes Lachen von Drake. Sie selbst bemühte sich um einen neutralen Gesichtsausdruck. »Manchmal wechseln auch Kriminelle die Branche«, erklärte sie Dee.

Dee schüttelte den Kopf. »Nein, nein. Er war wieder ins alte Fahrwasser geraten. Ich ... Ich wollte es eigentlich niemandem erzählen, weil es ja vorbei ist und nicht mehr wichtig, und nach dem Unfall hat es auch aufgehört, aber ich habe ihn gesehen. Ich habe Ted beobachtet.«

»Was meinen Sie damit?«, fragte Josie. »Wo beobachtet? Bei was?«

»Draußen an unserm Haus. Abends. Er war einfach da draußen auf der Lauer. Ich wollte nicht gleich die 911 anrufen, wegen Virgil, und hab Miles ein paarmal rausgeschickt, um mit ihm zu reden, aber er war immer sofort weg, wenn Miles rauskam. Neulich, als ich für einen Moment jemanden draußen gehört hab, dachte ich, vielleicht ist das wieder Ted, aber ich hab niemanden gesehen. Das FBI denkt, dass es vielleicht jemand aus dieser kriminellen Vereinigung war. Cerberus. Aber ich sage Ihnen, Ted hat mich schon vor dem Unfall regelmäßig gestalkt.«

»Nein, Dee«, entgegnete Josie. »Ted hat Sie nicht gestalkt. Er hat auf Miles gewartet. Jemand hatte sie an ihrem alten Treffpunkt dabei beobachtet, wie sie Ware austauschten, sodass sie den Ort wechseln mussten. Miles hat Ted gesagt, dass er zu ihm ans Haus kommen soll.«

Jetzt verschränkte Dee die Arme über der Brust. »Wer hat Ihnen das erzählt? Ted? Glauben Sie ihm eher als mir? Ich weiß, was ich gesehen hab, und ganz nebenbei hat Virgil mir auch gesagt, dass es stimmt.«

»Was meinen Sie damit?«

»Wie ich bereits sagte, wollte ich nicht die 911 anrufen und Ted in Schwierigkeiten bringen. Ich wusste ja, wie verzweifelt Virgil sich wünschte, dass es Ted wieder besser geht und er ein normales Leben führen kann. Ich hatte ja auch ein Kind. Ich hab das verstanden. Als ich ihn am Haus herumlungern sah, bin ich zu Virgil statt zur Polizei gegangen. Ich hab ihm erzählt, was da vorgeht, und er hat mir versprochen, sich drum zu kümmern. Hat sich sogar bedankt, dass ich zuerst zu ihm gekommen bin. Ungefähr eine Woche später hab ich an der Bushaltestelle mit ihm gesprochen. Unsere Kinder sind ja immer als Letzte ausgestiegen. Er hat mich gefragt, ob ich noch eine Minute hätte. Ich hab Gail das kurze Stück alleine nach Haus gehen lassen und mit ihm gesprochen. Er war wirklich aufgewühlt. Sehr aufgewühlt. Sagte, er hätte einen Beweis gefunden für das, was ich gesagt hatte. Einen Beweis, dass Ted wieder jemanden stalkt.«

»Was für ein Beweis war das denn?«, wollte Josie wissen.

»Weiß ich nicht. Hab ich nicht gefragt. Um ehrlich zu sein, wollte ich es auch gar nicht wissen. Er hat mir jedenfalls gesagt, dass er sich drum kümmern würde, und wenn es ihm nicht gelänge, würde er definitiv die Polizei einschalten. Ich hab mich auf ihn verlassen. Dann ist der Unfall passiert, und dann ... ja, dann war es mir sowas von egal, was Ted Lesko bei mir oder anderen Frauen anstellt.«

Josies Herz fing an zu rasen. »Wann war das denn?«, fragte sie. »An welchem Tag hatten Sie diese Unterhaltung mit Virgil?«

Dee besann sich einen Augenblick und antwortete dann: »Am Tag vor dem Busunglück.«

SECHSUNDDREISSIG

Als Josie ins Großraumbüro im ersten Stock zurückkam, traf sie auf Gretchen und berichtete von ihrem Gespräch mit Dee. Noah erschien mit Tüten vom Take-away und hörte ebenfalls zu, während er die einzelnen Gerichte auf den Schreibtischen verteilte. Jetzt, da ihr der Duft des Essens um die Nase wehte, meldete sich Josies Magen lautstark. Sobald sie mit Erzählen fertig war, schnappte sie sich ihre Take-away-Box und vertiefte sich ins Essen, sodass auch Gretchen Zeit bekam, die Neuigkeiten zu verarbeiten.

»Entweder Ted Lesko sagt nicht die Wahrheit darüber, warum er an diesen Abenden bei Dee Tenneys Haus war«, überlegte Gretchen laut, »oder Dee hat gründlich missverstanden, was da vorging.«

»Das hab ich zuerst auch gedacht«, meinte Josie. »Aber wenn das stimmt, was hat Virgil dann zum Teufel gefunden, dass er angenommen hat, Ted würde wieder Frauen stalken?«

Noah ließ sich auf seinen Stuhl fallen und legte die Füße auf den Schreibtisch. »Wir haben in Corey Byrne einen unbeteiligten Zeugen, der bestätigt hat, dass Ted Miles geholfen hat, und Ted hat es ja auch zugegeben. Aus welchem anderen Grund sollte er dann am Haus der Tenneys gewesen sein?«

Gretchen zuckte mit den Schultern. »Weil er im Grunde seines Herzens vielleicht doch ein Stalker ist? Es wäre ja auch möglich, dass er Miles bei seinen kriminellen Machenschaften unterstützt und in seiner restlichen Freizeit trotzdem Frauen gestalkt hat.«

»Das stimmt natürlich«, räumte Josie ein.

»Was ist denn mit der ursprünglichen Anklage gegen Ted Lesko?«, fragte Noah. »Hast du nicht gesagt, Ted hätte behauptet, die ganze Geschichte sei die Folge einer Trennung gewesen? Und auf der anderen Seite hat Dee Tenney angegeben, er hätte ›irgendein Mädchen‹ gestalkt. Es müsste doch leicht rauszufinden sein, ob Ted gelogen hat oder nicht, als er von einer Ex-Freundin sprach.«

»Ja, aber gestalkt hat er sie auf jeden Fall«, sagte Gretchen.

»Stimmt«, räumte Noah ein. »Ich behaupte ja auch nicht, dass das richtig war, aber jemand, der eine Ex-Freundin stalkt, tut das eventuell nicht bei ihm unbekannten Frauen oder Gelegenheitsbekanntschaften. Es ist sehr wahrscheinlich, dass Dee voreingenommen war, weil ihr Virgil so viel über Teds kriminelle Vorgeschichte anvertraut hat. Und sie hat nicht gewusst, dass Miles sich von Ted beim Verkauf von Diebesgut helfen ließ. Sie kann also gut die ganze Situation als Stalking missdeutet haben, und da Miles verschwunden ist, kann er sie auch nicht vom Gegenteil überzeugen. Aber egal wie, es würde uns jedenfalls eine Menge über Ted verraten, wenn er in Bezug auf die Stalkinganklage gelogen hat.«

»Ich würde zu gern wissen, was Virgil entdeckt hat«, meinte Josie. »Er hat sich mit Dee am Tag vor dem Unfall darüber unterhalten und war dann sehr aufgewühlt. Kann es nicht sein, dass das, was auch immer er gefunden hat, ihn dazu gebracht hat, am Tag des Unfalls zu trinken und dann die wahre

Ursache dafür zu verschweigen, damit er seinen Sohn nicht belastet?«

»Das kann nicht nur sein, sondern es ist sogar sehr wahrscheinlich«, kommentierte Gretchen. »Ich werde Andrew Bowen anrufen und ein Treffen mit Virgil Lesko verlangen.«

Josie musste lachen. »Da wirst du kein Glück haben.«

Aber Gretchen tippte schon die Nummer ins Telefon. Nach einem kurzen Schlagabtausch mit Andrew Bowens Sekretärin beendete sie das Gespräch. Josie wandte sich wieder Noah zu. »Was hast du in den Kanzleiakten bei Krystals Arbeitgeber gefunden?«

Noah nahm die Füße vom Schreibtisch und stützte sich mit den Ellbogen auf. »Das betrifft den Kieferorthopäden, zu dem Bianca Duncan und die Cammack-Kinder gegangen sind: Die Praxis musste schließen. Sie haben eine Anklage wegen ärztlicher Kunstfehler im großen Stil am Hals. Ratet mal, wer die Ankläger vertritt?«

»Gil Defeo«, vermutete Josie.

Noah schüttelte den Kopf. »Nein, sein Partner Richard Abt. Deshalb hat Krystal auch nicht an dem Fall gearbeitet.«

»Aber sie hätte über die Datenbank der Kanzlei Zugang zu der Akte gehabt«, folgerte Gretchen.

»Genau. Ungefähr einen Monat vor ihrem Verschwinden hat Krystal mit den anderen Kanzleiangestellten zu Mittag gegessen, und die haben gejammert, dass der Fall so schwierig sei. Offensichtlich gibt es eine ganze Reihe Kläger, aber nicht genug für eine Sammelklage. Als Krystal den Namen des Kieferorthopäden hörte, hat sie jedenfalls gegenüber den anderen Frauen erwähnt, dass auch Bianca seine Patientin war. Sie hat sich sogar gefragt, ob Bianca, wenn sie am Leben geblieben wäre, ebenfalls Opfer eines Kunstfehlers geworden wäre.«

»Und durfte sie in die Akte reinschauen?«, fragte Josie.

»Worauf willst du hinaus?«

»Es war nicht die Rede davon, dass sie Einblick in die Akte nehmen wollte«, antwortete Noah, »aber im Zuge der Aufdeckung bekam die Kanzlei Abt and Defeo eine Kopie der Patientendatei des Kieferorthopäden, sodass sie auf jeden Fall vorgelegen hat, falls Krystal Einsicht hätte nehmen wollen. Das wäre ganz leicht gewesen. Ich selbst hab mir die Datei angeschaut, als ich dort war. Carly hat mir ihre Zugangsdaten gegeben, damit ich den Kanzleiserver durchsuchen kann. Ich konnte mir auch die Patientendatei ansehen und nach Bianca Duncans Patientenakte suchen. Ratet mal, was ich darin gefunden hab?«

Josie spürte ein Kribbeln im Nacken. »Eine Absage für einen Termin am Tag des Unfalls.«

»Genau. Eine Absage durch ein Elternteil, nicht durch die Praxis.«

»Falls Krystal in die Akte geschaut hat«, sagte Gretchen, »heißt das also, dass ihr bekannt war, dass Nathan in Bezug darauf, warum der Termin an diesem Tag abgesagt wurde und die Kinder doch im Bus gelandet sind, gelogen hat. War das der Grund, warum sie sich nicht mehr anders zu helfen wusste, als sich an der East Bridge nach etwas Stärkerem als Marihuana zur Beruhigung ihrer Nerven zu erkundigen?«

»Das werden wir nie erfahren«, meinte Josie. »Noah, du hast doch gesagt, dass sie das mit der Akte schon mindestens einen Monat vor ihrem Verschwinden über ihre Kollegen herausbekommen hat? Aber sie hat sich erst ein paar Tage vor ihrem Verschwinden so sehr aufgeregt, dass sie Skinny D. um etwas Stärkeres als Gras gebeten hat. Ich glaube, sie hat noch etwas anderes herausgefunden. Etwas, das sie noch mehr verstört hat.«

»Was könnte denn schlimmer sein, als herauszufinden, dass dein guter Freund und Nachbar schuld daran ist, dass dein Kind am Tag des Unfalls im Bus war?«, warf Gretchen ein.

Josie schüttelte den Kopf. »Ich habe keine Ahnung, aber ich glaube, da war noch was. Da muss noch was gewesen sein.«

Noah stand auf und streckte die Arme nach oben über den Kopf aus. »Ich fahr noch mal zu Abt and Defeo. Die arbeiten alle heute noch ziemlich lang, weil sie eine Verhandlung vorbereiten. Eine Massenkarambolage. Wenn es noch etwas anderes gibt, was Krystal in den Kanzleiakten gefunden hat, stoße ich vielleicht auch drauf. Ich kann die Akten des anderen Anwalts nach den Namen der übrigen Eltern durchsuchen und sehen, was dabei herauskommt.« Er sah zu Josie hin. »Kommst du daheim ohne mich zurecht?«

Josie lächelte. »Ich werd's überleben.«

SIEBENUNDDREISSIG

Nevin saß allein auf seinem Doppelsitz. Er hatte versucht, sich mit Gail und Bianca zu unterhalten, aber die sagten überhaupt nichts mehr. Auf einmal war es im ganzen Bus unheimlich still geworden. Eine Weile wunderte sich Nevin schon fast, ob die andern alle tot waren oder so. Aber das war ein komischer Gedanke. Er musste sich ganz aufrecht hinsetzen, um sich im ganzen Bus umzusehen. Die anderen lebten noch, obwohl sie aussahen, als sei ihnen irgendwie übel. Jetzt saßen nur noch er selbst, Gail, Bianca, Wallace, Frankie und Heidi im Bus. Sie waren die Letzten, die aussteigen mussten. Normalerweise redeten die Mädchen miteinander oder Wallace ärgerte gerade eine von ihnen, aber nicht heute.

Nevin blickte zum Fenster hinaus. Er sah die freie Fläche, die direkt vor ihren Straßen kam, und darauf etwas Farbiges aufblitzen. Heute parkte ganz hinten ein Pick-up oder sowas. Er wünschte sich, dass man einen Skatepark oder ein Einkaufszentrum dort bauen würde, aber seine Mom sagte immer, die würden nur Häuser bauen, falls überhaupt irgendwas.

Plötzlich schwankte der Bus. Nevins ganzer Körper wurde

von einer Seite auf die andere geschleudert. Ein seltsames Geräusch wie von Metall, das an irgendwas entlangschrammt, kam von draußen. Dann wurde der Bus schneller.

Wallace sagte: »Heilige Scheiße, Leute. Ich glaub, Mr Lesko ist jemandem reingefahren.«

ACHTUNDDREISSIG

Den restlichen Abend verbrachte Josie damit, Berichte zu schreiben und zuzuhören, wie sich Gretchen am Telefon mit Andrew Bowen darüber stritt, ob sie Virgil Lesko im Gefängnis besuchen könne oder nicht. Danach rief Gretchen einige ihrer alten Kontakte bei der Polizeibehörde in Philadelphia an, um weitere Details über den Stalkingfall herauszubekommen, wegen dem Ted Lesko für drei Jahre ins Gefängnis gewandert war. Nachdem sie eine geschlagene Stunde lang »Mm-hmms« und »Äh-ähms« in ihren Telefonhörer gemurmelt hatte, beendete Gretchen schließlich das Telefonat und sah Josie an. »Ted Lesko hat uns die Wahrheit gesagt. Es war eine Ex-Freundin.«

»Aber Dee hatte recht, dass sein Verhalten damals ziemlich krass gewesen sein muss«, meinte Josie. »Sonst wäre er nicht ins Gefängnis gekommen.«

»Stimmt. Ich glaube, nach all dem, was Virgil damals Dee über Ted erzählt hat, ist es nachvollziehbar, dass sie besorgt war. Ich wäre es auch gewesen.«

»Was machen wir als Nächstes?«, fragte Josie.

»Heimgehen«, erwiderte Gretchen. »Wir haben uns den ganzen Tag hinter diese Sache mit Ted Lesko geklemmt. Jetzt ist es fast acht. Mett und Noah sind immer noch unterwegs auf Spurensuche, also geht da auch was voran.«

Josie konnte nicht abstreiten, dass sie die Erschöpfung in allen Knochen spürte. Der Gedanke daran, sich zu Hause im Jogginganzug auf die Couch zu lümmeln, war mehr als verführerisch. Sobald sie allerdings tatsächlich auf der Couch lag, war sie überhaupt nicht mehr müde. Trout kam zu ihr gelaufen, als spürte er ihre Rastlosigkeit, legte seine Vorderpfoten auf den Rand der Couch und ließ seinen Gummiknochen auf ihren Schoß fallen. Dann sah er sie auffordernd an.

Lachend setzte sich Josie auf und nahm das Spielzeug in die Hand. »Ich schwöre, wenn du reden könntest«, sagte sie zu ihm, »dann würdest du sicher sagen, ›dieser Knochen wirft sich nicht von allein‹«.

Dafür erntete sie ein Bellen aus voller Kehle. Trout hopste herum und wartete gespannt auf das Apportierspiel, zu dem er sie animiert hatte. Josie beugte sich zum Boden hinunter und warf den Gummiknochen quer durchs Zimmer. Trout brachte ihn immer wieder zurück, bis sie beide in eine Art Rhythmus verfielen. Josies Gedanken wanderten zu den Fällen Duncan und Palazzo und sie ging im Geiste alle Informationen, die sie hatten, immer wieder durch. Noch fehlten ihrem Team dabei wichtige Puzzleteile.

Krystal Duncan hatte nach Informationen über das Busunglück gegraben und war dabei sogar so weit gegangen, Virgil Lesko im Gefängnis zu besuchen. Wonach hatte sie geforscht? Wichtiger noch, worauf war sie gestoßen, das ihre Ermordung zur Folge hatte? Hatte sie Faye Palazzo erzählt, was sie herausgefunden hatte? War deshalb Faye als Nächste getötet worden? Aber wenn beide Frauen umgebracht worden waren, um sie zum Schweigen zu bringen, warum sollte jemand dann die Namen von Kindern des Busunglücks auf den Armen der beiden Frauen hinterlassen? Falls der Mörder tötete, um die Geheimnisse zu bewahren, die Krystal ausgegraben hatte, warum gab er sich dann solche Mühe, die Geheimnisse aller anderen offenzulegen?

Hätte doch, hätte doch ...

Trieb dort draußen jemand dieses gefährliche Hätte-doch-Spiel mit den Eltern der Kinder des Busunglücks? Wenn ja, wo fing es an und wo endete es? Josie versuchte im Geiste dem verschlungenen Verlauf dieser Hätte-doch-Situationen zu folgen, beginnend mit der Information, die Krystal herausgefunden hatte.

Hätte Nathan nicht die Termine an jenem Tag abgesagt, dann hätten Bianca und die Cammack-Kinder nicht im Bus gesessen. Hätte Gloria Nathan nicht angerufen und ihm die Hölle heiß gemacht, sofort nach Hause zu kommen, dann hätte er die Termine nicht abgesagt. Hätte Miles Tenney nicht Dinge bei seinen Nachbarn geklaut, dann hätte Wallace Cammacks PlayStation an diesem Tag noch immer an ihrem üblichen Ort gestanden, als Gloria ihren Terminkalender vergaß und nach Hause fuhr, um ihn zu holen. Dann hätte sie Nathan nicht angerufen und er hätte die Termine nicht abgesagt.

Josie konnte keine Verbindung zwischen Krystal oder den Cammacks und Faye Palazzo entdecken, aber Faye war als Nächste umgebracht worden. Faye hatte an jenem Tag gesehen, dass der Bus Schlangenlinien fuhr – oder besser gesagt, Corey hatte es gesehen und es ihr gesagt –, aber sie hatte sich entschieden, der Sache nicht nachzugehen, weil sie nicht mit Corey zusammen gesehen werden wollte. Hätte sie nicht solche Angst davor gehabt, dass ihre Affäre entdeckt werden könnte, dann hätte sie zugestimmt, dem Bus hinterherzufahren. Vielleicht hätte Corey an einer der früheren Bushaltestellen Virgil durch Winken aufhalten können, vielleicht hätten sie den Unfall sogar gänzlich verhindern können.

Wer blieb jetzt noch übrig?

Dee und Sebastian, genau wie Josie es Chief Chitwood gesagt hatte. Josie wusste nicht, was Sebastian niemandem erzählt hatte – wenn es so etwas überhaupt gab –, aber Dee hatte Josie etwas erzählt, was sie sonst noch niemandem verraten hatte, und das war die Sache über Ted gewesen. Was, wenn sich Dee in Bezug auf Ted irrte? Was, wenn Ted die Wahrheit sagte? Er war zwar beim Haus der Tenneys gewesen, aber nicht weil er Dee stalkte, sondern weil er mit Miles in kriminelle Machenschaften verstrickt war. Aber warum hatte Virgil, wie Josie und das Team herausgefunden hatten, geglaubt, dass Ted wieder jemanden stalkte? Was hatte er gefunden?

Die Antwort lag so offensichtlich auf der Hand, dass es fast zum Lachen war. »Diebesgut«, sagte Josie laut. Trout kam schlitternd auf dem Wohnzimmerteppich zum Stehen, das Spielzeug im Mund, die Ohren aufgestellt, den Kopf zur Seite gelegt, als wollte er Josie auffordern, sie solle weitersprechen. Sie lachte. »Diebesgut«, erklärte sie dem Hund. Unbeeindruckt ließ Trout den Gummiknochen vor ihr fallen und sie warf ihn wieder. Dann griff sie nach ihrem Handy und rief Noah an.

»Ted hat Diebesgut von Miles übernommen, um es zu verkaufen«, sagte sie, als er sich meldete.

Einen Moment herrschte Stille, dann sagte Noah: »Ja. Sprich weiter.«

»Gegenstände, die Miles aus den Häusern seiner Nachbarn geklaut hatte, darunter auch Schmuck. Ted hat mit Virgil zusammengewohnt. Dee hat Ted dabei beobachtet, wie er an ihrem Haus herumlungerte, und schickte Miles nach draußen, um ihn zu vertreiben, aber eigentlich war Ted hingekommen, um Sachen von Miles abzuholen.«

»Die er zu sich nach Hause mitnahm, bis er sie verticken konnte«, sagte Noah. »Okay, ich verstehe, worauf du hinauswillst. Dee hat Virgil erzählt, sie glaube, dass Ted ihr nachstellt. Virgil ging dem Hinweis nach und fand wahrscheinlich Damenschmuck bei Teds Sachen.«

»Ja«, bestätigte Josie. »Virgil hatte keine Ahnung, dass sich

Ted nur etwas hinzuverdiente, indem er Miles Tenney dabei half, gestohlene Dinge zu Geld zu machen. Wenn Virgil gleich nach Dees Anschuldigung, dass Ted ihr nachstelle, Schmuck wie Faye Palazzos Ohrringe oder eine Handtasche wie Gloria Cammacks Clutch gefunden hat, dann musste er natürlich zu dem Schluss kommen, dass Ted wieder eine Frau stalkte.«

»Virgil hatte sich alle Mühe gegeben, Ted wieder auf den richtigen Weg zurückzubringen, und war sicher am Boden zerstört. So tief erschüttert, dass er sich zum Lunch einen Drink genehmigte«, mutmaßte Noah.

»Hätte Dee nicht Teds Auftauchen vor ihrem Haus missverstanden«, murmelte Josie, »dann hätte sie Virgil nicht gesagt, dass sie Ted verdächtigte, ihr nachzustellen, und Virgil hätte nicht Teds Sachen durchsucht und etwas Belastendes darunter gefunden. Dann hätte Virgil nicht den Drang verspürt, an diesem Tag Alkohol zu trinken.«

Noah fragte: »Was willst du damit sagen? Dass dann der Unfall nicht passiert wäre?«

»Ja«, erwiderte Josie. »Das glaube ich.« Es dauerte eine Weile, bis sie ihm erläutert hatte, was Dr. Rosetti das »Hätte-doch-Spiel« genannt hatte.

Noah brauchte eine Weile, um über das Gesagte nachzudenken. Im Hintergrund hörte Josie das Rascheln von Papier und das Klappern einer Tastatur. Schließlich sagte Noah: »Du vergisst dieses betäubende Schmerzmittel. Bei Virgil Lesko wurde an diesem Tag eine große Menge Oxycodon nachgewiesen, und das erklärt manches. Ein Glas – meinetwegen auch zwei oder drei oder vier Gläser – hätten bei Virgil wohl nicht dazu geführt, dass er vor dem Unfall so rücksichtslos fuhr. Er war an diesem Tag einfach völlig zugedröhnt.«

»Stimmt, aber er hat gegenüber Gretchen ausgesagt, dass er kein Oxy eingenommen hatte«, meinte Josie.

»Dann hat er eben gelogen«, erwiderte Noah. »Wir wissen ja schon, dass er auch nicht die Wahrheit gesagt hat, warum er überhaupt an jenem Tag getrunken hat. Warum soll er dann nicht auch bezüglich des Oxycodons die Unwahrheit gesagt haben?«

»Aber das mit dem Trinken hat er zugegeben. Warum das Trinken zugeben und die Schmerzmittel leugnen? Die Situation würde sich dadurch für ihn kein bisschen verbessern. Die Laborergebnisse lügen nicht. Es sei denn ...«

Sie verstummte, da weitere Puzzleteile an ihre passende Stelle rückten.

»Es sei denn, was ...? Josie?«

»Von all den Elternteilen, die noch leben, ist die einzige Person, die kein Puzzleteil zu dem ›Hätte-doch-Spiel‹ beiträgt, Sebastian Palazzo.«

»Na und? Vielleicht wusste er einfach nichts. Vielleicht hatte er keine Geheimnisse. Der Kerl ist wirklich zu bedauern, Josie.«

»Vielleicht stimmt das, aber das heißt noch lange nicht, dass er kein Geheimnis hatte. Noah, Sebastian Palazzo ist Apotheker. Er hat bis vor Kurzem – bis vor ein paar Jahren, als eine größere Kette sein Geschäft übernommen hat – seine eigene Apotheke geführt.«

»Was willst du damit andeuten? Dass Virgil das Oxycodon von Sebastian Palazzo bekommen hat? Ist das Sebastians Geheimnis? Hätte er Virgil das Oxy nicht gegeben, dann wäre Virgil an jenem Tag nicht so zugedröhnt gewesen, und vielleicht hätte er dann keinen Unfall gebaut? Aber warum hätte Sebastian Virgil das Oxy geben sollen, bevor der seine Busfahrt antrat?«

»Ich weiß nicht«, erwiderte Josie. »Aber es würde zu dem gesamten Muster des Falls passen. Wenn Krystal Duncan irgendwie herausgefunden hat, dass Sebastian Virgil die Medikamente gegeben hat, die dazu führten, dass er mit dem Bus einen Unfall baute, dann hätte sie das sicher völlig außer Fassung gebracht. Meinst du nicht auch?«

»Und sie hat ja versucht, sich zu beruhigen, indem sie ihren Dealer um dasselbe Schmerzmittel gebeten hat«, sagte Noah mit verhaltenem Lachen.

»Nicht unbedingt«, widersprach Josie. »Sie hat Skinny D. gesagt, sie brauche etwas, um sich zu betäuben. Ich glaube, es spielte für sie keine große Rolle, was genau das war. Noah, wir müssen uns auf Sebastian konzentrieren. Kannst du in den Akten von Abt and Defeo nach seinem Namen suchen?«

»Das habe ich schon getan. Er taucht überhaupt nicht auf. Weder als Angeklagter noch als Mandant noch als Zeuge oder dergleichen.«

»Warte mal einen Moment«, sagte Josie. Sie ließ Trout im Wohnzimmer, lief in die Küche und schlug ihren Laptop auf. Ungeduldig tippte sie mit dem Fuß auf den Boden, während sie darauf wartete, dass er hochfuhr. Sobald ihr Internetbrowser startbereit war, suchte sie nach der Palazzo-Apotheke und scrollte durch die Treffer. »Sieht so aus, als hätte Sebastian die Apotheke vor etwa zweieinhalb Jahren dieser größeren Kette verkauft und dabei einen ordentlichen Profit eingestrichen, obwohl er immer noch dort arbeitet und ein Gehalt bezieht. Letztes Jahr jedoch geriet diese Apothekenkette in Schwierigkeiten, weil in einer Filiale bei einem verschreibungspflichtigen Medikament die falschen Tabletten ausgegeben wurden und dadurch eine Frau fast ums Leben kam.«

Sie hörte am anderen Ende der Leitung das Klicken einer Computermaus. »Das würde zu einem Prozess wegen Körperverletzung führen«, meinte Noah. »Warte kurz, ich such mal unter dem Namen der Apothekenkette.« Ein paar Augenblicke vergingen. Dann sagte er: »Stimmt. Richard Abt hat diese Frau gegen die Apotheke vertreten.«

»Das heißt, dass Abt and Defeo zur Bearbeitung des Falles alle möglichen Ermittlungsberichte vorlagen«, sagte Josie.

»Stimmt, und obwohl Krystal nicht direkt an diesem Fall gearbeitet hat, hatte sie sicher Zugang zu den Akten.«

»Und in diesen Akten hat sie irgendetwas gefunden, Noah, da bin ich mir ganz sicher.«

»Nun gut, dann komme ich erst heim, wenn ich rausgekriegt hab, was sie dort gefunden hat«, sagte Noah. »Aber Josie, das bringt uns bei der Suche nach dem Mörder kein Stück weiter.«

»Sebastian Palazzo könnte doch der Mörder sein«, widersprach Josie. »Wenn wir rausbekommen, was Krystal in den Akten gefunden hat und ihn damit konfrontieren, dann ...«

»Warte mal«, unterbrach Noah sie. »Ich krieg grad einen Anruf von Mett.«

Im selben Moment hörte Josie das Piepen eines eingehenden Anrufs auf ihrem eigenen Handy. Als sie daraufblickte, sah sie, dass er von Chief Chitwood kam.

»Und ich bekomme grad einen vom Chief«, erwiderte sie. »Ich ruf dich zurück.«

Aber Noah hatte bereits aufgelegt.

»Chief?«, meldete sich Josie, nachdem sie über Antworten gewischt hatte.

»Quinn«, brüllte er in den Hörer. »Sie müssen Ihren Hintern sofort rüber zum Haus von Gloria Cammack bewegen, aber pronto!«

Josies Magen krampfte sich zusammen. Ihr erster Gedanke galt weder Gloria noch Dee, sondern Heidi. »Sir? Ist jemand verletzt?«

»Verletzt? Nein, Quinn. Sie sind verschwunden. Alle drei sind weg. Verschwunden!«

NEUNUNDDREISSIG

Die Straße, in der Gloria Cammack wohnte, war hell erleuchtet von den roten und blauen Lichtern der Einsatzwagen. Josie parkte so nah am Haus wie möglich. Sie zählte drei Polizeifahrzeuge: den Pick-up des Chiefs, Gretchens Auto und einen weiteren Pick-up, den sie auch bei Corey Byrnes Baustelle gesehen zu haben glaubte. Entlang des Bürgersteigs gegenüber von Glorias Haus hatten sich einige Nachbarn versammelt, um das Geschehen mitzuverfolgen. Hinter Josie kam ein Übertragungswagen von WYEP zum Stehen. Schnell, bevor die Reporter sie bemerkten, rannte sie den Weg zu Gloria Cammacks Haus hinauf. Am Eingang hielt ein uniformierter Beamter mit einem Klemmbrett Wache. Josies Herz begann zu rasen.

»Hat hier ein Verbrechen stattgefunden?«, fragte sie ihn.

»Das weiß ich nicht. Der Chief hat nur gesagt, wir sollen niemanden reinlassen, der nicht von der Polizei ist.« Er winkte mit dem Klemmbrett. »Und damit das nicht passiert, notiere ich, wer rein- und rausgeht.«

Josie nickte. Er schrieb ihren Namen auf und sie ging hinein. Es sah aus, als hätte jemand sämtliche Lichter im Haus angeschaltet. Von der Spurensicherung war noch niemand da, aber im Wohnzimmer sah sie Corey auf der Couch sitzen und zu Gretchen hochstarren. Seine Jeans und sein T-Shirt waren schmutzig und voller Flecken. »Was ist passiert?«, fragte Josie und stellte sich neben Gretchen.

»Ich bin hergekommen, um Heidi abzuholen«, sagte Corey. »Es hat niemand aufgemacht, deshalb bin ich reingegangen, weil nicht abgeschlossen war. Aber es war niemand da.«

Josie sagte: »Es ist spät, fast elf.«

»Ich hatte viel zu tun«, fuhr Corey fort. »Außerdem bin ich schon vor einer Stunde hier angekommen. Wie gesagt, es war niemand hier. Weder Heidi noch Dee – und auch Gloria nicht.«

»Er hat versucht, sie alle anzurufen«, sagte Gretchen. »Aber ihre Handys liegen in der Küche.«

Ein ungutes Gefühl breitete sich in Josies Magen aus. »Und die Handtaschen? Und Heidis Rucksack?«

Gretchen nickte. »Ebenfalls in der Küche. Sie haben alles zurückgelassen. Taschen, Handys, Laptops. Auch Glorias Terminkalender.«

Genau wie bei Krystal Duncan und Faye Palazzo.

»In der Mikrowelle war frisch zubereitetes Popcorn«, sagte Corey.

»Und im Fernsehen lief ein Film. Sieht so aus, als hätten sie einfach alles stehen und liegen gelassen und wären gegangen.«

»Was ist mit der Streife vor der Tür?«, wollte Josie von Gretchen wissen.

»Die haben nichts gesehen. Sie wussten nicht mal, dass hier was schiefläuft, bis Mr Byrne wieder nach draußen gegangen ist und ihnen gesagt hat, dass sie alle weg sind.«

»Das heißt also, sie sind durch die Hintertür rausgegangen«, sagte Josie.

»Richtig. Der Chief hat gerade ein paar Leute hinters Haus geschickt. Die Spurensicherung sucht drüben im Garten von

Krystal Duncan nach möglichen Spuren. Die Küche haben sie schon überprüft. Außerdem sind mehrere Streifenwagen in der Nachbarschaft unterwegs und ein paar Kollegen befragen gerade die Nachbarn in Krystals Straße, ob irgendjemand was gesehen hat.«

»Wo ist meine Tochter, verdammt noch mal?«, sagte Corey.

Josie ging nicht auf ihn ein, sondern fragte weiter: »Hat schon irgendwer ihre Handys überprüft? Vielleicht hat ja eine der drei jemandem eine Nachricht geschrieben oder etwas auf dem Handy hinterlassen – eine Art Hinweis? Und hat jemand nachgeschaut, wo Nathan Cammack gerade steckt? Was ist mit Ted Lesko?«

Gretchen sagte: »Auf den Handys ist nichts. Nathan Cammack ist zu Hause. Wir haben schon eine Streife zu seiner Wohnung geschickt. Wir haben Mett von der Grundstücksrecherche abgezogen und losgeschickt, um Ted Lesko aufzuspüren. Er hatte eh nur eine unvollständige Liste. Dan Lamay sucht immer noch nach Besitzern von Scheunen oder Ställen im County.«

»Wo ist meine Tochter?«, wiederholte Corey. »Ich verstehe nicht, was hier vor sich geht.«

Josie drehte sich langsam im Kreis, als ob der Raum ihr eine Antwort geben könnte. »Steckt da Miles dahinter?«, fragte sie sich laut. »Cerberus? Warum sollten alle drei mit jemand Fremdem mitgehen?«

»Eine Waffe«, schlug Gretchen vor. »Sie würden mit jemandem mitgehen, der eine Waffe gehabt hätte.«

Corey stand auf. »Wollen Sie mir etwa erzählen, dass jemand hierhergekommen ist und meine Tochter mit vorgehaltener Waffe gezwungen hat mitzukommen?«, fragte er mit schneidender Stimme.

»Wir wissen es nicht«, antwortete Josie. »Das sind bis jetzt alles nur Spekulationen. Sie könnten auch mit jemandem mitgegangen sein, den sie kennen.«

»Mit wem denn?«, wollte Corey wissen.

»Vielleicht mit Sebastian Palazzo?«, sagte Josie. »Hat denn schon jemand nach ihm geschaut?«

»Es steht immer noch eine Streife vor seinem Haus«, meinte Gretchen.

»Vor dem Haus?«, sagte Josie. »Na, toll. Hier hat das ja super funktioniert.«

»Scheiße!«, entfuhr es Gretchen. »Mr Byrne, ich fürchte, ich muss Sie jetzt bitten, nach Hause zu gehen und dort zu warten, bis wir mehr wissen.«

»Machen Sie Witze? Meine Tochter wurde entführt, und Sie verlangen von mir, dass ich einfach nach Hause gehe?«, rief er.

»Die Palazzos wohnen nur eine Straße von Krystal Duncans Haus entfernt«, sagte Josie.

»Dann los, ich kümmere mich hier um alles«, bot Gretchen an.

Die Fliegengittertür schlug hinter Josie zu, als sie das Haus der Cammacks verließ. Sie rannte los und ließ die Traube von Reportern und Kameraleuten, die sich inzwischen um den Übertragungswagen von WYEP gebildet hatte, rasch hinter sich. Als sie ans Ende der Straße kam, in der Krystal Duncan und Dee Tenney wohnten, sah sie, dass vor dem Haus der Duncans mehrere Polizeiautos parkten, darunter auch das Fahrzeug der Spurensicherung. Mitten auf der Straße stand Chief Chitwood und gab Anweisungen. Ein paar Reporter waren zum sekundären Einsatzort gelangt und bedrängten dort die Polizisten.

Josie bog nach links in die nächste Straße ein. Auf halber Strecke, vor dem Haus der Palazzos, befand sich ein einzelner Streifenwagen. Als Josie dort angekommen war, klopfte sie ans Autofenster. »Ich geh jetzt da rein und schau nach Mr Palazzo. Ist jemand bei ihm?«

Der Polizist schüttelte den Kopf. »Eine Kollegin von ihm

war fast den ganzen Tag über da, aber sie ist vor ein paar Stunden gegangen. Seitdem war alles ruhig. Ich weiß, dass sich Detective Palmer Sorgen gemacht hat, dass dieser Typ sich etwas antun könnte. Deshalb hab ich ihn gefragt, ob ich bei ihm im Haus bleiben soll, aber das wollte er nicht.«

Josie zog ihr Handy heraus und wählte die Nummer von Sebastian Palazzos Handy. Er ging nicht ran. Auch nicht ans Festnetz. Sie legte auf und steckte das Handy wieder ein. »Ich geh jetzt rein.«

»Brauchen Sie Verstärkung?«

»Nein«, sagte sie. »Wir sind eh gerade ziemlich dünn besetzt. Ich ruf Sie an, wenn ich Sie brauchen sollte.«

Josie lief zur Haustür und klopfte an. Mehrere Male rief sie nach Sebastian, doch es war nichts zu hören. Auch weitere Anrufe auf sein Handy und den Festnetzanschluss blieben unbeantwortet. Drinnen rührte sich nichts, obwohl Josie im Erdgeschoss Licht brennen sah.

»Hey!«

Josie fuhr herum und sah Noah auf sich zulaufen. Sein Auto hatte er hinter dem Streifenwagen abgestellt. Sie hatte ihn nicht einmal anhalten gehört.

»Was machst du denn hier?«, wunderte sie sich.

Er stellte sich auf die andere Seite der Haustür und öffnete sein Schulterholster. »Ich weiß jetzt, was Krystal rausgefunden hatte. Ich bin hergefahren und hab mit Gretchen gesprochen. Sie ist gerade mit Corey Byrne beschäftigt: Er hat das Haus der Cammacks verlassen, ist direkt zu den Leuten von der Presse gegangen und hat ihnen alles haarklein erzählt.«

»Na super«, stöhnte Josie.

»Du solltest da nicht alleine reingehen.«

Sie wollte gerade fragen, was Noah herausgefunden hatte, als aus dem Haus ein erstickter Schrei drang. Es klang wie ein Tier, das in eine Falle geraten war. »Los!«, sagte Josie.

Sie zog die Waffe im selben Augenblick wie Noah. Der

Türknopf drehte sich mühelos in Josies Hand. Sebastian hatte nicht abgeschlossen. Im Eingangsbereich war das Wimmern noch lauter zu vernehmen. Josie schwenkte ihre Pistole durch den Raum auf der rechten Seite der Tür, während Noah es auf der anderen Seite ebenso machte. »Im Wohnzimmer«, flüsterte sie ihm zu. Er bedeutete ihr vorauszugehen. Josie schob sich die Wand entlang nach rechts, bis sie zu dem Vorraum kam, der in das schwarz-weiße Art-déco-Wohnzimmer der Palazzos führte. Das Zimmer war völlig verwüstet. Die Möbel lagen kreuz und quer auf dem Boden, die Lampen und Tischchen waren in Stücke geschlagen. An den Wänden waren Scharten zu sehen, sogar an der Decke. Das Einzige, was unversehrt war, war das lebensgroße Porträt von Faye. Davor kauerte Sebastian. Sein dichtes, dunkles Haar stand ihm in allen Richtungen vom Kopf ab. Er starrte das Bild seiner Frau an und winselte wie ein tödlich verwundetes Tier. Sein Brustkorb hob und senkte sich unter seinem weißen T-Shirt. Am linken Oberschenkel wies seine kakifarbene Hose einen langen Riss auf.

»Mr Palazzo«, sagte Josie laut, um ihn zu übertönen.

Das Wimmern verstummte. Dann schoss sein linker Arm in die Höhe und in Josies Richtung. Zu spät bemerkte sie, dass er eine Pistole in der Hand hielt. Sie machte einen Satz rückwärts, aus dem Zimmer hinaus, und stieß dabei gegen Noah, der hinter ihr stand, doch es wurde kein Schuss abgefeuert. »Waffe«, sagte sie zu Noah. »Sebastian«, rief sie dann. »Ich bin's, Detective Quinn. Ich bin mit meinem Kollegen hier, Lieutenant Noah Fraley. Wir sind hier, um mit Ihnen zu sprechen.«

»Gehen Sie, oder ich schieße.«

»Bitte legen Sie die Waffe weg, Sebastian. Wir sind nur hier, um zu uns zu unterhalten.«

»Ich will Sie nicht verletzen«, schrie er. »Ich wollte nur mich umbringen, aber wenn Sie versuchen, mich davon abzuhalten, werde ich auch Sie umbringen.«

»Ich schick eine Meldung raus«, flüsterte Noah Josie ins

Ohr. »Die von der Staatspolizei können uns innerhalb von zwanzig Minuten eine SWAT-Einheit rüberschicken.«

»Ich glaube nicht, dass uns so viel Zeit bleibt«, murmelte Josie. »Aber mach's trotzdem.«

Aus dem Wohnzimmer der Palazzos drangen leise Schluchzer. Josie spähte durch die Türöffnung und sah, dass Sebastian die Waffe zwar noch nicht weggelegt, aber in seinen Schoß sinken gelassen hatte. Sie sprach ihn erneut an, diesmal mit sanfterer Stimme. »Sebastian, ich würde jetzt gerne reinkommen und mit Ihnen sprechen, aber dazu müssten Sie die Waffe auf den Boden legen und zu mir rüberschieben. Können Sie das machen?«

»Halten Sie mich für blöd?«, schrie er zurück.

»Überhaupt nicht«, erwiderte Josie. »Ich mache mir nur Sorgen um Sie. Ich möchte nicht, dass Sie sich verletzen.«

»Und warum nicht? Ich hab nichts mehr, wofür es sich zu leben lohnt. Mein Sohn, meine Frau ... Ich hab alles versucht, aber es war nicht genug. Sie hat mich belogen, stellen Sie sich das vor! Ich hab ihr alles gegeben, aber sie hat mich belogen, mich betrogen.«

»Das tut mir wirklich leid«, sagte Josie. »Aber Mr Palazzo, es wäre mir viel lieber, wenn ich Ihr Gesicht sehen könnte. Wenn wir uns einfach unterhalten könnten, von Angesicht zu Angesicht. Ohne Waffen.«

Wieder schnellte seine Hand in die Höhe, aber diesmal zielte er mit der Waffe auf das Bild von Faye und drückte ab. Der Schuss donnerte durchs Haus, brach sich an den Wänden. Ein paar Sekunden lang hörte Josie gar nichts, erst dann drangen wieder Geräusche an ihr Ohr. Sebastian murmelte etwas, was Josie jedoch nicht ganz verstand.

»Sebastian«, rief sie.

Hinter Noah stürmte der uniformierte Polizist durch die Tür, die Waffe im Anschlag. Noah bedeutete ihm, stehen zu bleiben.

Josie drehte sich wieder Richtung Wohnzimmer um und sah, wie Sebastian die Pistole erneut hob, auf das Foto seiner Frau zielte und das Magazin leerte, bis ihr verführerisches Lächeln von etlichen Einschusslöchern ausgelöscht war. Als er merkte, dass auf das Auslösen des Abzugs keine weiteren Schüsse mehr folgten, warf er die Pistole fort und begann, sich vor und zurück zu wiegen. Endlich ließ das Rauschen in Josies Ohren ein wenig nach und sie konnte wieder hören, was er sagte.

»Sie hat bekommen, was sie verdient hat. Sie hat bekommen, was sie verdient hat. Sie hat bekommen, was sie verdient hat.«

Mit dem Zeigefinger deutete Josie Richtung Wohnzimmer, um Noah zu verstehen zu geben, dass er hineingehen sollte. Der uniformierte Polizist folgte ihm. Josie stürmte ebenfalls hinein, konzentrierte sich auf Sebastians Waffe und kickte sie noch ein Stück weg von ihm.

»Hände hoch«, wies Noah ihn an.

Als Sebastian langsam die Handflächen hob, sah Josie in seiner Rechten etwas Silbernes aufblitzen. Während Noah seine Pistole auf Sebastian gerichtet hielt, beugte sie sich vor, um erkennen zu können, was es war: eine Halskette mit einem Anhänger, auf dem *Beste Mom* stand.

»Die hat Ihr Sohn doch Ihrer Frau zu Weihnachten geschenkt, oder? Er hatte sie in der Schule gekauft, hatten Sie erzählt, an dem Verkaufsstand. Sie hatten uns auch gesagt, dass sie gestohlen worden ist.«

Während sie sprach, gab Noah dem uniformierten Polizisten ein Zeichen, näherzukommen. Zusammen zogen sie Sebastian hoch, stellten ihn auf die Füße und legten ihm hinter dem Rücken Handschellen an. Der Kopf sank ihm auf die Brust, die Halskette fiel zu Boden. »Sie ist auch gestohlen worden«, antwortete er.

»Dann ist das hier also ein Duplikat?« Josie hob die Kette auf.

»Nein, das ist ihre Halskette. Ich hab sie in Virgil Leskos Haus gefunden. Ungefähr eine Woche vor dem Busunglück. Ich war dort, um seiner Mutter Medikamente aus der Apotheke zu bringen, so wie ich es schon mindestens ein Dutzend Mal zuvor aus Gefälligkeit gemacht hatte. Er hat mir leidgetan, weil seine Mutter im Sterben lag.«

»Wo genau haben Sie die Kette gefunden?«

»In seinem Schlafzimmer. Seine Mutter hatte an dem Tag große Schmerzen. Sie erbrach sich ständig, spuckte sich komplett voll. Als ich hinkam, war es auch gerade so. Ich wusste, dass man ihr etwas gegen die Übelkeit verschrieben hatte, aber Virgil konnte das Medikament nicht finden. Er hat mich gebeten, im Bad danach zu suchen, aber da war es nicht. Ich hab ihm zugerufen, dass es nicht im Bad ist, und da hat er mir gesagt, ich soll doch in ihrem Schlafzimmer im Nachttisch nachschauen. Ich war so durcheinander – ihr war so furchtbar schlecht –, dass ich wahllos irgendwelche Türen aufgerissen hab. Mir war nicht klar, dass ich in seinem Schlafzimmer gelandet war anstatt in ihrem, bis ich vor dem Nachttisch stand und dort keine Arzneifläschchen sah. Dafür lagen da ein Geldbeutel und ein Gürtel und etwas Kleingeld, und zwischen den Münzen war sie dann, die Halskette. Einfach so, mitten unter seinen Sachen! In dem Augenblick wurde mir alles klar. Ich wusste, dass er es gewesen war. Ich hatte keine Ahnung, was ich tun sollte, deshalb hab ich sie einfach eingesteckt. Ich bin ins Schlafzimmer nebenan gegangen, und das war dann das Richtige und ich hab die Tabletten gefunden. Er war so damit beschäftigt, seine Mutter zu beruhigen und sauberzumachen, dass ich keine Gelegenheit hatte ... Ich konnte nicht mit ihm sprechen. Ich wusste nicht, was ich tun sollte ...«

Er wankte, und Josie kam der Gedanke, dass er vielleicht getrunken hatte, obwohl sie nicht fand, dass er nach Alkohol roch. Hatte er etwa irgendetwas eingenommen? Etwas, das ihm half, den nötigen Mut zu fassen, um sich das Leben zu nehmen? Sie wandte sich an Noah: »Ruf einen Notarzt: Und vielleicht setzen wir ihn lieber hin.«

Der uniformierte Polizist griff nach einem der Couchelemente und rüttelte daran, um zu testen, ob es noch in Ordnung war und Sebastians Gewicht standhalten würde. Nachdem er sich davon überzeugt hatte, half er Josie, ihn daraufzusetzen.

»Sebastian«, sagte Josie. »Was haben Sie genommen? Welche Medikamente haben Sie heute Abend eingenommen?«

Sein Gesicht verzog sich zu einem spöttischen Lächeln. »Das werde ich Ihnen ganz bestimmt nicht verraten.«

Noah schob sein Handy wieder in die Tasche. »Zehn Minuten«, sagte er.

Sebastian deutete mit seinem Kinn auf die Halskette, die Josie sich um die Hand geschlungen hatte. »Behalten Sie die. Haben Sie Kinder?«

»Sebastian«, sagte Josie noch einmal. »Was haben Sie heute Abend genommen?«

»Wenn Sie Kinder hätten, wüssten Sie es«, fuhr er fort, ohne auf ihre Frage einzugehen.

Josie schaute den Streifenpolizisten an. »Durchsuchen Sie das Haus nach verschreibungspflichtigen Medikamenten.«

Er nickte und eilte zur Tür hinaus.

»Wenn Sie Kinder haben und Ihre Frau hat eine Affäre, dann ist es noch schlimmer. Viel schlimmer«, sagte Sebastian. »Und dann auch noch Virgil Lesko. Ein Busfahrer? Was wollte sie denn mit einem Busfahrer? Ich hatte mein eigenes Geschäft. War es, weil ich die Apotheke verkauft habe? Ich glaube, das mit ihrer Affäre hat danach angefangen. Ich hab es die ganze Zeit über gewusst. Mir hat sie nichts vormachen können. Sie hat sich völlig anders verhalten. Sie hat gedacht, es würde mir nicht auffallen, aber ich hab alles genau registriert, jedes noch so kleine Detail. Ich konnte mir nur nicht vorstellen, wer es war.

Bis ich diese Halskette gefunden hab. Davor hatte ich immer gehofft, ich würde mich täuschen. Ich hatte ihr gesagt, was passieren würde, wenn sie mich jemals betrügen würde.«

»Und was würde passieren?«, wollte Noah wissen.

Sebastian schaute zu ihm hoch. »Ich hab ihr gesagt, wenn sie mich jemals betrügen würde, wäre es aus – mit allem. Einfach allem. Ich hab ihr gesagt, ich würde mit sowas niemals zurechtkommen. Nicht mit sowas. Sie war mein Leben, mein Ein und Alles. Ich hab ihr jeden Wunsch erfüllt. Ich hab sie angebetet wie eine Göttin. Ich hab ihr mein Leben gegeben, und sie hat mir erklärt, das sei auch, was sie wolle. Sie hatte keine Lust mehr auf New York City, auf diese überheblichen Arschlöcher mit Waschbrettbauch, aber ohne Hirn. Sie wollte ein geregeltes Leben. Ein normales Leben. Eine Familie. Ich hab ihr all das gegeben. Aber ich hab ihr auch gesagt, sie dürfe mich niemals betrügen. Wenn sie mich je betrügen würde, wäre das die totale Zerstörung. Der Untergang.«

»Und deshalb haben Sie sie umgebracht? Und Krystal auch?«, fragte Josie.

Sebastian wurde völlig ruhig, hob seinen Blick und schaute sie an. Über sein Gesicht zog sich ein Ausdruck echter Verwirrung. »Was?«

»Die totale Zerstörung«, sagte Josie. »Das hat doch wohl bedeutet, dass Sie Faye töten mussten. Und wer weiß, vielleicht ja auch noch all die anderen, die zu ihren Freundinnen zählten? Krystal Duncan? Und was ist mit Gloria, Dee und Heidi? Wo sind sie, Sebastian?«

»Was?« Er blinzelte. »Nein. Nein, nein, nein. Ich hab sie doch nicht ... Wie können Sie nur glauben, dass ich sowas ... Ich würde niemals jemanden töten. Ich würde doch nie jemandem etwas antun.«

»Aber genau das haben Sie«, sagte Noah.

Sebastian drehte den Kopf blitzartig in Noahs Richtung. »Wovon sprechen Sie?«

»Am Tag des Busunglücks. Sie haben an dem Tag jemandem etwas angetan, oder?«

Josie beobachtete, wie Sebastian die Gesichtszüge entgleisten, als sich seine Erinnerungen und Noahs Vorwurf in seinem Geist allmählich zusammenfügten. Ein Schluchzen entrang sich ihm. »Ich wollte das nicht. Es war nie meine Absicht, dass er in diesem Zustand in den Bus steigt. Ich wollte doch nur, dass er gefeuert wird, dass er genauso gedemütigt wird wie ich. Ich wusste, dass er zum Busdepot gehen und sich einstempeln würde. Aber ich bin davon ausgegangen, dass sein Schichtleiter ihn so niemals fahren lassen würde!«

Josie schaute Noah an und er erklärte ihr alles. »Laut den Aufzeichnungen von Abt and Defeo hat Sebastian am Tag des Unfalls für Virgil Lesko ein Rezept über Oxycodon ausgestellt. Der verschreibende Arzt war wenige Tage zuvor verstorben, sodass seine Zulassung noch nicht als erloschen gekennzeichnet war. Sebastian verwendete sie, um das Rezept auszustellen. Es trägt den Vermerk ›eingelöst‹.«

»Ich wollte das doch gar nicht!«, wimmerte Sebastian. »Ich wollte nicht, dass irgendjemandem ein Schaden zugefügt wird. Virgil hatte eine Affäre mit meiner Frau! Ich hatte ihm monatelang die Medikamente für seine Mutter vorbeigebracht. Ich war nett zu ihm gewesen, aber er hat mich einfach betrogen.«

»Hatte Virgil schon etwas getrunken, als Sie zu ihm kamen?«, wollte Noah wissen.

Sebastian schaute auf, die Augen voller Tränen. »Nein, hatte er nicht. Aber mir ist aufgefallen, wie durcheinander er war. Eigentlich wollte ich nur die zerstoßene Oxy in seinen Kaffee oder irgendein anderes Getränk geben, aber er war völlig durch den Wind. Ich wollte ihn in ein Gespräch verwickeln, damit er nicht merkte, was ich vorhatte, und da hat er mir alles Mögliche über seinen Sohn erzählt: dass er ein Stalker wäre und sowas. Ich musste ihm versprechen, es niemandem zu verraten. Ich hab ihm gesagt, ich würde sehr gut verstehen, was er meint. Ich würde verstehen, was für ein Vertrauensbruch das sei, weil Faye eine Affäre mit jemandem habe. Er hat sich überhaupt nichts anmerken lassen! Er war sowas von scheinheilig: sagte mir, wie leid ihm das tue, und dass ich immer zu ihm kommen und mit ihm reden könne. So eine Unverfrorenheit! Ich konnte es nicht glauben. Er hatte immer Wodka zu Hause. Den mochte er ganz gerne. Ich schlug ihm vor, dass wir doch zusammen ein Glas trinken könnten. Ich könnte ihm den Wodka auch gerne mit etwas Saft mischen. So hat er es immer für seine Mutter gemacht.«

»Aber er musste an dem Nachmittag doch noch den Schulbus fahren«, meinte Josie.

»Ja, natürlich«, sagte Sebastian. »Es war auch gar nicht so einfach, ihn zu überreden, aber am Ende hab ich es dann doch geschafft. Ich hab die Drinks zubereitet und die Oxy in sein Glas gemischt. Aber Sie können mir glauben: Ich wollte nur, dass der Schichtleiter ihn erwischt, wie er betrunken zum Dienst kommt, und er gefeuert wird. Sonst nichts. Kein Schichtleiter, der einigermaßen bei Verstand ist, hätte ihn in diesem Zustand einen Bus fahren lassen.«

»Aber an dem Tag war der Schichtleiter nicht da, weil seine Frau gerade ein Baby bekam.«

»Aber das wusste ich doch nicht!«, schrie Sebastian. »Das wusste ich nicht!«

Von draußen hörte man Sirenen – der Notarzt. Josie sah Noah an. Die wortlose Stille, trotz derer sie sich untereinander verständigten, währte nur Sekunden. Sie hätten ihm jetzt sagen können, dass er den Falschen erwischt hatte; dass es nicht Virgil gewesen war, mit dem Faye eine Affäre gehabt hatte, sondern Corey.

Hätte doch, hätte doch ...

Hätte Sebastian mit Virgil nicht den Falschen verdächtigt, dann hätte er ihn nicht zu einem Drink überredet, ihm das Oxycodon nicht verabreicht und ihn nicht in diesem Zustand seine Nachmittagsschicht antreten lassen. Aber was würde es ändern, wenn Sebastian die Wahrheit erführe? Was hätten sie davon, wenn sie es ihm sagten?

»Mr Palazzo«, sagte Noah. »Wo sind Gloria, Dee und Heidi?«

Sebastian schüttelte den Kopf. »Ich hab keine Ahnung, wovon Sie sprechen.«

»Was haben Sie mit ihnen gemacht?«, fragte Josie. »Wohin haben Sie sie gebracht?«

»Ich habe sie nirgendwo hingebracht. Ich habe niemanden irgendwo hingebracht!«

Der uniformierte Polizist kam ins Zimmer gestürzt, in der Hand ein orangefarbenes Pillenfläschchen. »Hier«, sagte er, »die hab ich in dem Zimmer gefunden, das vom Haus in die Garage führt. Ein Beruhigungsmittel, wie es aussieht, das seine Frau verordnet bekommen hat. Leer.«

Im selben Moment flog die Haustür mit einem Knall auf und zwei Notfallsanitäter stürmten mit einer Trage herein. Josie und Noah berichteten den beiden, was geschehen war, und warteten dann, bis die Sanitäter Sebastian mitgenommen hatten. Als sie kurz darauf auf dem Rasen vor dem Haus der Palazzos standen, meinte Noah: »Ich bin mir nicht sicher, ob das wirklich unser Mann ist.«

Josie verspürte wieder dieses Unbehagen, das sie immer überkam, wenn die Puzzlestücke eines Falles nicht so richtig zusammenpassen wollten. »Ich auch nicht«, sagte sie.

Noah hielt sein Handy hoch, auf dessen Display ein eingehender Anruf von Mettner angezeigt wurde. Er nahm ihn entgegen und lauschte. Die Gesprächslautstärke war so eingestellt, dass Josie hören konnte, was Mettner sagte.

»Ich bin gerade bei dem Supermarkt in Southwest Denton, in dem Ted Lesko heute eigentlich Nachtschicht gehabt hätte. Er ist aber nicht hier. Er ist einfach nicht zur Arbeit erschienen. Sein Chef hat ihn auf dem Handy angerufen, aber Ted geht nicht ran. Er meinte, er könne sich das gar nicht erklären, weil Ted Lesko dem Anwalt seines Vaters doch noch so viel Geld schuldet.«

Josie schaute Noah an. »Sag Mett, wir treffen uns mit ihm bei Leskos Haus.«

VIERZIG

Josie sprang auf den Beifahrersitz von Noahs Wagen. Es dauerte fast zehn Minuten, bis Noah sich einen Weg durch die Menge aus Reportern und Schaulustigen und vorbei an dem Panzerwagen der Staatspolizei gebahnt hatte, die vor Sebastian Palazzos Haus standen. Das Haus der Leskos befand sich nur ein paar Straßen weiter, so wie Gloria Cammack es Josie und Gretchen bei ihrer ersten Befragung erklärt hatte. Mettners Auto parkte bereits davor. Als Josie und Noah dahinter anhielten, stieg er aus. Im Unterschied zu den meisten anderen Häusern in dem Viertel war das Haus der Leskos nur einstöckig, stand aber auf einem fast einen Hektar großen Grundstück. Es hatte eine graue Fassade, eine schmale Veranda und eine Einfachgarage, deren Dach – ganz so, wie Mettner es bereits beschrieben hatte – teilweise eingestürzt und mit einer blauen Plane abgedeckt war. Das schwache Licht, das die einzelne Glühbirne neben dem Eingang verbreitete, reichte nicht einmal bis zum Ende der Veranda, doch selbst vom Gehweg aus konnte Josie sehen, dass die Haustür weit offen stand. Dahinter war nichts als tiefschwarze Dunkelheit.

Josie hörte Noah neben sich frustriert schnauben. »Na ja,

nach dem, wie die Nacht bisher verlaufen ist, hätte ich auch nichts anderes erwartet. Holen wir die Taschenlampen. Und nach dem Vorfall bei den Palazzos sollten wir uns vielleicht lieber auch die Westen anziehen.«

Sie öffneten den Kofferraum ihrer Autos und suchten mithilfe der Taschenlampen-App ihrer Handys nach der nötigen Ausrüstung. Seit Josie und Noah verheiratet waren, hatte jeder von ihnen im Auto praktischerweise auch eine zweite Garnitur für den anderen dabei. Noah kramte eine schusssichere Weste für Josie aus seinem Kofferraum und reichte sie ihr, zusammen mit ihrer Ersatztaschenlampe. Als alle drei fertig ausgerüstet waren, pirschten sie sich lautlos einer hinter dem anderen über den Rasen auf die Eingangstür zu. Mettner ging voraus, blieb bei der Tür stehen, um sich und die beiden anderen anzukündigen, und rief nach Ted. Keine Antwort.

Josie sah zu, wie Mettner mit dem Lichtstrahl seiner Taschenlampe den Eingang abtastete, bevor er das Haus betrat. Sie folgte ihm und leuchtete mit ihrer Lampe, die sie direkt unterhalb ihrer Pistole hielt, die andere Hälfte des Raums aus. Das Erste, was sie wahrnahm, war der Geruch von Blut, Erbrochenem und noch etwas anderem. Es war der Tod, schoss es ihr durch den Kopf, als Noah sich an ihr vorbeischob und sie weiterführte, in einen offenen Bereich links von ihnen. Noch bevor sie bei ihm war, wusste Josie, was sie in dem Zimmer finden würden.

Schon im nächsten Augenblick rief er: »Leichen!«

Josie und Mettner mussten über zwei bäuchlings daliegende Körper steigen, um zu Noah aufzuschließen. Die drei durchsuchten das ganze Haus, wobei abwechselnd immer einer von ihnen vorausging. Sobald sie sicher waren, dass keine unmittelbare Gefahr drohte, traten sie den Rückzug an und schalteten dabei – nicht ohne sich zuvor Handschuhe angezogen zu haben – in einigen Räumen das Licht an. Als sie wieder in dem Zimmer mit den beiden Leichen angekommen waren, sagte Josie: »Wir brauchen die Spurensicherung.«

Mettner holte sein Handy heraus, wischte über das Display, scrollte nach unten, wischte wieder und hielt es sich dann ans Ohr. Er starrte auf die grausige Szene, die sich ihnen bot, bis sein Gesicht eine blassgrüne Farbe angenommen hatte. Josie bedeutete ihm, nach nebenan zu gehen, und er gehorchte sofort, schluckte und sprach dann in sein Telefon.

Josie trat einen Schritt näher an die Leichen heran. Beides waren Männer, die mit dem Gesicht nach unten auf dem Boden lagen, die Hände mit Klebeband auf dem Rücken zusammengebunden. Beide wiesen Schussverletzungen am Hinterkopf auf – direkt dort, wo das Stammhirn sich befand. Die schwarzen Pünktchen auf der Haut rings um die Einschusslöcher deuteten darauf hin, dass der Mörder die Waffe auf den Schädel aufgesetzt hatte, als er abdrückte. Noah stand neben Josie und deutete auf den Mann mit den braunen Locken, die nun in einer Lache aus Blut und Hirnmasse lagen. »Das ist Ted Lesko, oder?«

»Ich glaube schon«, sagte Josie.

»Und das da?« Noah deutete auf den anderen Mann, der etwas größer und schlanker war und dessen kahl rasierter Schädel blutbesudelt war.

Josie seufzte. »Ich würde mal auf Miles Tenney tippen, aber letztendlich kann nur die Rechtsmedizin seine Identität eindeutig klären.«

»Das war nicht der Mörder, nach dem wir suchen. Das hier ist das Werk eines Profis«, sagte Noah.

Josie nickte. »Sieht ganz so aus. Vielleicht ist Miles ja zu Ted gegangen, um für eine Weile unterzutauchen, und Cerberus oder sonst irgendeine Organisation, der er Geld schuldet, hat ihn hier aufgestöbert. Ich werde Drake aus dem Bett holen, dann kann er sein Team herschicken und unsere Leute ablösen.«

»Okay«, stimmte Noah ihr zu. »Unsere Spurensicherung ist im Moment sowieso schon überlastet.«

»Mettner«, rief Josie und ging in die Küche hinüber. »Du kannst unserem Team wieder absagen. Wir werden die Spurensicherung des FBI anfordern. Wir gehen davon aus, dass eine der Leichen Miles Tenney ist.« Sie hielt inne, als sie Mettner regungslos dastehen sah, das Telefon noch in der Hand. Er starrte auf die leere Styroporbox, die auf dem Tisch stand. Vermutlich hatte Ted sie für seine Lieferungen für Food Frenzy verwendet, damit das Essen so frisch und so heiß oder kalt wie möglich zugestellt werden konnte. Josie hob eine Augenbraue. »Mett? Alles in Ordnung?«

»Komm hier rüber«, gab er zurück. »Ich werde nichts anfassen, weil wir hier an einem Tatort sind, aber das solltest du dir mal anschauen.«

Josie ging ein paar Schritte weiter und stellte sich neben Mett, von wo aus sie erkennen konnte, was sich in dem Thermobehälter befand. Er war keineswegs leer. Auf dem Boden der Box lagen vier Trauerkerzen.

EINUNDVIERZIG

Es war schon fast vier Uhr früh, als sie alle auf dem Polizeirevier zusammenkamen: Josie, Noah, Mettner, Gretchen, der Chief und sogar Amber, die wegen des Chaos in West Denton am Abend davor einen wahren Albtraum für eine Pressesprecherin zu bewältigen hatte. Ausnahmsweise tippte sie nicht ständig auf ihrem Computer herum. Stattdessen saß sie, das Kinn auf eine Handfläche gestützt, an ihrem Schreibtisch. Sie trug noch immer die Kleidung, die sie vor fast vierundzwanzig Stunden angezogen hatte und die mittlerweile ziemlich verknittert aussah. Jemand hatte im Pausenraum im Erdgeschoss Kaffee gekocht. Nun saßen die vier Ermittler an ihren Schreibtischen und tranken das Gebräu aus alten Porzellanbechern. Keiner sagte etwas. Sie alle hatten zu viel zu verarbeiten und gefühlt seit Tagen nicht mehr geschlafen.

Chief Chitwood tauchte aus seinem Büro auf und kam, mit rotem Gesicht, zu den Schreibtischen herübergestapft. Ungebändigte weiße Haare standen von seinem Schädel ab. »Ich hab gerade mit Drake telefoniert. Er hat vorläufig die Identität der Leichen im Lesko-Haus bestätigen können. Wie Sie vermutet haben, Quinn und Fraley. Es handelt sich um Ted Lesko und

Miles Tenney, und ja, Drake glaubt, dass sie Opfer von Cerberus wurden. Miles hatte ein paar oberflächliche Stichwunden an den Armen und an einer Schulter, die so aussehen, als seien sie ihm vor seiner Ermordung zugefügt worden. Sein Gesicht war voller Blutergüsse. Drake meint, dass ihn jemand anderes als die Cerberus-Leute in seinem Apartment zusammengeschlagen hat, kurz bevor Sie und Palmer dort aufkreuzten. Das würde erklären, warum Blut von ihm dort gefunden wurde. Zunächst muss ihm die Flucht gelungen sein, aber es sieht ganz so aus, als hätte ihn Cerberus dann doch noch erwischt.«

»Oder eine vergleichbare Bande«, murmelte Noah.

»Könnte sein«, pflichtete ihm Chitwood bei. »So oder so, das FBI übernimmt jetzt die Mordfälle Miles Tenney und Ted Lesko.«

»Und was ist mit Gloria, Dee und Heidi?«, fragte Josie.

»Drake sagt, Ted und Miles seien noch nicht lange tot. Die Cerberus-Leute sind wahrscheinlich spät nachts hergekommen, haben erledigt, was sie zu erledigen hatten, und sind schnell wieder verschwunden. Sie waren hinter Miles her und sie haben ihn erwischt. Für sie bestand kein Grund, Dee – und noch viel weniger Heidi und Gloria – zu entführen.«

»Aber Gloria, Dee und Heidi waren schon Stunden vorher verschwunden, bevor Ted und Miles getötet wurden«, wandte Noah ein. »Was ist, wenn Cerberus sie aus dem Haus entführt hat, damit sie die Streife nicht alarmieren konnten, die davor Wache hielt, und sie irgendwo anders umgebracht hat?«

»Dann hätten wir sie zwischenzeitlich gefunden«, sagte Gretchen. »Diese Cerberus-Killer würden nicht zwei Frauen und ein Mädchen im Teenageralter gefangen halten. Eher noch hätten sie die drei gleich umgebracht und zurückgelassen. Ich glaube vielmehr, dass die drei Frauen von der gleichen Person entführt wurden, die Krystal Duncan und Faye Palazzo umgebracht hat.«

»Aber diese Person ist nicht Sebastian Palazzo?«, fragte Chitwood nach.

»Nein, das glauben wir nicht.«

»Auf welcher Beweisgrundlage?«, wollte Chitwood wissen.

»Nach meinem Bauchgefühl«, erwiderte Josie.

»Kommen Sie mir nicht mit Ihrem Bauchgefühl, Quinn«, knurrte Chitwood wütend. »Ich hab derzeit drei vermisste Personen. Wir müssen sie eher gestern als heute finden – wenn sie nicht schon tot sind.«

»Wenn Sie mich fragen«, wandte Noah ein, »dann glaube ich, dass Detective Quinn recht hat.«

Chitwood schnaubte entnervt. »Verdammt, schließlich sind Sie Ihr Mann, Fraley. Natürlich glauben Sie, dass sie recht hat. Aber ich brauche Beweise, Leute. Beweise. Das ist doch nicht Ihr erster Arbeitstag hier. Jetzt kommt schon, was habt ihr für mich?«

Unbeirrt fuhr Noah fort: »Sebastian Palazzo hatte gestern Abend vor unseren Augen einen Nervenzusammenbruch. Er hat zugegeben, dass er Virgil Lesko am Tag des Busunfalls dazu verleitet hat, Wodka zu trinken, den er heimlich mit einem Betäubungsmittel versetzt hatte. Der Unfall, bei dem sein eigener Sohn getötet wurde. Ich glaube, wenn er noch mehr zu beichten gehabt hätte, dann hätte er uns einfach alles gesagt. Er war überzeugt davon, dass er an seiner Überdosis sterben würde.«

»Nun ist er aber doch nicht gestorben«, meinte Chitwood. »Ich hab mit dem Krankenhaus telefoniert. Er kommt durch. Vielleicht könnt ihr, wenn er aufwacht, ja einen neuen Versuch starten. Wir müssen diese Frauen unbedingt finden.«

Mettner räusperte sich und alle Blicke wandten sich ihm zu. »Ich hab das Grundbuch des County nach einem Objekt durchsucht, das entweder auf Sebastian oder Faye Palazzo eingetragen ist, aber da gibt es nur ihr Wohnhaus. Keine Farm. Keine Scheune. Keine andere Immobilie. Ich hab sogar die

Grundbücher in den angrenzenden Countys überprüft, um sicherzugehen.«

»Du vergisst, dass Ted Lesko solche Kerzen wie für die Mahnwache bei sich zu Hause hatte.«

Chitwood schüttelte den Kopf. »Das heißt nicht, dass Sebastian nicht der Täter ist. Vielleicht haben sie ja zusammengearbeitet.«

»Ich glaube auch, dass Ted mit jemandem zusammengearbeitet hat, aber mit jemand anderem. Das ergibt für mich Sinn. Allerdings ist sein Alibi für die Zeit von Fayes Verschwinden wasserdicht.«

»Aber nicht bei Krystals Verschwinden«, wandte Mettner ein. »Und sein Alibi basiert auf den GPS-Koordinaten seines Wagens, Palmer. Daher ist es nicht sehr belastbar. Wenn er nicht gearbeitet hat, konnte er seinen Wagen in seiner Einfahrt stehen lassen und andere Möglichkeiten finden, sich fortzubewegen.«

»Stimmt«, meinte Josie. »Er könnte von einem Komplizen oder einer Komplizin im Auto mitgenommen worden sein.«

»Dieser Komplize müsste aber in der gleichen Gegend wohnen«, sagte Chitwood. »Aber das ist ja seit jeher Ihre Theorie: dass der Mörder jemand ist, den die Familien oder ein Mitglied einer der Familien kennen. Sebastian Palazzo passt zu dieser Annahme. Er hatte auch Zugang zu den Kerzen für die Mahnwache. Seine Frau war schließlich diejenige, die sie gekauft hat!«

»Nein. Er ist es nicht.« Josie drehte sich rasch auf ihrem Bürostuhl herum, wandte sich ihrem Computer zu und ließ ihn hochfahren. »Sie sagten, wir sollen uns die Hinweise noch mal genauer ansehen, richtig? Also, was haben wir da sonst noch?« Sie begann, durch die Fallakte zu scrollen. Noah beugte sich über ihre Schulter und sah sich die einzelnen Seiten an, die auf dem Bildschirm auftauchten – Berichte, Fotos, Protokolle und richterliche Anordnungen. Josie blickte auf und sah, dass sich noch keiner von den anderen gerührt hatte. »Jetzt kommt schon«, forderte sie die Kollegen auf. »Nehmen wir alles, was wir wissen, noch mal genau unter die Lupe.«

»Alles, was wir wissen, sagt uns aber nicht, wo Gloria, Dee und Heidi jetzt sind und wer sie in der Gewalt hat. Wir haben das alles schon durchgekaut. Nichts hat sich verändert, seit wir die Akte das letzte Mal durchgegangen sind«, widersprach Mettner.

»Wir haben richterliche Beschlüsse bekommen, für Dinge, die noch untersucht werden sollen«, sagte Noah. »Checkt eure E-Mails.«

Mettner rührte sich nicht, aber Gretchen griff nach ihrer Maus. Ein paar Minuten später sagte sie: »Ich hab was. Die Ergebnisse von der Abfrage der IP-Adresse, von der aus sich Krystal Duncan am Samstag vor ihrer Ermordung in die Datenbank ihrer Kanzlei eingeloggt hat.«

»Druck sie aus«, bat Josie.

Gretchen klickte zweimal und der uralte Drucker am anderen Ende des Raums begann zu ruckeln. Sie schob ihre Lesebrille auf dem Nasenrücken nach oben und beugte sich näher zum Bildschirm vor.

»Wie lautet sie?«, fragte Josie.

Gretchen las Straße und Hausnummer vor.

Mettner sprang von seinem Stuhl auf. »Heilige Scheiße.«

Josies müdes Gehirn gab sich alle Mühe, sich zu erinnern, woher sie diese Adresse kannte, aber Noah war schneller: »Das ist die Adresse von Alles Bio für Kind und Familie. Gloria Cammacks Geschäft.«

ZWEIUNDVIERZIG

Die Sonne kroch langsam über den Horizont, als Josie den Konvoi der Polizeiautos zum Gebäude von Glorias Alles Bio für Kind und Familie anführte. Jedes Mal, wenn sie um eine Kurve bogen, quietschten die Reifen. Mit fast hundert Stundenkilometern bei kaum Verkehr erreichten sie ihr Ziel in weniger als zehn Minuten. In Zweiergruppen stiegen sie aus ihren Fahrzeugen: Josie und Noah, Gretchen und Mettner, dann Chief Chitwood und die drei uniformierten Einheiten hinter ihnen. Adrenalin rauschte durch Josies Adern, als sie sich wieder einmal ihre kugelsichere Weste anzog. Sobald alle bereit waren, versammelte Chitwood die Einsatzkräfte um die Kühlerhaube seines Autos herum. Mettner hatte es geschafft, einen von Glorias Angestellten zu alarmieren und aus dem Bett zu holen, und er empfing sie, zur Kooperation bereit, vor dem Geschäft. Josie beobachtete ihn, während er einen Grundriss des Gebäudes auf ein Stück Computerpapier zeichnete und dann Chitwood einen Schlüssel zu einem der Hintereingänge reichte. »Ich hoffe, Sie liegen richtig mit Ihrem Verdacht«, sagte der Mann. »Wenn nicht, wird Gloria mich umbringen. Oh, Scheiße. Natürlich nur im übertragenen Sinn.«

Gloria.

Josie gab sich Mühe, sich auf Chitwoods Anweisungen zu konzentrieren. Ihre Gedanken wanderten immer wieder zurück zu all den Begegnungen und Gesprächen mit Gloria Cammack, und sie suchte darin nach Anzeichen, die ihr entgangen waren. Warum hatte sie Gloria nicht genauer unter die Lupe genommen? Sie war das einzige Elternteil, das nicht zu der Selbsthilfegruppe ging. Sogar Miles war von Zeit zu Zeit dort gewesen. Sie war bestens organisiert, effizient, ein Kontrollfreak und sie wirkte wie eine Getriebene. Es wäre für sie keine besondere Herausforderung gewesen, die Morde einzufädeln, und auch nicht, sich Ted mit ins Boot zu holen. Im Grunde genommen hatte sie sich, indem sie mit dem allerersten Mord die Aufmerksamkeit der Polizei auf sich lenkte, als Verdächtige praktisch aus dem Spiel genommen. Darüber hinaus hatte sie gewissermaßen von der ersten Stunde der Ermittlung an das Narrativ steuern können, indem sie sich und Krystal als Rivalinnen beschrieb. Aber woher wusste sie von den Geheimnissen der anderen Eltern?

»Quinn!«, schimpfte Chitwood. »Hören Sie mir eigentlich zu oder träumen Sie?«

»Tut mir leid, Sir«, erwiderte Josie. »Ja, ich passe auf.«

Chitwood hob seine buschigen Augenbrauen. »Quatsch. Fangen wir noch mal von vorne an.«

Diesmal hörte Josie dem Plan genau zu. Sie und Gretchen sollten ein Paar bilden. Als der Chief den Befehl gab, schlichen sie zu dem ihnen zugewiesenen Eingang und warteten dort auf eines der anderen Teams, das sie hereinlassen sollte, damit sie beim Überprüfen der Räume helfen konnten. Das Gebäude war innen geräumiger, als Josie gedacht hatte. Während sie und Gretchen etliche Räume in ihrem Quadranten des Grundrisses sicherten, hörte Josie mit einem Ohr zu, wie die anderen Officers alle paar Sekunden »Sauber!« riefen. Innerhalb von Minuten herrschte überall Stille, und Josie wurde klar, dass auch das hier wieder eine Sackgasse gewesen war. Sie folgten dem Kommando Chitwoods in den Eingangsbereich. Er stand mit Glorias Angestelltem direkt hinter dem Hauptzugang. Im Schein des Neonlichts, das im Gebäude jetzt überall brannte, sah Josie, dass der Mann in den Zwanzigern war, seinem Sweatshirt mit dem Logo der Penn State University nach zu urteilen wahrscheinlich frisch vom College. Seine Mesh-Shorts und Badelatschen unterstrichen noch das jugendliche Aussehen.

»Wie heißen Sie?«, fragte Josie ihn.

Der Angestellte trat einen Schritt zurück, als die Polizisten einen Kreis um ihn bildeten, und Josie konnte sich vorstellen, wie die Situation auf ihn wirken musste – ein Dutzend Einsatzkräfte in Schutzkleidung und mit gezogener Waffe, die sich langsam auf ihn zubewegten. Sie wandte sich an die anderen und sagte: »Durchsuchen Sie das gesamte Gebäude nach allem, was uns dabei helfen könnte, herauszufinden, wo Gloria sie hingebracht hat. Schreibtische, Aktenschränke, Dokumente. Alles.«

Gretchen und Chitwood blieben zurück, während die anderen ausschwärmten.

»Da werden Sie nichts finden«, sagte der Angestellte. »Alles ist digitalisiert und die Computer sind passwortgeschützt.«

»Wir müssen trotzdem alles durchsuchen«, erwiderte Josie. »Wie heißen Sie?«

»Mason Brock.«

»Mason, mein Team hat im Grundbuch dieses Countys und auch der umliegenden recherchiert, ob Gloria, ihr Ex-Mann, Nate, oder die Firma irgendwelche anderen Gebäude oder Grundstücke außer diesem hier besitzen. Aber wir haben nichts gefunden. Was meinen Sie, stimmt das?«

Er zuckte mit den Schultern. »Ich weiß nicht. Aber ich glaube schon. Das Gebäude hier ist das Einzige, von dem ich weiß.«

»Wie lange arbeiten Sie schon hier?«, fragte Gretchen.

»Etwa ein Jahr.«

»Haben Sie während dieser Zeit je gehört, dass Gloria über irgendeinen anderen Ort geredet hat, zu dem sie von hier aus oder von zu Hause aus hinfahren wollte?«, fragte Gretchen.

»Nein, tut mir leid. Ich weiß nicht, wo sie überall hingefahren ist.«

Josie drehte sich um, betrachtete die Regale mit nachhaltig erzeugten Produkten und ging im Geiste das Gebäude durch. Obwohl es groß war und Garagen hatte, die Gloria dazu benutzt haben könnte, um jemanden durch Kohlenmonoxidvergiftung zu töten, gab es keine Böden mit Latten oder Spalten und keine Stellen, die voller Tierhaare waren. Wohin zum Teufel hatte Gloria Krystal, Faye – und jetzt auch noch Dee und Heidi – entführt? Sie könnten jetzt weiter akribisch jede Farm und jede Scheune in der Gegend überprüfen, aber in der Zwischenzeit würde Gloria Dee und Heidi wohl töten.

Josies Blick landete auf einem Regalfach mit Kindermützen in verschiedenen Farben. Sie ging hinüber und betastete sie, suchte nach einem Etikett, aber natürlich gab es keines. Sie waren handgemacht. »Mason«, fragte sie. »Woraus sind die gemacht?«

Er kam herüber. »Oh, ich bin mir ziemlich sicher, dass die aus Alpakawolle sind.«

Gretchen trat zu ihnen. »Stellen Sie die hier her?«

»Also ich nicht, aber wir haben eine Frau, die hierherkommt und sie fertigt. Ich kann Ihnen ihren Arbeitsplatz zeigen, wenn Sie möchten.«

»Nicht nötig«, erwiderte Josie. »Woher beziehen Sie die Alpakawolle?«

»Das weiß ich nicht. Gloria bringt sie einmal pro Woche mit. Sie bekommt sie von irgendjemandem hier in der Gegend.«

»Würde diese Bezugsquelle in Ihrem Computersystem auftauchen?«

»Ich kann nachsehen«, erwiderte Mason. »Warten Sie einen Moment.«

Sie folgten ihm in einen anderen Raum, in dem mehrere Schreibtische für die Angestellten standen. Er ging in die Mitte des Raums und klappte einen Laptop auf. Nach einigen Minuten runzelte er die Stirn. »Sieht so aus, als hätte Gloria die Wolle bis vor einem Jahr meist von einer Farm im Staat New York bezogen. Dann haben die Lieferungen von dort aufgehört. Danach sehe ich darüber gar nichts mehr im System. Wenn sie die Wolle hier in der Gegend eingekauft hat, dann hat sie die Ware nicht ins System eingespeist.«

»Wie viele Alpakafarmen gibt es hier in der Gegend wohl?«, überlegte Gretchen laut.

»Nicht sehr viele«, erwiderte Josie. »Aber wir haben trotzdem keine Zeit, die alle abzuklappern. Heidi und Dee könnten mittlerweile schon tot sein. Es dauert ja nicht so lange, bis man an einer Kohlenmonoxidvergiftung stirbt.«

Von hinten hörte man Chitwoods Stimme. »So können Sie an die Sache nicht herangehen, Quinn.«

Josie wandte sich ihm zu. »Sir?«

»Gloria Cammack hat die Wolle von jemandem erworben. Sie konnte allein unmöglich diesen Laden hier und dazu noch eine Alpakafarm betreiben. Aber wenn sie ein Gebäude auf einer solchen Farm dazu benutzen wollte, um dort Leute zu töten, dann wollte sie sicher nicht als Besitzerin eingetragen sein, und sie wollte wohl auch nicht die Wolle nachweisbar von jemandem dort abkaufen.«

Gretchen wandte ein: »Aber sie musste doch irgendjemanden dafür bezahlen, es sei denn, die Person steckte mit ihr unter einer Decke. Ich kann mir aber keinen Alpakafarmer vorstellen, der nicht mal eine Verbindung zu dem Busunglück hat, der sich auf so etwas einlassen würde, was Gloria und Ted getan haben – angenommen, wir haben recht mit unserer

Annahme, dass unser Fund von Kerzen für die Mahnwache in Teds Haus bedeutet, dass er in die Sache verwickelt war.«

»Aber ...« Josie hielt inne und dachte fieberhaft nach. Dann wandte sie sich wieder an Mason und bat ihn: »Können Sie die Firmenunterlagen nach jemandem überprüfen, dem Gloria Miete zahlt, oder nach irgendeiner Person, die als Angestellte oder als Subunternehmer gelistet ist, aber nicht hierher ins Büro kommt?«

»Klar«, sagte Mason. Er tippte noch ein paar Minuten auf dem Laptop herum und winkte sie dann herüber. »Hier. Gloria zahlt einer Frau namens Marilyn House eine monatliche Miete.«

»Wofür?«, fragte Gretchen. »Lässt sich das daraus ersehen?«

»Nein«, erwiderte Mason. »Aber hier steht eine Adresse.«

DREIUNDVIERZIG

Marilyn House war eine rüstige Achtzigjährige, der einige Abschnitte Farmland im Südosten von Denton gehörten. Dass Josie und die anderen Detectives morgens um halb acht in ihrer Einfahrt vorfuhren, schien sie nicht besonders zu beeindrucken. Eine fette graue Katze auf dem Schoß, saß sie auf der Veranda ihres großen weißen Farmhauses und trank ihren Kaffee.

»Gloria Cammack?«, meinte sie, als sie nach den Mieteinnahmen gefragt wurde. »Ja, sie zahlt mir monatlich was für dieses kleine alte Haus und die alte Scheune hinter der Alpakafarm, ungefähr fünf Kilometer von hier. Ich hab jetzt nicht mehr viele Alpakas, aber die paar, die noch übrig sind, werfen etwas Wolle ab. Kauft Gloria normalerweise alles auf. Sie zahlt immer in bar.«

»Kümmern Sie sich selbst um die Alpakas?«, fragte Josie.

Marilyn lachte. »Um Himmels willen, nein. Ich hab ein paar junge Männer, die nach ihnen schauen. Die wechseln sich ab, wie es zeitlich für sie passt. Solange es den Tieren gut geht, ist mir egal, wer wann da ist. Einen der Herren hab ich jetzt allerdings schon seit Wochen nicht mehr gesehen. Würde mir leidtun, wenn ich ihn feuern muss.«

»Wie heißt er denn?«, erkundigte sich Gretchen.

»Teddy«, antwortete Marilyn. »Teddy Lesko.«

Mettner, der auf der Verandatreppe stand, schnappte hörbar nach Luft. Marilyn reckte den Hals, um ihn sehen zu können. »Fehlt Ihnen was, junger Mann?«

»Nein«, entgegnete Mettner. »Ich hab nur ... Hat Teddy denn schon hier gearbeitet, als Gloria die Gebäude gemietet hat, oder war es andersrum?«

»Sie wollen wissen, wer zuerst da war? Teddy. Er hatte schon ein paar Jahre hier gearbeitet, bevor Gloria aufgetaucht ist und das alte Haus und die Scheune mieten wollte. Ich hab sie gefragt: ›Wozu wollen Sie denn die alten Hütten da?‹, und sie meinte, sie will in Zukunft selbst Alpakas züchten. Der Plan war, dass sie sich die Grundkenntnisse von meiner kleinen Zucht abschaut und dann selbst damit beginnt. Sie hat mich gefragt, ob sie die Scheune ein wenig renovieren darf. ›Warum nicht?‹, hab ich ihr gesagt. Jede Art von Renovierung an diesen beiden Gebäuden ist ein Gewinn. Solange ich nicht selbst dafür aufkommen muss, hab ich nichts dagegen.«

»Was waren das denn für Renovierungsarbeiten?«, fragte Noah.

Marilyn zuckte mit den Schultern. »Sowas wie eine Lüftung oder Klimaanlage auf jeden Fall. Was sie sonst da noch veranstaltet hat, weiß ich nicht. Ich hab hin und wieder gesehen, dass Teddy ein paar Rigipsplatten gebracht hat. Hab mir gedacht, sie bessern ein paar der alten Wände aus. Ehrlich gesagt hatte ich den Verdacht, dass Gloria das haben wollte, um sich manchmal einfach aus dem Staub zu machen. Ich hab mitgekriegt, dass sie ein paarmal im Haus übernachtet hat.«

Gretchen hielt Marilyn ihr Smartphone unter die Nase. »Das hier ist Google Earth. Wir sind genau da, wo das kleine rote Ding ist. Können Sie uns zeigen, wo von hier aus gesehen Ihre Alpakafarm ist?«

Es dauerte ein paar Minuten, in denen Marilyn hinein- und

wieder herauszoomte und Gretchen die Karte immer wieder zentrierte, aber schließlich bekamen sie von Marilyn einigermaßen brauchbare Richtungsangaben. Sekunden später sprangen sie in ihre Autos und rasten die Straße hinab, bis sie zu der Abzweigung eines Feldwegs kamen, die Marilyn ihnen genannt hatte. Eine lange Zufahrt mit tiefen Spurrillen schlängelte sich durch mehrere Äcker und schließlich kam die Alpakafarm in Sicht. Josie musste sich am Armaturenbrett festhalten, als sie ohne Rücksicht auf Verluste holpernd über den unbefestigten Feldweg rasten. »Fahr weiter«, wies sie Noah an. »Glorias Gebäude müssen hinter der Baumgruppe da links sein.«

Der Feldweg verlief sich in einer plattgefahrenen Fahrspur auf einer Wiese. Zu ihrer Linken stand eine große, eher moderne Scheune, daneben waren zwei kleinere Gebäude und eine abgezäunte Wiese, auf der ein paar Alpakas grasten. Direkt vor der Scheune standen zwei alte Pick-ups mit der verblichenen Aufschrift *House Farms*. Kein Mensch kam aus einem der Gebäude, als der kleine Polizeikonvoi auf die Baumgruppe hinter der Alpakafarm zuraste, die Marilyn House ihnen auf der Karte gezeigt hatte. Als sie um die Bäume herumfuhren, wurde Josie sofort klar, warum Gloria und Ted diesen Ort für ihre Aktivitäten gewählt hatten. Er war nicht nur völlig abgeschieden, sondern selbst von der kleinen Alpakafarm aus nicht einsehbar. Es gab nicht den geringsten Grund für irgendjemanden hierherzukommen, nicht einmal für die anderen Männer, die Marilyn angestellt hatte, damit sie ihre Alpakas versorgten.

»Hier«, rief Noah und bog scharf nach links ab.

Das Haus, von dem Marilyn ihnen erzählt hatte, war nicht viel mehr als eine Hütte mit wohl nur einem einzigen Raum und Wänden aus Holz, die vom Alter und Schmutz stumpf und grau geworden waren. Dahinter stand die Scheune, ein baufälliges weißes Gebäude mit einem roten Dach. Ein Zaun aus

Vierkantpfosten und Maschendraht zog sich vom Haus zur Scheune. Dahinter reckten zwei abgestorbene Walnussbäume ihre dürren Zweige in den Himmel, als flehten sie ihn an, sie doch endlich zu sich zu nehmen.

»Da ist sie!«, rief Noah.

Josie blickte auf und sah Gloria aus der Scheune kommen. Sie trug Jogginghosen und ein übergroßes T-Shirt von Food Frenzy. Ihr Haar war offen und zerzaust. Ihre Füße steckten in schweren Stiefeln. Als sie die beiden Autos erblickte, nahm sie sofort Reißaus und rannte am Zaun entlang zur Rückseite des Hauses.

»Wir müssen verhindern, dass sie ins Haus läuft«, sagte Josie. »Was, wenn sie dort eine Waffe hat?«

Noah stieg aufs Gas, und sie wurden so durchgeschüttelt, dass Josie mit dem Kopf ans Autodach stieß, aber sie kamen zu spät. Als sie mit Gretchen und Mettner im Schlepptau das Haus erreichten, war Gloria bereits durch die Hintertür nach drinnen verschwunden.

Noah parkte sein Auto quer vor dem Haus. Die anderen machten es genauso. Als sie ausstiegen, rief Noah: »Geht hinter den Wagen in Deckung. Wir wissen nicht, ob sie bewaffnet ist.«

Hinter Noahs Auto geduckt, beobachtete Josie die Vorderfront des Hauses. »Ich muss zur Scheune«, sagte sie. »Da sind bestimmt Dee und Heidi.«

»Du weißt nicht, ob sie eine Waffe hat, Josie. Wenn du zur Scheune läufst, kann sie dich quasi wie beim Schießtraining ins Visier nehmen.«

Jetzt rief Mettner laut hinter dem anderen Auto hervor, dass die Polizei da sei und Gloria mit erhobenen Händen aus der Hütte kommen solle. Eine Minute verstrich. Dann zwei. Drei. Josies Herz überschlug sich fast. Waren sie zu spät? Knieten Heidi und Dee bereits tot in der Scheune, mit Wachs in der Kehle? Verzweifelt versuchte Josie diese Bilder aus ihrem Kopf zu verbannen.

Als fünf Minuten abgelaufen waren, ließ Mettner noch einmal seine Ansage verlauten, aber bevor er damit fertig war, kam Gloria vorne zur Haustür heraus und schritt grinsend auf die Detectives zu, eine Pistole in der Hand. »Hier bin ich! Ist es das, was Sie wollten?«

»Legen Sie die Pistole auf den Boden!«, brüllte Gretchen.

Gloria blickte auf ihre Hand, als sähe sie die Pistole zum ersten Mal. »Ach, das da? Ich werd euch damit nichts tun, Leute, keine Sorge.«

»Werfen Sie sie so weit wie möglich von sich weg!«, befahl Noah.

»Tut mir leid, das kann ich nicht«, sagte Gloria. »Denn damit wird die ganze Sache hier zu Ende gehen. Da Sie jetzt hier sind, haben Sie mein kleines Projekt wohl durchschaut: dass ich alle diese verlogenen Arschlöcher bloßstellen will und aufdecken, was ihr Anteil am Tod meiner Kinder war. Ich wollte nie damit davonkommen. Ich wollte nur, dass sie dafür bezahlen.«

»Gloria, Sie müssen das nicht tun. Wir können dafür sorgen, dass Sie Hilfe bekommen.«

Gloria warf den Kopf in den Nacken und lachte auf. »Hilfe!«, kreischte sie, »Hilfe!«

»Legen Sie einfach die Waffe hin, dann können wir reden«, sagte Mettner.

Gloria ging nicht auf ihn ein und sagte: »Es gibt keine Hilfe. Das sollten auch Sie inzwischen verstanden haben.« Für den Bruchteil einer Sekunde wurde ihr Gesichtsausdruck traurig. »Mein Teddy ist nicht gekommen, also haben Sie ihn wahrscheinlich schon. Hat er Ihnen erzählt, wie wir die ganze Sache hier ausgeheckt haben? Hat er Ihnen erzählt, wie wir uns getroffen haben? Er hat Essen zu mir nach Hause geliefert! Können Sie das glauben? Wir haben einander sofort erkannt. Es war eine unangenehme Situation, aber da war auch diese ... sonderbare Anziehung. Wir waren definitiv niemals füreinander bestimmt, aber das hat es für uns nur noch aufregender gemacht.«

»Sollen wir ihr sagen, dass Ted umgebracht worden ist?«, raunte Noah aus dem Mundwinkel.

»Nein«, erwiderte Josie. »Nicht jetzt. Wir müssen an diese Waffe kommen und Gloria festnehmen, damit wir die Scheune durchsuchen können.«

»Es sieht nicht so aus, als ob sie demnächst den Mund halten würde«, sagte Noah.

»... und natürlich hat er mir erzählt, was er zusammen mit Miles getan hat. Das war schon ziemlich verrückt. Er hat mir auch gesagt, dass er Faye mit Corey Byrne gesehen hat. Dieses Luder. Sie hat sich immer so arrogant aufgeführt bei den Treffen der Elternvertretung. Von wegen Ex-Model und all der Bullshit. Aber die Idee mit den Morden ist uns erst gekommen, nachdem ich eines Tages diese Auseinandersetzung mit Krystal im Garten hatte. Wir haben wegen diesem blöden Schaukelding gestritten, wie ich Ihnen schon gesagt hab, und auf einmal hat sie mir diese ganze Kieferorthopädengeschichte vorgeworfen und dass Nathan und ich am Tag des Unfalls zu Hause waren. Ich hab mich aufgeregt, aber abgesehen davon wollte ich auch wissen, wie sie es herausgefunden hatte. Nathan und ich hatten uns geschworen, es nie jemandem zu erzählen, aber das hat in diesem Fall nichts geholfen. Krystal hat es rausbekommen, indem sie sich in der Kanzlei, wo sie gearbeitet hat, ein paar Akten angeschaut hat. Ich hab dann versucht, sie dazu zu bringen, dass sie in mir eher eine Freundin als eine Feindin sieht. Das war gar nicht so einfach, aber irgendwann hab ich ihr sogar meinen Teddy vorgestellt und wir haben gemeinsam geplant, die Geheimnisse von allen herauszufinden. Krystal und ich, wir waren es beide wirklich leid, dass alle so getan haben, als wären sie soooo perfekt ...«

Josie stupste Noah an. »Sie versucht, Zeit zu gewinnen. Dee und Heidi sind da drin. Ich wette, sie hat angefangen, das

Kohlenmonoxid in eine Kammer zu leiten, die sie dort hat bauen lassen. Deswegen ist sie auch von da gekommen. Wenn sie lange genug redet, werden sie tot sein.«

»Aber können wir riskieren, dass sie einen von uns oder sich selbst erschießt?«, wandte Noah ein.

»... aber als es dann so weit war, jemanden zu ermorden, wollte Krystal sich natürlich nicht die Finger schmutzig machen. Und weil sie aussteigen wollte, haben wir gesagt, okay, dann wird sie eben unser erstes Opfer. Sie wollte bei der Polizei anrufen und verraten, was wir geplant hatten. Das mussten wir natürlich verhindern. Mein superschlauer Teddy hat dann zwei Kammern gebaut, eine, um sie darin festzuhalten, und die andere für das Auto. Die beiden sind durch eine Öffnung verbunden. Ziemlich geniale Konstruktion. Ungefähr zur selben Zeit, als er die Kammern gebaut hat, hab ich zufällig bei Faye vorbeigeschaut, weil sie die Mahnwache besprechen wollte, und da kam mir die Idee, ein paar Kerzen mitgehen zu lassen. Clever, oder? Ihnen die Lippen zu versiegeln. Teddy hatte noch immer ihre Tiffany-Ohrringe von damals, als er Miles geholfen hat. Wir dachten, es wäre ein nettes Detail, sie im Haus der Palazzos zu hinterlassen. Zu der Zeit hatten wir Sebastians kleines Geheimnis schon entdeckt. Genauer gesagt war es Krystal, die es über die Arbeit rausgefunden hat. Beziehungsweise hat sie eins und eins zusammengezählt, als sie gesehen hat, dass er am Tag des Unfalls ein Rezept über Oxycodon für Virgil gefälscht hatte. Sie war höllisch außer sich, als sie verstanden hat, was das bedeutete. Sie war wirklich komplett neben der Spur – hat gedroht, sie würde mit der ganzen Geschichte zur Polizei gehen, sodass wir sie einfach aus dem Verkehr ziehen mussten. Dann haben wir sie gezwungen, sich in die Kanzleidatenbank einzuloggen, einfach um sicherzugehen. Ich musste es einfach mit eigenen Augen sehen. – Hey!«

Sie nahm die Waffe hoch und zielte damit auf das Auto, das näher bei ihr stand. »Hört ihr mir eigentlich zu, Leute? Ich weiß, ich hab gesagt, ich würde nicht auf euch schießen, aber was hab ich denn jetzt noch zu verlieren? Warum nicht einen oder alle von euch mitnehmen?«

Mettner rief laut: »Wir hören Ihnen alle zu, Gloria, aber Sie brauchen die Waffe nicht. Legen Sie sie einfach weg, und wir werden alles anhören, was Sie uns zu erzählen haben.«

Gloria schwang den Pistolenlauf hin und her, als suchte sie nach einem Ziel, aber Josie und die anderen waren noch immer hinter den Autos verborgen.

Gloria lachte wieder auf und wirkte von Sekunde zu Sekunde durchgeknallter. Sie redete weiter: »Es war so einfach, sie dazu zu bringen, mit mir mitzugehen. Faye, Dee, Heidi. Sie haben mir alle vertraut. Ich musste irgendwelche Notfälle erfinden, damit sie alles stehen und liegen ließen und schnell mitkamen, aber alle sind sie mir gefolgt.«

Josie verlor die Nerven. »Ich kann nicht mehr länger warten, Noah. Ihr anderen müsst sie ablenken, während ich versuche, zur Scheune zu kommen.«

Zentimeter für Zentimeter schob sie sich hinüber zu Gretchen und Mettner und weihte die beiden in ihren Plan ein. Gretchen nickte und sprach sofort wieder Gloria an: »Ihr Plan war also, den Mord an ihren Kindern zu rächen, indem Sie noch mehr Leute umbringen?«

»Natürlich nicht irgendwelche Leute«, widersprach Gloria. »Die hier haben es verdient. Sie alle tragen auf die eine oder andere Weise Verantwortung für das, was an diesem Tag passiert ist …«

Josie drehte sich nicht noch einmal um und hörte auch nicht mehr zu. So gebückt wie möglich lief sie entlang des Zauns in Richtung Scheune.

Sie hatte das Tor schon fast erreicht, da dröhnte ein Schuss durch das Tal.

VIERUNDVIERZIG

Josie hoffte inständig, dass niemand aus dem Team getroffen worden war, drehte sich aber nicht um, sondern rannte weiter zum Scheunentor. Es war glücklicherweise nicht verschlossen, und sie drückte es im Laufen auf und stürzte direkt dahinter auf den Boden. Sie spürte kalte Luft auf ihrem Gesicht. Der Gestank von Stalltieren und Benzindämpfen drang in ihre Nase. Sie sprang wieder auf die Füße und blickte sich zur Orientierung um. Auf beiden Seiten gab es mehrere Einzelboxen, jede davon mit Spaltenboden, so wie Dr. Feist gemutmaßt hatte. Und in jeder Heu und Tierhaare. Offensichtlich waren hier einmal Alpakas oder andere Tiere gehalten worden. Josie lief an den Boxen vorbei zum Ende der Scheune, wo zwei davon zu einem abgeschlossenen Bereich mit zwei Garagentoren zusammengefasst worden waren. Dieser war mit Rigipswänden und sogar einer separaten Decke versehen worden – wie ein riesiger Kasten innerhalb der Scheune. Josie ging zum ersten Tor und presste ihr Ohr gegen das Metall. Von drinnen war das tiefe Brummen eines Motors zu hören. Josie griff nach dem Torknauf unter ihr und zog mit aller Kraft daran, aber das Tor rührte sich keinen Millimeter. Sie lief zum zweiten Tor und presste ebenfalls das Ohr dagegen. Kein Geräusch.

In diesem Moment entdeckte sie die dicken Schichten Klebeband, die den Schlitz zwischen dem Tor und dem Betonboden darunter verschlossen, sodass die Kammer dahinter, in der ganz offensichtlich Dee und Heidi gefangen gehalten wurden, luftdicht versiegelt war. Josie versuchte noch einmal verzweifelt, das Tor hochzuziehen, aber es gab einfach nicht nach. Sie trommelte mit beiden Unterarmen dagegen.

»Dee! Heidi! Seid ihr da drinnen?«

Wieder nichts. Waren sie gefesselt? Oder kam sie einfach zu spät?

Wieder hämmerte Josie gegen das Tor und warf sich mit ihrem ganzen Körper dagegen. »Heidi! Dee! Antwortet!«

Nichts.

Josie ging auf die Knie und fing an, das Klebeband abzuziehen. Durch den Schlitz zwischen Betonboden und Tor hätte höchstens ein Blatt Papier gepasst, aber trotzdem legte Josie ihren Kopf auf den Beton und drückte ihren Mund unten an das Tor. Direkt hinter dem Tor sah sie einen Diamanten aufblitzen. Fayes Ohrstecker. »Dee! Heidi! Seid ihr da drinnen? Hier ist Detective Josie Quinn!«

Endlich war ganz leise etwas zu vernehmen: »Hallo?« Die Stimme war schwach, aber sie klang nach Heidi.

»Heidi!«, schrie Josie durch den Schlitz unter dem Tor. »Heidi!«

Sie hörte etwas über den Boden schleifen und dann einen dumpfen Schlag gegen das Tor. Heidi war ganz nah. Sie war auf der anderen Seite des Tors und sie lebte noch. Josie sprang auf, griff wieder nach dem Torknauf und zog und zog, bis ihre Hände schmerzten und sie schweißgebadet war. Das Tor gab zwar etwas nach, aber nur ein winziges Stück, vielleicht einen guten Zentimeter, und sobald Josie den Griff losließ, donnerte es wieder herunter.

»Scheiße!«

Sie brauchte irgendetwas, das sie darunterklemmen konnte. Dann konnte Heidi vielleicht so lange durch den Schlitz atmen, bis Josie es geschafft hatte, das Tor zu öffnen. Sie sah sich in der Scheune um, aber alles, was ihr ins Auge fiel, war zu groß. Sie ging in Gedanken ihre Ausrüstung durch, aber da war auch nichts dabei, was unter das Tor gepasst hätte.

Sie zog ihre schusssichere Weste aus und warf sie auf den Boden. Während sie das Tor am Griff wieder nach oben zog, versuchte sie mit einem Fuß, die Weste in den Schlitz zu schieben, aber sie war ebenfalls zu dick. Der Schweiß rann ihr in Sturzbächen über das Gesicht und brannte in ihren Augen. Das konnte es doch nicht gewesen sein! Es konnte einfach nicht sein, dass sie dem Ziel so nahe war und es ihr doch nicht gelang, die Kammer zu öffnen. Wo blieb der Rest von ihrem Team? Sicher würden sie einen Weg finden hineinzukommen. Vielleicht konnten sie mit einem ihrer Autos das Tor rammen und wenigstens den laufenden Automotor ausschalten – und damit die Quelle des Kohlenmonoxids. Josie klopfte ihre Taschen ab, konnte aber ihr Handy nicht finden. Doch plötzlich ertasteten ihre Finger etwas Hartes, Rundes.

Das Rosenkranzkettchen. Die Perlen waren viel größer als normale Rosenkranzperlen. Aber vielleicht passten sie trotzdem unter das Tor. Josie legte das Kettchen auf den Boden, direkt vor ihren Fuß. Dann zog sie mit aller Kraft das Tor wieder hoch und schob mit der Spitze ihrer Sneaker die Perlen darunter. Es ging ganz leicht. Josie ließ einen Triumphschrei los und ließ sich wieder auf ihre Hände und Knie nieder. Sie konnte jetzt einen kleinen Finger durch den Schlitz schieben.

»Heidi!«, rief sie noch einmal. »Heidi!«

Wieder ertönte eine schwache Stimme: »Ich bin hier.«

»Leg dich auf den Bauch und bring Mund und Nase ganz nah an den Schlitz unten am Tor. Du musst durch den Schlitz atmen!«

Einen Moment später klang Heidis Stimme näher und lauter. »Ich bin hier«, brachte sie verschwommen heraus.

»Atme so tief ein, wie du kannst«, wies Josie sie an. »Kannst du versuchen, Dee auch hierherzubringen?«

»Sie ist bewusstlos. Das schaff ich nicht.«

»Du musst es versuchen. Mein Team wird jeden Moment hier sein. Ich werde euch beide hier rausbringen. Bleib bei mir, Heidi!«

Draußen war wieder ein Schuss zu hören. Josie presste ihre Augen fest zu und betete, dass es allen gut ging. Dann hörte sie, wie das Scheunentor mit einem Krachen geöffnet wurde, und öffnete die Augen wieder. Da stand Mettner, die Waffe in der Hand. Er sah mitgenommen aus.

»Noah«, krächzte Josie, »ist Noah okay?«

»Es geht allen gut«, antwortete Mettner. »Gloria wollte sich erschießen. Gretchen ist auf sie zugehechtet und konnte es im letzten Moment verhindern, aber Gloria ist daraufhin völlig ausgeflippt. Schlägt wild um sich. Gretchen und Noah bändigen sie gerade.«

Die Erleichterung darüber, dass es ihrem Mann gut ging, wich sofort wieder, als Josie sich an das Problem erinnerte, das momentan am akutesten war. »In dieser Kammer ist ein Auto, Mett, und der Motor läuft. Und die beiden sind in der Kammer da. Die Kammern sind verschlossen. Sie sterben da drinnen. Und ich kann keins der Tore aufbekommen.«

Mett lief zu ihr, musterte das Tor zu der Kammer, in der Heidi und Dee sich befanden, und ließ seine Augen von unten nach oben über das Tor wandern und in alle vier Ecken.

»Mach schon, Mett!«, schrie Josie. »Mach doch!«

Er steckte seine Waffe ins Holster und deutete auf die zwei oberen Ecken. »Da oben sind so Stifte«, sagte er. »Lesko hat maßgefertigte Stifte eingeschlagen, damit das Tor zubleibt. Wenn einer von uns da raufkommt und sie rausziehen kann, können wir das Tor öffnen. Ich hab eine Zange im Auto.«

»Dann hol sie!«

Mettner rannte hinaus. Weil er eine gefühlte Ewigkeit wegblieb, legte Josie sich wieder auf den Boden und versuchte, Heidi dazu zu bringen, auf ihre Fragen zu antworten. Das Mädchen sprach deutlich verlangsamt und war kaum noch zu verstehen. Endlich kam Mettner mit der Zange in der Hand zurück. Er streckte seinen Arm zur rechten oberen Ecke des Tors aus, konnte den Stift aber nicht erreichen. Er gab Josie die Zange. »Hier«, sagte er. »Stell dich auf meinen Rücken. Du bist leichter.«

Ehe Josie reagieren konnte, ließ er sich auf Hände und Knie nieder, um ihr eine Standfläche zu bieten. Sie stellte einen Fuß auf seinen unteren Rücken und stemmte sich dann wackelig hoch. Nach mehreren Versuchen gelang es ihr, den Stift aus der Wand zu ziehen. Als sie gerade dasselbe auf der anderen Seite machten, kam Noah in die Scheune gestürzt.

»Hilf uns!«, brüllte Josie.

Zu dritt schoben sie das Tor hoch, und Heidi taumelte aus der Kammer heraus. Nicht weit entfernt lag Dee Tenney mit dem Gesicht nach oben reglos auf dem Spaltenboden. Aus einer Öffnung an der Wand zur anderen Kammer fauchten Benzindämpfe heraus. Die Öffnung lag viel zu hoch, als dass Dee oder Heidi sie hätten blockieren können. »Ich halte das Tor oben«, rief Noah, »und ihr tragt sie raus!«

Josie und Mettner brachten in Windeseile zuerst Dee und dann Heidi nach draußen und legten sie ins Gras. Noah kam hinterher.

Mettner presste seine Finger an Dees Hals. »Sie hat Puls!«, rief er aufgeregt.

»Wird sie ... wirds ihr wieder gut gehn?«, stammelte Heidi.

Josie und Noah knieten sich zu beiden Seiten von Heidi hin. Josie strich ihr das Haar aus dem Gesicht und sah ihr direkt in die Augen, während Noah mit zwei Fingern auf der Innenseite von Heidis Handgelenk ihren Puls prüfte. »Ist kräftig«, beruhigte er Josie.

Erleichterung durchströmte Josie. Sie war so gewaltig, dass sie für einen Moment das Gefühl hatte, als wiche sämtliche Energie aus ihr. »Ja«, brachte sie mühsam heraus. »Dee wird es wieder gut gehen. Euch beiden wird es wieder gut gehen.«

»Der Chief kommt«, meinte Noah und deutete auf die Baumgruppe, die das winzige Haus und die Scheune von der Alpakafarm trennte. Josie drehte sich um und sah, wie Chief Chitwoods Auto über die plattgefahrene Wiese in Richtung Haus holperte. Er war mit den regulären Streifen zurückgeblieben, um Glorias Geschäft kriminaltechnisch zu sichern.

Vom Haus her drangen plötzlich Schreie zu ihrer kleinen Versammlung vor der Scheune herüber. Josie suchte mit den Augen die Umgebung des Hauses ab, bis sie Gretchen auf dem Boden zwischen dem Haus und ihren Autos entdeckte. Sie lag auf dem Rücken, rollte von einer Seite zur anderen und hielt sich ein Knie. Josie begriff, dass sie vor Schmerz schrie. Gloria war verschwunden.

FÜNFUNDVIERZIG

»Bleib du hier, Mett«, rief Noah.

Dann sprang er auf und sprintete in Richtung Haus. Josie warf einen letzten Blick auf Heidi und folgte ihm. Noah erreichte Gretchen zuerst, zerrte sie zu einem der Autos und lehnte sie mit dem Oberkörper dagegen. Ihr Gesicht war kreideweiß. Der Schweiß rann ihr vom Haaransatz über die Wangen. Sie griff sich ans linke Knie. »Sie hat mich erwischt«, keuchte Gretchen. »Sie hat sich hinten in meinem Auto erbrochen. Ich hab sie rausgelassen, weil ihr so schlecht war, und da hat sie mir mit voller Wucht gegen das Knie getreten!«

Noah ließ sich neben Gretchen nieder und begann, ihr Hosenbein hochzukrempeln, aber sie schlug seine Hand weg. »Nein, lass das. Seht lieber zu, dass ihr sie findet. Sie hat immer noch die Handschellen an. Damit wird sie nicht weit kommen. Ihr müsst ihr hinterher!«

Dann war plötzlich Chief Chitwoods Stimme zu vernehmen: »Was zum Teufel ist hier los?« Er stand vor ihnen, die Hände in die Hüften gestützt, eine seiner buschigen Augenbrauen hochgezogen. Josie antwortete nicht. Stattdessen fragte sie Gretchen: »In welche Richtung? Hast du gesehen, in welche Richtung sie gelaufen ist?«

»Da, zwischen den Bäumen durch. Zurück zur Alpakafarm. Vielleicht stehen dort ja Autos. Macht schon! Ihr müsst sie finden, bevor sie von der Farm verschwindet!«

Josie rannte los. Ohne ihre Kevlar-Weste war sie schnell und wendig. Sie lief um die Bäume herum, zurück Richtung Alpakafarm. Gloria hatte sich bestimmt nicht in der Baumgruppe versteckt, denn dort hätten die Polizisten sie schnell gefunden oder würden sie umstellen und warten, bis sie herauskam. So töricht war Gloria nicht. Als das Gehege mit den Alpakas in Sicht kam, sah Josie, wie Gloria den Zaun entlanglief, die gefesselten Hände auf dem Rücken und ohne sich umzublicken. Josie war sich nicht sicher, wo Gloria hinwollte – ob zu den Autos oder zu einem der Gebäude – oder was sie genau vorhatte, doch entwischen lassen wollte sie sie auf gar keinen Fall.

Wieder einmal war Josie froh, dass sie sich in den vergangenen vier Monaten so geschunden hatte und selbst an heißesten Sommertagen zum Laufen gegangen war, denn nun hatte sie Gloria schnell eingeholt. Als sie nur noch wenige Schritte von ihr entfernt war, rief sie: »Gloria! Stopp!«

Gloria warf Josie einen Blick über die Schulter zu und beschleunigte ihr Tempo. Offenbar wollte sie zu den Pick-ups. Josie fragte sich, ob ihr klar war, dass sie für keines der Autos einen Schlüssel besaß. Oder etwa doch? Doch selbst dann: Wie zum Teufel wollte sie fahren, wenn ihr die Hände auf dem Rücken zusammengebunden waren? Gloria hatte eben die Tür des am nächsten stehenden Pick-ups erreicht, als Josie sie am Kragen ihres T-Shirts zu fassen bekam. Sie schleuderte Gloria herum und drückte sie mit dem Rücken gegen die Autotür.

»Stopp!«, herrschte Josie sie an.

Glorias blaue Augen blitzten wütend auf. Sie warf den

Kopf in den Nacken und dann wieder nach vorn, um Josie einen Kopfstoß zu versetzen, doch diese wich geschickt aus. Gloria beugte sich nach vorn und wollte Josie die Schulter gegen die Hüfte rammen. Josie machte einen Schritt rückwärts, sodass Gloria ins Leere traf. Dann packte sie Gloria bei den Schultern und richtete sie gewaltsam auf. »Gloria, stopp!«

»Erschießen Sie mich doch!«, fauchte Gloria, drückte sich mit aller Gewalt gegen Josie und wollte ihr noch einmal einen Kopfstoß versetzen. »Ich weiß, dass Sie eine Pistole haben. Tun Sie's einfach!«

»Nein!« Josie musste brüllen, um die Verzweiflungsschreie zu übertönen, die aus der Tiefe von Glorias Kehle kamen.

»Erschießen Sie mich!«, schrie Gloria. »Na, los! Wenn Sie es nicht tun, werde ich Sie erschießen. Ich werde alle erschießen.«

Sie schlug um sich und konnte sich aus Josies Griff winden, aber Josie schlang die Arme fest um sie. Gloria roch nach Schweiß und Erbrochenem. Noch immer setzte sie sich zur Wehr, doch Josie ließ sie nicht los. »Stopp«, sagte sie Gloria ins Ohr. »Ich werde Sie nicht erschießen.«

»Bitte!«, flehte Gloria sie an. »Bitte!«

Josie packte sie fester, und endlich erschlaffte Glorias Körper und fühlte sich in ihren Armen mit einem Mal wie ein schwerer Sack Knochen an. Josie spürte etwas Feuchtes an der Schulter – es waren Glorias Tränen, die ihr Poloshirt durchweichten.

»Ich werde Sie jetzt loslassen«, erklärte Josie ihr. »Und ich möchte, dass Sie sich hinsetzen.«

Gloria wehrte sich nicht, als Josie lockerließ und sie neben dem Pick-up zum Sitzen brachte. Sie schaute zu Josie auf. »Ich kann nicht mehr. Ich schaffe es nicht. Ich halte das nicht mehr aus. Können Sie sich vorstellen, wie sich das anfühlt? Wenn man alles verliert? Wenn alles in einem zerbricht und man das

Gefühl hat, man würde alles tun, nur damit der Schmerz aufhört? Damit man ihn nicht mehr spürt?«

Josie seufzte. »Ja«, gab sie zurück. »Ja, das kann ich.«

Hinter ihnen parkte ein Wagen. Josie drehte sich um und sah Chief Chitwood aussteigen. Er kam zu ihnen und schaute auf Gloria herab. »Haben Sie alles im Griff, Quinn?«

Josie atmete tief aus und schaute an sich herab. Nachdem sie Gloria so fest umklammert hatte, war nun auch sie von oben bis unten voll mit Erbrochenem. »Ja, Sir.«

»Die Verstärkung ist schon unterwegs«, sagte Chitwood. »Außerdem die Spurensicherung und mehrere Krankenwagen.«

»Vielen Dank, Sir«, erwiderte Josie. Sie sah, wie Gloria, die vornübergebeugt dasaß, von einem lautlosen Schluchzen geschüttelt wurde.

»Quinn«, sagte Chitwood.

Josie schaute zu ihm auf. Er streckte ihr seine Hand entgegen, auf der das Rosenkranzkettchen lag. »Das haben Sie da drüben vergessen.«

»Oh, Mist. Tut mir leid, Sir. Ich habe es nur – ich habe es verwendet, um ...«

»Halten Sie den Mund, Quinn«, sagte er. »Halten Sie den Mund und stecken Sie's wieder ein.«

»Sir?«

»Sie brauchen es noch. Sie sind noch nicht bereit, es wieder zurückzugeben.«

Josie nahm die Perlen und umschloss sie fest mit ihrer Hand. Sie fühlten sich warm und glatt an. Vertraut. Tröstlich. »Aber wie weiß ich denn, dass ich bereit bin, es zurückzugeben?«

In der Ferne hörte man Sirenen.

Ein Lächeln zog sich über Chitwoods Gesicht. »Das kann ich Ihnen nicht sagen, Quinn.« Er warf einen Blick auf Gloria und das Lächeln auf seinen Lippen erstarb. Fast wie zu sich selbst fügte er hinzu: »Das ist bei jedem anders.«

Dann marschierte er davon, dem Konvoi aus Einsatzfahrzeugen entgegen, der die Zufahrt entlanggepoltert kam.

SECHSUNDVIERZIG

ZWEI WOCHEN SPÄTER

Josie starrte Paige Rosetti an, deren Stift schon seit einer ganzen Weile unbenutzt in ihrer Hand lag. Sie war sich ziemlich sicher, dass sie mit der Sitzung fast am Ende waren, obwohl die Therapeutin nicht ein einziges Mal auf ihre Armbanduhr oder ihr Handy geschaut hatte. Sie starrte Josie einfach nur an.

Josie wartete darauf, dass Paige sie unterbrach, doch als sie es nicht tat, sprach Josie weiter. »Gloria hat bei der Bezirksstaatsanwaltschaft bereits eine Verständigung im Strafverfahren erwirken können. Sie wird eine ganze Weile lang einsitzen müssen. Sebastian muss sich dafür verantworten, dass er Virgil Leskos Wodka am Tag des Busunglücks mit dem Betäubungsmittel versetzt hat. Er wird seine Zulassung als Apotheker verlieren. Aber er hat schon einen Anwalt. Angeblich will er die Anklage anfechten. Der Prozess gegen Virgil Lesko wurde abgesagt. Andrew Bowen versucht nun zusammen mit dem Bezirksstaatsanwalt eine Einigung auf ein geringeres Strafmaß zu erzielen, vor allem, da Virgil den Bus durchaus hätte fahren können, wenn Sebastian Palazzo seinen Drink nicht mit dem Betäubungsmittel versetzt hätte. Also, natürlich hätte er den Wodka nicht trinken dürfen, aber das eine Glas hätte ihn nicht so beeinträchtigt, dass es zu dem Unfall gekommen wäre. Dee und Heidi geht es gut. Dee muss zwar ihr Haus verkaufen, um einen Teil der Schulden zu begleichen, die Miles angehäuft hat, aber Corey Byrne hat ihr angeboten, dass sie bei ihm und Heidi wohnen kann, bis sie wieder auf die Beine gekommen ist. Das FBI ist immer noch damit beschäftigt, das Cerberus-Netzwerk und die Morde an Ted und Miles aufzudecken ...«

»Josie«, sagte Paige. »Ich werde von Ihnen nicht dafür bezahlt, dass Sie mir die Details ihrer Fälle schildern.«

»Oh«, sagte Josie. »Ich dachte mir nur, ich könnte ...«

»Ich warte immer noch auf diese Liste von Ihnen«, erinnerte Paige sie. »Ich habe das keineswegs vergessen, auch wenn Sie letzte Woche Ihre Sitzung versäumt haben.«

Josie rutschte auf ihrem Stuhl hin und her und schlug nervös die Beine übereinander – mal das linke über das rechte, mal umgekehrt.

»Haben Sie sich denn schon ein paar Notizen gemacht?«, half Paige ihr auf die Sprünge.

»Nein«, gab Josie zu, »aber ich muss mir das auch gar nicht extra aufschreiben.« Alles, was ihr in den vergangenen Wochen das Gefühl gegeben hatte, die Dinge nicht mehr unter Kontrolle zu haben, stand ihr überdeutlich vor Augen. Und jetzt brach alles aus ihr hervor, in hastigen, bedeutungsschweren Worten.

Als sie fertig war, zog Paige beide Augenbrauen hoch. »Das ist ja eine ganz schön lange Liste.«

»Ich weiß schon, Sie hatten eigentlich nur nach drei Dingen gefragt«, sagte Josie. »Aber ich hab dieses Gefühl nun mal ziemlich oft. Eigentlich fast die ganze Zeit über.«

»Und was passiert dann, wenn Sie die Dinge nicht mehr unter Kontrolle haben?«, fragte Paige.

»Das ist jetzt aber eine echt typische Psychofrage«, gab Josie zurück.

Paige musste lächeln. »Nicht ausweichen! Sagen Sie es mir

einfach: Was bedeutet es für Josie Quinn, die Dinge nicht mehr unter Kontrolle zu haben?«

Josie wandte den Blick ab und schaute hinaus in den Garten. Dort war wieder der Rotkehl-Hüttensänger zu sehen, der im Hartriegel in der Ecke des Gartens von einem Zweig zum anderen huschte. »Es bedeutet, dass ich dann meine Gefühle zulasse ... oder rauslasse ... oder ... Ich weiß auch nicht. Es bedeutet, dass ich sie spüre. Aber ich hab Angst vor ihnen.«

»Es sind nur Gefühle, Josie«, sagte Paige. »Darüber haben wir doch schon gesprochen. Wenn Sie sie zulassen ...«

»Als ob ich sterbe«, sprudelte es aus Josie hervor. »Genau so fühlt es sich an. Wenn ich an meine Großmutter denke und daran, dass ich nie wieder mit ihr zusammen sein kann, dass ich sie mein ganzes restliches Leben lang nie mehr um mich haben werde, wie ich mitansehen musste, als auf sie geschossen wurde, wie ich dasaß, während sie ihren letzten Atemzug tat, und es absolut nichts gab, was ich hätte ändern können, dass ich wahrscheinlich schuld daran bin, dass sie erschossen wurde ... Und wenn das alles dann gleichzeitig über mich hereinbricht, hab ich das Gefühl, dass ich ... dass man das gar nicht überleben kann.« Josies Augen füllten sich mit Tränen und ein paar davon rollten ihr über die Wangen, ganz egal, wie sehr sie sich auch dagegen sträubte. »Natürlich war ich in den Monaten seit dem Tod meiner Großmutter hier und dort, habe gesprochen, gegessen, geschlafen und gelebt. Aber ohne sie zu leben? Zu wissen, dass es sie nicht mehr gibt? Das fühlt sich letztendlich nicht so an, als würde man das überleben können. Ich weiß ja nicht mal, wie ich das überhaupt schaffe: Ihnen einfach so gegenüber zu sitzen.«

»Man kann sowas überleben, Josie.«

Josie wischte sich die Tränen aus dem Gesicht und legte sich eine Hand auf die Brust. »Ich, meine ich. Wie ich das überleben kann.«

Wieder lächelte Paige. »Auch Sie können das überleben,

wenn Sie sich mit Ihren Gefühlen auseinandersetzen, Josie. Ich möchte Sie nicht anlügen: Es wird schmerzhaft sein. Einen Elternteil zu verlieren – und nichts anderes war Lisette für Sie – ist immer sehr schmerzhaft. Es braucht seine Zeit und kostet viel Kraft, bis Sie irgendwann so weit sind, dass Sie das Gefühl haben, wieder halbwegs normal funktionieren zu können, aber auch Sie werden an diesen Punkt kommen, Josie.«

»Ich weiß nicht ...«

Paige legte ihren Notizblock beiseite. Sie ging zu Josie herüber und setzte sich auf den Stuhl neben ihr. »Ich setze mich jetzt für fünf Minuten neben Sie, und Sie werden diese Gefühle zulassen und dann werden Sie sie wieder rauslassen. Ich bleibe derweil neben Ihnen sitzen. Wollen Sie es mal versuchen?«

Josies Herz begann so heftig zu pochen, dass sie glaubte, es würde ihr jeden Moment aus der Brust springen. Sie ballte die Hände in ihrem Schoß zu Fäusten. Am äußersten Rand ihres Geistes und ihres Herzens konnte sie diese schrecklichen Gefühle spüren wie einen wütend pulsierenden Klumpen, der nur darauf wartete, sie zu verschlingen. Sie hatte in ihrem Leben mehr Mörder zur Strecke gebracht, als sie zählen konnte. Warum war das hier dann so schwierig? Lisette hatte etliche Male in ihrem Leben getrauert, weil sie jemanden verloren hatte, den sie liebte, jemanden, den sie brauchte. Josie bewunderte sie immer noch dafür. Und plötzlich sah sie Lisettes Gesicht vor sich, ihr Lächeln, ihre silbrigen Locken. Jetzt erinnerte sie sich wieder. Sie waren am Strand. Obwohl Josie schon ein junges Mädchen war, war sie noch nie zuvor am Strand gewesen, hatte noch nie zuvor das Meer gesehen. Und nun erwartete Lisette von ihr, dass sie ins Wasser ging. Das Dröhnen und Rauschen der Wellen machten ihr schreckliche Angst.

Lisette streckte ihr die Hand entgegen. »Komm schon, Josie!«

»Ich kann nicht«, sagte Josie.

»Doch, das kannst du«, entgegnete Lisette lachend. »Du musst es nur versuchen.«

»Josie.« Paiges Stimme holte sie aus ihren Erinnerungen.

»Okay«, sagte Josie. »Versuchen wir's.«

MEHR VON BOOKOUTURE DEUTSCHLAND

Für mehr Infos rund um Bookouture Deutschland und unsere Bücher melde dich für unseren Newsletter an:

deutschland.bookouture.com/subscribe/

Oder folge uns auf Social Media:

facebook.com/bookouturedeutschland
twitter.com/bookouturede
instagram.com/bookouturedeutschland

EIN BRIEF VON LISA

Vielen herzlichen Dank, dass ihr *Der Unfall* gelesen habt. Wenn euch das Buch gefallen hat und ihr über meine neuesten Veröffentlichungen informiert werden möchtet, meldet euch einfach unter nachstehendem Link an. Eure E-Mail-Adresse wird nicht weitergegeben und ihr könnt euch jederzeit wieder abmelden.

deutschland.bookouture.com/subscribe/

Wie immer ist es für mich eine besondere Freude, euch einen weiteren Josie-Quinn-Band zu präsentieren. Ich bin froh, dass ihr trotz all des Schrecklichen, was Lisette in *Schlaf still, mein Mädchen* widerfahren ist, auch meinen neuen Roman zur Hand genommen habt. Dieses Buch war für mich unglaublich schwer zu schreiben, nicht nur wegen der Thematik, sondern auch weil während der Arbeit daran mein Vater plötzlich und unerwartet starb. Josies Trauer in diesem Roman spiegelt also meine eigene wider. Dennoch habe ich, wie immer, versucht, euch ein spannendes Buch zu bieten, das euch ein paar Stunden Nervenkitzel und beste Unterhaltung garantiert, während ihr gemeinsam mit Josie dieses neue kriminalistische Puzzle zusammensetzt. Das ist bei jedem Buch mein wichtigstes Anliegen. Und hoffentlich ist es mir auch diesmal gelungen!

Ich stehe gern im Austausch mit meinen Leser:innen und kann davon gar nicht genug bekommen. Ihr könnt mit mir über die unten aufgeführten sozialen Medien, über meine Website oder die Website von Goodreads Kontakt aufnehmen. Gerne dürft ihr auch meine Bücher bewerten und *Der Unfall* anderen Leser:innen weiterempfehlen. Rezensionen und Empfehlungen sind für mich eine große Hilfe, immer mehr Leser:innen auf meine Bücher aufmerksam zu machen. Wie immer vielen Dank für eure Unterstützung und Begeisterung für diese Reihe. Ich bin überwältigt und tief berührt von euerem aufrichtigen Interesse an Josie! Ich kann es gar nicht erwarten, von euch zu hören. Bis zum nächsten Mal!

Danke,

Eure Lisa Regan

www.lisaregan.com

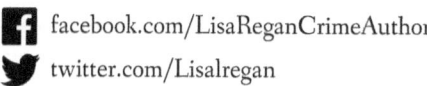

facebook.com/LisaReganCrimeAuthor
twitter.com/LisaIregan

DANKSAGUNG

Mein herzlicher Dank gilt wie immer vor allem meinen wunderbaren, leidenschaftlichen Leser:innen. Als ich etwa drei Viertel dieses Buches geschrieben hatte, starb mein Dad. Er war für mich das, was Lisette für Josie war. Er liebte mich vom Tag meiner Geburt an mit unerschütterlicher Hingabe, er ist immer für mich eingetreten und hat stets für mich gekämpft. Ebenso wie Lisette besaß er viel Humor, Verschmitztheit und Weisheit. Er war mein Anker, mein Fixstern und der Mensch, auf den ich mich im Leben immer verlassen konnte, ganz gleich, wie die Umstände waren oder mit welchen persönlichen Dämonen ich gerade zu kämpfen hatte – fast genauso, wie Lisette es für Josie gewesen war. Er war, ist und wird immer meine innere Stimme sein. Auch während ich weiter zutiefst um ihn trauere und noch bis zum Hals im Morast meiner Gefühle stecke, höre ich ihn sagen: »Geh an die Arbeit.« Meine Arbeit bestand darin, dieses Buch für meine großartige Leserschaft und meine Fans fertigzustellen. Er hätte nicht gewollt, dass ich euch enttäusche, und er wäre nicht gern der Grund dafür gewesen, dass ich mit dem aufhöre, was ich so leidenschaftlich liebe, seit ich elf Jahre alt bin. Hier also ist Josies zwölftes Abenteuer und mein bisher persönlichstes Buch. Ich hoffe, ihr habt es gern gelesen.

Mein herzlicher Dank geht wie immer an meinen Ehemann Fred und meine Tochter Morgan, die mich während der schlimmsten Zeit meines Lebens aufgefangen haben und mir so tapfer und geduldig zur Seite stehen. Ich danke meinen Erstleser:innen Dana Mason, Katie Mettner, Nancy S. Thompson,

Maureen Downey und Torese Hummel. Vielen Dank, Matty Dalrymple und Jane Kelly – ihr seid zwei der wunderbarsten Menschen, die ich kenne, und meine liebsten Autorenfreund:innen! Mein Dank geht auch an meine Großmütter: Helen Conlen und Marilyn House; an meine Eltern: Donna House, Joyce Regan, Rusty House und Julie House; an meine Brüder und Schwägerinnen: Sean und Cassie House, Kevin und Christine Brock und Andy Brock; ebenso auch an meine wunderbaren Schwestern: Ava McKittrick und Melissia McKittrick. Ein herzliches Dankeschön auch an all die üblichen Verdächtigen für eure Unterstützung und dass ihr für meine Josie-Quinn-Bücher immer so großartig Mundpropaganda macht – Debbie Tralies, Jean und Dennis Regan, Tracy Dauphin, Claire Pacell, Jeanne Cassidy, Susan Sole, die Regans, die Conlens, die Houses, die McDowells, die Kays, die Funks, die Bowmans und die Bottingers! Vielen Dank auch an all die großartigen Blogger:innen, Rezensent:innen, die weiterhin Josie ihre Treue halten oder die sie irgendwann in der Mitte der Serie kennengelernt haben und sie so stimmgewaltig unterstützen. Das bedeutet mir sehr viel!

Ich danke euch, Katie Mettner und Carrie Butler, für dieses besondere, perfekte und auf mich persönlich zugeschnittene Geschenk, das mir über Schreibblockaden und schlechte Tage hinweghilft und für immer seinen Platz auf meinem Schreibtisch haben wird!

Vielen herzlichen Dank, Sgt. Jason, für die Beantwortung all meiner verrückten Fragen mit solcher Detailfreude und unermüdlichen Geduld. Mein Dank geht auch an das Team bei Coroner Talk für die Lösung all meiner schwierigen Probleme bezüglich der Bestimmung des Todeszeitpunkts.

Ich danke Jenny Geras, Kathryn Taussig, Noelle Holten, Kim Nash und dem gesamten Team bei Bookouture, darunter auch meiner bezaubernden Redakteurin und Korrektorin, und last, but ganz sicher not least meiner unvergleichlichen Lektorin

Jessie Botterill. Du hast es geschafft, dass sich das, was eine der schmerzhaftesten Aufgaben in meinem Leben hätte werden können – ein Buch zu schreiben, das im Kern von Trauer handelt, während ich den größten Schmerz meines Lebens erlitt –, fast mühelos anfühlte. Ich danke dir für deine tröstlichen Worte. Danke, dass du den Zeitplan endlos gestreckt hast. Danke, dass du bei mir nachgehakt und mir dennoch Raum gegeben hast. Danke, dass du mir zugehört hast. Danke, dass du mich gestützt hast. Danke, dass du an dieses Buch geglaubt hast. Ich hätte mir keine bessere, einfühlsamere, wunderbarere Lektorin oder Verlagsfamilie wünschen können.

www.ingramcontent.com/pod-product-compliance
Lightning Source LLC
LaVergne TN
LVHW041617060526
838200LV00040B/1322